21 世纪高等院校人文素质教育丛书

欧美文学导读

卢锦明　主　编

丛炜莉　何兰玉　王建萍　刘海霞　参　编

北京大学出版社
PEKING UNIVERSITY PRESS

内容提要

《欧美文学导读》选取了欧美各个文学历史时期的主要流派和代表作家代表作品，其中重点介绍古希腊的戏剧，古罗马的诗歌，文艺复兴时期意大利、西班牙、法国、英国，17世纪的古典主义戏剧、18世纪的启蒙主义文学、19世纪的现实主义文学（批判现实主义文学），30世纪的现代主义文学。在体例上，本教材以欧美文学发展史为主线，共分为10章，每一章在概述的基础上，分节重点介绍一些代表作家作品；每一节基本上先介绍作家的生平，再介绍其创作概况，然后选取其代表作品进行具体分析。这样的体例安排，旨在点面结合，让读者在了解文学历史背景的基础上，着重掌握有关代表作家和作品；在构架欧美文学知识体系的基础上，引导读者掌握文学阅读和审美的方法。

本教材的编写遵循科学性、实用性的原则，力求在忠实于文学史的基础上，注重对读者的文学作品阅读方法进行介绍与引导，培养读者的文学情趣和素养，提高读者的文学作品阅读与审美能力。

本教材主要供高等院校的文科类学生使用，也可供其他专业的学生使用。施教者可根据实际课时和学生的要求进行详略取舍。

图书在版编目（CIP）数据

欧美文学导读 / 卢锦明主编.—北京：北京大学出版社，2009.3

（21世纪高等院校人文素质教育丛书）

ISBN 978-7-301-14819-8

I. 欧… II. 卢… III. ①文学欣赏－欧洲－高等学校－教材②文学欣赏－美洲－高等学校－教材 IV. I500.6 I700.6

中国版本图书馆CIP数据核字（2008）第200081号

书　　名：欧美文学导读

著作责任者：卢锦明 主 编

责 任 编 辑：成 淼

标 准 书 号：ISBN 978-7-301-14819-8/I・2081

出　版　者：北京大学出版社

地　　址：北京市海淀区成府路205号 100871

电　　话：邮购部62752015 发行部62750672 编辑部62765126 出版部62754962

网　　址：http://www.pup.cn

电 子 信 箱：xxjs@pup.pku.edu.cn

印　刷　者：涿州市星河印刷有限公司

发　行　者：北京大学出版社

经　销　者：新华书店

787毫米×980毫米 16开本 15.5印张 336千字

2009年3月第1版 2017年1月第3次印刷

定　　价：28.00元

前　言

欧美文学主要是指欧洲各国和美国的文学。尽管欧美各国文学都有本民族的特征，但是因为其文化与文学的同根同源，我们仍可将其作为一个文学整体来看待。这是本教材编写的一个基础。

早在公元前10世纪就产生文学的古希腊是欧洲文学的发源地，它的神话和戏剧对后世文学的影响巨大。在其基础上产生和发展起来的古罗马文学则架起了古希腊文学与欧洲近代文学之间的桥梁。

公元5世纪中期，东罗马帝国的建立标志着欧洲进入中世纪。由于教会的残酷统治，禁锢了人们的头脑，阻碍了文学的发展，欧洲文学进入一个低谷期。与此同时欧洲各国的民间文学异军突起，并以其反封建、反教会的精神成为近代文学的先声。

从14世纪至17世纪初，欧洲文学进入一个发展高峰期。资产阶级性质的文艺复兴运动高举人文主义的大旗，成为这一历史时期的最强音。文艺复兴时期的人文主义文学最先在意大利兴起，继而波及欧洲各国，产生了如莎士比亚、塞万提斯、拉伯雷等一大批的著名作家。

17世纪的古典主义文学和18世纪的启蒙主义文学虽然也秉承了文艺复兴的精神，但总体来说更偏重于哲学思想和政治主张的传达，对文学自身发展的建设意义不大。

进入19世纪的欧美各国，基本上都处于资本主义时期，一些老牌的资本主义国家则发展到最盛时期，并开始走向衰落，而资产阶级文学则迎来了它的繁荣时期。在德国古典哲学和空想社会主义思想的影响下，浪漫主义文学在19世纪的前30年席卷整个欧美。随着劳资矛盾的激化，批判现实主义文学应运而生，并统领19世纪中后期的欧美文坛。同时无产阶级开始登上文学舞台。此外，自然主义、唯美主义、象征主义等文艺思潮在19世纪中后期也悄然兴起。

20世纪的欧美文学可谓流派纷呈，批判现实主义文学影响减弱，退出主导地位，起而代之的是以表现主义、超现实主义、意识流、存在主义等各种反理性的文学流派为主的现代主义文学占据主流地位。

欧美文学的发展历史大致如此。由于欧美文学源远流长，卷帙浩繁，我们不可能做到包罗万象、面面俱到。本教材在编写的过程中，结合教学工作的实际，选取了各个文学历史时期的主要流派和代表作家代表作品，以史为纲，在对各个文学历史时期进行概述的基础上，介绍代表流派的代表作家作品。在体例上，本教材以欧美文学发展史为主线，共分为10章，每一章在概述的基础上，分节重点介绍一些代表作家作品；每一节基本上先介绍作家的生平，再介绍其创作概况，然后选取其代表作品进行具体分析。这样的体例安排，旨在点面结合，让读者在了解文学历史背景的基础上，着重掌握有关代表作家和作品；在构架欧美文学知识体系的基础上，引导读者掌握文学阅读和审美的方法。

在本教材的编写过程中，我们遵循科学性、实用性的原则，力求在忠实于文学史的基础上，注重对读者的文学作品阅读方法进行介绍与引导，培养读者的文学情趣和素养，提高读者的文学作品阅读与审美能力。施教者可以根据实际课时和学生的要求进行详略取舍。

本教材的编写任务分工如下：

第一章、第二章由王建萍老师执笔；

第三章、第四章、第五章由何兰玉老师执笔；

第六章、第八章由刘海霞老师执笔；

第七章由卢锦明老师执笔；

第九章、第十章由丛炜莉老师执笔；

全书由主编卢锦明统稿，丛炜莉老师协助排版、校对。

由于水平有限，本教材可能存在一些错误与疏漏，请读者不吝指正。

卢锦明

2008年10月

目　录

第一章　古希腊罗马文学

第一节　概　　述

古希腊、罗马是欧洲文学的发源地。古希腊位于欧洲南部、地中海的东北部，包括巴尔干半岛南部（即希腊半岛）、小亚细亚半岛西岸和爱琴海中的许多小岛。大约公元前 12 世纪以前，地中海中的克里特岛和希腊半岛上的迈锡尼地区已经出现了奴隶制国家，有了相当发达的文化，古希腊和古罗马文学就是奴隶社会的产物，它既是欧洲文明的发祥地，也是欧洲文学的开端。

古希腊古罗马文学反映了欧洲从氏族社会向奴隶制社会过渡时期的现实生活，尤其深刻地表现了远古时代的人们在战争和与自然搏斗中体现出的英雄行为、在社会发展进程中的重大历史变迁等，因而具有丰富的历史文献价值。

古希腊古罗马文学还表现了古代世界的人们对于宇宙、自然与人生的理解与思考，其中蕴涵着他们较为原始的精神、心理、情感和文化的内容。外部世界的神秘莫测，大自然的不可驾驭，人生的变幻无常，个人命运的不可抗拒虽然给古希腊人带来了困惑与恐惧，但也培养了他们的自我意识和个体精神，使他们形成了带有宗教宿命论色彩的“命运观”，体现在文学中，命运对人具有绝对的控制性和不可改变性，人必须服从命运的安排，但人又可以在命定的范围内发挥最大的才干与潜能，随心所欲的去做自己的事。

古希腊古罗马文学中的神和人都具有自由奔放、独立不羁、狂欢取乐、享受人生的个体本位意识，而在困难面前又表现出艰苦卓绝、百折不挠的精神，他们在与命运抗争中激发出了蓬勃的生命活力。古希腊文学正是在这种描写人与命运的矛盾和抗争中展示了人性的美丽，记录了那个时期“正常的儿童”们特有的纯朴粗犷、自由、快乐与浪漫。古希腊文学中蕴涵着的生命意识、人本意识和自由观念，是其文学的基本精神，它经由古罗马文学对后来西方文学产生了深远的影响，为整个西方文学的发展奠定了基调。

古希腊古罗马文学种类繁多，包括神话、史诗、戏剧、寓言、抒情诗、散文、小说等。虽然当时有些文学样式并不成熟，但是却为后来的欧洲文学提供了范例。

一、产生的条件

尽管古希腊、古罗马是欧洲文明的发祥地，在古希腊和古罗马人开始创造出灿烂的古代文化时，欧洲其他绝大部分地区还处在野蛮时期，但古希腊文学并不是世界上最早的文学。在这之前，古代东方文学已经产生。后起的古希腊文学之所以能够成为欧洲文学的源头，并在世界文学中处于无可替代的显著地位，主要有三个有利条件。

1．地理优势。古代希腊位于巴尔干半岛南端，它的国土除了希腊本土外，还包括爱琴海诸岛，小亚细亚半岛西岸，版图相当大。因位于爱琴海，海湾、岛屿较多，特定的地理条件使得古希腊人主要以在海上经商、做海盗或到海外开辟殖民地来求生存。因航海业发达，因此容易和其他地区，特别是同埃及等古代东方国家发生较为密切的商业、文化方面的联系，尤其是直接受到了东方文明的影响，这些文明古国的经济文化促进了古希腊文化的发展。当欧洲大部分地区还处于野蛮落后状态时，希腊在政治、经济、尤其是文化等各方面得到了发展，成为欧洲一颗光彩夺目的明珠。

2．经济繁荣。由于古希腊海湾、海岛众多，航海业发达，促进了经济和文化的繁荣与发展。公元前 7 世纪，古希腊氏族公社逐步解体，奴隶制城邦逐渐形成。古希腊、罗马的奴隶制经济比古代东方各国发达，政治上也没有形成古代东方各国那样的中央集权的专制国家，在希腊本地包括许多奴隶制城邦，最大的两个城邦是雅典和斯巴达。其中以雅典城邦的经济最为发达，由于废除债务奴隶制的结果，保证了雅典公民的自由，促进了奴隶主民主政治的发展，文化艺术也逐渐繁荣起来，从而成为当时希腊文化的摇篮和中心。城邦政府还采取了一系列措施如组织戏剧创作和演出、发放戏剧津贴、修建巨大的露天剧场、举办戏剧节等，以此来促进古希腊戏剧文化的繁荣。

3．西方资产阶级的提倡。古希腊文学在漫长的中世纪一度被埋没，因为古代希腊的思想文化和中世纪神学格格不入。“拜占庭灭亡时抢救出来的手抄本，罗马废墟中发掘出来的古代雕像，在惊讶的西方面前展示了一个新世界——希腊的古代；在它的光辉面前，中世纪的幽灵消逝了。”（《马克思恩格斯选集》第 3 卷，第 444—445 页。）这一时期，古希腊、罗马文化重新被发现，新兴资产阶级的思想家们纷纷学习希腊文，掀起研究古代文化的热潮。在西方资产阶级的积极提倡下，从文艺复兴时期开始，古希腊、罗马文化重新受到重视。人文主义文学吸取了古希腊文学中重视现实人生和个性自由发展的思想，17 世纪古典主义悲剧多以希腊神话和英雄传说为题材，18 世纪启蒙主义文学吸取了它重视理性的思想，以后的浪漫主义文学也常把它们作为创作题材。西方资产阶级文学就这样一代又一代地把古希腊文学继承下来，并不断发扬光大，使其在世界文学中产生着不可估量的影响。

古希腊古罗马文学对后世欧洲产生了极为深远的影响，它既是欧洲文学的开端，又是它的创作宝库。恩格斯曾说过：“没有希腊文化和罗马帝国所奠定的基础，也就没有现代的欧洲”。

二、古希腊文学

古希腊的历史从公元前 12 世纪到公元前 2 世纪中叶被罗马帝国占领，经历了约 1000

年的时间。其文学发展大体分为四个时期。

（一）荷马时代

从公元前 12 世纪到公元前 8 世纪。这是氏族社会向奴隶社会过渡时期，史称“荷马时代”或“英雄时代”，主要的文学成就是神话和史诗。

古希腊神话是原始氏族社会的精神产物，是古希腊人集体创造的口头创作，它既是希腊最早的文学形式，又是欧洲文学的源头，大约产生于公元前 8 世纪以前。它在希腊原始初人民长期口口相传的基础上形成基本规模，后在荷马、赫西俄德的《神谱》以及古希腊的诗歌、戏剧、历史等著作中记录下来，后人根据这些零散的材料整理成为目前通行的希腊神话故事。

希腊神话是古希腊人留给后世的一份丰富多彩的口头文学遗产，它同其他民族的神话一样，产生于人类社会发展的早期阶段。那时原始社会生产力非常低下，人们认识和改造自然的能力有限。古希腊人无法认识自然，便借助想象来解释难以理解的自然现象和社会现象，认为有一种超自然的神力在支配着一切，他们把自然现象拟人化、个性化，这样便产生了神话。马克思曾指出：“任何神话都是用想象和借助想象以征服自然力，支配自然力，把自然力加以形象化；因而，随着这些自然力之实际上被支配，神话也就消失了。”（《马克思恩格斯选集》第 2 卷，人民出版社 1972 年版，第 113 页。）

古希腊神话主要由神的故事（前奥林匹斯神系、奥林匹斯神系）和英雄传说两部分内容组成。

前奥林匹斯神系叙述了开天辟地、众神的诞生和人类的起源等。据说宇宙之初天地一片混沌，首先出现的是卡俄斯（混沌）、该亚（地母，传说是混沌所生）、塔耳塔洛斯（冥土）和厄洛斯（爱神），该亚创造了儿子天神乌拉诺斯，并与之结合，生六男六女，叫做十二提坦巨神。乌拉诺斯是第一代天神，对自己的子女十分仇视，他害怕自己的孩子夺取他的权力，便将提坦巨神关进地狱，不让他们看见光明。地母该亚极为愤恨，鼓动孩子们起来造反。其子克洛诺斯率领众弟兄反叛，夺取了父位，做了第二代天神，并娶妹妹瑞亚为妻。为了防止自己也被孩子打倒，克洛诺斯在孩子出生后，就把他们一一吞食掉。瑞亚生下最小的儿子宙斯后，就把他藏在山洞里，另外用布包了块石头，冒充新生婴儿送给克洛诺斯，克洛诺斯看也没看就吞下了。宙斯长大后，在祖母该亚的帮助下，联合兄弟姐妹和克洛诺斯交战，经过十年的“提坦”之战推翻了父亲的统治，做了第三代天神。

这组神话属于早期的神话，反映人类处于蒙昧时代的情况。其中两次“政变”都是由女神该亚发动的，男神与家庭没有任何道德感情上的联系，关心子女的是女神，这是母系氏族社会的反映。在两性关系和家庭形式上，母子通婚，兄妹结合，是上古时代群婚的反映。因此，这组神话虽然怪诞、荒唐，却是人类蒙昧时期现实生活的曲折反映。

奥林匹斯神系是关于居住在奥林匹斯山上的众神的故事。古希腊人认为，宙斯就是统治他们那个时代的天神。宙斯同他的姐姐赫拉结合，生下了一群天神，他们同宙斯的兄弟姐妹又组成了第一代天神。他们都住在希腊北部高山奥林匹斯山上。宙斯是众神之王，权力至高无上，除此之外，主要天神还有海洋之神波塞冬，冥王神哈得斯，掌管婚姻与生育的神后赫拉，农神得墨忒耳，灶神赫斯提亚，智慧女神雅典娜，月神阿耳忒弥斯，爱与美神阿弗罗狄特，太阳神阿波罗，战神阿瑞斯，火神与匠神赫淮斯托斯，神使赫尔墨斯，九个文艺女神缪斯等。他们组成了一个高度组织化、纪律化的社会。众神住在奥林匹斯山上，同人一样，有七情六欲，同凡人不同的是他们长生不死，可随意变形，各具特殊本领和巨大威力，其好恶态度对下界人类的生杀祸福起着决定作用。

英雄传说产生于氏族社会末期，是对于远古的历史、社会生活和人与自然作斗争等事件的回忆，是远古时期人类对英雄崇拜的产物。英雄传说中的英雄都是神和人所生的后代，是半神半人式的英雄。他们具有过人的才能和非凡的毅力，都在某一神祇保护下完成一番惊人的业绩，体现了集体的智慧和力量，展示了希腊初民对勤劳勇敢和英雄主义精神的赞美和向往。英雄传说常以某一英雄为中心，形成一个个传说系列，著名的有伊阿宋率领众英雄航海智取金羊毛的故事、俄狄浦斯的故事、特洛亚战争的英雄传说，最有名的是大力士赫拉克勒斯建立12件大功的故事。

赫拉克勒斯是有名的大力士，他在摇篮中就扼杀了一条水蛇。幼年时，恶德女神来引诱他走享乐的道路，但他听从了善德女神的劝告，决心不畏艰险，为众人造福。成年后，他体魄魁梧，志向远大，是美德的化身和惩恶的英雄。他为民除害，建立了 12 件大功。他杀死了害人的猛狮、水蛇、大野猪等；他到世界尽头夺取金苹果；射死宙斯的神鹰；解救普洛米修斯；下地狱战胜死神。由于立下12件大功，他成为古希腊人民心目中最伟大的英雄。

希腊神话反映了人类童年时代的生活，其内容丰富而美丽，其影响巨大而深远，具有永久性的艺术魅力。希腊神话充满想象力，它把自然界万事万物拟人化、神话化，也把人类精神领域、感情领域和社会生活领域的现象拟人化、神话化，而且入情入理，合乎逻辑，创造出令人难忘的意境和鲜明的形象；希腊神话故事性极强，其神话故事普遍具有来龙去脉，前因后果，而且情节曲折，起伏跌宕，娓娓道来，十分动听；希腊神话富有情趣和哲理，许多故事都寓意颇丰，发人深省，它是古希腊先民劳动积累和生活经验的凝聚，也是早期人类智慧和思考的结晶，成为后世人类共同的精神财富。

从文学价值上看，古希腊神话虽然是人类童年时代的产物，反映的是人类最初的思想、生活面貌，但在世界文学史上具有永恒的魅力。希腊神话不仅是希腊文学的宝库，而且是它的土壤。

荷马史诗《伊利亚特》和《奥德修纪》是欧洲文学史上最早的重要作品，它代表着古希腊文学的最高成就。《伊利亚特》是描写战争的史诗，《奥德修纪》则是描写海上历险的史诗，两部史诗广泛地反映了荷马时代的社会生活。

继荷马史诗后，在公元前 8 世纪末至公元前 7 世纪初，古希腊出现了一位著名的叙事诗人赫希奥德。他原籍小亚细亚，后来移居相对比较落后的比奥细亚务农，赫希奥德有教谕诗《工作与时日》，它是古希腊流传下来的第一首以现实生活为题材的诗作。全诗共 828

行，作品以诗人对他的弟弟的教训为主要内容。长诗谴责骄横的贵族，歌颂勤劳的农民，规劝弟弟走正直劳动的道路，不要走巧取豪夺的邪路。长诗的后半部以一个参加劳动的人的亲身感受，描绘了丰富多彩的农村生活和美丽的农村景色，形成艺术上的一大特色。诗人的另一作品《神谱》，描写了宇宙的形成、诸神的谱系以及他们之间的斗争。长诗叙述了诸神的由来，作者收集了许多古代传说，力图把不同的神话传说组成一个完整的体系，是最早关于宇宙起源和神的谱系的系统描述。这首诗保存了许多古代神话，成为研究神话学的史料。

（二）大移民时期

从公元前 8 世纪到公元前 6 世纪。这是奴隶社会形成时期，史称古希腊的“大移民时期”，文学成就包括抒情诗、散文、寓言。

抒情诗的繁荣同社会结构的重组、商品经济的迅速成长、思想文化的自由发展、人的意识与情感世界的变化有密切联系。在氏族社会向奴隶制城邦演变的过程中，原先分散的部落纷纷向城邦集结，小家庭也逐步形成，个体意识强化，而集体意识削弱，个人的情感世界丰富起来。于是，以往侧重于表现集体意识的史诗渐渐衰落，而适合于抒发个人自由和个人独立情绪的抒情诗日益发展起来。 抒情诗源于民歌，它是伴着音乐歌唱的，多以双管、排箫和竖琴伴唱，主要体裁有哀歌、讽刺诗和琴歌。 其中琴歌以竖琴伴奏，分为独唱体和合唱体，是抒情诗中的成就最大一种体裁。独唱体抒情诗的代表是萨福、阿那克里翁；合唱体抒情诗的代表是品达。

✧ 萨福（约前 612—?）

她是世界上最早的女诗人，写有九卷诗，但流传下来的甚少，到现在只留有两卷完整的诗和一些残句，其中最著名的有《给阿那克托里亚》、《献给美神》等。她的诗大多为抒发个人感情的爱情诗，咏叹恋爱的痛苦与欢乐，也有歌颂崇高的母爱与缅怀友人情谊的诗。萨福的诗感情细腻真实，语言朴素自然，音调柔和，音乐性强。她所创造的“多音步”的“萨福音节”，独树一帜，对罗马以及欧洲诗人产生了巨大的影响。柏拉图称萨福为“第十位文艺女神”。

✧ 阿那克里翁（前 570—?）

他写过五卷诗，主要歌颂生活的乐趣，歌颂大自然，歌颂爱情，以清新、优美、形式完整取胜。他的诗虽然题材很窄，但在艺术上有较高成就，对后世欧洲抒情诗的发展有较大的影响。诗歌独成一派，被后人称为“阿那克里翁体”。

✧ 品达（前 518—前 442 或前 438）

他的抒情诗主要赞美神和描写体育竞技，其中以赞美和歌颂竞技运动会的优胜者的诗篇为最好。如《奥林匹克竞技胜利者颂》、《皮托竞技胜利者颂》、《涅墨亚竞技胜利者颂》、《伊斯特摩斯竞技胜利者颂》等四卷。他的诗风格庄重凝练，具有崇高美，对后来 17 世纪的古典主义文学产生了较大影响。

古希腊的抒情诗都是表现奴隶主贵族的思想情感，内容较狭窄。

在抒情诗流传的同时，希腊民间还流传着许多以动物生活为主要内容的小寓言。作者相传是一个名叫伊索的奴隶，后来整理出来的这些寓言就被称为《伊索寓言》。其实这是希腊人民间口头创作的结晶。《伊索寓言》有不同的版本，共收集了三四百个小故事，与抒情诗主要反映奴隶主贵族的思想情感不同，《伊索寓言》主要表现下层平民和奴隶的思想情感，是他们的生活教训和斗争经验的总结。它的思想性很强，作者在保留寓言中的动物本性特征的同时，赋予它们以人的语言和思想，几乎每则寓言都要阐明一种道理或观点，发人深省。在艺术上，《伊索寓言》善于运用拟人手法，把动物赋予人的性格，具有浓郁的民间文学色彩，它的形式短小精悍，比喻生动恰当，对后来法国的拉封丹、德国的莱辛、俄国的克雷洛夫等寓言作家都产生过影响。寓言中比较著名的有《狼和小羊》、《狐狸与葡萄》、《农夫与蛇》、《龟兔赛跑》、《乌鸦和狐狸》等，这些故事大多长期被后人引用，成了人们熟知的典故。

（三）古典时期

从公元前 6 世纪末至公元前 4 世纪初。这是古希腊奴隶制城邦全盛时期，史称“古典时期”。这时期的文学主要是指雅典文学，文学的主要表现形式是戏剧、散文和文艺理论，其中戏剧成就最大。

在“古典时期”，雅典成为全希腊的统治、经济和文化中心，奴隶制经济的繁荣和公民民主政治的发展，使得希腊文学比过去具有更为广泛的民主性质。雅典民主政治的发展和经济的繁荣，带来了希腊文学的繁荣，希腊文学在雅典全盛时期达到了高峰，代表这种文学繁荣的是戏剧，诞生了以埃斯库罗斯、索福克勒斯、欧里庇得斯为代表的三大悲剧家和喜剧家阿里斯托芬，他们的戏剧创作反映了雅典奴隶主民主制的社会生活。

古希腊的散文并不是一种单独的文学样式，而是一些哲学、历史著作和演说辞。著名历史学家有希罗多德、修昔底德等；著名的哲学家和演说家有苏格拉底等。哲学家们在研究哲学的同时，也研究文艺问题和美学问题，由此促进了文艺理论的产生和发展。在古希腊，文艺理论和美学是哲学的组成部分，因此，当时杰出的文艺理论家和美学家也是著名的哲学家，最重要的是柏拉图和亚里士多德。

✧ 柏拉图（前 427—前 347）

他是古希腊著名的哲学家和文艺理论家。他的主要著作有对话录 40 余篇，其中《理想国》、《会饮篇》等最著名。他的对话录既是古希腊文学中精美的散文著作，又是重要的哲学和文艺理论著作。柏拉图认为现实世界是对理念世界的模仿，文艺是对现实的模仿，也即“模仿的模仿”，是“影子的影子”，“和真理隔着两层”，文艺是不真实的。由此，他认为文艺是有害的，会培养人性中低劣的东西。他还认为，艺术创作的源泉是灵感，诗人必须进入神志迷狂时，才能创作出优秀的作品。柏拉图的“灵感说”（或“迷狂说”）对后来的浪漫主义文学乃至现代主义文学都有影响。

✧ 亚里士多德（前 384—前 322）

他是柏拉图的学生。是古希腊最著名的文艺理论家、哲学家、自然科学家，他是古希腊学术的集大成者，欧洲美学思想的奠基人。他的主要著作有《诗学》、《修辞学》、《物理学》、《伦理学》等，他的文艺理论观点主要集中在《修辞学》和《诗学》中。《修辞学》主要阐述了演说艺术和散文艺术。《诗学》共二卷，对希腊文学作出了理论的总结，回答了文艺创作中的一些根本问题，这部著作被认为是西方文艺思想的权威性著作。亚里士多德在《诗学》中肯定了文艺对现实模仿的真实性，提出艺术的真实可以高出生活的真实，否定了柏拉图的“影子的影子”的理论。对于是文艺的社会功用，他在承认艺术真实的前提下，肯定了艺术的认识作用，肯定了悲剧的审美价值和教育作用。他在《诗学》中亚里士多德着重分析了悲剧，提出悲剧艺术应包括动作（故事情节）、人物性格、语言、思想、表演方式（面具和服装）和歌曲（指古典悲剧中的合唱队）等六方面内容，而情节是最重要的。《诗学》从总结古希腊文艺创作经验出发，为西方文艺理论的发展奠定了基础，影响相当深远。

（四）希腊化时期

从公元前 4 世纪末到公元前 2 世纪中叶。这是奴隶制衰微时期，亦称“希腊化时期”。文学的主要成就是新喜剧和田园诗。

在“希腊化”时期，北方的马其顿人征服了希腊，马其顿帝国统治下的各国都尊崇希腊文化，使得希腊文化不断向外传播，形成东西方文化交汇之势，但在希腊本土，由于专制统治，文学逐渐走向衰落。文学创作脱离民众，讲究辞藻，追求形式，感伤情调浓重，对于当时的重大政治事件极少反映。这一时期希腊文学的成就不大，较有影响的是新喜剧和田园诗。新喜剧在阿里斯托芬的基础上有所创新，主要描写日常生活，又称“世态喜剧”，它通过爱情故事和家庭关系来反映当时的社会风尚，表现贵族青年男女要求自由独立的愿望，一般描写细腻，讽刺生动，但缺乏较深刻的思想性。新喜剧的代表作家是米南德（前 342—前 292?），他出身贵族，据说写过 100 多部剧本，但流传下来的只有《恨世者》和《萨摩斯女子》及一些残篇。他的剧作多以日常生活为题材，结构紧凑，性格鲜明，语言接近口语。米南德对罗马喜剧家影响很大，并通过他们影响后世欧洲喜剧。田园诗的代表作家是忒奥克里托斯（前 310—前 245?），他擅长于写乡情乡景，风格自然、质朴、清新。

公元前 146 年，希腊被罗马帝国灭亡，宣告了希腊化时代的结束。

三、古罗马文学

罗马在欧洲是稍晚于希腊而兴起的另一个奴隶制国家。美丽的意大利半岛是古罗马的发祥地，这里气候温和、雨量充足、土地肥沃、河流纵横，宜于发展农牧业。这里海岸线虽然很长，但是良港少，航海业因此并不发达。约在公元前 7 世纪，台伯河附近七个山丘上的部落会盟，建立了罗马城。罗马最强盛时期的版图，除现在的意大利本土外，北面包括从不列颠、莱茵河到黑海；东面包括美索不达米亚、叙利亚；南面包括整个北非；西面包括现在的葡萄牙、西班牙。罗马帝国曾是一个横跨欧、亚、非三洲的统一的强大国家。

罗马的文化发展较快，在公元前6世纪，罗马的奴隶制已初步形成，建立了奴隶制的贵族共和政体。从公元前4世纪开始，罗马向外扩张，先后统一了意大利半岛和地中海沿岸的一些地方，在统一的过程中罗马大量吸收其他民族文化中的有益成分，尤其是古希腊文明使它受益匪浅。罗马原来有自己的神话、诗歌和笑剧，在向外扩张的过程中，他们更多地接触到比较先进的希腊文化，接受了古希腊文明的陶冶，吸收了希腊文化的精髓，于是罗马文学在希腊文学的影响下发展起来。最早的罗马文学实际上是希腊作品的翻译和仿作，古罗马文学史上的第一个诗人和剧作家事实上就是一个希腊人。

当然，古罗马文学也不全是古希腊文学的仿造品，因为它毕竟是罗马社会的产物，与古希腊海洋民族不同，古罗马属于内陆民族，主要以耕牧方式生存，具有上古农民和牧民勤劳、勇敢、粗鄙、蒙昧、淳朴的性格特点。古罗马人崇尚文治武功，追求社会与国家、法律与集权的强盛与完美，追求政治与军事的辉煌业绩，其文学更富有理性意识和集体意识，具有庄严崇高的气质，却也缺少希腊文学生动活泼的灵气和无拘无束的儿童式的天真烂漫。古罗马文学在艺术上强调均衡、严整、和谐，重视修辞与句法，技巧上偏于雕琢与矫饰。

古罗马文学的发展大致可分为早、中、晚三个时期，即共和时期、黄金时期和白银时期。

（一）共和时期

共和时期的罗马文化染上了浓重的希腊色彩，尤其是罗马神话，几乎照搬希腊神话，只是换上了罗马神的名字而已。如宙斯称朱庇特，赫拉称朱诺，阿弗洛狄特称维纳斯等。古罗马文学的正式形成与一位生活在公元前3世纪的叫做利维乌斯·安德罗尼斯库的希腊人密切相关。利维乌斯的功绩主要在于把古希腊文学中的某些精品介绍给了缺少书面文学传统的罗马人，把古希腊文学的某些主要形式移栽到了缺少骨干文学类型的古罗马，因此他成为古罗马文学的奠基人。利维乌斯翻译了荷马史诗《奥德赛》和大量古希腊抒情诗。

共和时期的主要成就是戏剧。罗马原来流行两种民间戏剧，即阿特拉笑剧和拟剧，后来接受了“希腊化”时期的新喜剧的影响，喜剧创作繁荣起来。代表作家有普劳图斯和泰伦斯。

✧ 普劳图斯（约前254—前184）

他出身平民下层，在剧院当过木工和演员，长期从事戏剧活动，据说他一生写过一百三十部剧本，现存的有二十余部。普劳图斯和自己的前辈及一些同时代的剧作家不同，他的喜剧大多根据希腊新喜剧进行大刀阔斧的改编，经常有意识地选用和“改造”某些类型的场段，以适合尚未形成高雅欣赏习惯的罗马观众的口味。改编后的喜剧反映罗马的现实生活，生动活泼、富于动作，用词机警，形式多变。《孪生兄弟》写一对幼年失散的兄弟被人认错、引起种种误会、终于重逢相认的经过，成为后来莎士比亚的《错误的喜剧》的题材来源。《一坛黄金》写一个吝啬鬼嗜财如命、生怕别人发现自己藏起的一坛金子，因此闹出种种笑话。剧中将一个吝啬鬼拾得一坛金子后的东猜西疑、坐卧不宁的心理状态描写得细致入微，后来莫里哀根据《一坛黄金》写出了《悭吝人》。普劳图斯的喜剧情节巧妙，语言生动自然，接近民间喜剧风格，在当时受到人们的欢迎，对后世也影响深远。

✧ 泰伦斯（前 190—前 159）

他原是一个贵族的奴隶，后来获释，他曾受过教育，后来专门从事喜剧创作。他一生写过六部喜剧，全部流传下来。他的作品风格优雅，结构严谨，他偏好铺排双重的情节，比较擅长对细节的处理，与普劳图斯相比，他似乎多一些编剧的技巧，少一些哄抬喜剧气氛的热情，但不如普劳图斯的滑稽有趣，在当时受到贵族阶层的欢迎。《婆母》描写一对青年夫妇之间的婚姻纠葛，通过这对年轻夫妇解除误会的故事，宣扬了互谅互爱的精神。《两兄弟》描写两兄弟以宽容和严厉两种教育方式管教子女的不同结果，表明以宽容的方式教育远比严厉的方式效果好得多，作者主张既要尊重年轻人的生活要求，又要反对过度放纵。泰伦斯对后世的喜剧产生了相当大的影响，法国的莫里哀、英国的斯梯尔和谢里丹都曾模仿过他的作品。

（二）黄金时期

罗马奴隶制共和后期，社会矛盾日益尖锐，奴隶主对奴隶的残酷压迫导致了一系列波澜壮阔的起义，为了镇压起义，旧有的共和政体逐渐让位于军事独裁，军事独裁又逐渐导致君主专制。经过多年的纷争，最终由屋大维统一全国，从而结束了共和制政体，开始了罗马史上的帝国时期。屋大维统治时期采取了稳定社会秩序和促进经济发展的措施，使得一度动荡的古罗马社会呈现出和平稳定的景象，屋大维本人也十分重视文化建设，他笼络文人墨客为自己的文化政策服务，因而此时古罗马帝国的经济出现了前所未有的繁荣，文学也迎来了自己的"黄金时代"。这一时期的著名的三大诗人是维吉尔、贺拉斯和奥维德。

✧ 维吉尔（前 70—前 19）

他是古罗马最伟大的诗人，出生于一个富裕农民家庭，青年时期四处求学，曾在罗马学过修辞学、哲学、数学、医学等，可惜当时风气注重论辩和演说，而他缺乏这方面的才能，只好回到家乡从事农业，同时进行诗歌创作。他生长在农村，对自然之美有独特而深刻的感受，这对他的创作产生了直接影响。他的代表作品包括《牧歌》、《农事诗》和史诗《埃涅阿斯纪》。

《牧歌》共十首，是其成名之作，其中有情诗、哀歌、哲理诗，形式有牧人对歌、独歌等，诗中描写田野的自然景色，抒发爱情及对时政的种种感受。《农事诗》分为四卷，分别写种谷、园艺、畜牧、养蜂，表现了诗人对农夫生活和农业劳动的热爱，歌颂了农业劳动的伟大、乡村生活的美好，不乏优美的田园诗式的画面，带有一定的理想色彩。

史诗《埃涅阿斯纪》又译作《伊尼德》，是维吉尔最重要的作品，全诗共 12 卷，约 1

万行。史诗追述了罗马建国的光荣历史，内容取材于特洛亚王子和爱神维纳斯的儿子伊尼亚斯在特洛亚灭亡后到意大利创业建国的罗马神话传说。《埃涅阿斯纪》以荷马史诗为范本，前六卷模仿希腊荷马史诗《奥德修纪》，写伊尼亚斯的漂泊生活，后六卷模仿《伊利亚特》，写伊尼亚斯到意大利创建新王朝同异族作斗争的故事。作品具有鲜明的政治倾向，诗人的创作目的是颂扬罗马建国的丰功伟绩，并借以证明罗马王族是神的后裔，屋大维政权是神圣的。伊尼亚斯是史诗的理想人物，也是古罗马的英雄形象，他具有忠诚、勇敢、仁爱以及爱国家、爱民族、敬神等罗马人所应有的高尚品质。作品的语言简洁含蓄，风格严肃哀婉。它虽然模仿荷马史诗，却仍表现出罗马文学的特色，如荷马史诗中的主人公个体意识都很强，而《埃涅阿斯纪》中的主人公则表现出较强的理性意识、集体意识、责任观念和自我牺牲精神。在艺术上，它不像荷马史诗那样自然质朴，缺少口头文学的活力，但格律严整，语言典雅，比喻贴切优美，在人物心理刻画上超过荷马史诗。《埃涅阿斯纪》是整个罗马文学的顶峰之作，也是欧洲文学史上第一部杰出的由一个文人独立创作完成的史诗。

✧ 贺拉斯（前 65—前 8）

他是罗马著名的抒情诗人、讽刺诗人和文艺理论家。出生于拍卖商家庭，幼年受过良好的教育，通晓拉丁语和希腊语，能诵荷马史诗原文，并到雅典学过哲学。他的早期作品《讽刺诗集》和《长短句集》嘲讽了罗马社会吝啬、贪婪、淫靡之风，宣扬中庸的生活哲学。后期的《歌集》是诗人最著名的抒情诗，用希腊抒情诗的格律写醇酒、爱情、诗歌、友谊等，其中“罗马颂歌”赞美纯朴、坚毅、正直、尚武、虔诚等帝国道德。《诗艺》是贺拉斯文学批评的代表作，体现了诗人的文艺理论观点。诗人继承了亚里士多德的模仿说，提出了“寓教于乐”的美学原则，并认为创作的总原则是要合乎情理，作品要具有“统一与调和的美”。这些文艺观点对后世影响很大，被古典主义作家奉为经典。

✧ 奥维德（前 43—18）

他是一位擅长编写故事，具有奇妙想象力的诗人。他从 20 岁左右开始写诗，前后经历了近 40 年的创作生涯。他的创作可以分为三个时期：青年时期、成熟时期和流放时期。青年时期的奥维德大都写的是爱情诗，主要作品有《恋歌》、《列女志》、《爱的艺术》等；成熟时期的主要作品有《变形记》、《岁时记》等；诗人晚年被流放，作品有《哀歌》、《黑海零简》等。长诗《变形记》是诗人的代表作，全诗 15 卷，由 250 个神话组成，取材于古希腊罗马神话、英雄传说和部分历史史实。诗歌描绘了希腊神话中的神变成动植物和石头的故事。诗人通过这些变形故事来否定宗教，反映罗马贵族社会的道德风貌。诗人按时间顺序安排故事，采用故事套故事、人物讲故事的方式，使全诗情节成为一个有机的整体，这种结构上的独创性对后世欧洲许多著名作家产生了巨大影响。此书故事曲折、想象奇特、形象生动，为后代作家提供了丰富的素材和创作灵感，薄伽丘、但丁、莎士比亚、莫里哀、歌德等都不同程度受到他的影响。

(三)白银时期

“白银时期”也称“白银拉丁时期”，这一时期罗马在政治上不断衰弱，奴隶和奴隶主之间的矛盾日趋激烈，奴隶起义不断发生，同时外族相继入侵。此时文学发展的特点是宫廷趣味日趋浓厚，崇尚文风的花哨和滥用修辞，使得文体显得逼挤、臃肿。贵族青年以公开朗诵空洞无物的诗歌为时髦，文学成为少数人的消遣。白银时期在戏剧、诗歌、散文方面也产生了一些颇有造诣的作家，有些作家取得了令人瞩目的成就。

✧ 塞内卡（前 4—65）

在戏剧方面以塞内卡为代表，他兴趣广泛，颇多论述，精于修辞和哲学，是古罗马最重要的悲剧作家。他主张人们用内心的宁静来克服生活中的痛苦，宣传同情、仁爱。他写过悲剧和讽刺剧，多半取材自希腊悲剧。作品风格崇高严肃，夹杂大量的道德说教，使得其笔下的对话和人物都缺乏真实感。一般认为，他的悲剧比较适合于阅读和小范围内的朗诵，而不十分适合于剧场里的演出。

✧ 卢肯（前 39—65）

在诗歌方面较有成就的作家为卢肯。他是塞内卡的侄子，白银时代最出色的诗人之一，创作了继《埃涅阿斯纪》之后最优秀的史诗《法萨利亚》，以共和派的笔调描写了一场轰轰烈烈的战争。马提阿利（40—104）则是这一时代最优秀的碑铭体诗人，写了 1500 余首短小精悍，富于机智和幽默的这类短诗，其中不少作品体现了铭文诗的最高成就。这一时期还产生了罗马历史上最杰出的讽刺诗人。尤维纳利斯（60—140）他的讽刺诗语气尖利，棱角分明，时而淋漓尽致地嘲笑，时而又表述辛辣感很强的幽默。往往三言两语就能勾勒出生动、鲜活的形象。

✧ 普鲁塔克（前 46—120）

在散文方面，比较杰出的作家为普鲁塔克。他的《希腊罗马名人传》记载从半神话人物一直到 1 世纪的罗马皇帝的生平，人物刻画生动。莎士比亚、歌德等人均曾从中取材创作。

✧ 阿普列尤斯（124—175）

阿普列尤斯出生于军官家庭，曾漫游各地，研究过哲学和幻术，最著名的作品是小说《金驴记》。作品叙述一个青年被女巫（女仆）错变成一头驴子，经历了许多苦难，通过他的所见所闻，广泛描写了社会生活。是西方文学史上第一部产生了深远影响的长篇小说。

第二节 荷马史诗

荷马史诗包括《伊利亚特》(又译《伊利昂纪》）和《奥德赛》(又译《奥德修纪》）两部分。相传是由盲诗人荷马写成，故称荷马史诗。荷马史诗是这一时期唯一的文字史料，两千年来一直被视为欧洲叙事诗的典范，它代表了古希腊文学的最高成就。

一、荷马史诗的形成

大约在公元前12世纪末，希腊半岛南部的阿凯亚人和小亚细亚西北部的特洛亚人之间爆发了一场为期十年的战争，最后希腊人毁掉了特洛亚城，获得战争的胜利。战争结束后，小亚细亚及希腊各地，便流传着许多歌颂这次战争中英雄事迹的短歌，这些歌谣经民间歌人口耳相传流传下来。经过长期传唱，短歌的内容逐渐丰富，故事也不断被系统化。大约到公元前9世纪至公元前8世纪，盲诗人荷马带着他的竖琴在各地吟唱这些歌谣。他广泛汲取前人之长，巧制精编，最终将散传于民间的传说和歌谣集成两部具有完整情节和统一风格的史诗。这时的史诗还显然只是一种民间的口头创作，到公元前6世纪中叶，雅典城邦的统治者组织文人把史诗用文字把它记录下来，于是史诗成为书面的文学作品。公元前3世纪至前2世纪，亚历山大学者又对这两部史诗作了最后的编订，最终形成我们今天所见的荷马史诗。

二、荷马史诗的内容和主题

荷马史诗记载了古希腊长期流传的关于特洛伊战争的传说。

第一部分，《伊利亚特》是一部描写战争的英雄史诗。关于这场战争的起因，在希腊神话中早有流传，即著名的“金苹果的故事”。传说英雄阿喀琉斯的父亲珀琉斯和女神忒提斯结婚时，邀请奥林匹斯山上的众神来参加婚礼，唯独没有邀请不和女神厄里斯。厄里斯怀恨在心，有意要挑起一场纠纷，当婚礼举行时，她偷偷来到婚筵上投下了一个“不和的金苹果”，上面写着：“赠给最美丽的女神。”神后赫拉、智慧女神雅典娜、爱神阿弗洛狄特果然争夺起来，她们都认为自己才是最美丽的，争执不下就去找宙斯，宙斯让她们去找特洛亚王子帕里斯评判。三位女神找到帕里斯，都答应给他好处，赫拉许他成为最伟大的君王，雅典娜许他成为最伟大的英雄，阿弗洛狄特许他娶到世界上最美丽的妻子。帕里斯把金苹果判给了爱神阿弗洛狄特。为了酬谢帕里斯，阿弗洛狄特帮助他拐走了斯巴达国王墨涅拉俄斯的妻子绝世美人海伦，还掠去了许多财物。这一行为，激起了希腊各部落的公愤，希腊各部落公推阿伽门农为首领，联合攻打特洛伊。战争进行了十年，众神各助一方，最后，奥德修设计把一只内藏兵将的巨大木马遗弃在城外，假装撤退，木马被特洛伊人拖进城中。晚上，希腊人从木马中出来，打开城门，里应外合攻陷了特洛伊城。战后，希腊人各携财宝奴隶还乡。

这部史诗并没有叙述战争的起因和过程，而是以战争结束前几十天的战事为描写重点，以阿喀琉斯的愤怒为主线，描写了希腊联军与特洛伊人及其盟军之间的喋血苦战。因为希腊联军司令阿伽门农专横地抢夺了主将阿喀琉斯的一个女俘虏，这位武艺最高强的将领，怒不可遏，一气之下退出了战斗，致使希腊联军节节败退。阿伽门农赔礼谢罪，阿喀琉斯仍不息怒。在危急的情势下，阿喀琉斯的好友帕特洛克罗斯借了他的盔甲上阵，被特洛伊英雄赫克托耳杀死。好友之死使得阿喀琉斯悲痛欲狂，他宿怨顿消，重返战场，杀死了赫克托耳，并把他的尸体拖在战车后面泄恨。特洛伊老王跪求尸体，最后，阿喀琉斯遵照神意，将赫克托耳的尸体交还给他年迈的父亲，全体特洛亚人为战死的赫克托耳致哀下葬。

《伊利亚特》以公元前12世纪初期发生的一场战争为背景，广泛而又生动地反映了古代希腊"英雄时代"的战争生活。其基本主题是歌颂与异族进行战斗的部落英雄，赞扬他们为维护氏族荣誉和利益而献身的集体主义观念和英雄主义精神。

第二部分，《奥德赛》是一部描写希腊英雄奥德修斯在特洛亚战争结束后还乡的故事。

史诗描述了奥德修斯回国途中在大海上的十年漂泊和他们的家庭生活。其中关于奥德修斯的十年海上漂泊生活，诗人运用倒叙手法把这段经历放在他临到家之前的四十多天时间里来进行描述。奥德修斯回乡的旅程很不顺利，十年间经历了许多艰难险阻：独目巨人吃掉了他的同伴；神女喀尔刻把他的同伴用巫术变成猪，又要把他留在海岛上；他在环绕大地的瀛海边缘，看到许多过去的鬼魂；他躲过女妖们迷惑人的歌声；最后女神卡吕普索在留了奥德修斯好几年之后，同意让他回去。奥德修斯十年海上漂流的遭遇惊心动魄，他历尽艰险，最终靠智慧战胜了困难，死里逃生，返回了自己的故乡。

家庭生活部分描写了奥德修斯的妻子珀涅罗珀久待丈夫不归，日夜思念，当地许多贵族青年觊觎奥德修斯的财产，来求婚的不下百人，他们长期居住在他的家里，吃喝作乐，挥霍浪费他家里的财产。他们向珀涅罗珀求婚，纠缠不休，珀涅罗珀虚与委蛇达三年之久。奥德修斯的儿子特勒马科斯已经长大成人，他无法忍受，怀着愤恨的心情，外出寻找父亲。在女神的帮助下，奥德修斯经过千难万险，终于回到了家乡。他假装成乞丐，试探妻子，以机智和勇敢战胜了求婚者，又残暴地惩罚了不忠实的奴隶，分别多年的夫妻最终团圆。

《奥德赛》通过希腊英雄奥德修斯历尽艰险、回乡复仇的故事，歌颂了战胜自然的智慧和力量，同时反映了原始社会向奴隶社会过渡时期的家庭关系和社会生活。

三、荷马史诗的艺术特色

荷马两大史诗各有24卷，《伊利亚特》共15 693行，《奥德赛》共12 110行（中译本是散文体），采用的是六音部诗行，不用尾韵，但节奏感很强。这种诗体显然是为朗诵或歌吟而创作的，两大史诗在艺术上取得了杰出的成就。

（一）规模宏伟，布局精巧

两部史诗的内容极为丰富，它有如百科全书，广泛地反映出古代希腊从氏族社会向奴隶社会过渡时期的经济、政治、军事等方面的情况，描绘了当时的社会生活和人们的精神面貌。内容涉及社会生活，思想观念、宗教生活，生产贸易，体育竞技，家庭关系，风俗礼仪，天文地理、艺术神话等。荷马不仅是一位伟大的诗人，更是一位具有超凡的宏观调度和掌控大型文学作品能力的设计师，史诗剪裁得当，布局巧妙，结构完整。作品没有从头到尾叙述许多纷繁事件，而是经过精心剪裁和巧妙布局，把材料集中在一小段时间内的一个人物和一个事件上，由此引出众多的人物和其他事件，从而构成完整的情节，在题材处理和谋篇布局上体现出作者高超的水平。

两部史诗的故事时间跨度都是10年，但都采用戏剧式的集中、概括和浓缩的手法，将众多人物和纷繁的事件浓缩成一个严谨的整体。《伊利亚特》集中描写了战争结束前51天的战事，在51天中又突出描写了关键的20多天，20多天中又只是重点描写了4天，通过这4天战事的描写来表现一场为期10年的战争全貌。在剪裁和选取典型的事件上，作者在叙述的故事中没有旁枝侧线，事件直线发展，以歌颂英雄为主题，突出重点。史诗以阿喀琉斯的两次发怒为情节主线来安排材料，诗人在史诗的一开始就点出"阿喀琉斯的愤怒是我的主题"，他的第一次发怒为作品拉开了战争的帷幕，展示了交战双方的强大兵力阵容，表现出了众多英雄的辉煌业绩；第二次发怒则带动了情节的急剧发展，突出了他在希腊联军中的决定作用和他的集体主义观念。

《奥德赛》采用倒叙和直叙的手法，同样把10年历险的故事压缩在42天中表现，其中又只是具体描写了3天，其结构比《伊利亚特》更为巧妙，全诗有两条情节线索并行发展。一条情节线索是奥德修斯历尽艰险的回乡历程，作者描写的10年惊心动魄的经历中，包含了许多远古的神话，反映出经过幻想加工过的自然现象以及古希腊人同自然的斗争和胜利。另一条情节线索是家庭生活，描写当地许多贵族青年觊觎奥德修斯的财产，纷纷向珀涅罗珀求婚，纠缠不休，而已长大成人的儿子特勒马科斯外出寻找父亲的经过。两条线索互相映衬，突出情势紧急，最后合而为一，统一到对求婚者的斗争中。最终父子俩共同杀死了118个求婚者，夫妻团聚，全家得以团圆。荷马史诗卓越的谋篇布局艺术，历来为文史家高度赞扬，对后世的戏剧和小说创作产生了很大影响。

（二）形象丰富，个性鲜明

荷马史诗又称为"英雄史诗"，这主要是因为史诗中刻画了一系列古代英雄形象，并通过这些形象来展示属于那个特定时代的英雄主义理想。史诗中塑造的众多英雄形象，他们既有部落英雄英勇善战的共同特征，又有着鲜明的个性。

描写英雄首先必须描写战争，因为只有战争才能为英雄们提供一展雄姿的天地，让他们在这个舞台上尽情展示其英雄品格、超人武艺、胆略智慧。史诗以恢弘的彩笔气势磅礴地描绘了古战场的人喊马嘶、群雄争斗、刀光剑影、血雨腥风。这一幕幕惊天动地、气贯长虹的战争场面，本身就是展现英雄雄姿的诗篇。在荷马时代，部落之间是经常发生战争的。恩格斯指出："古代部落对部落的战争，已经开始蜕变为在陆上和海上为攫夺家畜、奴隶和财宝而不断进行的抢劫，变为一种正常的营生。"当时的氏族贵族把战争当做增加个人财富的重要手段，出于这种需要，他们把血腥的战争当做展现其英雄品格、实现人生价值的重要途径，他们渴望参战，以实现英雄的理想并增加个人的财富。

荷马史诗通过描写一大群英雄人物来歌颂古希腊人的集体主义、英雄主义精神。无论是希腊联军中的阿喀琉斯，还是特洛亚军中的赫克托耳以及战后返乡的奥德修斯等，都是勇猛善战的英雄，他们都具有克敌制胜所需的勇敢和机智。他们的神圣职责就是为部落集体的利益英勇奋战，不怕流血牺牲。史诗热情赞扬了这些英雄所具有的与部落集体休戚相关、一切个人利益都必须服从集体利益的高尚品德。

《伊利亚特》中描写的阿喀琉斯，在交战之初曾经因自己心爱的女俘虏被阿伽门农抢走而怒不可遏，一气之下退出战场，但在朋友牺牲后，在战争危机的情况下，他消除私恨，毅然重返战场，为扭转战局挺身而战。在阿喀琉斯身上体现出集体主义的精神，部落的集体利益最终战胜了他的个人意识。

赫克托耳更是一个自觉地保卫部落集体的英雄，他比阿喀琉斯更成熟，对集体的利益有着更为强烈的责任感。他明知特洛亚战争要毁灭自己的国家，个人生命将要牺牲，妻儿也将要沦为奴隶，他预感到特洛伊注定要毁灭。对妻儿所面临的悲惨命运他感到难过，心情沉重，但他控制住自己的悲哀，毅然负起保家卫国的责任。为了军人的职责和荣誉，他勇敢地告别妻儿，最后战死在沙场。他的事迹是《伊利亚特》中最可歌可泣的，他的形象具有强烈的悲剧色彩。

奥德修斯同样也是一个对部落集体有着眷恋之情的英雄，他曾说：“任何东西都没有故乡和父母那么亲密，即使我身在富饶之邦，也不能不怀念自己的祖国。”正是具有这种精神力量， 使得奥德修斯在残酷的战争中表现出自己无穷的智慧和毅力，也是激励他在回乡的途中战胜各种艰难险阻的力量源泉。

当然，史诗中的英雄人物虽然体现了古希腊人的集体主义和英雄主义精神，但他们已具有氏族贵族和早期奴隶主的个人意识，史诗中的英雄观念也和氏族中的等级观念相适应，这些英雄已和英雄传说中的英雄不同，他们是从氏族社会向奴隶社会过渡时期的英雄，是骄横的贵族，仗势欺压本部落的平民。像阿伽门农滥用权势和奥德修斯为保护个人财产而表现出的残忍性，就说明他们已是早期的奴隶主的形象。

史诗在人物形象塑造上有着很强的艺术表现力，人物形象显示出鲜明的个性。史诗塑造了一系列古代英雄形象，这些英雄人物的共性表现在战争和对自然的斗争中获得光荣业绩的英雄主义，但这些共性在每个英雄身上又通过鲜明的个性体现出来。如阿喀琉斯英勇善战而任性急躁；赫克托耳沉着精明而骁勇理智；奥德修斯智勇双全而更富智谋；阿伽门农自私傲慢而弄权专横；涅斯托耳学识渊博而老成持重等。其中塑造得最为丰满的形象是阿喀琉斯和奥德修斯。

阿喀琉斯是希腊联军中首屈一指的大英雄，他的性格特征既有单纯执拗、暴躁易怒、英勇善战、重视个人荣誉的一面，又有勤于思考、不畏权势、宽厚仁慈、珍视友谊、热爱人生、富有集体主义精神的一面。他是一个具有多重性格特征的古代民族英雄的典型，希腊第一英雄。神谕说他有两种不同的命运：一是待在家中过和平的生活，那将幸福长寿；二是如上战场可取得无上光荣，但注定将早早死亡。阿喀琉斯选择了第二种命运，他把在战场上获取荣誉视为第一生命。当自己的挚友被赫克托耳杀死之后，他痛不欲生，尽管母亲警告他："为朋友复仇将导致他在战场丧身"，但他依然挺身而出，冲天的愤怒使他变成了一个嗜杀成性的魔鬼，只要见到特洛伊人，便不分男女老幼一律砍杀。他杀死赫克托耳并不解恨，还残暴地将其尸体挂在马后倒拖着绕自己挚友的灵柩跑了三圈。最后，特洛伊老王用对他父亲的回忆来打动他，跪求他归还尸体时，阿喀琉斯终于被打动，他对有丧子之痛的老王产生了同情，将赫克托耳的尸体交还给他年迈的父亲。这样阿喀琉斯的英勇任性而又富于友情，残暴而又不失同情之心的复杂性格就得以充分表现。作为其对手的赫克托耳是特洛伊全军中最英勇也是一个比较成熟的将领，他身负保卫祖国的重任。一方面他预感到特洛伊注定要毁灭，对妻儿所面临的悲惨命运感到难过，心情沉重；另一方面为了保家卫国，他视死如归，他控制住自己的悲哀，毅然担负起保家卫国的责任。他说，"保卫特洛伊是我的职责，有关战争的一切，都是我分内的事。如果我赫克托耳像懦夫一样逃离战场，岂不要被特洛伊的英勇的儿子们和穿着长袍的特洛伊妇女所耻笑。"他不顾老父老母的劝阻，辞别妻儿上阵毅然迎战阿喀琉斯，诗人刻画了一个意识到自己光荣职责的氏族英雄具有强烈的悲剧色彩的形象。

奥德修斯是一个智慧过人的英雄形象，他智勇双全，聪明机警，善用计谋，在他身上体现了人类克服困难、改变命运的意志力量。作为一个早期奴隶主，他具有为了建立奴隶制而在奴隶主身上被理想化了的各种品德和才干。他既是聪明的领导者、勇敢的战士、又是受人爱戴的奴隶主和好丈夫。奥德修斯既能造船，又能打仗，又能言善辩，长于出谋划策。他对部落集体有着深深的眷恋之情，正是这种眷恋赋予他无穷的智慧和毅力，激励他回乡的途中战胜各种艰难险阻，历尽千辛万苦最终如愿以偿。在奥德修斯身上集中体现了古代英雄的聪明才智。特洛伊城是被他的木马计攻破的，他在海上漂泊十年，经历了许多艰难险阻，但在神的助佑下，他竭尽全力，百折不回，最终一一化解，取得胜利。回到故乡后又巧扮乞丐，清除了妻子的求婚人等，这些都表现出他的善用计谋，聪明机警的特点。

（三）辞章华丽，比喻丰富

史诗的语言具有特色。它根据古代希腊人口头传说汇集而成，具有民间创作的特点，语言简洁有力、生动准确，读来质朴、自然，亲切感人，尤其善于运用比喻的手法，使抽象概念具体化，形象更为鲜明突出，从而增强了史诗的表现力。

荷马不愧为一位功底深厚，想象奇特的语言大师，荷马史诗中可谓妙语迭出，生动形象的比喻俯拾皆是，其中用得最好的修辞手段莫过于比喻。如诗中把阿喀琉斯的盔甲比喻成"像黑夜里星群中那颗狼星一样"明亮；联军编队进兵时"队形密得犹如南风刮来弥漫峰峦的浓雾"；当奥德修斯独自渡海，筏船被巨浪砸成碎片，"像纷扬的谷壳"；抵岸后，他躺在灌木丛中，"像埋藏在灰烬中的火种"；诗中描写阿波罗三拳两脚，扫荡希腊兵士修筑的围墙，像一个男孩蹬翻一小座沙堆的城堡；雅典娜替墨奈劳斯挡开潘达罗斯的飞箭，宛如一位母亲替熟睡的孩子撩赶苍蝇。类似这种根据生活中的直接观察，取之于自然现象的比喻，构成富有情趣的“荷马式的比喻”，增强了史诗的表现力。

荷马史诗采用六音步诗行，不用尾韵，但节奏感很强。这种诗体显然是为朗诵或歌吟而创造出来的，在歌吟时，大概还弹着琴来加强其节奏效果。由于这种叙事长诗是由艺人说唱，因此常常重复不少惯用的词句，甚至整段重复，一字不改。有时有些形容词的重复使用，只是为了音节上的需要，并不一定对本文意思有多少加强。而许多重复词句的一再出现，则像交响乐里一再出现的旋律，在反复歌吟中给人一种更深的美的感受。此外荷马史诗还善于用简洁的手法描写，在明晰、快捷、生动灵活的叙述中，用寥寥数语，表达出很深的感情。

总之，荷马史诗内容丰富，艺术技巧高超，在许多方面都有值得后人深入探讨的东西，因而在西方古典文学中一直享有最高的地位，两千多年来，西方人一直认为它是古代最伟大的史诗，大约从公元前 8 世纪起，就已经有许多希腊诗人模仿它，公认它是文学的楷模。荷马史诗对西方文学产生的影响是无法估量的。

第三节　古希腊戏剧

古希腊戏剧包括悲剧、喜剧、萨图罗斯剧（一译“羊人剧”）和拟剧（一译“模拟剧”）等，其中成就最高的是悲剧和喜剧。

古希腊戏剧起源于酒神庆典上对酒神狄俄尼索斯的歌颂。在神话中，由于狄俄尼索斯教人们把希腊盛产的葡萄酿成了酒，所以他被奉为酒神。每年春天，人们在酒神祭坛前举行庆典，参加祭祀的人身披羊皮服装，再加上一根象征性的羊尾巴，模仿酒神侍从萨提洛斯的样子，绕着神坛边舞边唱。最早的时候是歌队和领唱（歌队长）演唱酒神颂歌，演唱的主要内容是讲述酒神在尘世经受的苦难和考验。到公元前 534 年，一位名叫忒斯庇斯的诗人对酒神歌进行了大胆改革，采用了一个演员独自表演的形式，这个演员称为应和人。由于应和人是可以轮流扮演几个角色的，而角色的产生就使演唱式的酒神颂歌演化成为戏剧，于是，形成了戏剧的雏形。忒斯庇斯也因此被人们称为“戏剧之父”。后来悲剧家埃斯库罗斯与索福克勒斯又先后在剧中增添了第二、第三个演员，这种改进更有利于表现戏剧冲突和人物性格。

古希腊的戏剧是在酒神祭祀中发展起来的，古希腊悲剧便起源于酒神颂歌，“悲剧”一词的希腊文原意就是“山羊之歌”。当时的酒神祭典大都以游行和无拘无束的狂欢为起点，在放纵和欢乐的气氛中不乏狂欢歌舞和滑稽戏，古希腊喜剧便由歌舞和滑稽戏中脱胎而出，“喜剧”一词的希腊文原意是“狂欢之歌”。

一、古希腊悲剧

古希腊悲剧大多取材于神话和传说，其内容往往带有命运观念或其他迷信色彩，但无论是神与神之争，还是人与神之争，实际上都是现实生活的反映。悲剧着重表现主人公的英雄行为，形象高大，气势磅礴，一般没有悲观色彩，而是充分表现出奴隶主民主派的自豪感。

公元前5世纪是希腊悲剧的繁荣时期，这时期出现了一批悲剧作家，其中埃斯库罗斯、索福克勒斯、欧里庇得斯是最为著名的三大悲剧家。他们的创作反映了雅典奴隶主民主制发展不同阶段的社会生活，显示出希腊悲剧在不同阶段的思想和艺术特点，对后世的戏剧创作产生了很大影响。

✧ 埃斯库罗斯（前525—前465）

他被后人尊为古希腊“悲剧之父”。他出生于雅典城邦附近的一个贵族家庭，政治上拥护民主派。他是由氏族贵族奴隶主专政向奴隶主民主制过渡时期的诗人。

史料中关于埃斯库罗斯作品数量的记载颇有出入，据传，他一生共写了90部悲剧和笑剧，而流传下来的只有7部悲剧，即：《乞援人》、《波斯人》、《七将攻忒拜》、《被缚的普罗米修斯》、《阿伽门农》、《奠酒人》、《报仇神》。

埃斯库罗斯是第一个使戏剧内容的丰富性和形式的严整性完美统一的剧作家。他能自编、自导、自演，非常熟悉演出技巧，在此基础上，他对戏剧进行了大胆的创新和改革。首先，他在悲剧中加入了第二个演员，由此对话成为戏剧的主要部分，而有了对话才能表现矛盾冲突和刻画人物性格。其次，他缩减了合唱队，使戏剧结构基本形成。另外，他还创造了舞台背景，运用华丽的服装和高底靴，又使演员面具初步定型化。他的这些努力，使戏剧成为独立的艺术，也为他赢得了“悲剧之父”的荣誉。

《被缚的普罗米修斯》是他最重要的一部代表作，取材于希腊神话普罗米修斯盗取天火以后的故事。普罗米修斯盗取了天火给人类，激怒了宙斯。宙斯为了惩罚普罗米修斯，派威力神和暴力神把他用铁链钉在高加索山上，让一只老鹰啄食他的心肝。河神的女儿们对他的苦难深表同情，河神则劝他向宙斯屈服，但他没有答应。普罗米修斯知道宙斯将被推翻的秘密，不肯泄露，宙斯非常恐惧，派神使赫耳墨斯来逼迫他说出这个秘密，被普罗米修斯坚决地拒绝了。

埃斯库罗斯赋予这个古老的神话以崭新的意义。悲剧描写的是古希腊神话中神与神的斗争，但是普罗米修斯与宙斯的斗争，实质上是古希腊雅典的奴隶主民主派同专制暴君的斗争。在剧中，宙斯成了专制暴君的代表，他残暴、自私、仇视人类、奴役百姓。而普罗米修斯则是高大、庄严的悲剧英雄，他是人类的保护神、文明的缔造者，敢于反抗神圣不可侵犯的最高统治者，为人类的幸福不惜承受最残酷的刑罚。埃斯库罗斯热情讴歌了普罗米修斯为了人类正义事业奋不顾身、坚强不屈的崇高精神和英雄气概。普罗米修斯的形象已成为世界文学中的著名人物，马克思曾赞誉他为“哲学的日历中最高尚的圣者和殉道者”。

《俄瑞斯忒亚》是诗人另一部十分重要的作品，也是流传至今的唯一一部完整的古希腊三部曲，包括《阿伽门农》、《奠酒人》和《报仇神》。故事以阿耳戈斯国王阿特柔斯家族的世仇为背景。《阿伽门农》以探哨的瞭望开场，歌队讲述了阿特柔斯之子阿伽门农献祭女儿的经过。阿伽门农在荡平特洛伊后返回家乡，被王后克吕泰墨斯特拉所杀。《奠酒人》描写阿伽门农之子俄瑞斯忒斯回国，遵照阿波罗的谕令，先杀埃吉斯托斯，经犹豫复杀母亲，在复仇女神追踪下逃离。《报仇神》描写俄瑞斯忒斯按照太阳神的指令前往雅典，求雅典娜帮助。当俄瑞斯忒斯被复仇女神指控后，经法庭审判，定罪票与赦罪票持平，雅典娜最终投票赦免被告。这个三部曲的基本主题是反映父权制对母权制的斗争和胜利。

埃斯库罗斯的剧作气势磅礴，线条粗犷，戏剧结构比较简单，情节不曲折，但抒情气氛浓郁，歌队起着重要作用。在人物描写方面，他不以对人物性格的刻画见长，通常人物形象单纯而高大，具有理想化的性格。他的文风刚健雄奇，文字古朴瑰丽且形象化，表现力强，语言庄严、夸张，但有时流于堆砌，尽管埃斯库罗斯的悲剧在艺术上还显得比较粗糙，但他在悲剧早期发展阶段在内容和形式方面都作出了巨大的贡献。

✧ 索福克勒斯（前 496—前 406）

他是古希腊三大悲剧家之一，生活在伯利克里斯“黄金时代”，这正是雅典奴隶主民主政治的繁荣时期。他出生于商业主家庭，与民主派领袖伯利克里斯交情颇深，是温和的民主派。他始终保持民主思想，提倡民主精神，宣扬英雄主义，反对专制暴政。诗人一方面相信命运主宰一切的威力，但另一方面又推崇人的才智和力量，重视人和命运的斗争。他是雅典民主政治繁荣时期思想意识最完善的表达者。

索福克勒斯对古希腊的悲剧做出了杰出贡献，首先，他依靠人物性格的发展推动戏剧情节的发展，从多方面来刻画人物，人物形象栩栩如生。其次，他把演员人数在埃斯库罗斯的基础上又加入了第三个演员，从而加强了戏剧的对话和动作。第三，他使歌队由旁观者变为戏剧整体中的有机部分。最后，他不再写三部曲，而是写三个独立的悲剧。在这些改革下，他塑造的悲剧人物形象丰富多彩，悲剧形式也臻于完善，因此，他的作品深受雅典人的欢迎，被称为“戏剧艺术的荷马”。

传说索福克勒斯一生创作了 120 部剧本，现存完整的悲剧有 7 部，即：《埃阿斯》、《安提戈涅》、《俄狄浦斯王》、《埃勒克特拉》、《特拉基斯少女》、《菲罗克忒斯》、《俄狄浦斯在科罗诺斯》等。他的悲剧建立在人的坚强意志和英雄行为与命运的冲突上，曲折地反映了社会现实，表现了诗人的世界观。

《俄狄浦斯王》是索福克勒斯的代表作，取材于希腊神话。相传忒拜国王拉伊俄斯由于早先的罪恶，他的儿子注定要犯下杀父娶母的罪过。忒拜王在儿子生下后，便用铁丝穿捆他的脚踵，令仆人把他抛弃于荒郊野外。仆人出于怜悯，把他送给了一位牧人收养。后来，他竟成了科任托斯国王玻吕玻斯的儿子，取名俄狄浦斯。俄狄浦斯长大以后，知道自己将来要犯下杀父娶母之罪。为了逃避这可怕的命运，他离开了科任托斯国，逃往忒拜。在路途中，由于一时动怒，他失手打死了一个老人。当时，忒拜王国正瘟疫泛滥，他来到后，猜破了人面狮身女妖斯芬克斯的谜语，解除了忒拜人的苦难，因此被忒拜人拥立为王，并娶了前王的妻子。俄狄浦斯王在位16年，国泰民安，但不幸的是这个国家又出现了第二次瘟疫，从神谕中得知只有将杀害老国王的凶手驱逐出境，瘟疫才能平息。俄狄浦斯王为了拯救国家和人民，坚决追查凶手，要为民除害，最后他发现凶手竟然就是自己。原来，他在路途中打死的那个老人就是他的父亲前忒拜国王，而他的妻子就是他的母亲。当真相大白后，悲痛的王后伊俄卡斯忒自尽而死，俄狄浦斯极度悲愤，刺瞎了自己的双眼，离开忒拜城。

《俄狄浦斯王》是命运悲剧的典型，表现了人与命运的冲突，通过具有坚强意志的英雄对无法抗拒的命运的斗争，强调了人的自由意志和不屈的精神。俄狄浦斯王是悲剧的中心人物，他是一位高尚正直、爱国爱民的开明君主，也是一位具有独立意志，勇敢坚强地与命运做顽强抗争的悲剧英雄。尽管他最终也无法逃脱命运的捉弄，但他的崇高品格和英雄气概，与他所受到的不公正待遇，实际上是对人的抗争精神的肯定，是对命运的合理性的否定。在艺术方面，《俄狄浦斯王》结构复杂而严谨，布局巧妙，情节紧凑，曲折起伏。戏剧运用闭锁式结构，即去掉前情陈述，直接进入戏剧冲突，悬念与冲突同时交代，同时用倒叙手法交代前因，使观众不致迷惑，因此戏剧冲突不断深化，造成惊心动魄、波澜起伏的戏剧情势，形成浓郁的悲剧气氛。正因为主题与艺术的出色，这部剧被誉为“十全十美的悲剧”。

✧ 欧里庇得斯（前485—前406）

他出身贵族，生于公元前485年，比索福克勒斯晚10年，但同样经历了雅典奴隶主民主制的由盛转衰，目睹了雅典民主制的种种矛盾，对现实极为不满。尤其是在晚年，他反对暴政，反对内战，对神和宗教信仰持否定态度，因而他的行为和创作为当局所不容。70岁时，他不得不移居马其顿，两年后即公元前406年在那里去世。欧里庇得斯是三大悲剧家中更具有民主倾向的诗人，他拥护民主政治，但又深感民主制已濒临崩溃，因而他无法像埃斯库罗斯或索福克勒斯那样，怀着自豪的心情来歌颂那些与命运搏斗的英雄，而是以沉重的笔调描绘出社会的黑暗以及人们在反抗不合理的现实时所付出的巨大代价，他的悲剧反映了雅典奴隶主民主制衰落时期的社会现实和思想危机。

欧里庇得斯对戏剧的发展贡献巨大。他扩大了戏剧的题材，关心女性、家庭、伦理，反映现实生活，关心人本身。他坚持写实手法，以“现实中本来的样子”来塑造人物。更重要的是，他注重心理描写，被誉为“心理戏剧鼻祖”，开创了后来戏剧心理线索和情节线索二者结合的模式。欧里庇得斯一生共创作了92部戏剧，完整流传到今天的共有18部，是三大悲剧家中最多的一个。他的主要作品有：《美狄亚》、《希波吕斯》、《海伦》、《特洛亚妇女》、《请愿妇女》等。

《美狄亚》是欧里庇得斯的代表作，作品取材于古希腊神话有关伊阿宋的英雄传说。伊阿宋曾到科尔喀斯去取金羊毛，当地国王的女儿美狄亚热烈地爱上了他。美狄亚主动帮助伊阿宋克服了种种艰难险阻，夺取了金羊毛，两人一起逃出了科尔喀斯，结为夫妻。但不久，伊阿宋就因为财富和地位而变了心，他准备抛弃美狄亚，另娶科林斯国王克瑞翁的女儿为妻。克瑞翁为了女儿的利益，决定把美狄亚和她的两个儿子一起驱逐出境。美狄亚苦苦哀求无效，十分愤怒，她下定决心一定要报仇。她在伊阿宋结婚之前，利用巫术进行报复，她送给新娘一件涂满了毒药的锦袍和一顶金冠，当公主穿上那件锦袍时，即刻燃起熊熊烈火，公主被烈火烧死。美狄亚为了惩罚忘恩负义的丈夫，也为了使孩子免遭仇人的报复，亲手杀死了两个亲生儿子，然后乘龙车离开了这个伤心之地。

美狄亚是这出悲剧的主人公，是一个坚强勇敢而富有反抗精神的女性形象。她聪明倔强、感情炽烈、敢爱敢恨，为了爱情她付出了背叛父亲和杀死兄弟的高昂代价，但最终却被丈夫遗弃，面临被驱逐的下场。在只身无援、被逼到绝境的情况下，炽热的爱情化作仇恨的怒火，她不顾一切地采用了极野蛮的方式报复伊阿宋的不忠。这个形象具有强烈的现实意义，当时的妇女没有社会地位，丈夫可以任意抛弃妻子，正如主人公在剧中所说的“在一切有理智、有灵性的生物当中，我们女子算是最不幸的”。诗人以同情的笔触描写了美狄亚的遭遇，歌颂了她坚强不屈的反抗精神。

《美狄亚》充分体现了欧里庇得斯的艺术成就。作品中的写实手法和心理描写已达到了很高的水平。伊阿宋是古代英雄，但诗人是按照现实中的人、现实中的生活样式来描写的，给人以真实之感。作品中还着力描绘了美狄亚由热烈的爱发展到强烈的恨的心理变化，尤其是杀子前母爱与复仇之间的复杂、矛盾情感描写得极为细腻。欧里庇得斯的创作对欧洲戏剧的发展产生了很大影响。

二、古希腊喜剧

古希腊喜剧起源于祭祀酒神的狂欢歌舞和民间滑稽戏，它的发展和繁荣比悲剧晚。最初，它只是祭祀仪式中的附带节目，地位比悲剧低。公元前 6 世纪左右，喜剧流传到雅典，并在公元前 487 年被确定为酒神节上的正式节目，每年举行比赛，从此，喜剧逐渐繁荣起来。希腊喜剧大半是政治讽刺剧和社会讽刺剧，它的繁荣与当时的社会政治有关。当时，雅典奴隶主民主制处于危机时期，内战频繁，贫富对立加剧，社会矛盾比较尖锐，但言论还比较自由，因而以揭露社会矛盾、讽刺现实为主要特征的喜剧便兴盛起来。古希腊喜剧多取材于当代的现实生活，对人们普遍关心的重大政治问题发表意见，由于喜剧从民间的祭仪和滑稽戏演变而成，因此从故事情节、人物形象到台词、动作，都非常夸张、滑稽，甚至有些荒诞、粗俗，但表现的主题却是严肃的。

古希腊喜剧大约经历了旧喜剧（前 488—前 400）、中期喜剧（前 400—前 336）和新喜剧（前 336—前 250）三个阶段。旧喜剧主要是政治讽刺剧，以阿里斯托芬为代表。他也是唯一有完整作品传世的旧喜剧诗人。中期喜剧只剩下一些剧目和很少的一点片段，一般以为，阿里斯托芬的《公民大会妇女》（前 392）和《财神》（前 388）具有中喜剧的某些特点。新喜剧当推米南德（前 342—前 292?） 最为著名，代表作有《恨世者》等。从现存材料看，旧喜剧比中期喜剧和新喜剧更丰富重要。旧喜剧的讽刺对象主要是社会著名人物，特别是当权人物。剧中大半是普通人，角色比悲剧多一些，每部喜剧一般由开场、进场、对驳场、插曲、评议、退场六个部分组成。对驳场突出主题，是戏剧的核心。斗争一方胜利之后是一些欢乐的场面，显示胜利的结果。

亚里士多德认为，喜剧是对丑的和滑稽的事件和人物的模仿，但是他有轻视旧喜剧的意思。实际上，旧喜剧的表现形式是轻松的，但它的意图是严肃的。喜剧作家善于利用日常生活中的琐事和滑稽、偶然的事件，通过夸大来表现生活的本质。喜剧通过嘲笑而起教育作用。

古希腊曾先后产生过三大喜剧诗人，但留传下完整作品的只有阿里斯托芬。

✧ 阿里斯托芬（约前446—前385）

他是古希腊杰出的喜剧作家，被恩格斯赞誉为“喜剧之父”和“有强烈倾向的诗人”。他是希腊文学史上光辉的古典时期中最后一位伟大的戏剧作家。

传说他一生共创作了44部喜剧，现存11部，其中主要作品有：《阿卡奈人》、《骑士》、《云》、《马蜂》、《和平》、《鸟》、《公民大会妇女》、《财神》、《蛙》等。这些喜剧表现了当时的重大政治问题和社会问题，鲜明地体现了作家的思想倾向，富于强烈的现实性和批判性。在《阿卡奈人》、《和平》等剧中，诗人突出了战争与和平的主题，表现了坚决反对内战和侵略战争、竭力维护和平的观念，歌颂了抗击侵略者的爱国精神。在《骑士》、《马蜂》等作品中，诗人愤怒地揭露了雅典政治的腐败，猛烈抨击了当权者的好战贪利和对人民的愚弄。在《公民大会妇女》、《财神》等剧中，诗人提出了财产不平等的问题，提出了平均财富的思想。阿里斯托芬对妇女问题也非常注意，他反对妇女没有政治权利的不平等现象，批判轻视妇女的思想。在《鸟》、《公民大会妇女》等作品中，诗人认为妇女也了解政治问题，能够挽救城邦、治理国事。他主张妇女参政，但又不主张妇女彻底解放。阿里斯托芬还留下一些关于创作的言论，在《阿卡奈人》和《蛙》等剧中，诗人提出了喜剧和诗人对人民的教育作用，强调写作喜剧的目的是为了发扬真理，支持正义，给人民指出教训，把他们引上幸福之路，他最早明确地表述了文艺的社会功能。

《阿卡奈人》是阿里斯托芬第一部成功的喜剧。这出戏以雅典集团和斯巴达集团的战争为背景，描述了农民狄开俄波利斯单独与斯巴达媾和的故事。持续了六年之久的内战给人民带来了深重的灾难，但阿卡奈人只知道斯巴达军队侵略了他们，极力主张复仇不准讲和。勇敢机智的阿提卡农民狄开俄波利斯坚决反对祸国殃民的内战，一心追求和平，他驳斥了阿卡奈人的主张，冲破了主战派的阻挠，终于单独与斯巴达人讲和了。结果，主战派将领身负重伤，大败而归，狄开俄波利斯则过着和平幸福的生活，得意洋洋。诗人在剧中运用了对比夸张的手法，突出了战争的苦难与和平的幸福，指责内战的不义性，主张各城邦团结友好，共同对付外来的侵略威胁，表达了人们要求和平的强烈愿望。全剧由一系列闹剧场面组成，显得滑稽、荒诞，但在滑稽、荒诞的形式下，每一个场面都包含着深刻而严肃的思想。

《鸟》也是阿里斯托芬的杰作之一，是流传至今的唯一以神话幻想为题材的喜剧作品。这部现存最长的诗剧（1765 行）已被许多行家认定是旧喜剧中首屈一指的精品。它描写两个雅典人不满生活的混乱，逃至鸟的国度。这两个雅典人和一群鸟一起在天和地之间建立了一个“云中鹁鸪国”。这个国家是一个理想的社会，在这里大家都是平等的，没有压迫与奴役，没有贫富之分，劳动是生存的唯一条件。这部喜剧讽刺雅典城市中的寄生生活，是欧洲文学史上最早描写理想社会的作品。在艺术性方面，《鸟》无疑是阿里斯托芬最优秀的作品。剧中情节生动、构思巧妙、布局合理、色彩绚丽，由合唱队扮演的飞鸟出入林间，五色缤纷。全剧富于幻想，抒情气氛浓厚。在阿里斯托芬的剧作中，这部喜剧的结构最完整。

阿里斯托芬的喜剧大部分取材于现实生活，着重表现现实问题和政治问题，具有强烈的倾向性。但他在创作中所采用的手法则是极其夸张的。诗人以极其丰富的想象力，虚构出种种离奇的戏剧情节，刻画出种种特殊的人物性格，揭示出生活的本质。他的戏剧语言来自民间，朴素、自然、诙谐、生动，既有粗俗的插科打诨，又有优美的抒情诗歌。海涅曾说：“阿里斯托芬的喜剧像童话里的一棵树，上面有思想的奇花开放，有夜莺歌唱，也有猢狲爬行。”阿里斯托芬的戏剧创作对欧洲戏剧的发展产生了极为深远的影响。

第二章　中世纪文学

第一节　概　　述

从公元 476 年奴隶制的西罗马帝国灭亡到 17 世纪中期英国资产阶级革命爆发，是欧洲历史上的“中世纪”。“中世纪”是欧洲封建制度形成、发展和衰落崩溃的历史。一般认为，“中世纪”可分为三个时期：公元 5 世纪至 11 世纪是封建社会的初期，是封建社会的形成时期；12 世纪至 15 世纪是封建社会的中期，是欧洲封建社会的全盛时期；15 世纪至 17 世纪中期，既是封建社会的末期，也是欧洲资本主义生产的萌芽时期。“中世纪”的文学发展有其独特规律和特点，它的分期不完全等同于历史分期。就文学史而言，欧洲中世纪文学（中古文学）指的是欧洲封建社会初期和中期的文学，而封建社会后期的文学一般称为文艺复兴时期的文学。

西罗马帝国是在奴隶起义和外族入侵的情况下灭亡的。入侵的外族大多是来自北方的日耳曼人，他们在罗马帝国的废墟上建起了许多大大小小的国家。这些国家在氏族公社解体、土地集中和农民被奴化的过程中，逐步完成了由氏族社会直接到封建社会的过渡。公元 8 世纪末、9 世纪初，其中的法兰克王国在查理大帝的统治下，通过征战不断扩大疆域，建立起了一个强大的封建帝国。法兰克王国的建立，标志着欧洲封建社会的正式形成。欧洲封建社会形成后，社会的主要矛盾是封建主与农奴之间的矛盾。这个矛盾决定了欧洲中世纪历史发展的基本特点。

欧洲封建社会文化的发展是和基督教分不开的。基督教在当时的社会政治生活中起着十分重要的作用，对文化的影响至为巨大，在欧洲精神文化领域中占有绝对的统治地位，当时社会的政治、经济、宗教、学术、文学及人们的日常生活，无不受到基督教的支配和影响。在中世纪，天主教会垄断了文化教育，一切学术科学都成了神学的奴婢，一切文化艺术都被染上了宗教色彩。教会实行愚民政策，不给广大人民受教育的机会。教会把一切学术都纳入神学的范畴，视哲学为“神学的婢女”，视科学为“宗教的仆人”，凡是与神学相抵触的正确思想，都被视为异端，遭到残酷镇压。教会还敌视古代希腊、罗马的异教文化，销毁古代文物典籍，压制各民族传统的文化活动，尤其反对世俗的文学艺术，认为文艺是虚构的，是说谎，不是给人以真理，而是挑拨情欲，伤风败俗。教会对文化教育的垄断，严重阻碍了欧洲中世纪科学与文化艺术的发展，阻碍了社会的进步。在中世纪的文学中，宗教文学作品占有突出的地位。但是，除了教会文学之外，还存在着世俗的英雄史诗、骑士文学以及市民文学等。

一、教会文学

在中世纪，由于僧侣阶级垄断了文化教育，因此一切文化和学术都染上了浓厚的宗教色彩，中世纪早期更是如此。凡是与基督教教义相抵触的信仰和学说一概加以排斥，甚至力图加以消灭。教会对古希腊罗马文化十分敌视，对古代的文物典籍想方设法与以销毁。著名的亚历山大里亚图书馆被付之一炬，大批艺术珍品被毁弃，仅保存了古代文化中有利于基督教会统治的一小部分，而对其他各民族人民原有的神话、传说、宗教信仰的文化活动，一律采取压制政策。

基督教会统治的理论基础是《圣经》，《圣经》的主导思想是博爱主义。《圣经》包括《旧约》和《新约》。《旧约》是希伯来人古代典籍的总汇，其中包括神话、传说、民间故事、宗教律法、谚语格言以及情歌等。《新约》是基督教初期产生的关于耶稣及其使徒们的传说、言行录和书信。《圣经》中包括一些有价值的史料和文艺作品，但僧侣们对《圣经》妄加解释，宣传人类负有原罪，因而在现世理应受苦、安贫守贱，顺从上帝的安排，只把希望寄托于来世，这样，《圣经》就完全成了封建统治者的理论根据了。随着基督教的发展，《圣经》对欧洲社会和文学产生了深远的影响。

教会文学又称僧侣文学。教会文学主要指当时的教士和修士写出的文学作品，是被用来宣传教义、进行宗教统治的文学，使用的文字主要是拉丁文、希腊文和教会斯拉夫文。教会文学在中世纪欧洲文学史上长期占据统治地位，在公元 5 世纪至公元 10 世纪，是欧洲唯一的书面文学。11 世纪之后，教会文学的势力仍然很强大。

教会文学的体裁种类繁多，有圣经故事、圣徒传、祷告文、圣者言行录、梦幻故事、奇迹故事、宗教剧等。文学题材大多取材于《圣经》，描写上帝万能、圣母奇迹、圣徒布道和信徒苦修等。创作目的主要是宣传宗教教义，宣扬神的权威，鼓吹禁欲主义和来世思想。这种文学的主要功用是，它用根本不存在的天堂幸福诱惑欺骗被压迫、受剥削的人民，使其俯首贴耳忍受社会的苦难，以维护封建主阶级和教会势力的血腥统治。一般来说，教会文学思想价值不大，但是也有一些作品，如法兰西加洛林时期出现的保罗的《伦巴德人史》，英国下层僧侣作家兰格伦的叙事长诗《农夫彼尔斯》等，表现出许多非宗教性的思想感情，有一定的价值。教会文学在艺术上，多采用梦幻故事的形式和寓意性象征性的表现手法写成，并将这些艺术形式和手法发展到了成熟阶段。这是对古希腊古罗马以来艺术形式的巨大发展。

二、英雄史诗

在欧洲中世纪，民间文学占有极为重要的地位。在民间文学基础上发展起来的英雄史诗是中古文学的重要组成部分。从作品的内容和形成的时间上来看，英雄史诗可大致分为两大类：一类是中世纪早期的英雄史诗，是氏族社会末期形成的“不自觉的”艺术创作；另一类是中世纪中期的英雄史诗，是封建社会确立时代的艺术作品。

早期英雄史诗反映的是氏族社会末期部落英雄的光荣事迹，并带有神话色彩。这些作品是民族大迁移时代的产物，是氏族社会末期各族人民的口头创作和集体智慧的结晶。这些作品的主人公是氏族部落英雄，内容描写的是他们为氏族部落所建立的丰功伟绩和所进行的血亲复仇斗争，以及同自然所进行的斗争，表现出浓郁的群体意识和英雄主义精神。其中著名的史诗有冰岛的《佛尔松萨迦》、日耳曼人的《希尔德布兰特之歌》、芬兰的《卡勒瓦拉》、盎格鲁-撒克逊人的《贝奥武甫》等。这些作品具有人类早期的宗教思想，在流传中还被加进了许多基督教色彩。

《贝奥武甫》是这类史诗中出现较早、保留较完整的作品，共3100余行。它大约在公元7世纪末、8世纪初形成。在成书之前，史诗已在民间广为流传，8世纪初由基督徒用古英语写成文字。全诗反映的是北欧人处在氏族社会阶段时在大陆的生活，共分两部分。第一部分描写了瑞典南部耶阿特族国王许耶拉克的侄子贝奥武甫听说丹麦王宫受到半人半兽的怪物格伦德尔的袭击后，率领14名武士渡海前往除妖。经过激烈而惊险的搏斗，贝奥武甫先后消灭了格伦德尔和他的母亲，为丹麦人民带来了安宁。第二部分则叙述了贝奥武甫当上了耶阿特族的国王以后的英雄业绩，年老的贝奥武甫为了除掉祸害人类的火，带领11名武士向火龙攻击，最后杀死了火龙，但自己也因伤势过重而死去。

《贝奥武甫》中现实成分和神话因素交织在一起，以传说和幻想的形式反映氏族制末期的社会现实，具有很高的认识价值。贝奥武甫是理想的氏族英雄形象，他虽然是氏族贵族，但对于部落集体极为忠诚，富于献身精神，在同自然暴力和社会邪恶势力的斗争中，完全把个人生死置之度外。这部史诗歌颂了贝奥武甫勇敢保卫氏族集体的英雄主义精神和慷慨、仁爱，勇于牺牲的高贵品质，他是氏族社会末期人们心目中理想的英雄。

中期英雄史诗与早期的史诗不同，往往是以某一历史事件为基础，虽有传奇的色彩却不具备神话性。中期英雄史诗也是在民间创作的基础上形成的，大约在12世纪至13世纪被文人整理加工编订记录下来，它们是封建制度确立后的产物。史诗的主人公是封建国家的英雄，他们大都具有民族意识，并且英勇善战。作品表现的是他们忠君爱国的观念和统一祖国、为民族建功立业的英雄主义精神。中期英雄史诗神话因素大大减少，只存在一些残留痕迹，但基督教义的内容却大大增加，英雄的奇功伟业往往与宗教奇迹融合在一起，甚至有的英雄人物的爱国行动表现为同异教徒的斗争。最著名的作品有法国的《罗兰之歌》、西班牙的《熙德之歌》、德国的《尼伯龙根之歌》、俄罗斯的《伊戈尔远征记》等。

《罗兰之歌》是这些史诗中最优秀、最有代表性的作品。它大约形成于11世纪末，全诗共4002行。诗中叙述的故事发生在查理大帝时代。主人公罗兰跟随查理大帝出兵西班牙，经过七年苦战，已征服西班牙大部，只剩下萨拉戈萨国还没有称臣。萨拉戈萨国王见大势已去，被迫派遣使者求和。在谈判过程中，查理大帝的姐夫加奈隆为报复罗兰，竟然与敌人勾结，在查理大帝班师回国的途中，敌人集中兵力，袭击了罗兰率领的断后部队。

罗兰率军英勇迎战，但终因众寡悬殊而全军覆灭，罗兰也壮烈牺牲。当查理大帝赶到时，看到的只是遍野横陈的法兰克人的尸体，愤怒的查理率军全歼敌人并处死卖国贼加奈隆。

《罗兰之歌》是一部爱国主义诗篇，作品歌颂了主人公罗兰的忠君爱国精神。封建社会，尤其是在民族斗争中忠君与爱国是统一的，史诗里的查理大帝是国家统一与强盛的象征，他英明勇武，威武和名声甚至敌人也表示敬畏，这样一个贤明、强大，能保卫祖国，又能制服封建主叛乱的国王，正是当时人民所要求的。因而在罗兰看来，为查理大帝而战就是为法兰西而战，于是在征服西班牙的战斗中，他表现出了坚毅勇敢、不怕牺牲的英雄气概。史诗的这种思想符合当时人民要求建立统一强大的君主专制国家愿望，所以罗兰这个形象也就被人们理想化，并按照基督教的观点，让他的灵魂由上帝天使接到天堂里去了。

《罗兰之歌》在艺术表现上也是很成功的。作品截取七年战争过程中的一段时间，以一个事件为中心，只写战争的最后一年，情节组织得十分集中、紧凑、富有戏剧性；史诗的结构采用敌我双方平行描写的方法，叙事明快，有条不紊；诗中经常使用重叠、对比、夸张的方法，风格粗犷朴素，形象鲜明突出，这是民间创作艺术特色的反映。

除长篇史诗以外，中古时期欧洲许多国家的民间还流传着一种诗歌形式——谣曲。谣曲是一种故事性的诗歌，它是从民间口头文学发展而来的。同英雄史诗相比，谣曲的题材比较广泛，歌颂的大多不是封建骑士和君主，而是一些人民喜爱的反抗封建压迫的英雄形象，其中具有代表性的作品是俄罗斯的英雄歌谣和英国的《罗宾汉谣曲》。

俄罗斯的英雄歌谣产生于俄国封建社会的早期，即基辅罗斯时代至蒙古人入侵的时期。这些英雄歌谣实际上是一些不太长的歌谣体叙事诗，主要是歌颂人民自己的英雄人物。作品的中心人物是一些农民出身的“勇士”，其中最著名、最动人的是穆罗姆人伊利亚。他是农民出身，大公无私、力大无比，且正直善良、性情平和，但对于贵族和王公们的无礼决不容忍。他有极高的自尊心，这对于一个封建时代备受屈辱与压迫的农民来说是极为难能可贵的品德。然而最主要的，是他热爱祖国，是一个自觉地保卫祖国和人民的英勇战士。

《罗宾汉谣曲》是一组关于英国绿林好汉罗宾汉及其伙伴们的谣曲。传说罗宾汉是英国12 世纪的自由农民，他性格豪爽，武艺高强，憎恨豪富的不仁，同情穷人的不幸。因不堪地主压迫逃往绿林，他结交一批“法外之民”，组成了一支由绿林好汉组成的武装队伍。他率领这伙好汉，专门同官吏、地主及僧侣作对，他们抢劫贵族、僧侣，救济贫苦农民。哪里有封建主压迫人民，哪里就有罗宾汉兄弟出现。作品塑造了绿林好汉罗宾汉和他的伙伴们的形象，歌颂了他们在斗争中所表现的机智和勇敢，赞美了他们劫富济贫、仗义疏财的侠义行为。这组谣曲曾在民间广为流传，罗宾汉的形象深受人民的爱戴，并为全世界人民所熟知。

三、骑士文学

骑士文学是中世纪欧洲特有的一种文学形式，是骑士制度在文学上的反映，体现了世俗封建主义文学的主要成就。11 世纪、12 世纪，封建制度确立以后，西欧的封建领主之间经常为争夺土地而打仗。为了获胜，封建领主都拥有一批武士，这些武士逐渐形成了骑士阶层。最早的骑士来自中小地主和富裕农民子弟，他们在替大封建主打仗的过程中，获得土地和其他报酬，逐渐也成了小封建主，他们是大封建主豢养的封建武装，是封建主阶级最下层的一个等级或阶层，被称为“骑士”。十字军战争时期，骑士为宗教服务，发挥了重要作用，在频繁的征战中骑士的社会地位大大提高，逐渐形成了骑士制度。获得骑士称号是下层封建主的一种荣誉，封建主子弟只有经过特殊训练和经过举行一定的仪式后，才能受封为骑士。骑士的信条是“忠君、护教、行侠”；行为举止要求“文雅知礼”。当时的骑士把个人荣誉看得高于一切，他们要效忠于自己“心爱的贵妇人”，要为争取和维护自己的荣誉去冒险和建立功勋。骑士文学反映的就是骑士阶层的理想。骑士文学盛行于西欧，法国是骑士制度最发达的国家，因此也是骑士文学最兴盛的地方。骑士文学的主要内容是描写骑士的冒险经历和他们的典雅爱情，表现骑士精神。主要体裁是骑士抒情诗和骑士传奇。

1．骑士抒情诗

骑士抒情诗最早产生在法国南部的普罗旺斯，12 世纪至 13 世纪，普罗旺斯的经济发达，骑士制度也比较发达，所以骑士抒情诗非常繁荣。普罗旺斯的诗歌是在宫廷中发展起来的，它的形式多半借助民歌形式演化而成，有短歌、感兴诗、牧歌、小夜曲、破晓歌等，大多以爱情为主要内容。普罗旺斯的诗歌以“破晓歌”最著名，这些“破晓歌”描写的是骑士和贵妇人夜晚幽会后在黎明离别的缠绵感情。这些骑士抒情诗的内容虽然千篇一律，但由于描写的是现实生活的感受，所以在当时很受人们的欢迎。普罗旺斯抒情诗在艺术上也有独特的技巧，它从民间诗歌中吸取营养，形式多样，诗律严格，语言精练，心理描写细致。普罗旺斯的骑士抒情诗曾传遍西欧各国，对欧洲诗歌的发展产生了较大的影响

2．骑士传奇

骑士传奇又称骑士叙事诗，主要流行于法国北部。这种诗歌的作者被称为“特鲁维尔”，亦即行吟诗人。骑士叙事诗一般都比较长，内容都是写盖世无双的骑士英雄或为了向倾国倾城的贵妇人表示爱情，或为了能获得骑士的荣誉，或为了讨伐异教徒而进行的各种冒险游侠行动。骑士叙事诗不同于英雄史诗，它没有历史事实根据，大多出自诗人的虚构。依据骑士传奇的题材来源可分为三个系统。

（1）不列颠故事系统，指以古代克尔特人的亚瑟王与圆桌骑士为中心的故事诗。其中著名作品有法国 12 世纪诗人克雷缔安·德·特洛亚的《朗斯洛，或坐囚车的骑士》、《伊凡，或狮骑士》，以及在德、法流行很广的《特里斯丹和依瑟》等。

（2）拜占庭系统，指在拜占庭流传的以希腊晚期传说为题材的拜占庭叙事诗，代表性的作品是 13 世纪流传的《奥卡森和尼柯莱特》。这部作品描写了贵族子弟奥卡森为了与女俘虏的爱情，竟然忘记了保卫祖国、抗击敌人的职责。

（3）古代系统，一般是模仿古希腊、罗马文学作品的叙事诗，如《亚历山大传奇》、《特洛伊传奇》、《埃涅阿斯传奇》等。这类作品不是重现古代生活，而是把古代生活中世纪化，其中的传奇英雄都表现了中古骑士的爱情和荣誉观点。

骑士传奇从思想上看，很多作品美化骑士阶层和骑士制度，宣扬骑士精神，掩盖其为

封建主效忠的冷酷残暴的本质，宗教色彩浓厚，这些都是其消极因素。但有的作品反映了封建阶级的内讧和下层人民的反抗精神，歌颂对禁欲主义有冲击作用的爱情，赞美锄强扶弱、保护妇女的侠义行动，这些又都具有一定的积极意义。骑士传奇在艺术上具有鲜明特色，它的浪漫情调、离奇情节、爱情故事，对后世浪漫主义文学颇有影响。

四、市民文学

市民文学是 12 世纪以后随着工商业中心城市的兴起而产生的反映市民思想感情的世俗文学。从 11 世纪起，由于手工业和农业的分工、商业的发展，欧洲许多国家出现了以手工业和商业为中心的城市。从事工商业的市民为了维护和发展自己的利益同封建主和城市贵族经常进行斗争，市民文学就是适应市民这种政治要求和生活愿望，在民间文学的基础上发展起来的。市民文学取材于城市的日常生活，反映市民最关心的社会问题，主要内容是揭露、抨击封建主和僧侣的残暴、贪婪、愚蠢，赞美市民的勇敢、机智、聪敏，具有鲜明的反封建、反教会的倾向。市民文学的语言生动鲜明，风格生动活泼，主要形式有韵文故事、长篇叙事诗、抒情诗和城市戏剧等。在中世纪的欧洲，法国是城市最发达的国家，因而也是市民文学最兴盛的地方。

1．韵文故事

韵文故事是法国最流行的一种市民文学类型，数量很多，但流传到现在的只有 150 余篇。这些作品大多是日常生活中滑稽荒诞的故事，主要是讽刺嘲笑僧侣和贵族。如《驴的遗嘱》描写了某主教控告一个把死驴埋在教会领地的穷教士，说他犯下了亵渎神灵的罪过。穷教士急中生智，说是驴子生前攒下 20 个金币，并立下遗嘱捐赠给教会。那主教一听，立即改口说上帝饶恕了他的罪行。主教为得到 20 个金币竟然随意改变上帝的旨意，充分暴露了其贪婪的本性。韵文故事中还有许多以赞赏的态度反映农民聪明机智的作品，如《农民医生》、《农民舌战天堂》等。韵文故事的特点是故事性和讽刺性都很强。

2．长篇叙事诗

长篇叙事诗在市民文学中取得的成就最高，代表作是法国的《列那狐传奇》。它是在民间创作动物故事的基础上发展起来的，约形成于 12 世纪后半到 13 世纪中叶。长诗有 25 000 余行，分 27 组，每组包含若干小故事。它们各有独立性，但又有共同主人公狐狸列那。作品以兽喻人，将各种动物高度人格化、个性化，生动形象地展示出中世纪社会中各阶级间的关系，真实地反映了中世纪封建社会中各种社会力量之间的复杂斗争，肯定了新兴市民阶级对封建统治者斗争的胜利。其中列那狐象征新兴的市民阶级；猛兽象征封建统治阶级的教会；弱小动物象征贫苦的下层平民。作品的主要线索是列那狐与伊桑格兰狼之间的斗争故事。列那和狼之间有着深刻的仇恨，狡猾多谋的列那便多次利用它的聪明，让虽然力大凶狠，又贪婪愚蠢的伊桑格兰吃尽苦头。如列那以剃发入戒可吃到美味烤鱼为诱饵，用开水把伊桑格兰烫得焦头烂额；列那授意狼在尾巴上拴上桶，放入冰河中钓鱼，结果尾巴冻住了，狼跑不动了，被人狠狠揍了一顿。但是列那又经常欺侮鸡、兔、蜗牛等弱小动物，于是，百兽们都向狮王控告，狮王不得不开庭审判列那。《列那狐传奇》用动物世界来影射人类社会，列那同猛兽斗争反映了市民同贵族的矛盾，赞美市民的才干、机智，嘲讽封建势力的残酷、贪婪和愚蠢。列那欺侮小动物则表现市民阶层内部的矛盾，谴责了上层市民弱肉强食的行径。这部故事的艺术风格明快、朴实、诙谐、风趣，不仅有浓厚的生活气息，而且富于喜剧色彩，充分体现了中古法国市民文学的艺术风格。

长诗《玫瑰传奇》也是法国市民文学中的一部重要的长篇叙事诗。作品以中古文学中惯用的寓意手法，描写了诗人对象征心中恋人的“玫瑰”的追求。长诗分两部分，第一部分写于13世纪初，共4 000余行，相传是教士吉约姆·德·洛利斯为表现自己的爱情生活所作。作品的第二部分由巴黎市民让·德·墨恩于13世纪60年代完成，共17 000余行。作品的内容虽然前后矛盾，但基本倾向是表现市民阶级反封建、反教会的思想感情。从艺术上看做品中隐喻、梦幻、象征等手法的运用十分高超。

3．抒情诗

抒情诗出现于13世纪以后，法国的市民抒情诗成就也较高，出现了以吕特勃夫和维庸为代表的一批市民抒情诗人。吕特勃夫是中世纪欧洲第一位市民抒情诗人，出身社会下层，生活贫困。他的诗多半描写自己的贫苦生活，表达了诗人对腐败现象不满的心理，写有《吕特勃夫的贫困》和《吕特勃夫的婚姻》。维庸是这一时期成就最高的抒情诗人，一生生活在痛苦与悲愤之中，他著有《小遗言集》、《大遗言集》两部诗集，以写“遗言”来自我解嘲。诗人体察到了贫富间的差别，但对现实没有批判，作品流露出一种无为的思想情绪。

4．城市戏剧

城市戏剧是随着城市的发展逐渐兴盛起来的，中世纪欧洲城市戏剧主要有宗教戏剧和民间戏剧。宗教戏剧是从教会仪式中的唱诗演变而来的，主要表演宗教故事，演出地点在教堂，内容主要是宣传宗教教义。城市兴起后，市民有了自己的戏剧活动，演出地点也搬到了集市上，戏剧的性质也发生了变化，于是有了民间戏剧。世俗的市民戏剧主要有道德剧、愚人剧、笑剧等。道德剧主要宣传伦理道德，劝善惩恶，其手法多用寓意；愚人剧一般用人物傻言傻行嘲讽贵族和教士，有的也针砭时弊；笑剧（也称滑稽剧）以滑稽戏谑的手法直接反映市民的生活与处世哲学，表现他们的人生哲学，内容有着很强的现实性，以法国作品《巴特兰律师》最为著名。作品充满了戏谑的嘲弄，赞扬了以智谋战胜他人的市民意识，表现了新兴的市民阶级对自己力量的信心，在当时具有积极意义。

综上所述，欧洲封建社会形成、发展和全盛时期的文学称为欧洲中世纪文学。在这一时期，欧洲文学不再局限于希腊罗马，而是不断扩大自己的范围，各个国家都从此时开创本民族的文学史。当然，在这一发展时期中，由于战乱和基督教的影响，古典文化遭到毁灭性的破坏，文学是在民间文学和基督教文化的基础上重新起步的。到中世纪中期，欧洲文学已取得了很高的成就。英雄史诗、民间诗歌和一些骑士文学，成为人类文学史上有重要地位和价值的作品，新兴的市民文学和戏剧已是近代文学的先声。这些文学成就为近代欧洲文学的繁荣打下基础。因此，中世纪文学是欧洲文学史上一个不可缺少的发展环节。

第二节 但　丁

一、作者生平

✧ 但丁·阿里盖利（1265—1321）

他是意大利从中世纪向文艺复兴运动过渡时期最有代表性的作家和诗人，人文主义的先驱者。他的创作标志着欧洲中古文学向近代文学的过渡。恩格斯称这位承前启后、继往开来的诗人是中世纪的最后一位诗人，同时又是新时代的最初一位诗人。

但丁出生在佛罗伦萨，他是古罗马人的后裔，高祖父是个贵族，曾随神圣罗马帝国皇帝参加第二次十字军东征，立下战功被封为骑士，最终战死在圣地。但丁诞生时，家道已经中落，五六岁的时候，母亲去世。但丁的父亲据说当过法庭文书，大约在他 18 岁的时候，父亲也病故了。从此但丁孤苦伶仃，他把全部的精力都倾注于学习，在著名大学者布鲁内托·拉丁尼的指导下，他勤奋攻读，对拉丁语、修辞学、逻辑学、诗学、伦理学、哲学、神学、历史、天文、地理、音乐、绘画等，无不潜心研究。他阅读荷马、维吉尔、贺拉斯、奥维德的诗卷，接触法国骑士文学和普罗旺斯抒情诗，他在智慧的海洋里汲取丰富的养料，成为那个时代最博学的人之一。

但丁很早就参加了政治活动。他在青年时代就参加了代表市民利益的贵尔夫党，积极投入反对封建贵族的斗争。当他所参加的政党击败代表封建贵族利益的基伯林党之后，但丁被选为佛罗伦萨的执政官之一。不久，他们的政党又分裂为黑白两党，但丁站在白党一边，反对拥护教皇的黑党。1302 年，黑党在教皇的支持下获胜，取得了政权，并对白党进行迫害，但丁全部家产被没收，并被判永久流放，从此，他开始了近 20 年的流放生涯。尽管流亡生活非常艰苦，但他在流放期间亲眼看到祖国壮丽的山河，开阔了视野，丰富了自己的人生体验，加深了爱国思想。他对意大利面临的社会政治问题，对自己肩负的揭露黑暗、唤醒人心、复兴意大利的历史使命，有了更深切的认识。他断然拒绝佛罗伦萨统治者提出的要他宣誓忏悔以取得赦免重返家园的要求，因此，1315 年，他又被缺席判处死刑。晚年，但丁定居拉维纳。1321 年 9 月 14 日因病逝世。

二、创作概况

但丁 18 岁时开始诗歌创作。他的第一部作品是献给他所钟爱的少女贝雅特丽齐的抒情诗集。贝雅特丽齐是但丁少年时邻居家的姑娘，虽然只见过几次面，但丁却把她当做崇高美德的化身，对她产生了带有神秘色彩的精神爱情，这是一种近乎骑士式的精神之爱，可是对但丁后来的创作却产生了深远的影响。1290 年贝雅特丽齐因病去世，但丁把自己写的献给贝雅特丽齐的抒情诗，用散文串联起来组成诗集，取名《新生》。在这些赞美的诗歌中，但丁把贝雅特丽齐描写成天使，抒发了对贝雅特丽齐纯洁热烈的爱情，洋溢着诗人对现实人生的热爱，对纯洁爱情的歌颂，当然也流露出诗人深切的悲哀。从艺术上看，《新生》摆脱了中世纪宫廷诗歌的束缚，独创出一种清新自然的诗风。

但丁最重要的作品都是在遭流放期间完成的。这些作品有《神曲》、《飨宴》、《论俗语》、《帝制论》、《告意大利各王公和人民书》等。

《神曲》是但丁的代表作，是一部具有划时代意义的伟大作品。

《飨宴》是意大利第一部用俗语写成的学术论著，它打破了中世纪学术著作必须使用拉丁文的清规戒律，是一部百科全书性质的诗体论文集。作品的重要意义在于强调理性，认为理性是人与兽区别的标志，唯有理性，才使人高贵，接近上帝。诗人赞颂人的伟大，指出人的高贵不在于血统和门第，而在于人的美德，只要具备人文主义思想，“人的高贵就超过天使的高贵”。诗人希望人们通过精神道德完善走上人生的正道。从但丁整个创作思想发展过程来看，《飨宴》是从《新生》向《神曲》过渡的桥梁。

《论俗语》是最早的一部关于语言和诗律的著作，用拉丁文写成。但丁着重批判了中世纪推崇拉丁文的偏见，对意大利语言的发展作了精辟的论述。他把意大利的方言按其特点划分为 14 种，阐发了以佛罗伦萨方言为基础的俗语的优越性。《论俗语》为意大利民族语言和文学语言的发展奠定了理论基础。但丁还谈及诗的语言、诗的本质、诗的题材等一系列理论问题，指出诗歌应该使用最光辉的语言，诗必须是“写得合乎韵律，讲究修辞的虚构故事”，诗应当反映“最高贵的事物”：安全、爱情、美德。

《帝制论》全书共三卷，是诗人的政治论著。作品中包含着诗人的爱国主义热情和对未来的执著追求精神。《帝制论》的重大意义在于，但丁第一次从理论上阐述了政治和宗教平等，政教分离，反对教会干涉政治的观点，向神权说提出了英勇的挑战。但丁的这一思想，对以后欧洲的宗教改革运动和资产阶级革命，都发生了深远的影响。雪莱曾把但丁尊称为“第一个宗教改革者”。

三、代表作品赏析

《神曲》

《神曲》是但丁在放逐期间写的一部长诗，是诗人的代表作。但丁经过长期酝酿和构思，呕心沥血，直到去世前才完成了这部伟大的著作。但丁创作《神曲》有着鲜明的目的和深厚的思想基础。由于政治上的挫折和个人的不幸遭遇使但丁感到在生活中迷失了方向，在被放逐期间他看到意大利和整个欧洲处于纷争混乱状态，因而对祖国和人类的命运怀有深切的忧虑，但他并不悲观，坚信在不久的将来会有实现和平统一的人出现。他意识到自己担负着揭露现实、唤醒人心，给意大利人民指出政治上、道德上复兴道路的使命，正是满怀这种使命感但丁创作了《神曲》。《神曲》原名《喜剧》，薄伽丘在《但丁传》中为了表示对诗人的崇敬，给这部作品冠以“神圣的”称谓，这部巨著因此得名《神圣的喜剧》，中文译为《神曲》。

《神曲》分为三部：《地狱》、《炼狱》和《天堂》。作品采用中古梦幻文学的形式，描写了一个幻游地狱、炼狱和天堂三界的故事。诗人自叙他在人生的中途 35 岁时迷了路，走进黑暗的森林，他正想登上一座秀美的山峰时，狮、豹、狼三只猛兽挡住了去路。在这危难之际，出现了古罗马诗人维吉尔，他是受圣女贝雅特丽齐的嘱托来解救诗人的。在维吉尔的引导下，诗人游历了地狱和炼狱，最后由贝雅特丽齐引导诗人游历了天堂。

但丁笔下的地狱共分九层，像个漏斗，越往下越小，深入地心，有的层还分成好几圈。这里的灵魂根据生前罪恶的轻重，分别被囚禁在不同的圈层中受苦刑惩罚。罪恶越大，住得层次越往下，受到的惩罚也越厉害。住在第一层的灵魂大都是先于耶稣出生，没有接受基督教的洗礼，其中有古希腊罗马诗人和哲学家，如荷马、苏格拉底、柏拉图、奥维德、贺拉斯、维吉尔等，他们在等候上帝的裁决。从第二层开始，但丁把他所认为有罪人的灵魂分成不能节制者、强暴者和有意欺诈作恶者三类，依次放在不同层次中。第二层是贪色者。第三层和第四层是贪食者和贪财者。第五层是暴怒者。第六层是异教徒。第七层是暴君。第八层是下层地狱，是《地狱篇》描写的重点，占有很长的篇幅。这一层分为十个断层，关押着生前为非作歹、危害人民的灵魂，如贪官污吏、买卖圣职者、占卜骗人者、阿谀奉承者、伪君子等。地狱的第九层是一片冰湖，里面冻结着诗人最痛恨的变节和卖主求荣者。

炼狱是一座四面环海的高山，分为七级，连同山脚和顶端的地上乐园，共九层，炼狱住着的是生前罪孽较轻的人，是灵魂赎罪的地方。按人类 7 大罪过：骄、妒、怒、惰、贪、色，分别在这里修炼洗过，经过净化后，他们就可以恢复自由，甚至升入天堂。

最后，贝雅特丽齐引导但丁游历了天堂九重天。这里是幸福的灵魂的归宿，他们是行善者、虔诚的教士、立功德者、哲学家和神学家、殉教者、正直的君主、修道者、基督和众天使。在九重天之上的天府，但丁见到了上帝，但上帝的形象如电光一闪，迅即消失，于是幻象和《神曲》也戛然而止。

但丁的《神曲》是一部充满隐喻性、象征性，同时又洋溢着鲜明的现实性、倾向性的作品。作品虽然采用了中世纪特有的梦幻文学的形式，其寓意和象征在解释上常常引发颇多争议，但贯穿作品的主题思想是相当明确的，那就是：在新旧交替的时代，要启迪人心，让世人从迷惘和错误中经过苦难和考验，到达真理和至善的境地，使意大利走出苦难，拨乱反正，寻得政治上、道德上复兴的道路。

作品中的维吉尔象征理性和哲学，他引导但丁游历地狱和炼狱，象征个人和人类在哲学的指导下，凭借理性认识罪恶和错误，从而悔过自新的过程；贝雅特丽齐象征信仰和神学，她接替维吉尔作向导，引导但丁游历天国，象征人类通过信仰的途径、神学的启发，认识真理和到达至善的过程。

由此可见，但丁是从道德上探索人类的出路，认为信仰和神学高于理性和哲学，这完全是基督教的观念，表明他所认识的真理和至善仍然局限在基督教神学的观点里，这是但丁作为中古诗人的偏见。但就作者的创作动机来说，他的目的不是将人们引向来世，而是希望人们在现实中获得幸福，作为生活在社会变革的历史时期的一位“有强烈倾向的诗人”，他一心想革新政治，实现他的理想与抱负，拯救意大利民族。但丁这种追求最高真理的精神和关怀人类命运的热情，在中古时期有着巨大的意义。

作为一部欧洲文学史上具有划时代意义的作品，《神曲》的进步意义是显而易见的，这首先表现为强烈的爱国主义精神。但丁是一个爱国主义诗人，在流亡中，他深刻认识到了祖国和平统一是当时的重大问题，面对意大利四分五裂、战乱不休的现实，他忧心如焚。当时，意大利名义上隶属神圣罗马帝国，但帝国的皇帝通常从德意志诸侯中产生，仅仅在名义上行使对意大利的统治。但丁抨击皇帝鲁道夫一世和阿伯特一世父子只热衷于在德国扩充势力，不来意大利行使权力，使意大利实际上陷于政治分裂状态，“帝国的花园荒芜了”。意大利动乱的现实，封建主暴虐无能使生灵涂炭的情景，令诗人痛心疾首：“呜呼，奴隶的意大利，痛苦的温床，你是暴风雨中失去舵手的孤舟，你不复是各省的主妇，却沉沦为娼妓！”因此，但丁比任何时候都更加迫切地希望建立中央集权的君主政体，以约束和驾驭互相敌对的城邦和封建诸侯，保障意大利成为一个统一的、富强的国家。

由于意大利各地祸乱的根源是和教皇的罪恶分不开的，当时罗马教皇为了便于自己的统治，宁愿保持意大利城邦的分裂状态，但丁在诗中对他所痛恨的教皇进行了猛烈的鞭挞，愤怒地揭露教皇对于世俗政权的野心，以及买卖对职等等罪恶。他怒斥教皇“因为你的贪心，使世界变得悲惨，把善良的踏在脚下，把凶恶的捧在头上”。基于这种感情，诗人把那些背信弃义、叛国杀君之徒以及造成意大利分裂的党魁和教皇的鬼魂统统打入下层地狱，让他们永远不能得救。并把当时还在世的镇压佛罗伦萨共和政权，企图篡夺世俗权力的教皇朋尼法斯八世预告打入地狱第8层，头脚倒栽在深穴里，接受火刑。但丁借用中世纪处置政治谋杀犯的酷刑，严厉惩罚朋尼法斯八世，预言式地宣告了正义必将战胜邪恶，教会干涉世俗的局面必将结束的前景。但丁的这种愿望和情感，表达了新兴市民阶级摆脱中世纪教会束缚和宗教神学桎梏的要求。

在《神曲》中，但丁不仅感叹民族的苦难和责罚危害国家统一的亡灵，而且从政治上探索复兴祖国之路。他进一步发挥在《帝制论》中阐述的政教分离的原则，并针对中世纪神学宣扬的“日月说”，在《神曲》里把自己的政教平等的观点形象地概括为“两个太阳说”。他认为宗教和国家就像两个太阳，应该分别照耀精神世界和尘世生活，它们之间应当是独立平等、分工合作的关系，而不是从属、争斗的关系，更不可合而为一。但丁的这种感情代表了新时代的要求。他渴望意大利能恢复到罗马帝国的光荣，可是在意大利找不到能够实现祖国和平统一的力量，因而把希望寄托在神圣罗马皇帝身上。这当然是空想，但他为救国救民而在政治上苦心探索的爱国精神是可贵的。

其次，《神曲》广泛地反映了意大利的社会现实。在作品中，但丁对那些横行霸道的豪强贵族、鱼肉人民的贪官污吏也进行了严厉的批判。这些世俗的压迫者和剥削者，同僧侣阶级一起，是造成国家灾难重重的罪人。此外，但丁对新兴市民阶级的贪图私利，追逐金钱，高利贷者的重利盘剥，对正在形成中的资本主义关系的罪恶，也有清晰而深刻的认识，并予以严厉的谴责。他指出，市民阶级暴发户充满了“骄狂傲慢和放荡无度之风”，田园式的宁静生活已一去不复返，因为骄傲、嫉妒和贪婪是三颗星火，使人心燃烧起来。

作品中对教会的腐化，尤其是对中世纪天主教会的罪恶揭露得更为深刻。教会是中世纪欧洲封建社会的精神支柱，也是阻碍意大利民族统一的主要障碍。但丁作为正统的天主教徒，在政治和道德上探索复兴意大利的道路，但他并不否定神权，相反把神学作为引导人类到达至善境地的神秘力量。但是作为一个伟大的爱国诗人，但丁又极为憎恨教会的恶德败行。在《神曲》里，他用很大的篇幅揭露教皇、主教、教士“日夜在那里用基督的名义做着买卖”，干着买卖圣职，敲诈勒索、荒淫无度、迫害基督徒等丑恶的行为，“使世界陷入悲惨的境地”。诗人怒斥他们“把金钱当做上帝”，是“穿着牧羊人衣服的豺狼”，是他们把世界“变成血沟和垃圾堆”。但丁对教会僧侣的这种抨击，同人民反教会的思想情绪是一致的，而且对16世纪欧洲宗教改革运动产生了很大影响。

最后，《神曲》的进步性还表现为对中世纪蒙昧主义的批判和对人的才能智慧的歌颂。但丁称颂人的才能和智慧，对希腊罗马的诗人学者表示了很大的敬意。他在诗中奉荷马为“诗人之王”，亚里士多德是“哲学家的大师”，把罗马诗人维吉尔奉为导师，称他是“智慧的海洋”，并让他引导自己游历地狱和炼狱。他热情洋溢地讴歌荷马史诗中的英雄奥德修斯在求知欲的推动下，离开家庭，抛弃个人幸福，历尽千难万险，扬帆于天涯海角去探险的事迹，并通过奥德修斯指出：“你们生来不是为了走兽一样生活，而是为着追求美德和知识。”

但丁不但要求理智的解放，他还要求感情的自由。比如在对因相爱而被惨杀的情侣弗兰采斯卡和保罗的描写中，就明显地违反了宗教的观点。这一对情侣在地狱中受苦，诗人对他们争取恋爱自由的精神表现了深切的同情。他在听完他们的悲惨故事之后，甚至难受得“昏倒在地，好像断了气一般”。当然，但丁是新旧交替时代的诗人，在《神曲》中是按照禁欲主义的思想，将古希腊以来许多爱情故事里的风流男女，作为“屈服在肉欲而忘记了理性”的贪色者来看待的。他把这些灵魂罚入第二层地狱，经受寒风的吹打，但在对弗兰采斯卡和保罗的同情中我们不难看出作者又不自觉地突破了宗教信条的束缚，这在客观上反映了当时人们反对禁欲主义的强烈愿望，它是人文主义要求个性解放、恋爱自由的思想萌芽。

但丁是新旧交替时期的伟大诗人，处在意大利从中世纪向近代社会过渡的历史时期。基督教神学观念，中世纪思想的偏见，世界观的种种矛盾，也在《神曲》中得到表现。

首先，在对待诗中人物的态度上，但丁是矛盾的。《神曲》中对于现实的揭露是通过人物形象进行的，揭露者和被揭露者大都是历史上或当代的著名人物。而诗人在对待这些人物的态度上常常是矛盾的。他曾义愤填膺地谴责，说意大利没有一块干净的土地，“意大利所有的城市，到处充斥着暴君”。在《神曲》中，他对那不勒斯和西西里王国的国王查理一世以及法国国王腓力普四世的罪行痛加鞭挞。但在但丁的政治理想中，皇帝却又被视为拯救陷于危难中的意大利的救星。他在《神曲》中时常提到亨利七世，认为只有这位皇帝才是能够使意大利这艘在暴风雨中飘荡的“孤舟”拨正航向，顺流而进的“舵手”，并在《神曲·天堂》里给他预告保留了一个光荣的位置；他在诗中屡屡揭露教皇朋尼法斯八世，当他还在世的时候就宣布他一定要入地狱，但对他在阿那尼受到的污辱又感到非常愤慨；在古人中，卡图作为异教徒，作为反抗恺撒和犯自杀罪的人，按照但丁的一贯标准，是应该入地狱的，但在作品中他成为炼狱的监督者，因为但丁是把他看做道德完善和热爱自由的典型；作品对维吉尔以及荷马史诗中的英雄奥德修斯的态度都是矛盾的。

其次，诗人对于一些问题的看法也常常是矛盾的。《神曲》中处处洋溢着对现世生活的热忱歌颂，但诗人又把现实生活看成是来世永生的准备，把代表禁欲主义和神秘主义的圣者放在最高天上。他虽然揭露了贪婪腐朽的教皇和僧侣，但又不整个地反对宗教神学和教会，甚至还把宗教神学置于哲学之上，把信仰置于理性之上。他推崇古典文化，但又把古典文化的伟大代表们作为异教徒放在第一圈的候判所里，他们虽然不受任何苦刑，但毕竟是在地狱里。他借欧德利西的口表白荣誉的虚幻无常，但又借维吉尔的口肯定追求荣誉的必要，并表明自己要借《神曲》永垂不朽。这种种矛盾都是但丁作为中世纪的最后一个诗人、新时代最初一位诗人在世界观上的体现。

《神曲》在艺术手法上也有很高的成就。诗的结构严密而完整。在《神曲》中，诗人采用了中古文学流行的梦幻故事形式和象征、寓意等手段，以丰富的想象力描绘了地狱、炼狱、天堂这神秘、离奇的三个境界，它是一座结构匀称、色彩斑斓、气势恢弘的宏伟建筑，令人叹服。全诗由三个境界自然组成三部曲，每部 33 篇，加上序曲总计 100 篇，每一部的诗行大体相同，看起来十分匀称和工整，一直为文学史家所称道。

《神曲》塑造了一系列个性鲜明的人物形象。作品中的人物形象除诗人外都是鬼魂。但丁笔下的这些鬼魂，决不是阴暗的幽灵，而是一些丰富多彩、有血有肉的人，如贪婪并有野心的教皇、专横残暴的君主、刚强高傲的法利那太、温柔多情的弗兰采斯卡等，尤其是诗人自己的性格刻画最为细致。他是长诗的主人公，是幽灵世界里唯一的活人，三界里的一切无不深深地触动他的情感。他面对种种景象，或悲哀痛苦，或愤怒责骂，或犹豫畏惧，或兴奋狂喜，种种情感溢于言表，细腻而真实，令人难忘。

《神曲》用意大利语写成。在中世纪，拉丁文是基督教的正统语言文学，文学作品都用拉丁文写成，但丁摒弃了习惯运用的拉丁语，采用俗语写作，开创了用民族语言代替拉丁语创作文学作品的先河。这对促进意大利民族语言的统一，丰富意大利文学语言起了重要的作用。

几百年来，《神曲》一直为人们所推崇。它描绘了极其广阔的画面，反映出意大利从中世纪向近代过渡的转折时期的现实生活，看到了新时代人文主义思想的曙光。它不仅在思想性、艺术性上达到了时代的先进水平，是一座划时代的里程碑，而且是一部反映社会生活状况、传授知识的百科全书式的鸿篇巨制。

第三章　文艺复兴时期文学

第一节　概　　述

一、文艺复兴和人文主义

文艺复兴是14世纪到16世纪欧洲由封建社会向资本主义社会过渡时期新兴资产阶级反对封建主义的一次思想文化运动。它以发掘、整理和研究古希腊罗马的文化遗产、复兴古典文化为标志，并借此反对封建观念和中世纪宗教教义的束缚，建立适应新兴资产阶级的新思想新文化。文艺复兴开辟了欧洲历史上的新纪元，是西方近代文化的开端。

文艺复兴有其重要的社会原因。

13世纪末和14世纪初，由于生产力的发展和生产技术的进步，地中海沿岸的一些城市相继出现了资本主义生产关系的萌芽。欧洲大陆的其他城市，随着商业贸易和手工业的发展，也产生了初期的城市市民，从这个市民等级中发展出最初的资产阶级分子。15世纪末的地理大发现和环球航行的成功，形成了世界市场，由此进一步促进了资本主义生产关系的发展。在残酷的资本原始积累活动中，资产阶级很快发展成为一支富于经济实力的社会力量。新兴的资产阶级要自由地发展资本主义就必然要与阻碍其发展的封建制度发生尖锐冲突。基督教思想体系在中世纪占主导地位，对这些封建的和宗教的精神禁锢，新兴的资产阶级要用一种新的思想文化体系来反对，以便为资本主义的发展扫清道路。这种社会历史的原因，从根本上导致了文艺复兴运动的产生。

而古代希腊罗马文化的被重新发现，成为文艺复兴运动的直接动因。作为欧洲文化与文学源头的古希腊罗马进步文化，包含着一种朴素的唯物主义的积极乐观精神。其优秀的文学作品，是对古代人生的艺术反映，具有与中世纪宗教文化完全不同的人文精神。因此，在13世纪末14世纪初，很多欧洲作家开始学习和研究希腊罗马的古典文化。新兴的资产阶级正是从古代希腊罗马优秀的文学艺术作品中发现了许多可以与封建神学相抗衡的积极因素。一时间，收集、整理、研究古代希腊罗马文化形成热潮。一些新兴资产阶级的代表人物打出“回到希腊去”的旗号，声称要把久被淹没的古代文化“复兴”起来，使之“再生”,“文艺复兴”由此而得名。

文艺复兴时期形成的资产阶级世界观被称为人文主义，它是文艺复兴时期资产阶级反封建斗争的思想武器，也是这一时期资产阶级进步的中心思想。它的斗争锋芒是针对中世纪封建主义世界观，特别是天主教会的宗教世界观。教会以神为宇宙的中心，而人文主义则提出人是宇宙的中心来对抗它。这一时期的人文主义思想，主要包括四个方面的内容：第一，用人性反对神性；第二，用个性解放反对禁欲主义；第三，用理性反对蒙昧主义；第四，用户中央集权，反对封建割据。其中以人为本的思想和理性精神来自古希腊罗马文化，其平等、博爱的思想来自基督教精神，因此人文主义可以说是古代文化与中世纪文化的继承和发展。但人文主义所强调的人指的是资产阶级自身和资产者个人，它的思想基础是个人主义和人性论。

二、文艺复兴时期的人文主义文学

文艺复兴时期欧洲各国人文主义文学占主导地位，文坛上出现了一个新的繁荣时期。300 年的时间里，人文主义文学在意大利、法国、西班牙、英国等国家取得了较大的成就。

（一）意大利文学

意大利最早出现资本主义关系，是欧洲文艺复兴运动的发源地，人文主义思想在但丁的作品中已露端倪。随后出现的两个作家彼特拉克和薄伽丘，与但丁一起被称为佛罗伦萨文坛上的“三杰”。

✧ 弗朗齐斯科·彼特拉克（1304—1374）

他是文艺复兴的先驱之一，著名的抒情诗人。他通晓古希腊罗马文学，曾写过许多优美的诗篇，1341 年获“桂冠诗人”的称号。其代表作抒情诗集《歌集》，用意大利语写成，以爱情诗为主，抒发了对女友萝拉的真挚爱情，表达了诗人的爱情观和幸福观。《歌集》中还有一些政治诗，歌颂祖国、呼吁统一。《歌集》在艺术上发展了“温柔的新体”诗派传统，采用十四行诗的诗体形式，并使这种诗体达到完美的境地，为欧洲抒情诗歌的发展开辟了道路。

✧ 乔万尼·薄伽丘（1313—1375）

他紧随彼特拉克，将意大利人文主义文学发展到了一个新的高度。他的杰作《十日谈》，采用框式结构的方式组织材料，十个人每人每天讲一个故事，十天共有一百个故事。故事的重要主题是反教会，揭露天主教会和僧侣的腐败、虚伪。通过爱情题材反对禁欲主义，反对封建偏见。

15 世纪中叶以后，意大利出现的重要作家有卢多维克·阿利奥斯托（1474—1533）和托夸多·塔索（1544—1595）。他们的代表作分别是传奇体叙事长诗《疯狂的罗兰》（1516—1532）和叙事长诗《被解放的耶路撒冷》（1575）。两位作家的创作反映了意大利文艺复兴晚期的社会生活，表现了晚期人文主义运动的深刻矛盾。

（二）法国文学

法国 16 世纪已是一个统一的民族国家，人文主义运动始于 15 世纪末，16 世纪取得了很高的成就。法国的人文主义作家有贵族与平民两种倾向。

✧ 龙沙（1524—1585）

以他为首的贵族派人文主义集团——“七星诗社”推崇古典文学。他们肯定生活，歌颂自然与爱情，反对禁欲主义，注重民族语言的统一和民族诗歌的建立，但却轻视民间语言和民间文学，艺术上追求典雅的风格。

✧ 弗朗索瓦·拉伯雷（1483—1553）

他是法国人文主义文学平民倾向的杰出代表，16 世纪法国最重要的小说家，也是文艺复兴时期学识渊博、多才多艺的巨人。代表作长篇小说《巨人传》（1532—1564 陆续出版）取材于中世纪民间传说，由五部组成：前两部写巨人国王卡冈都亚和他的巨人儿子庞大固埃的出生、教育、游学和他们的文治武功；后三部写庞大固埃和他的朋友巴汝奇如何探讨婚姻问题，以及他们为寻找“神瓶”而游历各地的见闻。作家用象征手法塑造了两个无论在躯体上，还是在精神上都高大健硕的巨人典型。这是欧洲近代文学中，人的形象首次顶天立地屹立在神的面前的一次成功的尝试。《巨人传》情节离奇、想象丰富，夸张奇特，讽刺辛辣。不足之处是结构较松散。

后期人文主义作家代表是蒙田，作品《随笔集》。他是欧洲近代散文的创始人。

（三）西班牙文学

西班牙从 15 世纪末走向统一，由于反动势力的强大，人文主义运动发展较迟，直到 16、17 世纪之间，西班牙文学才进入“黄金时代”。

16 世纪中叶，西班牙文坛出现了一种新型小说，即流浪汉小说。这些小说描写城市平民的生活，并用他们的眼光对社会各阶层人物加以讽刺。最早的流浪汉小说是无名氏的《小癞子》（1554）。作品以第一人称的叙事方法，描述了一个名叫拉撒路的穷孩子谋生中的复杂经历。小说通过小癞子的活动经历描绘了各种各样的人物，揭示了社会生活的各个方面。

西班牙人文主义文学的杰出代表是塞万提斯（1547—1616）。

✧ 洛卜·德·维加（1562—1635）

他是西班牙戏剧的奠基者，被誉为“西班牙戏剧之父”。据说他写过 1800 多部剧本，现传 460 多部。剧本题材由两类组成：一类是写爱情和家庭生活的，一类是写社会政治问题的。《羊泉村》（1619）是其代表作。剧本取材于 1476 年羊泉村人民反抗领主压迫的史实。剧中骑士团队长费尔南为满足自己的兽欲，在村长女儿劳伦霞新婚之夜将她掳入城堡。这激起了人们的义愤。在劳伦霞逃回后，全村人民起来攻占了城堡，杀死了费尔南。在国王派人审理此案时，全体村民异口同声说杀死暴虐者的是羊泉村。最后，国王赦免了全体村民。

（四）英国文学

英国的人文主义文学在 14 世纪已经露出曙光，16 世纪中叶、17 世纪初期，人文主义文学发展到繁荣时期。

✧ 杰佛利·乔叟（1340—1400）

他是英国人文主义最早的作家。诗歌创作中显示出反封建、反教会、追求个性自由的倾向。代表作《坎特伯雷故事集》（1387—1400）利用一群从伦敦到坎特伯雷去朝圣的香客，以每人讲一个故事的形式，把24个故事组成了有机的整体，较为全面地描绘了14世纪英国的社会生活画卷。这部小说深受薄伽丘《十日谈》的影响，在作品风格和结构上有很大的相似之处。

✧ 托马斯·莫尔（1478—1535）

他是15世纪末16世纪初英国最重要的代表作家。他的主要作品《乌托邦》（1516），揭露和批判了英国资本原始积累的残酷性，说"圈地"是"羊吃人"。他认为社会罪恶的原因在于私有制，并描绘了"乌托邦"社会中没有人剥削人的美好图景。这部对话体幻想小说被认为是欧洲最初的空想社会主义著作之一。

16世纪中叶以后，英国人文主义文学发展到兴盛时期。埃德蒙·斯宾塞（1552—1599）的长诗《仙后》被认为是当时英国诗歌的代表作。

英国此时文学中成就最大的是戏剧。莎士比亚出现之前，文坛上涌现出一批"大学才子派"作家，这是16世纪后期在英国出现的一批人文主义剧作家。他们大都受过大学教育，具有人文主义思想，学识渊博，对戏剧颇有创新。大学才子派剧作家有约翰·李利（约1553—1606），罗伯特·格林（1558—1592），托马斯·基德（1558—1594）和克里斯托弗·马洛（1564—1593）。马洛是其中的佼佼者，他是莎士比亚的先驱，著名作品是三部悲剧《帖木儿》（1587—1588）、《马耳他岛的犹太人》（1590）和《浮士德博士的悲剧》（1592）。作品塑造了一系列追求权力、追求财富、追求知识的时代巨人形象。

第二节　塞　万　提　斯

一、作者生平

✧ 米盖尔·德·塞万提斯·萨阿维德拉（1547—1616）

他是西班牙文艺复兴时期最重要的现实主义作家。狄更斯、福楼拜和托尔斯泰等作家称他为现代小说之父。

他的一生经历，是典型的西班牙人的冒险生涯。他生于16世纪的西班牙，那是个激动人心的时代。信奉伊斯兰教的摩尔人被逐回北非，西班牙从地域到宗教都得到统一。在西班牙王廷的资助下，哥伦布发现了新大陆。海洋冒险促进了殖民主义的兴盛，对美洲的掠夺刺激了国内工商业的发展，一些城市里资本主义生产关系开始萌芽，西班牙拥有一千多艘船航行在世界各地，成为称霸欧洲的强大封建帝国。但是西班牙的强盛极为短暂，专制君主菲力普二世对外发动多次失败的战争，既耗尽了国库的资产，也使西班牙丧失了海上霸主的地位。

在国内，封建贵族与僧侣还保持着特权，各种苛捐杂税繁多，使得贫富分配不均的现象更为突出，阶级矛盾日益激化。尽管专制王权与天主教会勾结在一起，利用宗教裁判所镇压一切进步思想与人民的反抗，但人文主义思想仍然得到传播，涌现出一批优秀的作家。

塞万提斯出生于一个贫困之家，父亲是一个跑江湖的外科医生。因为生活艰难，塞万提斯和他的七兄弟姊妹跟随父亲到处东奔西跑，直到1566年才定居马德里。颠沛流离的童年生活，使他仅受过中学教育。23岁时他到了意大利，当了红衣主教胡利奥的家臣。一年后不肯安于现状的性格又驱使他参加了西班牙驻意大利的军队，准备对抗来犯的土耳其人。他参加了著名的勒班多大海战，这次战斗中，西班牙为首的联合舰队的二十四艘战舰重创了土耳其人的舰队。带病坚守岗位的塞万提斯在激烈的战斗中负了三处伤，以至被截去了左手，此后即有“勒班多的独臂人”之称。经过了四年出生入死的军旅生涯后，他带着基督教联军统帅胡安与西西里总督给西班牙国王的推荐信踏上返国的归途。不幸的是途中遭遇了土耳其海盗船，他被掳到阿尔及利亚。由于这两封推荐信的关系，土耳其人把他当成重要人物，准备勒索巨额赎金。做了奴隶的塞万提斯组织了一次又一次的逃跑，均以失败告终，但他的勇气与胆识却得到俘虏们的信任与爱戴，就连奴役他们的土耳其人也为他不屈不挠的精神所折服。1580年亲友们终于筹资把他赎回，这时他已经34岁了。以一个英雄的身份回国的塞万提斯，并没有得到菲力普国王的重视，终日为生活奔忙。他一面著书一面在政府里当小职员，曾干过军需官、税吏，接触过农村生活，也曾被派到美洲公干。他不止一次被捕下狱，原因是不能缴上该收的税款，也有的却是遭受无妄之灾。就连他那不朽的《堂吉诃德》也有一部分是在监狱里构思和写作的。1616年他在贫病交加中去世。

二、创作概况

塞万提斯十分爱好文学，在生活窘迫的时候，卖文是他养活妻儿老小的唯一途径。他用文学语言给一个又一个商人、一种又一种商品做广告。他写过连他自己也记不清数目的抒情诗、讽刺诗，但大多没有引起多大反响。他亦曾应剧院邀请写过三四十个剧本，但上映后并未取得预想的成功。1585年他出版了田园牧歌体小说《伽拉泰亚》(第一部)，虽然作者自己很满意，但也未引起文坛的注意。塞万提斯50余岁开始了《堂吉诃德》的写作。《堂吉诃德》是宝贵的文化遗产。书中堂吉诃德在游侠生活中的遭遇，揭露了社会的黑暗，抨击教会的专横，揭示人民的困苦。他塑造的堂吉诃德和他的仆从桑丘，是西方古典文学中的两个典型形象。

1605年《堂吉诃德》第一部出版，立即风行全国，一年之内竟再版了六次。这部小说虽然未能使塞万提斯摆脱贫困，却为他赢得了不朽的荣誉。书中对时弊的讽刺与无情嘲笑遭到封建贵族与天主教会的不满与憎恨。1614年有人出版了一部伪造的续篇，站在教会与贵族的立场上，肆意歪曲、丑化小说主人公的形象，并对塞万提斯本人进行了恶毒的诽谤与攻击。塞万提斯为了抵制伪书的恶劣影响，赶写了《堂吉诃德》第二部，于1615年推出。除此之外，他还于1613年出版了包括13篇优秀短篇小说的《惩恶扬善故事集》，其中有曲折的爱情故事，有社会风俗的描写，也有一些哲学议论。书中描写了封建社会的罪恶以及西班牙下层民众生活的贫困，肯定人性与个性自由，对社会的不公正发出了愤怒的抗议。这些充满了人文主义思想的现实主义短篇在西班牙文艺复兴文学中占有重要的地位。

三、代表作品赏析

（一）《堂吉诃德》

《堂吉诃德》描写拉曼却地方的一个穷乡绅读骑士小说入了迷，决心恢复古老的骑士道。他改名堂吉诃德，穿上曾祖留下来的破烂不堪的盔甲，提着长矛，骑上一匹瘦马，悄悄出门去游侠。他甚至模仿过去骑士的做法，选中邻村的一位姑娘做自己理想中的“夫人”，愿意终身为她服务。他第一次出门就被打得“像干尸一样”，邻居将他送回。家人见他这副模样，一把火烧光了家中的骑士小说。没多久，他又第二次出门。这次，他说服了一个名叫桑丘·潘沙的农民做自己的侍从，答应有朝一日让桑丘做岛上的总督。他把风车当巨人，把羊群当军队，干出许多荒唐可笑的事情。第三次出马，桑丘真的做了公爵属下一个镇的总督。堂吉诃德急于推行自己改革社会的理想，却碰得头破血流，险些丧命。最后，白月骑士打败了他，堂吉诃德从此卧床不起，临终时才清醒过来。

这部作品一方面嘲笑了在西班牙十分流行的荒谬的骑士小说，以及过时的骑士制度；另一方面，小说通过堂吉诃德的游侠冒险，描写了上至宫廷城堡下至农舍客店的极其丰富的社会生活和社会各阶层的700多个人物，极其广泛地反映了16世纪末17世纪初西班牙的政治、经济、宗教、道德、风俗等各方面的情况。小说揭示了封建政权、天主教会的黑暗腐败和广大人民群众备受剥削压迫的实情，揭露了西班牙王国表面强大而实际已趋衰落的本质，曲折地表现了人文主义的美好理想，贯穿着理想与现实冲突，美好理想遭到嘲弄和践踏的悲剧感。

在这部小说里，作者着意刻画了堂吉诃德这个着了迷的骑士形象。

堂吉诃德是一个引人发笑的喜剧人物。他穿着古代骑士的甲胄，脑袋里装的却是人文主义思想；他手中提的是中世纪的长矛，进攻的却是火枪、大炮盛行时代的西班牙社会。这是一个性格复杂而矛盾的人物。他耽于幻想，一切从主观出发。现实中的一切到了他的脑中都失去了原来的真实面目，风车成巨人，羊群变军队，闹了一系列有名的笑话。他行为荒唐、鲁莽，从来不知道从失败中吸取教训。他单枪匹马，包打天下，结果动机虽好却做出无益的结果。堂吉诃德奉行崇高的道德原则，锄强扶弱，伸张正义，表现出一种为实现理想奋不顾身的斗争精神和自我牺牲精神。但由于他所追求和维护的不过是“骑士道”一类脱离实际的、过时的东西，其结果只能是到处碰壁，害人害己。堂吉诃德形象贯穿着理想与现实的冲突，尽管他具有善良的愿望和为之献身的勇气，最终只能成为主观愿望和冷酷现实碰撞的牺牲品。他既可笑又可悲，既可乐又可敬。塞万提斯对人物的塑造是细致入微、层次分明、寓意深长的。作者虽然把他作为嘲笑的对象，对他却不缺乏同情。通过堂吉诃德的言行，塞万提斯鼓吹了反对封建奴役、争取个人自由和个性解放的人文主义思想。作者通过疯疯癫癫的堂吉诃德的可怜遭遇，给游侠骑士画了一幅漫画像。这个形象出现后，当时社会上迷恋骑士小说的狂热一扫而空，西班牙从此再未出版一部骑士小说，实现了作者的愿望。

堂吉诃德的侍从桑丘·潘沙是作者着意刻画的另一个人物形象。这是一个淳朴的西班牙农民，讲求实际。他当骑士的目的是希望通过冒险生活摆脱贫困，而非建立什么丰功伟业。他头脑清醒，对现实判断正确，常常纠正堂吉诃德的错误，把主人从幻想世界领到现实中来。他有时目光短浅、自私狭隘，但在陪伴堂吉诃德仗义行侠的日子里，受主人美好理想的感染，他的心胸也逐渐开阔起来。在任海岛总督期间，他秉公断案、执法如山、爱憎分明、光明磊落。这时桑丘的言行完全体现了人没有贵贱之分，只要具有美德便可以治理国政的人文主义思想。

这部小说采用滑稽模仿的“戏拟”手法，模仿骑士小说来攻击骑士小说，用戏剧性的手法来写一个悲剧性的人物。作者把人物放在一个个不同的情景中，用讽刺的笔调和夸张的手法，一再描写人物的荒唐行动，造成喜剧性的效果。如堂吉诃德认为他的意中人杜尔西内娅是绝代的佳人，是娇美的公主：“眼睛是太阳，脸颊是玫瑰，嘴唇是珊瑚，牙齿是珍珠……”。实际生活中的她不过是个乡下姑娘，长得像男人，“身子粗粗壮壮，胸口还长着毛呢”。堂吉诃德第一次出征前，仿照其他骑士的做法，选了这么一个人做心中的偶像。作者借此讽刺了骑士小说的文风和它里面描写的矫揉造作的爱情，又嘲笑了堂吉诃德的脱离实际和无病呻吟。小说还着重描写了人物的主观动机与客观效果之间的矛盾，在喜剧性的情节中揭示其悲剧性的内涵。他冲向羊群、戳破酒囊、与风车搏斗，是因为在他眼里这些都是社会的丑恶势力，而他的骑士职责便是要争得民主自由平等，并随时准备为理想去赴汤蹈火。结果只是徒增笑柄。此外，作品对比手法的运用十分娴熟。堂吉诃德和仆人桑丘·潘沙无论在外形上还是在形象的内涵上，都形成鲜明的对比。一胖一瘦，一高一矮，一个重理想，一个讲实际，一个耽于幻想，一个理智冷静，一个讲究献身，一个看重实利……两相对比，相得益彰，既增添了小说的情趣，又突出了作品的哲理意味。

《堂吉诃德》是欧洲最早出现的现实主义长篇小说之一，无论是在反映现实的深度和广度上，还是在塑造典型方面，都比以前的小说迈进了一大步。堂吉诃德这个形象已成为世界闻名的文学典型，不少欧洲作家从《堂吉诃德》这部作品得到启发，创作出“堂吉诃德式”的人物，从而丰富和发展了世界文学的人物画廊。

第三节 莎士比亚

一、作者生平

✧ 威廉·莎士比亚（1564—1616）

他是欧洲文艺复兴时期的巨人，世界戏剧史上的泰斗。他的创作广泛地反映了英国当时的政治、经济、思想、文化、风俗、习惯，被认为是古往今来少数最伟大的作家之一。

1564年4月23日，威廉·莎士比亚出生于英国中部艾汶河畔的斯特拉福镇的一个富裕市民的家里。父亲主要从事皮革手套的制作和销售。幼年时期，莎士比亚在当地文法学校受过基础教育，学习过拉丁文和古典文学，并有机会接触到戏剧。由于家道中落，他于13岁时辍学回家；18岁时与邻乡一个富裕自耕农的女儿结婚。随后，由于生活负担加重，莎士比亚不得不只身奔赴伦敦谋生。当年伦敦剧团一年一度到斯特拉福的巡回演出，激起了他对戏剧艺术的浓烈兴趣。来到伦敦后，他就去剧团打杂，为看戏的绅士们看管马匹。后来加入剧团，成了雇佣演员。这些经历，让他接触到各阶层社会生活，增加了社会阅历。不久，莎士比亚参加了编剧工作，开始了舞台和创作生活。当时，英国戏剧十分兴盛，“大学才子派”盛极一时，这些都对莎士比亚产生了很大影响，他的作品源源不断地呈现在世人面前。从1590年到1612年的20多年里，莎士比亚共完成37部戏剧，154首14行诗以及两首叙事长诗。随着演出和创作的成功，莎士比亚收入渐丰，使他得以在故乡购置产业，并成为剧院股东。1596年，他为父亲申请获得了最低的贵族称号。1610年，莎士比亚回到故乡斯特拉福定居。1616年4月23日去世，终年53岁。

二、创作概况

莎士比亚的创作成就主要是戏剧，按照他思想和艺术发展的脉络，可分为三个时期。

（一）第一时期（1590—1600），历史剧、喜剧和诗歌创作时期

这是作者人文主义世界观和独特的创作风格形成时期，著有《亨利四世》上、下篇，《亨利五世》等历史剧9部，《仲夏夜之梦》、《第十二夜》、《威尼斯商人》等喜剧10部和《罗密欧与朱丽叶》等悲剧3部。

莎士比亚的创作初期正值伊丽莎白女王统治时期。这个时期，由于完成了民族的统一，封建的中央集权得到巩固，资本主义经济通过长期原始积累，有了明显发展；反映资产阶级利益和社会进步要求的人文主义思想和文艺复兴运动，席卷整个岛国。王室和资产阶级、新贵族之间实现暂时妥协，矛盾有所缓和，社会比较安定，经济走向繁荣。尤其英国打败了劲敌西班牙在海上的霸权，国内爱国热情空前高涨。以市民为主要对象的戏剧敏锐地反映了当时的时代精神，特别是历史剧，由于直接表现重大历史事件，实际上向广大人民进行了政治启蒙教育。莎士比亚的创作实践，便是在这样的时代氛围中开始的。

莎士比亚的历史剧，主要取材于霍尔编著的《兰开斯特与约克两大显贵家族的联合》和霍林希德编著的《英格兰与苏格兰编年史》，反映了英国通过曲折道路走向民族统一、走向中央集权的必然趋势，塑造了一系列理想君主形象，用以表达自己的爱国热情和对开明君主制的向往。

在《亨利四世》上、下篇和《亨利五世》中，作者着重塑造了一个符合资产阶级要求

的“理想”君王亨利五世的形象，突出了他英勇善战、贤明公正的君王气度。作者从德、智、勇三个方面，对亨利五世作了全面、肯定的描绘。而在《亨利六世》、《约翰王》等剧中，作者揭露和谴责了亨利六世、约翰王、理查二世、理查三世等昏庸无道、残暴不仁的封建君主。这种对比，鲜明地表达出人文主义的政治历史观点：反对封建诸侯割据，拥护中央集权的君主专制制度。

值得一提的是，作者在《亨利四世》中出色地描绘了16世纪英国社会的画面：宫廷、贵族的豪华生活；公路上的抢劫、搜捕；乡村的征兵与民变；官吏的层层剥削；农民、手工艺人的失业贫困以及酒馆、妓院的种种情景，展示了五光十色的平民生活，被恩格斯誉为“福斯塔夫式的背景”。

莎士比亚在早期的喜剧中，热情讴歌青年男女大胆冲破封建羁绊和传统习惯势力，为争取恋爱自由、婚姻幸福而进行的不懈斗争，如《仲夏夜之梦》、《皆大欢喜》、《第十二夜》等。

《威尼斯商人》是一部极富社会讽刺意义的喜剧，作者塑造了世界文坛上第一个吝啬鬼形象——夏洛克。这是一个以放高利贷为生的犹太人，因为威尼斯商人安东尼奥“借钱给人不取利钱，把……威尼斯城里放债这一行的利息都降低了”。夏洛克恨之入骨，在安东尼奥为成全朋友巴萨尼奥的婚事向他借钱周转时，借机报复，定下到期不还割安东尼奥一磅肉的契约。至期因货船失事，安东尼奥果然无法偿还贷款。夏洛克遂控告安东尼奥，要求按契约办事。巴萨尼奥的妻子鲍西娅假扮律师巧解契约，导致夏洛克败诉而人财两空。通过这一形象，作者批判了落后的高利贷资本，肯定了以安东尼奥为代表的商业资本。

剧中的安东尼奥经营海外生意，他正直善良，敢于进行海外冒险。莎士比亚站在新兴的资产阶级立场，贬低高利贷资本而颂扬商人资本。究其本质，后者其实是“原始积累”中更大的掠夺者。

《罗密欧与朱丽叶》是莎士比亚的早期悲剧。剧中的男女主人公由于双方家族的世仇，虽相恋而不能结合，最终牺牲了生命；主人公的死亡换来了两家的和解。这部剧作虽属悲剧，却充满了对生活的热爱、对幸福的向往和对未来的信心，与这一时期的喜剧接近。罗密欧与朱丽叶这对男女主人公是世界文学中的著名典型，集中概括了莎士比亚早期的人文主义理想。

（二）第二时期（1601—1607），悲剧时期

这是莎士比亚创作的高峰期，有《哈姆雷特》等悲剧7部，《一报还一报》等喜剧4部。

伊丽莎白统治的晚期，社会矛盾日趋激化，王权与资产阶级关系开始紧张。宫廷挥霍无度，官吏贪污成风，资本原始积累加速进行，农村圈地运动有增无减，失地农民四处流浪，城市平民生活恶化，利己主义泛滥成灾。作者感受到了人文主义理想与黑暗现实之间的巨大反差。这一时期的作品，加强了揭露批判的力量，剧作的风格也发生了根本变化，带上了沉郁悲愤的色彩。著名的四大悲剧（《哈姆雷特》、《奥瑟罗》、《李尔王》和《麦克白》）就完成于这个阶段。

《奥瑟罗》是根据16世纪意大利短篇小说改编的一部杰出悲剧，叙述摩尔人贵族奥瑟罗由于听信手下旗官伊阿古的谗言，嫉妒心发作，掐死自己无辜的妻子苔丝狄蒙娜，明白真相后，在悔恨中自杀。奥瑟罗本是一个英勇豪迈、光明磊落的战士，为国家建立过赫赫功勋，赢得了苔丝狄蒙娜对他的真诚同情和深沉爱慕。他们冲破了封建等级制度和门阀观念的层层罗网，置种族歧视和习俗偏见于不顾，毅然而然地结了婚。然而，他们的爱情虽然战胜了种族歧视，却没能逃脱伊阿古的阴谋陷害。伊阿古是资本原始积累时期新兴资产阶级中的极端利己主义者的典型，他表面忠诚，心地奸诈，因升不上副将而对奥瑟罗怀恨在心，千方百计地害死奥瑟罗夫妇。他是文艺复兴时期新产生的社会罪恶的体现者。

《李尔王》根据流行剧本改编而成，取材于古代不列颠的传说，描写了一个专制独裁的暴君李尔王，由于刚愎自用而结局悲惨的故事。李尔的长女和次女，先前对父亲百般奉承，甜言蜜语，其实她们爱的并非父亲这个人，而是他所拥有的权力和财富，一旦权财到手，她们就翻脸变样，凶相毕露，将父亲驱逐出门。悲剧的目的，同样是揭露原始积累时期的利己主义，批判对权势、财富的贪欲。

《麦克白》是作者根据苏格兰历史编写的一部极为阴沉的悲剧。剧中主人公麦克白将军从战场凯旋而归，在女巫的预言、妻子的怂恿和个人野心的驱使下，弑君自立。最终，麦克白众叛亲离，得到应有的惩罚。悲剧深刻地揭示了个人野心对人的腐蚀作用，是莎士比亚心理描写的杰作。

作于1607年的悲剧《雅典的泰门》，对资本主义社会中金钱的作用进行了精辟的分析："金子！黄黄的、发光的、宝贵的金子！……这东西，只这一点点儿，就可以使黑的变成白的，丑的变成美的，错的变成对的，卑贱变成尊贵，老人变成少年，懦夫变成勇士。"如此深刻地批判金钱的作用，在英国文学史上是空前的。马克思在《资本论》中引用这段独白时指出："莎士比亚绝妙地描写了金钱的本质。"

总的来说，这一时期莎士比亚的创作无论是思想上还是艺术上都更趋成熟。他不仅广泛地反映了当时英国的社会生活，还对"金钱万能"与资产阶级的极端个人主义进行了揭露和批判，显示出当时两种敌对的社会力量之间的冲突，并将悲剧的主人公置身于这些矛盾和冲突中，使人物的性格随外部环境的发展而发展。此外，就情节的安排和语言的运用而言，这些悲剧都达到了更高水平。

（三）第三时期（1608—1612），传奇剧创作时期

这个时期，有《暴风雨》等传奇剧3部和历史剧《亨利八世》1部。封建王朝进一步暴露其专制的本来面目，资产阶级的力量明显壮大，他们之间的斗争更为尖锐。人文主义者的崇高理想在现实中很难实现。莎士比亚只得退居故乡的田园，从事传奇剧的写作。这些作品保持了人文主义的信念，描绘人世间的悲欢离合，充满了对幸福的乌托邦式的幻想，但情节类似，都以大团圆结束，批判的锋芒收敛了许多。

《暴风雨》是这一时期的代表作，被称为"诗的遗嘱"，描写米兰公爵普洛斯彼罗被他

弟弟安东尼奥夺去爵位，自己带着独生女儿米兰达和魔术书来到了一座荒岛。他凭借魔法，呼风唤雨，让恶人受到教育，最终兄弟和解，他也恢复了爵位。在剧中，作者肯定了纯朴的爱情，谴责了自私的阴谋，并通过普洛斯彼罗的形象，着重肯定了理性和智慧的力量。

莎士比亚的传奇剧，通过梦境、神谕和魔法以及偶然性与巧合的频繁发生，构成了一出出险峻奇兀、惊心动魄的神话般的奇特故事。它不仅渗透着作者的想象，也蕴涵着作者对于人生的洞彻理解和豁达态度。

莎士比亚的戏剧大都取材于旧有剧本、小说、编年史或民间传说，但在改写中注入了自己的思想，给旧题材赋予新颖、丰富、深刻的内容。在艺术表现上，他继承古代希腊罗马、中世纪英国和文艺复兴时期欧洲戏剧的三大传统并加以发展，从内容到形式进行了创造性革新。他的戏剧不受三一律束缚，突破悲剧、喜剧界限，努力反映生活的本来面目，深入探索人物内心奥秘，从而能够塑造出众多性格复杂多样、形象真实生动的人物典型，描绘了广阔的、五光十色的社会生活图景，并以其博大、深刻、富于诗意和哲理著称。

马克思在《致斐迪南·拉萨尔》（1859 年 4 月 19 日于伦敦）的一封信中提出了“莎士比亚化”的概念。所谓莎士比亚化，就是借鉴莎士比亚的创作经验，包括：第一，真实地揭示现实的某些本质方面；第二，较广泛地反映社会各阶层的生活和思想；恩格斯在 1859 年 5 月 18 日写给拉萨尔的信中，批评拉萨尔的描写局限于官方小圈子时，肯定了福斯塔夫式的背景，希望他也能像莎士比亚一样，“介绍那时的五光十色的平民社会”；第三，在人物塑造上，坚持个性化，反对类型化；第四，情节的生动性和丰富性。所以，所谓莎士比亚化，也可以理解为莎士比亚的现实主义。

三、代表作品赏析

（一）《哈姆雷特》

《哈姆雷特》完成于 1601 年，是莎士比亚的代表作。剧中丹麦王子为父复仇的故事取材于公元 1200 年的丹麦史。在莎士比亚之前，这个故事多次被人改编为流行的复仇剧，莎士比亚的《哈姆雷特》则在内容和形式上都推陈出新，使之成为欧洲戏剧史上的奇观。

这部作品的剧情大致是：哈姆雷特是丹麦王国一位年轻有为的王子，他有魄力、好思索、接近人民、对人类抱有美好的希望。他正在德国的威登堡大学学习，国内传来噩耗，父王突然惨死，叔叔克劳狄斯篡夺王位，母亲改嫁克劳狄斯。哈姆雷特回国奔丧，一天深夜，他在城堡里见到了父亲的鬼魂，父亲的鬼魂告诉了他自己被害的经过，凶手便是克劳狄斯。老哈姆雷特要求儿子为他报仇。哈姆雷特知道真相后，精神恍惚，他整天穿着黑色的丧服，一心想着复仇。一天，他去见自己的恋人、首相的女儿奥菲利娅，他又想求爱又想复仇，行为怪诞。奥菲利娅把王子的情况告诉了首相，首相又报告了克劳狄斯。克劳狄斯虽然不知道老国王鬼魂出现的事，但他心中有鬼，派人试探哈姆雷特。哈姆雷特一方面想复仇，一方面又碍于母亲的面子，同时他也不十分确定父亲鬼魂的话，非常苦恼。正好这时宫中来了一个戏班子，哈姆雷特安排了一出戏进行试探，证实了克劳狄斯的罪恶。哈姆雷特决定复仇。一天，克劳狄斯独自一人忏悔，哈姆雷特本可以杀死他，可又觉得忏悔中的人被杀后会进入天堂，结果罢手。克劳狄斯派王后劝说哈姆雷特，哈姆雷特与母亲发生争执，误杀了躲在帷幕后偷听的首相。克劳狄斯以首相的儿子要复仇为由，要将哈姆雷特送往英国，准备借英王之手除掉哈姆雷特。哈姆雷特识破克劳狄斯的诡计，中途返回丹麦。当时，奥菲利娅受刺激发疯，落水身亡，哈姆雷特回国时，正赶上她的葬礼。克劳狄斯挑拨奥菲利娅的哥哥同哈姆雷特决斗，并在暗中准备了毒剑和毒酒。哈姆雷特第一回合获胜，克劳狄斯假意祝贺送上毒酒，但哈姆雷特没喝。哈姆雷特第二回合获胜，王后非常高兴，端起原准备给哈姆雷特的毒酒喝了下去。决斗中，哈姆雷特中了对手的毒剑，但他夺过剑后又击中了对方。王后中毒死去，奥菲利娅的哥哥也在生命的最后一刻揭露了克劳狄斯的阴谋。哈姆雷特用最后的一点力气拿手中的毒剑击中了克劳狄斯，自己也毒发自亡。

“自有戏剧以来，它的目的始终是反映自然，显示善恶的本来面目，给它的时代看一看它自己演变发展的模型，”莎士比亚借哈姆雷特之口说出了戏剧创作的目的，即：反映时代，反映现实。创作《哈姆雷特》时，英国社会往日的繁荣已不复存在。“快乐的英国”成了“一个颠倒混乱的时代”，社会动乱不堪，矛盾重重。莎士比亚原有的人文主义理想与现实之间存在着巨大的差距，因此，他通过这场宫廷悲剧，描绘了文艺复兴晚期英国和欧洲社会的真实面貌，表现了作者对文艺复兴运动的深刻反思以及对人的命运与前途的深切关注。

哈姆雷特的形象常常是人们谈论这一悲剧的重要话题之一。这是一个刻画得极为成功的艺术形象，以“忧郁的王子”而闻名于世。这个人物既有文艺复兴时期人文主义者反封建、崇尚人的理性的特征，又有宫廷贵族后代悲观、忧郁的消极一面。他在威登堡大学念书时，把世界看成是光彩夺目的美好天地，这时，他是个怀抱理想的乐观的人文主义者：“人是一件多么了不得的杰作！多么高贵的理性！多么伟大的力量！多么优美的仪表！多么文雅的举动！在行为上多么像一个天使！在智慧上多么像一个天神！宇宙的精华！万物的灵长！”这段精彩的内心独白，体现了人文主义者对人、对社会所寄托的理想。然而，这美好的时光瞬息即逝，混乱的丹麦宫廷里，老王奇怪地驾崩，王后改嫁新王，国外敌军压境，国内群情激奋、一触即发，而宫中却在通宵达旦地酗酒取乐，这一切，都在哈姆雷特年轻美好的生命中投下了巨大的阴影，他对世界的看法有了根本性的改变，认为人间不过是“一个荒芜不治的花园，长满了恶毒的莠草”，这些已经为王子年轻的生命注入了悲剧的因素。 随着老王鬼魂的出现，王子接受了复仇任务，但他却迟迟不付诸行动，表现出行为上的拖延和犹豫。这种迟疑，既是社会邪恶势力过于强大，他尚无力回天所致，也是理想与现实的矛盾，造成了他行为上的犹豫，这就是文学史上所说的“延宕的王子”。所以，他发出“生存还是毁灭”的疑问。迷惘、焦虑、惶惶不安的情绪和心态，笼罩在哈姆雷特复仇的过程中，使他成了“思想的巨人”，“行动的矮子”。他把复仇看做是自己的个人行为：为了复仇，他失手杀死了恋人的父亲；为了复仇，他佯装疯狂失去了深爱的情人；为了复仇，他对软弱的母亲冷言相向；为了复仇，他忍受着失去友情的痛苦。最后，在一场血淋淋的宫廷决斗中，他虽然杀死了阴险狡诈的新王，但自己的生命也结束在这“牢狱”般的宫廷中。

鲁迅曾经说过：“悲剧就是将人生的有价值的东西毁灭给人看。”哈姆雷特作为一个深受广大群众爱戴的王子，作为一个资产阶级人文主义者，他身上具备整顿局势、治理国家、报仇雪恨的能力。然而面对着以阴险奸诈的新王为代表的强大的封建势力，他始终把这种和人民紧密相连的事业看做个人的仇恨而孤军奋战，因此，他的悲剧既是真善美与邪恶力量相冲突的悲剧，也是一个人文主义者的悲剧和一个时代的悲剧。哈姆雷特以自己的死赢得了对旧制度、旧势力道义上的胜利，悲壮而不悲观，使人们透过悲剧，从主人公的身上感受到一种新的生命，看到了刺穿黑暗王国的一线光明。

《哈姆雷特》在艺术上也代表了莎士比亚戏剧的最高成就。首先，莎士比亚擅长于情节的安排，他的戏剧常常包含几条平行的或者交错的情节，多层次多线索，往往产生强烈的戏剧效果。《哈姆雷特》中三条复仇的情节交织在一起，以哈姆雷特为父复仇为主线，以雷欧提斯和挪威王子福丁布拉斯的复仇为副线，交错发展而又主次分明。三条线索起到了互成对比、激化矛盾的作用，使戏剧场面不断转换，造成戏剧高潮，产生动人心弦的艺术效果，共同表现全剧的主题。此外，还有哈姆雷特与奥菲利娅之间的不幸爱情，哈姆雷特和霍拉旭之间的真诚友谊，罗森格兰兹、吉尔登斯吞对哈姆雷特的友谊的背叛，以及御前大臣波洛涅斯一家父子兄妹之间的关系等，他们充实并推动了主要情节的发展。在突出悲剧的阴郁、灰暗、紧张的氛围的同时，作者又穿插进嘲讽的诗句和插科打诨的幽默场面，使得戏剧达到“崇高和卑下、可怕和可笑、英雄和丑角的奇妙的混合”，显示出丰富的人物性格和五光十色的社会画面。

其次，作者善于通过人物对比来突出主人公的性格。反面人物中的克劳狄斯，阴险狠毒，笑里藏刀，是个“脸上堆着笑的万恶的奸贼”，哈姆雷特与他争斗，显示出复仇任务的艰巨，于是装疯卖傻、演出“戏中戏”才有可能，主人公的犹豫、拖延也才有了客观依据。同一类人物之间，对比色彩也很浓。老国王与克劳狄斯，同为君王形象，但前者“相貌优雅”、“精神威凛”、“姿态矫健”、“仪表卓越”，如同“天神”一般；后者“乱伦奸淫”、“诡诈阴险”、“卑鄙无耻”，是“一个冒充国王的丑角、一个盗国窃位的扒手”。雷欧提斯、福丁布拉斯和哈姆雷特同为复仇之人，却明显不同：雷欧提斯动机狭隘，行动鲁莽，只问目的，不择手段，不顾后果，只有个人的恩怨，而缺乏扭转乾坤的大志；福丁布拉斯目标不明，稍遇劝阻，便改弦更张，为慕虚荣，挥戈他向；只有哈姆雷特志向远大，意志坚强，虽然行动犹豫，但思虑细致周密。哈姆雷特的三个同学霍拉旭、罗森格兰兹和吉尔登斯吞也各不相同：霍拉旭冷静理智，忠于友谊，富于正义感，是哈姆雷特的忠实战友；后二人却见风使舵，趋炎附势，背叛友情，甘当奴才与帮凶，最终身败名裂。再有，哈姆雷特与奥菲利娅两人都有过“疯狂”，但前者为假疯，他在精神危机中成长；后者为真疯，她在精神失常后死去；前者刚毅顽强，完成了复仇任务；后者天真柔弱，成了宫廷阴谋斗争中不幸的牺牲者。

再次，莎士比亚十分善于运用内心独白这一艺术手段，来展示人物心灵世界和刻画人物性格。《哈姆雷特》在这方面历来受人称道，全剧中主人公的内心独白共有六次之多。内心独白可以把隐藏在人物内心的思想、情感和欲望等多层次地展示出来。哈姆雷特的多次独白，就表达出他对社会与人生、生与死、爱与恨、理想与现实等方面的哲学探索，披露出他内心的矛盾、苦闷、困惑、迷惘和恐惧等多方面的心理内容，有效地刻画了人物性格，也推动了剧情的发展。如第三幕第一场那段“生存还是毁灭”的著名独白，不仅是首富于揭露性和哲理性的好诗，也是理解主人公性格的一把重要的钥匙。哈姆雷特本是个有理想、敢行动的人，奉命复仇后，心情十分矛盾，客观上任务艰巨、敌人强大，主观上反对暴力又脱离群众，造成他在积极行动之中常常产生力不从心和难免失败的感觉，因而出现内心的矛盾。这是他犹豫延宕性格的一个典型例证。这样的独白哲理性强，富有艺术感染力，向来为人们反复吟诵。

《哈姆雷特》虽然取材于丹麦历史，但人物的活动和诸多的社会矛盾，无不反映着英国当时的社会现实，如宫廷大厅里的酗酒纵乐，御前会议上的唇枪舌剑，挪威军队的兵临城下，雷欧提斯的率众闯宫等，显示出一个国家浊流泛滥、内外交困、险象环生的现状。作者运用现实主义的手法，表现他自己人文主义的理想与英国现实之间无法调和的矛盾。另外，剧作也融进了浪漫主义的因素，使得内容和形式更为和谐统一，色彩更为丰满诱人，如夜半城楼鬼魂的显现，“戏中戏”的巧置机关，荒芜墓地中的戏谑与格斗等，引人注目，动人心弦，充满浪漫诡谲的色调。

由于《哈姆雷特》具有悲剧的深刻性、人物性格的复杂性、对人类生活的高度概括性，以及悲剧艺术和语言艺术的丰富性和完美性，400 年来，它一直震撼着各国读者的心灵。一代又一代的学者研究它，甚至为它耗尽毕生的精力；一代又一代的诗人、作家崇拜它，将它视为艺术创作的典范和依据，光是有关评论研究《哈姆雷特》的文章和专著的目录索引目前就有 20 000 条之多。

第四章　17 世纪文学和古典主义

第一节　概　　述

一、古典主义文学

古典主义是 17 世纪欧洲的主要文学思潮。它盛行于法国，随后扩展到欧洲其他国家。

16 世纪，新兴资产阶级与封建贵族的冲突引发了长达 36 年的宗教战争。这场战争导致亨利四世登上王位。而亨利四世为了安定局面，改信天主教，1598 年颁布的南特敕令规定天主教是国教。这样，王权“作为表面上的调停人而暂时得到了对于两个阶级的某种独立性”，法国成为当时欧洲最强大的君主专制国家。新建立的波旁王朝在 17 世纪上半叶实行重商主义政策，促进了工商业发展。力量得到壮大的资产阶级支持王权，使中央政府得以加强。到了路易十四统治的前半期，一部分贵族反抗王权的“投石党”运动被镇压，法国的专制政体发展到极盛时期，政权集中在国王手中，宫廷成了国家政治生活和文化生活的中心。为了取得政策上的平衡，路易十四任命平民出身的柯尔柏和勒泰利耶管理财政，同时让大贵族担任最高军职和神职。政治上的集中统一，要求文学艺术方面也消除无政府状态，实现规范化，要求文艺创作有统一的法则，有必须遵循的权威。为此，波旁王朝不仅建立了发放奖金、津贴和检查的制度，还在 1634—1635 年建立了法兰西学士院，目的是要在语言文学方面设立适应君主专制政治需要的统一规范。在这样的条件下，一种拥护王权，崇尚理性，以古代作品为艺术规范的文学思潮——古典主义思潮便应运而生。当高乃依的剧作《熙德》违反了“三一律”时，官方理论家夏普兰就撰文加以干预。

路易十四的爱好和政策也影响了古典主义的繁荣。他爱好宫廷喜庆和热闹场面，鼓励戏剧创作。虽然他喜欢崇高壮丽的风格，但他同样欣赏莫里哀的滑稽讽刺，莫里哀由于得到他的保护而坚持自己的创作方向，取得《伪君子》上演的胜利。他使拉辛、布瓦洛等在文坛获得声誉。他尽管一言九鼎，却不愿强加一行字给文学。他深知天才与顺从不相调和，甚至允许作家有某种抨击社会的独立性。他并不喜欢拉封丹，但他的报复只局限于推迟这位寓言家入选学士院。这个热衷于荣耀的君主明白，后世会赞赏他，因为他是文学艺术的明智保护人。

古典主义的哲学基础是勒内·笛卡儿（1596—1650）的唯理主义。笛卡儿在哲学上是个二元论者，他认为：“人人都有能够正确地判断事物真伪的能力，即良知，它先于感性而存在，是认识的来源。”他主张人们应该用理性克制个人情欲。笛卡儿的名言是“我思故我在”，他认为感觉是不可靠的，理性是一种先天的认识能力，是一切认识的根源，人凭理性认识万物的真伪，辨明是非。他还认为万物之美全在于真，真存在于条理、秩序、统一、均匀、平衡、对称、明晰、简洁中，人凭理性才能认识这种真。他的《方法论》（1637）是法国第一部重要的哲学和科学著作，也是欧洲哲学史上的重要著述。此外，他的《心灵情感论》（1649）主张意志可以直接改变人的情感。笛卡儿的理论直接指导了古典主义作家的创作。

古典主义文学的特征有以下几个方面。

1．在政治上拥护王权。

要求作家为专制政体服务，主张国家统一，反对封建割据，歌颂国王的英明，把文学和现实政治结合得非常紧密。古典主义作品大多描写主人公的感情与家族责任或国家义务的冲突，表现感情服从责任，个人服从义务的主题。不少作品直接歌颂国王贤明，或者由国王充当矛盾的裁决者和调停人。对于不利于社会稳定的非法活动加以犀利抨击，表现出拥护中央王权的强烈政治倾向性。

2．宣扬理性，要求克制个人情欲。

布瓦洛说过：“首先必须爱理性：愿你的文章永远只凭理性才获得价值和光芒。”要以理性去处理个人与国家利益、家庭义务和荣誉观念的矛盾，因而爱情或情欲只能放在第二位。有的作家将吝啬、伪善、淫邪等看做是不符合理性的情欲横流，力求加以讽刺。法国古典主义作家的“理性”主义实际上反映了这一时期资产阶级克制自己、与王权妥协的政治态度。

3．模仿古人，重视格律。

文艺复兴时期的人文主义者已经开始学习古代希腊、罗马文化，但直到17世纪的法国才形成古典主义文学思潮。古典主义者从古希腊古罗马文学中汲取艺术形式和题材，从古代题材中塑造他们自己理想的英雄人物。但是，古典主义的悲剧和喜剧与古希腊古罗马的悲剧和喜剧已有很大的不同，它们已具备现代戏剧的基本形式，有一定的幕数，适宜于在一定的时间内演出。戏剧冲突十分尖锐，心理刻画非常细腻，达到了悲剧和喜剧的新高峰。从世界范围来看，也处于一个发展的重要阶段。他们有一套严格的艺术规范和标准，例如戏剧创作要遵守“三一律”，即情节、时间、地点必须保持“整一”：一个剧只能有一个情节，剧情只能发生在同一地点，时间不得超过一昼夜，即24小时。“三一律”的提出者断言，亚里士多德的《诗艺》中谈到这些规则，其实，《诗艺》中根本没有提地点一致。然而，古典主义者“正是依照他们自己艺术的需要来理解希腊人的，因而在达西埃和其他人向他们正确解释了亚里士多德以后，他们还是长时期地坚持这种所谓‘古典’戏剧”。古典主义重视艺术形式的完美，但它的形式主义却束缚了自己的创作发展。

古典主义文学发展到后期，暴露出明显的局限性，引发了一场“古今之争”。争论持续了一个多世纪，一直到浪漫主义运动兴起之后，古典主义才作为一种过时的、保守的文艺思潮在欧洲文坛上逐步消失。

古典主义文学以法国成就最大，法国文学中又以戏剧成就最为卓著。高乃依、拉辛的悲剧，莫里哀的喜剧，达到了这一时期欧洲文学的最高水平。

✧ 皮埃尔·高乃依（1606—1684）

他是古典主义悲剧的创始人。他的代表作是《熙德》，这部悲剧在法国戏剧史上奠定了古典主义悲剧规范的基础。它根据西班牙作家卡斯特罗的喜剧《熙德的青年时代》写成，中心内容是讲个人感情与理性的冲突，理性战胜了感情，保卫国家的职责与家庭封建义务的冲突，最后是封建的家庭义务，服从于更崇高的保卫祖国的义务，因而主角罗德里克率兵御敌，获"熙德"（即将军之意，有头等首领的含义）的称号。剧中的国王是现实生活中阶级矛盾调停人的象征。高乃依共写了30多个剧本，大部分是悲剧，也有少量的喜剧，较重要的还有《贺拉斯》（1640）、《西拿》（1642）、《波里厄克特》（1643）。他的风格最突出之点是庄严崇高，这也是古典主义所追求的理想美。他的剧本题材和内容崇高庄严，他主张悲剧要写"著名的、非同寻常的、严峻的情节"，即指往昔史实或传说中有名的插曲，要写有关君王、统帅、圣人、英雄的故事，情节要激动人心，"其猛烈程度能与责任和血亲的法则相对抗"，它牵涉到"重大的国家利益，较之爱情更为崇高壮伟的激情"。根据这些原则写成的剧本，风格必然崇高庄严。他的语言也显示了这种特点。人物道白雄辩有力，充满激情，严谨周密，像格言一样铿锵有声，甚至到了夸张的程度。

✧ 让·拉辛（1639—1699）

他是古典主义悲剧的第二个代表。他创作的《安德洛玛克》（1667）取材于古希腊悲剧家欧里庇得斯的两部悲剧《安德洛玛克》和《特洛亚妇女》，体现了以古希腊罗马文学为典范的原则，按"三一律"表达，集中简练，世称它是最标准的古典主义悲剧。悲剧以女主人公为保全儿子生命作出的努力来展示为满足情欲而置国家利益和义务于不顾的人物，谴责了贵族阶级的情欲横流。特洛伊英雄赫克托耳的妻子安德洛玛克在城邦被攻陷后，成了希腊爱庇尔王庇吕斯的女奴。庇吕斯爱上了她，以处死她的儿子为要挟，迫使她屈服，居然还拖延与斯巴达公主的婚期。公主指使自己的追求者希腊使节杀死庇吕斯，又因后悔而自杀。剧中的国王为了满足情欲不顾民族利益，公主为了泄恨超越报复界限，希腊使节为了迎合意中人的愿望而违拗使命，甚至成了弑君凶手，他们都缺乏理性。唯有安德洛玛克一心要保存复仇根苗，机智勇敢，富有高度理性。《费得尔》（1677）也取材于希腊故事。雅典国王的继后费得尔身为王后，却爱上了国王前妻之子，她发现王子另有所爱后，便加害于他，最后悔恨交加而自杀。她也是一个滥施情欲、缺乏理性的人物。拉辛的后期作品有《爱丝苔尔》（1689）、《阿塔莉》（1691）。拉辛善于刻画女性心理和思想发展过程：安德洛玛克先是想洁身自爱，随后感到不能两全其美，便企图牺牲自己，保存儿子，假装允诺与国王结婚；费得尔对自己的感情开始时守口如瓶，一旦时机成熟，竟脱口而出，被拒绝后又感到羞愧，待到国王返回，则迫不及待将责任推诿于人，最后王子遇难，自知有责，终于坦白。人物心理发展过程写得细针密缕。拉辛将"三一律"运用到出神入化的地步，把古典主义悲剧艺术发展到高峰。拉辛共写了十一部悲剧，一部喜剧，作品结构严谨，技巧纯熟，尤其擅长心理分析，显示了非凡的艺术才能。

✧ 让·德·拉封丹（1621—1695）

他是法国著名的寓言诗人。他的《寓言诗》（1668—1694）共收入239首寓言诗。拉封丹从伊索寓言、希腊罗马和印度寓言家的作品以及民间故事中汲取题材，力图反映17世纪下半叶的法国社会，这是“一部巨型喜剧，幕数上百，宇宙是它的舞台，人、神、兽、一切都在其中扮演某个角色”。拉封丹敢于揭露封建王朝的黑暗腐败，狮王的暴虐虚伪，大臣的逢迎拍马，官吏的贪赃枉法和强暴荒淫，小民的无辜和受宰割，都得到了生动再现。在结构上，拉封丹力求将寓言写成压缩的剧本，有开场、发展、结局。对话写得活泼自然，显示出人物的个性。韵律千变万化，优美和谐。语言流畅自然，朗朗上口。他将寓言创作提高到前所未有的高度。《寓言诗》的影响波及全欧，使这种体裁一时十分流行。

✧ 尼古拉·布瓦洛（1636—1711）

他在文学理论方面总结了高乃依、拉辛、莫里哀等作家的经验，写成诗体的理论著作：《诗的艺术》（1674），提出了古典主义的美学原则，成为古典主义的艺术法典。他规定理性是文学创作的基本原则，必须模仿自然，自然指宫廷和城市生活；古希腊古罗马作家的创作经验是最高准则，必须遵守“三一律”；文学体裁有高低之分。这部作品对法国和欧洲的文学产生过很大影响，成为欧洲文艺理论史上一部重要的著作。

古典主义文学的读者和观众限于朝廷和城市。“朝廷”是指国君与封建贵族，“城市”是指资产阶级上层。据文献资料统计，上述两方面的人士，在路易十四朝时期，总共不过3000多人，其中关心文学艺术的人当然更少一些。所以17世纪法国古典主义文学的读者与观众的范围是非常狭窄的，然而它对法国文学的影响十分深远。直到今天，古典主义仍被认为是法国文学史上的正宗，这个传统概念，几百年来基本上没有改变。

古典主义先后在欧洲流行了200多年，可以说许多国家在不同时代、不同程度和意义上，都有过它们的古典主义文学时期。英国在17世纪后期形成了古典主义流派，但直到18世纪初期才得到发展；俄国则在18世纪上半期，古典主义曾经成为当时文学中的主导倾向。

二、巴洛克文学和清教徒文学

巴洛克一词来源于西班牙文，16时世纪用于首饰行业，指的是“一颗不圆的珍珠”。随后这个词的含义几经变化。后世把16世纪的建筑称为具有巴洛克风格的造型艺术，这种艺术以富丽繁复、精雕细刻为特点。巴洛克文学的风格与此相仿，因而得名。

巴洛克文学产生于16世纪下半叶，在17世纪上半叶达到盛期。它起源于意大利和西班牙，兴盛于法国。

✧ 贾姆巴蒂斯塔·马里诺（1569—1625）

他是意大利巴洛克文学的代表，他的长诗《阿多尼斯》（1623）叙述爱神维纳斯和美少年阿多尼斯的爱情纠葛，其中编织了许多插曲，诗句华丽，形成一种“马里诺诗体”，各国诗人纷纷效仿。

西班牙巴洛克文学有两个代表：诗人贡戈拉・伊・阿尔戈特（1561—1627）和戏剧家兼诗人佩特罗・卡尔德隆（1600—1681）。前者的歌谣和十四行诗风格幽默、活泼，主要作品有长诗：《莱尔马公爵颂》（1609）、《波吕斐摩斯和加拉特亚的寓言》（1613）以及《孤独》（1613）。其中《孤独》在艺术上所运用的新奇的比喻，奇特的形象，冷僻的典故，夸张的词汇，对偶的句式，被称为“夸饰主义”，又称“贡戈拉主义”，它成为 17 世纪西班牙文学中巴洛克时期的代表倾向，影响深远。卡尔德隆一生写过 120 部剧本和 76 部宗教短剧，代表作是《人生如梦》（1635），描写波兰王子塞希斯蒙多的不平凡经历。剧本结构严谨，辞藻精美，常用象征和隐喻来加强效果。

德国作家汉斯・雅各布・克里斯托弗・格里美尔豪森（约 1621—1676）的《痴儿西木传》（1669）虽是一部流浪汉小说，但也有明显的巴洛克文学特征。

法国的巴洛克文学由小说和诗歌两个方面组成。小说的代表作家是奥诺雷・德・于尔菲（1568—1625），作品《阿丝特蕾》（1607—1627）描写牧羊人塞拉东与情人牧羊女阿丝特蕾的爱情纠葛，刻画了理想化的田园牧歌式生活。诗歌代表是阿格里帕・多比涅（1552—1630）和马莱布（1555—1628），其代表作分别是《惨景集》（1616）和《圣彼得的眼泪》（1587）。法国的作家巴洛克认为世界是不断变化的，因而表现要充分自由，热爱自然美景，重视古怪的、荒唐的、非同寻常的东西，喜欢玩弄文字游戏和俏皮话，精于隐喻和反衬。

巴洛克文学虽不是文学主流，但它发展了一种新的美学趣味和倾向。它的出现适应了当时的社会愿望和需要。它的艺术手法对 19 世纪的浪漫主义文学产生了直接作用，对 19 世纪以来的拉美文学也有深刻影响。

英国文学 17 世纪以体现清教徒思想的作品最为出色，这是英国资产阶级革命的产物。17 世纪，新兴资产阶级主张纯洁教会，清除国教中天主教的影响，因而有“清教徒”之称。清教徒反对国教铺张豪华的宗教仪式和贵族奢侈淫靡的生活方式，敌视戏剧娱乐活动，提倡勤俭节约，以利资本积累。清教徒的思想代表了 17 世纪英国资产阶级的人生观，反映了时代精神。伊丽莎白女王憎恨清教徒，斯图亚特更加迫害清教徒。及至 40 年代，资产阶级终于在清教旗帜下，掀起了反对封建专制的革命运动。他们以《圣经》作为斗争的思想武器。在这种背景下产生了清教徒文学，以约翰・弥尔顿和约翰・班扬为代表。

✧ 弥尔顿（1608—1674）

他是 17 世纪英国最重要的作家，也是当时欧洲最杰出的诗人。他出生于清教徒公证人家庭，一直投身于反封建的政治斗争，曾发表《论出版自由》、《论国王和官吏的职权》、《为英国人民声辩》等雄健泼辣的政论文章。晚年失明，口授完成三大诗作，三部诗作都取材于《圣经》。《失乐园》（1667）是一部宏大的史诗，共 12 卷，约一万行。内容为亚当、夏娃违反上帝禁令偷吃禁果被逐出乐园的故事。这部史诗的价值在于赞美了撒旦的反抗。撒旦有勇有谋，敢作敢为，不屈不挠，毫不气馁，这是一个革命战士的形象，体现了诗人清教徒的革命思想。作品字里行间洋溢着激情，场面浩大，色彩缤纷，生动逼真，富有艺术魅力。《复乐园》（1671）描写耶稣拒绝魔鬼撒旦的种种诱惑，坚持自己的信仰，表现了革命者坚贞不渝的气节。《力士参孙》（1671）描写参孙撼倒大柱的复仇故事，揭示出参孙的内心痛苦、义愤填膺和视死如归的大无畏气概。这三部长诗都表现了诗人对复辟时期现实的不满，以及对清教徒思想的赞颂。弥尔顿在创作上向古代学习，依照希腊罗马史诗的体例写作长诗，以丰富的想象力描绘出生动的场面，赋予人物以鲜明的性格；同时他又吸取了中世纪文学的象征和寓意手法。这种史诗形式给19世纪的新型史诗和诗体小说开辟了道路。

✧ 班扬（1628—1688）

他的作品《天路历程》（1678），以梦幻故事的方式，揭示复辟时期腐败、淫乱的社会风气和人民的不满。

第二节 莫里哀

一、作者生平

✧ 莫里哀（1622—1673）

他是17世纪法国古典主义喜剧的代表作家。他的喜剧成就超过了古典主义悲剧，成为法国古典主义最杰出的代表，本名让·巴蒂斯特·波克兰，“莫里哀”是他的艺名，父为王家室内陈设商，属于中上层资产阶级。他从小生活在富裕的环境中，在克莱蒙中学读书，学过物理、数学、舞蹈、剑术，并熟悉经院哲学，常常对之加以嘲弄；他还学过拉丁文，能够阅读普劳图斯和泰伦斯的剧本。1643年，他宣布放弃世袭权力，成立“光耀剧团”，上演流行的悲剧，却竞争不过布戈涅剧团和玛雷剧团。莫里哀好几次因负债而入狱。于是他决定到外省去碰碰运气。从1645年至1658年，莫里哀在外省巡回演出了12年多，周游了大半个法国，目睹了社会的风俗世态和形形色色的人物，获得丰富的生活素材。同时，他广泛接触到传统的法国民间闹剧和流行一时的意大利即兴喜剧，从中吸取了许多艺术创作的经验。1652年起，莫里哀集剧团领导、演员、导演于一身，并在外省获得成功。1658年10月，他应召回巴黎为国王表演，得到路易十四的赏识，从此莫里哀和他的剧团就在巴黎定居下来。这时，他积劳成疾，开始咯血，可能患上肺病。

从1659年到1663年是莫里哀创作的第二阶段，也是古典主义喜剧的开创期。1659年，散文体独幕喜剧《可笑的女才子》在巴黎上演，它描写一对青年不会贵族沙龙谈情说爱的语言，遭到女方拒婚，而他们的仆人扮作侯爵赋诗论文却得到赏识。剧本抨击了贵族沙龙矫揉造作、滥用隐喻的谈吐，它对风俗的描绘开创了喜剧的新路子。在艺术上，他也力求符合古典主义“三一律”的要求。1662年上演的五幕诗体剧《太太学堂》是莫里哀的第一部大型喜剧，它以对现实的深入观察、对性格的生动描绘和哲理性而别树一帜。剧本批判了修道院教育和封建夫权思想，具有明显的现实精神。此剧的成功使莫里哀获得国王的1000利弗年金，但他的敌人指责莫里哀“轻佻”、“淫秽”、“有伤风化”、“诋毁宗教”，受到禁演。莫里哀相继写出《太太学堂的批评》（1663）和《凡尔赛即兴》（1663）两出论战性的短剧，挖苦抨击那些攻击《太太学堂》的贵族，同时阐明自己的艺术主张，维护了这个剧本。莫里哀的喜剧顺应了路易十四的喜庆、娱乐要求，同时又符合国王抑制大贵族和教会的政策，所以能得到路易十四的支持。

1664年到1668年是莫里哀创作的成熟期。当时，法国的封建社会正达到鼎盛时期，莫里哀却敢于同反动的贵族、教会进行斗争，接二连三地写出几个优秀剧本。代表作《伪君子》揭露了宗教的伪善。5幕散文剧《唐璜》（1665）揭露了贵族的腐朽堕落、横行霸道。唐璜的传说出自西班牙，传至意大利，最后流传到法国。莫里哀加以改造，背景多次变换，将神奇性与现实性相结合，既描写农民，也描写幽灵和石像，悲喜混杂。主人公唐璜是一个荒淫无耻的贵族，表面上文雅、潇洒，还有“自由思想”，实际上无恶不作。他诱惑了不知多少“名门闺秀”，两个农民救了他的命，他却要勾引他们的未婚妻。他欠债不还，却自有一套对付资产阶级债主的手腕。他披着伪善的外衣，到处招摇撞骗。由于它对贵族的揭发尖锐有力，演出后立刻遭到反动势力的攻击，只演出了15场就被迫停演，直至作者死后才能印行。《恨世者》（1666）描绘和嘲讽了形形色色的宫廷贵族，塑造了一个愤世嫉俗者的形象。这部剧作被看做当时上流社会生活的一份历史资料，在莫里哀的喜剧中，它是唯一写到大贵族圈子的。莫里哀揭露了这个圈子的庸俗和虚伪。大贵族表面上的彬彬有礼掩盖不住内心的枯槁；他们谈话的艺术就在于巧妙地诋毁别人，或者彼此间交换尖酸刻薄的言辞；蔑视妇女和爱情与典雅谈吐相结合。主人公阿尔赛斯特心灵是高尚的，而性格很忧郁，他不同于菲兰特，后者对人好像很宽容，其实内心蔑视他们。塞莉曼娜年轻貌美，思维敏捷，但心似石头。各种人物具有不同的性格。1668年创作的5幕散文剧《吝啬鬼》取材于古罗马喜剧作家普劳图斯的剧作《一坛黄金》，但有很大发展，它成功地刻画了资产者贪婪吝啬、嗜钱如命的丑恶本质。主人公阿尔巴贡是法国文学最著名的典型形象之一。在他身上，体现了处于发展初期的资产者的特征：既贪婪又吝啬。莫里哀通过细节的积累来塑造他的吝啬性格：他克扣子女的花费，吞没他们所继承的母亲的遗产，逼得他们到处举债；他出嫁女儿看中的是男方不要嫁妆；他要用8个人的饭菜招待10个人；他不肯负担儿女的结婚费用，还要亲家给他做一套礼服；他甚至想偷出一些喂马的荞麦而挨打。吝啬使他丧失了一切尊严，给整个家庭造成不幸。作为高利贷者，他显得非常狠毒：他要二分半利息，还要用破烂实物来顶替一部分现款。他虽然已过花甲之年，却仍然沉迷于女色之中；既要满足肉欲，又想尽量少花钱。但当两者发生冲突时，他宁可选择后者。在普劳图斯的《一坛黄金》中，主人公向亲子之情让步，而阿尔巴贡则寸步不让，吝啬和占有欲成了他的绝对情欲。他的名字已经成为吝啬鬼的代名词。这个形象有助于人们了解资本主义发展初期资产者的活动方式和阶级本质。1668年，莫里哀还有一部讽刺资产者的剧作上演：《乔治·党丹》。这出三幕散文体喜剧描写一个和贵族女子结婚的资产者乔治·党丹如何被妻子和她的情夫百般捉弄，嘲笑了那种想通过和贵族攀亲成为长袍贵族的资产者，同时也暴露了贵族的道德堕落。

从1668年开始，莫里哀的创作进入另一个阶段。他似乎忙于应付路易十四的娱乐要求，为宫廷的喜庆活动写剧，但他仍然写出了优秀的风俗喜剧。5幕散文剧《贵人迷》(1670)嘲讽了醉心贵族的资产者。据说路易十四因土耳其苏丹的使者傲慢无礼，便吩咐莫里哀写作此剧加以讽刺，不过，莫里哀显然并没有把这一内容作为重点，他着眼于暴发户汝尔丹力图改变社会地位的心理进行描写，为了挤进贵族阶层，汝尔丹从信念到行为都在做着不懈的努力。作者对这种资产阶级庸俗心理进行了无情的讽刺。三幕散文剧《司卡班的诡计》（1671）塑造了机智和逾越了等级观念的仆人形象。剧本上演后，古典主义理论家布瓦洛代表王权指责莫里哀，要他“少作人民的朋友”，而这正是莫里哀民主主义思想的体现，剧本的精华所在。这部喜剧直接影响了博马舍的《费加罗的婚姻》。此外，1672年的《女博士》发挥了《可笑的女才子》的主题，嘲笑贵族沙龙。《没病找病》（1673）揭露了觊觎财产的心理。

在上演《没病找病》时，莫里哀已经心力交瘁，但为了维持剧团的开支，他不得不继续担任主角。1673年2月17日，莫里哀在第四场演出中，咯血倒地，几小时后与世长辞。由于他的民主立场和自由思想，教会不准把他的遗体埋葬在教堂的坟地上。在路易十四干预下，巴黎大主教才允许让莫里哀的遗体葬入墓地。

二、创作概况

莫里哀一生写了近30部喜剧，其中大部分是讽刺喜剧，它们具有强烈的战斗精神。莫里哀接受了16世纪人文主义的传统，接受了伽桑狄和古代哲学家的唯物论的影响，在同下层人物的接触中又形成了进步的民主主义思想，观察的高度自然比其他作家略胜一筹，这些都有助于他的创作达到其他古典主义作家达不到的深度和广度。他的喜剧直接描绘现实。他一再认为喜剧要描绘当代风俗，“修饰本世纪的肖像”。由于他的经历比同时代作家丰富得多，他对现实的观察也就更加广泛。他对人情世态的观察深入而细致。他的喜剧大半以资产阶级家庭为背景，力图通过对上层资产阶级生活的描绘，揭露资产者的恶习。他还敢于运用喜剧猛烈抨击贵族和教会反动势力，以这一惯常是讽刺小人物的形式来嘲笑贵族阶级的大人物。他取笑侯爵，不管他们“地位有多高”。他讽刺贵族沙龙的典雅风气，揭露贵族糜烂堕落的生活，刻画没落贵族和中小贵族的种种丑相。他也塑造了不少具有反抗性的下层人物，他们头脑清醒、性格开朗、言语锋利、大胆泼辣，其精神境界往往高于他们的主人，这些形象比旧喜剧的仆人更有生气。

在艺术上，莫里哀取得了很高成就。首先，他的戏剧主张具有现实主义的因素。他提出要运用讽刺的武器，“抨击本世纪的恶习”。他的喜剧的最大特点就是直接嘲讽现实，具有强烈的时代气息。莫里哀所写的风俗喜剧和性格喜剧，从根本上改造了旧喜剧。他描绘了不同的环境：资产阶级家庭、贵族沙龙、宫廷、外省场景、农村景象，用的完全是现实主义的笔触，展现了17世纪下半叶的法国社会风貌。

在塑造人物方面，莫里哀明确认识到刻画典型的重要性，他善于运用集中、概括和夸张的手法，突出人物的性格特征，那些人物性格，往往是嗜癖型的，如吝啬、伪善、恨世、醉心当贵族、沉迷于典雅风气、追求博学、轻信、过度虔诚、疑心病等，分别集中在一个人物身上。莫里哀要求笔下人物酷似真人，要直接反映和批判现实，这是他把欧洲喜剧发展到一个新阶段的标志。

莫里哀的创作，很大程度上采用了民间的闹剧手法，闹剧的形式在莫里哀手里获得发展。他的喜剧几乎都含有闹剧因素，因而生活气息浓厚。

莫里哀在语言运用上也有突出成就。他把日常语言搬上舞台，使人物语言与身份相称。他的不少人物独白在后世成为谚语。

三、代表作品赏析

《伪君子》

《伪君子》（又译《达尔杜弗》或者《骗子》，1664—1669）是莫里哀的代表作。它在17世纪约上演200场，在18世纪上演900场，在19世纪上演约1100场至1200场，是法兰西剧院上演场次最多的剧目。

当初，莫里哀为了取得上演的权利，同反动势力进行了4年多的艰苦斗争。此剧原先是一出三幕诗体剧，1664年5月12日在凡尔赛的游园会上演出。巴黎大主教向国王控告此剧"否定宗教"，第二天就被禁演。8月，莫里哀给国王写了第一份陈情表，要求路易十四主持正义，因为嘲讽伪善完全符合喜剧移风易俗的要求。莫里哀还在多种场合朗读剧本，在私人宅第里演出，并对剧本进行修改，成为5幕剧。经国王口头许诺，1667年8月5日再一次公演，随即被最高法院院长下令禁演，巴黎大主教也在教区内张贴告示，严禁教民阅读或者听人朗读这出喜剧，否则革出教门。莫里哀写出第二份陈情表，指出"如果达尔杜弗之流得逞，那我就无须再想写喜剧了"。直到1669年2月5日，莫里哀呈递了第三份陈情表，才获准公开演出。演出前，莫里哀又对作品进行了第三次修改。

这部喜剧完全遵守"三一律"，剧本的情节单一，地点始终没有离开巴黎富商奥尔贡的家庭，时间不超过24小时。全文用诗体写成。剧中人物明显地分成两个阵营，以达尔杜弗和他的两个崇拜者——奥尔贡和他的母亲白尔奈耳太太为一方，以女仆桃丽娜及奥尔贡家中的其他成员为另一方，包括奥尔贡的续弦太太艾耳密尔、儿子大密斯、女儿玛丽雅娜、舅父克莱昂特等。

《伪君子》的主人公达尔杜弗是全剧的中心人物。他以伪装的虔诚骗得富商奥尔贡及其母亲的信任，成为奥尔贡家的上宾和精神导师。奥尔贡不顾妻子儿女的反对，要撕毁女儿以前的婚约，把她嫁给达尔杜弗。但达尔杜弗看中的是奥尔贡的续妻艾耳密尔，他调情的情景被大密斯看见，可是奥尔贡在达尔杜弗的挑拨下，反而剥夺了儿子的继承权，把财产全部赠给达尔杜弗。艾耳密尔巧施计谋，让奥尔贡亲眼看见达尔杜弗向自己调情的丑态。奥尔贡终于醒悟，要把达尔杜弗赶出家门。但达尔杜弗掌握了奥尔贡为政治犯藏匿的文件，企图陷害奥尔贡。但英明的国王洞察一切，下令逮捕了骗子，并赦免了曾经勤王有功的奥尔贡。

达尔杜弗这个形象是莫里哀的最高艺术成就之一，在他身上集中了一切伪善的特征：他口头上宣扬“苦行主义”，不离教鞭和苦行衣，但一顿饭他却能吃两只鹌鹑和半条羊腿，养得“又粗又胖，脸蛋子透亮”。他身为教士，平时在教堂里表现得极为虔诚，宣称整日不离《圣经》，并且故意不接受奥尔贡的施与，其实他要图谋的是奥尔贡的全部家产。他当众把募来的钱施舍给穷人，忏悔不该弄死一只跳蚤，似乎仁慈善良，骨子里却凶狠歹毒，必要时把自己的恩人置于死地。他假惺惺地表示不能看妇女袒胸露臂的装束，实际上却是一个好色之徒，说什么：“私下里犯罪不叫犯罪”。他巧言令色，随机应变，其程度无以复加。这个形象的成功使得“达尔杜弗”成为伪君子的代名词。

达尔杜弗的伪善具有典型性。他原是外省的破落贵族，穷得连一双鞋都没有。流落到巴黎后，他利用宗教来谋出路。当时外省有不少这样的中小贵族，他们大多成为骗子，莫里哀后来在《贵人迷》中再次描写到这样的骗子，就是一个有力的证明。达尔杜弗只是这类骗子中的代表。达尔杜弗的形象不仅体现了宗教的虚伪性，更重要的是通过这个形象，莫里哀揭露了宗教伪善对于社会的危害性。达尔杜弗披上宗教信士的外衣混到奥尔贡家中，其目的是破坏别人的家庭，满足自己的兽欲；霸占别人的财产，以伪善的手段来达到掠夺的目的。透过这一形象，人们看清了教会和贵族上流社会的伪善、狠毒、荒淫无耻与贪婪。天主教是欧洲封建社会的精神支柱，17 世纪的法国，它又成了反动势力的代表。当时，由教会势力和贵族反动势力一起组织的“圣体会”，打着宗教慈善事业的幌子，派人混进良心导师的行列，监视人们的言行，陷害进步人士。所以，莫里哀笔下的达尔杜弗有着明显的针对性。也正因此，天主教势力才一而再，再而三地阻挠此剧上演。但路易十四看到此剧的基本倾向与他扶持资产阶级的政策是一致的，因而给予一定的支持。《伪君子》经历的斗争反映了现实政治斗争的尖锐复杂。莫里哀不得不安排克莱昂特这个人物来表明自己只是鞭挞假虔诚，而不是反宗教。可是，剧本对宗教的欺骗性和虚伪性的揭露却是抹杀和改变不了的。况且，伪善不仅仅存在于教会中，它还充斥于贵族阶层，形成了社会恶习。

富商奥尔贡的形象也具有典型意义。他是王权的支持者，曾多次帮助过国王。但他对宗教表现得异常狂热，他不辨真假、一意孤行、执迷不悟，对达尔杜弗这个骗子无限信任，崇拜得五体投地。奥尔贡不单要将女儿嫁给他，还把自己的家产全部送给他，甚至把私藏投石党事件的政治犯的文件匣交给他保存。奥尔贡的行为失去了一切理智。第一次大密斯将达尔杜弗向艾耳密尔调情的场面揭露出来后，他并不相信，反而将儿子赶出家门，剥夺其继承权。直到他亲眼目睹达尔杜弗要向艾耳密尔求欢的丑态后，才恍然大悟。但是这时他面对的是失去财产、被捕入狱的悲剧局面。在莫里哀描写的失去理智、痴迷愚顽的人物中，奥尔贡面对的下场是最严峻的。莫里哀对这个人物有讽刺也有同情。

剧中的桃丽娜是反对封建道德、揭露宗教伪善的主要人物。她身为女仆，但头脑清醒，目光敏锐。她对伪君子的面目认识得最清楚，知道他既想得到主人的财产，又垂涎于女主人。为了彻底揭穿达尔杜弗的伪善面目，她动员全家人与达尔杜弗作斗争。她对儿女婚事的理解有着真知灼见："爱情这种事是不能由别人强作主的"，"谁要把自己的女儿许配给一个她所厌恶的男子，那么她将来所犯的过失，在上帝面前是该由做父亲的负责的"。相比奥尔贡的愚蠢蛮横，大密斯的急躁简单，玛丽雅娜的懦弱胆小，她显得格外聪明、机智、勇敢、灵活。塑造出这样生动、美好的劳动者的形象，是作者民主主义进步思想的具体表现。

剧本塑造了一个英明的国王，他明察秋毫，处事果断，赏罚分明，不忘奥尔贡立过功勋。剧本结尾的重要意义在于体现了路易十四的国策，即保持资产阶级和贵族阶级的力量平衡。既然宗教骗子危及他的重要臣民，他自然出面干预。剧本对国王的正面歌颂，是取得路易十四支持的重要保证。

剧中的其他人物形象也各具特色，艾耳密尔聪慧机敏，贤淑贞洁，她对前房子女爱护备至，视同己出；为了让丈夫醒悟，她设计让达尔杜弗上钩。一举一动表现出大家风范。至于克莱昂特更是理性的化身、作者的代言人，但他的中常之道的说教不免削弱了剧本的批判力量。

《伪君子》在艺术上是按照古典主义原则创作的，如剧中地点始终安排在奥尔贡的家里，作者充分利用室内环境进行巧妙的构思，第三幕大密斯藏于套间，第四幕奥尔贡躲在桌下，既构成了关键性的戏剧情节又能造成喜剧效果，更重要的是一些戏剧动作，只有在室内才可能发生，像达尔杜弗的求欢，艾耳密尔的巧计，离开了那个环境，这些就不可信了。

这部喜剧也体现了古典主义戏剧结构严谨，矛盾冲突集中尖锐，层次分明的优点。前两幕呈现在观众面前的是一场又一场家庭争吵，在场的 7 个人在争执中各自亮相，他们争论的焦点是如何看待达尔杜弗，而主要人物并没出场。这是以"间接描绘"的方法来塑造伪君子的形象。观众虽然已经大体上了解到他的伪善，但百闻不如一见，勾起了好奇心。歌德认为这是"现存最伟大的最好的开场了"。达尔杜弗一出场，莫里哀用几句话和一个小小的动作（耍手绢），就撕破了他的伪善嘴脸。

达尔杜弗（望见桃丽娜）：劳朗，把我修行的苦衣和教鞭收好了；祷告上帝，神光永远照亮你的心地。有人来看我，就说我把募来的钱分给囚犯去了。

桃丽娜：真会装蒜，吹牛！

达尔杜弗：你有什么事？

桃丽娜：告诉您……

达尔杜弗（从他的衣袋内掏出一条手绢。）：啊！我的上帝，我求你了，在说话之前，先给我拿着这条手绢。

桃丽娜：干什么？

达尔杜弗：盖上你的胸脯。我看不下去：像这样的情形，败坏人心，引起有罪的思想。

达尔杜弗看见桃丽娜，马上抓住机会表现自己，但是欲盖弥彰。他怕别人不知道他穿苦行衣，便提一下以示炫耀。给囚犯分钱，是想说明自己心地仁慈，专门做好事。所以桃丽娜不客气地说他装蒜、吹牛，同时也在提醒一下观众。紧接着的一个动作进一步揭示了伪君子的面目：他突然掏出一条手绢，观众也跟着桃丽娜的喝问，想知道他要干什么。这一段话使他假正经的面目暴露无遗。

接着，通过达尔杜弗向艾耳密尔的两次求欢，剥下他伪善的外衣。最后，通过他蛮横执行“契约”和窃去文件匣，陷害奥尔贡的情节，进一步揭露他的凶恶面目。戏剧冲突集中、紧凑。

莫里哀描绘伪君子所花的笔墨极为简练。全剧总共 31 场，而达尔杜弗的戏只有 10 场；全剧共 1962 行诗，达尔杜弗只占 290 行，但是他的场次却是关键性的，他的性格塑造得非常鲜明。对这个中心人物所花笔墨之少在莫里哀的戏剧中是独一无二的，在世界戏剧史上也是罕见的。

《伪君子》中，莫里哀在吸收各种戏剧手法的基础上创造了独具风格的近代喜剧。他将喜剧手法与闹剧手法密切结合。第 4 幕第 5 场奥尔贡藏在桌子底下是富于喜剧色彩的安排，达尔杜弗的表白愈是坦率，就愈是令人可笑，因为观众知道他的话都让奥尔贡听到了。达尔杜弗欲吻艾耳密尔却吻到奥尔贡，又是典型的闹剧。莫里哀还在喜剧中插入了悲剧因素：玛丽亚娜和未婚夫的婚姻差一点是悲剧；剧情达到高潮时，达尔杜弗几乎要断送奥尔贡一家。这些悲剧因素的插入，使得戏剧冲突更加紧张、尖锐。总之，他的喜剧手法异常丰富。

第五章　18世纪文学和启蒙运动

第一节　概　　述

一、18世纪文学的基本特点

18世纪的欧洲，各国社会发展很不平衡，有的国家处于封建割据的状态，资本主义的发展受到极大的阻碍；有的国家虽然是封建社会，但资产阶级已成熟壮大；有的国家已经取得资产阶级革命的胜利。整个欧洲在社会、政治、经济、思想文化等领域新旧力量撞击十分剧烈，处于由封建社会向资本主义过渡的社会转型时期。封建势力同包括一般资产阶级在内的人民群众的矛盾日益尖锐化，推翻封建制度，铲除封建残余，建立和发展资本主义社会的历史任务，先后提到了欧洲各国的历史日程上。在这样的大时代下，作为资产阶级革命的先导，全欧范围内便出现了思想文化革新运动——启蒙运动。

启蒙运动是文艺复兴运动在新的历史条件下的继续和发展，它的产生还得益于科学和生产力的突破性发展。牛顿（1642—1727）的万有引力理论奠定了多学科基础，数学、物理、化学、生物学和地质学等学科已各自独立。瓦特（1736—1819）发明的蒸汽机，引发了英国的工业革命，法国稍后也开始使用机器生产。生产力提高了，资本主义经济和资产阶级力量空前壮大，人的价值进一步被发现，人们从新的视角重新审视世界，反封建的情绪空前高涨。欧洲先进知识分子在反封建强大潮流和科学文化新成就的鼓舞下，继承文艺复兴反封建反教会的战斗传统，在政治、经济、思想文化等整个意识形态领域掀起了除旧布新的伟大的启蒙运动。

启蒙运动的思想核心是“理性崇拜”。启蒙学者认为，社会黑暗腐败，是由于源自自然法则的“理性”被封建专制和教会的偏见所堵塞，人们的头脑变得混乱和愚昧。因此，要改造社会就要用“理性”和符合“理性”的科学知识去“照亮”人们的头脑，启迪人们的蒙昧无知，“启蒙运动”由此得名。他们要把过去一切不合“理性”的东西统统扔进历史的垃圾堆，“宗教、自然观、社会、国家制度，一切都受到了最无情的批判；一切都必须在理性的法庭面前为自己的存在作辩护或者放弃存在的权利”。（《马克思恩格斯选集》第3卷，人民出版社1972年版，第404页。）启蒙思想家以唯物论批判宗教和封建制度的理论基础——唯心主义；以无神论或自然神论否定天主教权威和宗教偶像；以自由、平等、博爱为核心内容的人道主义来反对封建制度、僧侣和贵族的特权，创立了“天赋人权”理论，把生存、财产、自由和平等视为“自然”所赋予人的不可剥夺的“人权”。启蒙学者甚至勇敢地提出了“理性国家”、“理性社会”的社会政治思想，宣传开明君主制或君主立宪制，更进步的思想家则宣传民主共和国。启蒙学派宣传了一种崭新的世界观和价值观，推动了人类思想文化和科学知识的大发展，直接导致了1789年的法国大革命，并为全面建立资本主义社会制度和国家制度奠定了理论基础，其历史功绩是辉煌卓著的。

启蒙运动的参加者和拥护者本身大多是文学家，他们都把文艺当做宣传启蒙思想的工具和批判封建主义的武器，在欧洲形成启蒙文学的强大潮流，如法国作家孟德斯鸠、伏尔泰、狄德罗和卢梭，英国作家笛福、斯威夫特和菲尔丁，德国作家莱辛、歌德和席勒，意大利的哥尔多尼以及俄国的拉季舍夫等。他们从事文学创作，不仅是反映生活，更主要的是评论生活、干预生活，宣扬他们的思想观点，来给资本主义的发展扫清道路。因此，启蒙文学的战斗性非常强，批判锋芒直指封建专制制度和教会。作家们以自然神论甚至无神论为武器，对传统教会的批判达到空前激烈的程度，从理论深度上根本动摇了封建教会存在的合理性。他们以自由、平等、博爱、“天赋人权”等“理性原则”全面批判封建统治，鲜明地表现出封建社会必须埋葬的革命思想。不少作品热情而真诚地虚构出乌托邦的美好图景，以鼓舞人们为新社会而斗争。一些作家对资产阶级所表现出来的某些丑恶方面也进行了不同程度的批判。

18世纪初，古典主义在欧洲文坛仍然占统治地位，启蒙文学在各国兴起时，一些启蒙作家还曾借用过古典主义的形式进行创作，但随着启蒙运动的发展，古典主义的宫廷贵族倾向和泥古的清规戒律已不适应变革中的新的社会生活。为适应战斗需要，有的作家摈弃了古典主义，有的作家在古典主义形式里渗进了新的思想内容。

启蒙作家不仅从理论上否定古典主义以王公贵族为正面人物的原则，而且在创作中把资产阶级和其他平民当做主人公甚至英雄人物进行描写，成功地塑造了如鲁滨孙、汤姆·琼斯、拉摩的侄儿、费加罗、维特、浮士德等一系列不朽的艺术典型，许多人物既闪耀着富有时代特色的理性光芒，又呈现出人的灵魂内部理与情、灵与肉、生与死等各种心理因素的多维矛盾，揭示出更为丰富复杂的人性内涵。例如拉摩的侄儿、浮士德就从这方面获得了黑格尔以及马克思、恩格斯的高度称赞。王公贵族、教皇、教士则往往被写成嘲笑、批判的对象。

启蒙作家为了宣传启蒙思想，平等地采用小说、诗歌、戏剧和文艺性的政论等各种文体，打破了自古以来诗体文学独尊的局面，开创了文学史上的散文时代。小说形式尤其丰富多彩：哲理小说、书信体小说、游记体讽刺小说、自传体小说、对话体小说、教育小说等，其中英国现实主义长篇小说和法国的哲理小说成就最为杰出。戏剧方面的创新突出地表现在市民剧的形成上，它表现市民和普通人的日常生活，打破悲喜剧的严格界限，不遵守“三一律”，运用散文语言创作，开创了后来长足发展的话剧的先河。这一时期诗歌以长篇诗剧成就最大，歌德的巨著《浮士德》可谓18世纪文学的压卷之作。

感伤主义文学流行于欧洲18世纪中后期，这是启蒙文学的支流或是其继续和发展。它最先产生于英国，是当时英国软弱的城乡中小资产者情绪的反映。他们面对大变动的社会现实，痛感自己生活的失败，既不满地主资产阶级的掠夺，又无力反抗，徒然怀恋已逝的宗法社会的“田园生活”。感伤主义作家在创作上突出地强调感觉和感情，着力描写个人内心的感觉，渲染中下层人物的痛苦和不幸，作品充满感伤情调。法国卢梭和德国狂飙突进作家以及俄国感伤主义文学都受其影响，但其思想格调大不相同。

二、启蒙文学在各国的发展

欧洲各国的启蒙文学，由于各国资产阶级革命的发展情况和文学传统的不同，又各有其独自的发展过程和特点。

（一）英国文学

英国资产阶级革命后，建立了君主立宪制的政权，资本主义迅猛发展。18 世纪 60 年代，英国发生了工业革命。英国的启蒙文学是在革命之后出现的，作家们宣传资产阶级的价值观，批判封建残余和资产阶级的阴暗面，鼓舞资产阶级的进取精神，力图通过启蒙教育促进社会改良。

18 世纪的英国文学以现实主义小说成就最高。小说家笛福和斯威夫特首先登上文坛。

✧ 尼尔·笛福（1661—1731）

他是这时期英国第一个重要的长篇小说作家，英国现实主义小说的开创者之一。他的代表作《鲁滨孙漂流记》（第一部，1719），通过青年商人鲁滨孙海上冒险和滞留并开辟岛国的故事，塑造了一个英国“真正资产者”的著名艺术典型，体现了资产阶级向上发展时期的奋发进取和创业精神。小说虽是幻想传奇式的故事，但却运用写实手法，对一系列细节的描写真实具体。笛福其他小说中比较重要的有《辛格顿船长》（1720）、《莫尔·弗兰德斯》（1722）、《杰克上校》（1722）等，这些书的主人公与鲁滨孙相似，他们内心似乎都有一股力量使他们不能安静下来，需要不断地行动、追求。

✧ 约拿旦·斯威夫特（1667—1745）

他是英国启蒙运动中激进民主派的创始人，《格列佛游记》（1726）是他享誉世界的讽刺名著。全书共 4 卷，通过主人公格列佛医生到小人国、大人国、飞岛、巫人岛和智马国等虚构国家的遭遇和见闻，集中反映了 18 世纪前半期英国社会的各种矛盾，全面讽刺、揶揄了英国的社会现实。其中“大人国”和“智马国”社会体现了作者的社会理想。作品想象丰富，构思奇特，最大特点是幻想和现实的统一。作者往往把讽刺的对象夸张变形到残酷甚至荒诞的地步，与现代的“黑色幽默”有相通之处，法国现代作家布勒东在编辑作品集《黑色幽默》（1950）时，就把斯威夫特的作品列于榜首。

18 世纪 30 年代至世纪中期，英国现实主义小说进入繁荣鼎盛时期，重要的作家有理查生、斯摩莱特等，菲尔丁是最为杰出的代表。

✧ 撒缪尔·理查生（1689—1761）

他是个保守派作家，英国家庭小说的开创者。书信体小说《克拉丽莎》（1741—1748）是其代表作。小说描写了少女克拉丽莎的命运。她抗拒父母之命，逃婚在外，因受到贵族青年的欺骗和折磨而死去。作者把婚姻自主同中产阶级温和的道德说教结合起来。这成为此后一个时期英国家庭小说的一种模式。理查生的小说局限于家庭生活，但心理描写十分感人，他擅长于描写日常生活氛围中人物的心理和情感的细腻变化，以及贯串其中的感伤和哀婉情调，实为英国感伤主义文学的先驱。

✧ 托比亚斯·斯摩莱特（1721—1771）

他的主要贡献也是小说，代表作是自传性小说《兰登传》（1948）。作品通过主人公兰登为求得生存、摆脱贫困而努力挣扎的经历，猛烈地批判了英国政府的贪污受贿，海军的黑暗残暴和社会上对爱尔兰人的歧视。高尔基认为他是第一个把政治倾向的描写引进小说范围的人。斯摩莱特的作品与19世纪批判现实主义文学非常接近。

18世纪中后期，随着英国社会矛盾的进一步尖锐复杂，感伤主义文学诞生了。

✧ 劳伦斯·斯泰恩（1713—1768）

感伤主义的名称来源于劳伦斯·斯泰恩的《感伤的旅行》（1768）这部小说。它写敏感和爱流泪的主人公约里克牧师在法国旅行，主人公不断因微小的事情而产生感觉并对这些感觉发生诸多联想，抒发其感伤情怀。

✧ 奥立维·哥尔德斯密斯（1728—1774）

奥立维·哥尔德斯密斯的长篇小说《威克菲尔德的牧师》（1768）、长诗《荒村》（1770）是成就更高的感伤主义名作。前者写主人公穷牧师普里姆罗斯一家受贵族乡绅种种迫害的故事，在浓郁的感伤情怀的描写中既有喜剧性的幽默也有戏剧化的场景。

✧ 因格雷（1716—1771）

英国感伤主义在诗歌领域里的代表是“墓园诗派”，因格雷的《墓园挽歌》（1750）而得名。重要的作家还有汤姆（1700—1748）和扬格（1716—1765）等，这一诗派情调更为消沉。

✧ 罗伯特·彭斯（1759—1796）

18世纪后期出现的诗人罗伯特·彭斯独树一帜，他从苏格兰民间文学和歌谣中吸收营养，唱出了苏格兰人民反对专制压迫和民族压迫，要求民主、自由、平等的心声。他的诗歌既有现实主义的画面，也有浪漫主义的激情。

戏剧创作因受到英国议会《戏剧检查法》的限制，没有得到充分发展。

✧ 理查德·谢立敦（1751—1816）

理查德·谢立敦是英国18世纪最有成就的喜剧作家，代表作《造谣学校》（1777）生动而尖锐地讽刺了贵族资产阶级上流社会的虚伪、荒淫和造谣中伤的恶习，是英国上流社会的一幅缩影，至今在英国上演不衰。

（二）法国文学

18世纪的法国，封建专制王权急剧衰落，封建势力同第三等级（资产阶级、工人、农民、平民）的矛盾日益激化。古典主义文学长期流行于社会上层的文坛，已沦为专门为封建宫廷歌功颂德的工具。人民之中大胆揭露社会黑暗的文学在世纪之初便广泛流传。

✧　阿兰·勒内·勒萨日（1668—1747）

他是法国 18 世纪初期的重要作家，他发展了西班牙流浪汉小说的传统，以其写实的小说《瘸腿魔鬼》（1707）和名作《吉尔·布拉斯》（1715—1735）等揭开了启蒙文学的序幕。

从 20 年代起，启蒙文学成为法国文学的主流。法国启蒙文学是在资产阶级积极酝酿革命的背景下诞生和发展的，所以批判力度最强，最富于民主战斗精神。孟德斯鸠和伏尔泰是法国 18 世纪上半期启蒙文学的代表作家。

✧　查理·路易·德·瑟贡达·孟德斯鸠（1689—1775）

他是法国第一位真正意义上的启蒙作家。他的理论著作《法的精神》（1748），主张立法、行政和司法三权分立，把法制提高到国家政治生活的首位，成为关于国家学说的世界名著。《波斯人信札》（1721）是他用书信体写的一部小说，开 18 世纪哲理小说的先河。作品假托波斯大贵族郁斯贝克到法国游历，通过他同家人和朋友们的互相通信，暴露波斯东方专制制度和贵人后房制度的惨无人道，同时猛烈批判了法国的黑暗现实，宣传启蒙理想。这是一部揭露性、讽刺性很强的作品。

✧　伏尔泰（原名弗兰索瓦·玛丽·阿鲁埃）（1694—1778）

他是法国启蒙运动的领袖人物。他知识渊博，是哲学家、历史学家、政论作者、文学家。他在文学方面是个多产作家，以诗歌和悲剧的数量最大，主要作品有史诗《亨利亚特》（1778）和悲剧《俄狄浦斯王》（1718）、《中国孤儿》（1718）等。在伏尔泰的文学作品中，最有价值的还是他的哲理小说。其中最著名的有《如此世界》（1746）、《查第格》（1747）、《天真汉》（1767）等，而以《老实人》（1759）最为脍炙人口。小说通过“老实人”及其教师邦葛罗斯等人的遭遇，讽刺了“一切皆善”并为现存秩序辩护的盲目乐观主义哲学，也否定了认为人“不是在忧急骚动中讨生活，便是在烦闷无聊中挨日子”的悲观主义；作品让主人公经历了象征“理性王国”的“黄金国”之后，又回到苦难的现实世界，“老实人”得出的结论是：“工作使我们免除三大不幸：烦恼、纵欲和贫穷。种我们的田地要紧。”伏尔泰哲理小说中的人物、故事和背景都是虚构的，对法国封建专制制度下的社会生活竭尽讽刺之能事。拜伦称赞说：“那简直像一阵狂风，随心所欲地飘刮，拔起了一切事物的根，有时叫蠢材出丑，有时把皇座也震动。”

✧　德尼·狄德罗（1713—1784）

他是继孟德斯鸠、伏尔泰后登上文坛的法国启蒙运动的中坚力量，他是唯物主义哲学家、现实主义美学家和作家。为了“改变人们普遍的思想方式”，他用几十年的时间主编《百科全书》，并亲自撰写了千余条目，虽然屡遭迫害，但却始终如一。《百科全书》是一部反对封建意识和天主教蒙昧主义的巨著，它用新的世界观审视人类文化的各个领域，集近代知识之大成，使唯物主义“成了法国一切有教养的青年的信条”。恩格斯称赞他是为了“对真理和正义的热诚”而献出了整个生命的人”。（《马克思恩格斯选集》第 4 卷，人民出版社 1972 年版，第 228 页。）狄德罗对文学艺术的杰出贡献表现在两个方面：一方面他是出色的美学理论家、艺术批评家，在美学、绘画和戏剧理论上建立了完整的现实主义文艺理论体系，发表了多篇美学和文艺理论论著；另一方面，他是18世纪重要的小说作家，在法国现实主义小说的发展中占有重要地位。他的剧作《私生子》（1757）、《一家之长》（1758）和《当好人还是坏人？》（1758）是他的文艺理论的创作实践，同时又为现代话剧的兴起奠定了基础。狄德罗的主要文学成就是三部哲理小说：自白体小说《修女》（1760）揭露教会内幕，猛烈抨击摧残人性的宗教制度，为维护人权和个性解放而呐喊。对话体小说《拉摩的侄儿》（1762），写主人公拉摩的侄儿和我在咖啡馆的对话，塑造了拉摩的侄儿这个集“高傲与卑鄙、才智和愚蠢”于一体的著名典型。他聪明机灵、头脑清晰，社会使他成了一个寡廉鲜耻、卑鄙下贱的食客。他是时代的产物，是以“恶”的形式表现出来的在封建社会母体内躁动的资产阶级的化身。马克思恩格斯称这部作品为“辩证法的杰作”。（《马克思恩格斯选集》第3卷，人民出版社1972年版，第59页。）《宿命论者雅克和他的主人》（1773）是狄德罗最后一部重要作品，写的是年轻仆人雅克陪伴贵族主人在法国的漫游和对话，刻画了正在起来反抗的仆人雅克的生动形象。小说没有一贯的情节和严谨的结构，但幽默风趣，给予读者广大的想象的空间，接近于现代“新小说”派的叙述方法。

✧ 加隆·德·博马舍（1732—1799）

他是法国18世纪后期重要的喜剧作家，原名皮埃尔·奥古斯特·加隆。他自称伏尔泰和狄德罗的学生，在论著《论严肃的戏剧体裁》（1767）中宣传和发挥了狄德罗“市民剧”的理论主张，并创作了《欧也妮》（1767）、《两个朋友》（1770）、《有罪的母亲》（1792）等市民剧，又按市民剧的精神创作了传世佳作《塞维勒的理发师》（1775）和《费加罗的婚姻》（1781）两部喜剧。《塞维勒的理发师》（又名《防不胜防》），写老医生霸尔多洛想娶自己的养女罗丝娜，大贵族阿勒玛维华也爱上了罗丝娜，霸尔多洛对阿勒玛维华百般防范。而阿勒玛维华得到了过去的仆人、现在的理发师费加罗的帮助，终于同罗丝娜结了婚。剧本围绕这场爱情斗争，批判了封建意识，肯定了爱情自由的思想。《费加罗的婚姻》写的是伯爵阿勒玛维华在仆人费加罗要同使女苏珊娜结婚时，企图恢复他在三年前亲口宣布放弃的封建领主的一项特权——对农奴新娘的初夜权，结果枉费心机。两部剧歌颂的费加罗是第三等级的代表。他满怀信心地指出贵族们“只是在走出娘胎的时候，使过些气力”，此外“还有什么了不起的？”作者通过费加罗犀利的语言，发出了强有力的反封建的呼声，为即将来临的资产阶级大革命而呐喊。《费》剧结束于费加罗结婚的狂欢歌舞，一个剧中人唱道，这个喜剧描写的是“受着压迫”的人们用“种种方式行动起来”。无怪路易十六下令禁演此剧，认为它会“毁掉巴士底狱”。

（三）德国文学

德国自17世纪“三十年战争”后，国家分裂为数以百计的小邦国和一些帝国城市，每一个小邦国都是一个小封建国家，他们割据争霸，政治腐败，经济落后，资产阶级力量薄弱，且各自依附于本土的小朝廷，缺少革命的勇气。在英法启蒙运动影响下，德国知识界率先觉醒。当时的社会现状决定了德国的启蒙运动只能局限于文化思想领域，这便造成了德国的社会鄙陋和文学辉煌的强烈反差，正如恩格斯所说：“在政治和社会方面，是可耻的，但是在德国文学方面却是伟大的”。德国启蒙文学的首要任务是要通过建立统一的民族文化和民族戏剧来实现民族统一，并弘扬自我，突出个性反抗社会的反叛精神，以促进鄙俗气十足的市民阶级的觉醒。

德国启蒙文学早期的代表人物是莱比锡大学教授高特舍德（1700—1766），他模仿布瓦洛的《诗艺》写了《为德国人写的批判诗学试论》（1730），他还翻译和创作了古典主义剧作，为德国统一的民族文学方面作出了贡献。18世纪中期，德国启蒙文学开始繁荣，它的奠基人是莱辛。

✧ 高特何德·埃夫拉姆·莱辛（1729—1781）

他是德国剧作家、文艺批评家，德国启蒙运动的伟大代表，德国民族文学和现实主义戏剧理论的奠基人之一。他的美学名著《拉奥孔》（1766）、戏剧评论集《汉堡剧评》及一系列剧作把德国文学引向正确的发展轨道，并使德国民族文学终于形成。莱辛文学活动的主要贡献在戏剧理论与创作方面。他毕生从事戏剧活动，1755年创作的《萨拉·萨姆逊小姐》是德国第一部市民悲剧。代表作《爱米丽亚·迦洛蒂》（1772）是一部具有强烈反封建色彩的悲剧，写一个公爵在手下的帮助之下，诱骗乡下姑娘爱米丽亚，在她去结婚的途中，杀死了她的未婚夫，将她骗进宫里。父亲为保女儿的贞洁，被迫杀死爱米丽亚。这出戏思想深刻，结构严谨，人物个性突出，是德国文学中一部杰出的市民悲剧。莱辛为了该剧能在国内演出，施展了“为了享用火，必须忍受烟”的策略，把戏剧冲突的背景设在意大利，用的是罗马故事，但人们一望便知剧本是对德国小暴君的最尖锐的抨击。

70～80年代，德国掀起了狂飙突进运动，这是德国文学史上第一次全德规模的文学运动，其名称来源于运动参加者克林格的剧本《狂飙与突进》，反映了资产阶级摆脱封建束缚，要求个性解放的强烈愿望。“狂飙”作家多是市民阶级出身的青年，青年歌德和席勒以其高水平的创作成为这一运动的中坚。这一运动的理论家是赫尔德（1744—1803），他于1770年在斯特拉斯堡与歌德相会，后人认为这是运动的开端。他的文学理论和民间文学的搜索研究工作，对德国文学的影响很大。狂飙突进运动在德国促进了民族意识和个性的觉醒，把启蒙文学推向更为繁荣的新阶段。80年代中期，德国文学进入古典时期。它同德国古典哲学、古典音乐一起，形成了德国古典文化的一个灿烂时代，跃居到世界文化发展的前列地位。这一文学高峰的出现与歌德去意大利游历有关，并由歌德和席勒的合作而形成。他们这时期的许多优秀作品，不仅是德国文学的珍品，也是世界文学的珍品。

这个时期欧洲其他国家启蒙文学虽没有上述国家繁荣，但也出现了一些著名作家。如意大利的喜剧作家卡尔洛·哥尔多尼（1707—1793），创作出许多诙谐有趣的“风俗喜剧”。这些喜剧不遵守“三一律”，不模仿古人，而是取材于现实生活，贬斥贵族，赞美普通群众，既善于刻画性格，又不乏生动广阔的社会画面。在俄国，诞生了罗蒙诺索夫（1711—1765）、卡拉姆津（1766—1826）、杰尔查文（1743—1816）和冯维辛（1744—1792）等诸多作家，他们先后在文坛刮起古典主义、感伤主义的文风，使俄国文学开始侧身于世界文学之林。

第二节 菲 尔 丁

一、作者生平

✧ 亨利·菲尔丁（1707—1754）

他是18世纪英国和欧洲最杰出的小说家和戏剧家之一。他与笛福和理查生一起成为英国近代小说的创始人。

菲尔丁出生在英格兰西南部索木赛特郡一个破落贵族家庭。父亲是个军官，母亲是一位大法官的女儿。菲尔丁两三岁时，全家迁居到道塞特郡的东斯托瓦。1718年，菲尔丁的母亲去世。次年，菲尔丁去伊顿贵族学校就读，对古希腊古罗马文化产生了浓厚的兴趣。离开伊顿公学后，曾阅读了一些法律方面的书籍和大量的文学作品，后来又靠祖母资助在伦敦住了两三年。1728年，他前往荷兰的莱顿大学专攻语言学，兼修法律。这一年，菲尔丁的剧本《带着各种假面具的爱情》在伦敦上演。一年后，因父亲再娶，资助中断：菲尔丁不得不返回英国，到伦敦自力谋生。1734年，菲尔丁与夏洛蒂·克拉多克结婚。

1737年以前，菲尔丁的创作活动以编剧为主。他先后创作和改编了25个喜剧、笑剧和小歌剧，其中最成功的剧本是《巴斯昆》和《1737年历史纪事》。前一部剧作描写朝野两党在竞选时都进行贿赂，而唯一的区别是前者以现款直接收买选民，后者则靠向城里的商人允诺大宗有利可图的订货来间接拉票。后一部剧作写一个戏剧家在排戏，戏中表演政府官员们在策划如何弄钱，直接影射抨击以贪污行贿而臭名昭著的英国第一任首相。如此尖刻的讽刺大大触怒了统治者，英国国会急忙于1737年通过了一项戏剧审查法，规定任何一部演出剧本只有在得到宫廷掌礼大臣签发的许可证后方可在剧院演出。菲尔丁不得不结束了他的戏剧生涯。这一年，菲尔丁改行学习法律，1740年成为律师。1748年任伦敦警察局首任局长。同时继续文学创作，先后主编杂志《战士》等。理查生的小说《帕米拉》的问世，激起了菲尔丁创作小说的热情。他先发表了《沙米拉》，然后发表小说《安德鲁斯》（1742），对理查生的小说进行了温和的批评。后来，他的妻子病逝。妻子的死使他痛苦得难以安心写作。在他的妻子去世4年后，他又娶了他妻子的女佣玛丽·丹尼尔。1749年，《汤姆·琼斯》问世。

菲尔丁晚年被痛风所折磨，健康每况愈下。但他依然坚持写作。1751年，长篇小说《阿米莉亚》出版。1754年6月，菲尔丁离开英国去里斯本休养。两个月后，菲尔丁病逝在里斯本，终年47岁。

二、创作概况

菲尔丁以戏剧起家，转而改向小说创作，他在小说方面的成就远远超过了戏剧。英国戏剧家萧伯纳说："菲尔丁被排出莫里哀和阿里斯托芬一行之后，就转向塞万提斯一行；

从此英国小说成为文学的光荣，而英国戏剧则成为文学的耻辱。”从文学上说，将菲尔丁推向讽刺小说创作的是理查生的小说《帕米拉》。菲尔丁对轰动英国的这部小说不以为然，尤其对该小说女主人公的虚假情感极为反感。《约瑟夫·安德鲁斯》就是针对理查生的《帕米拉》写的一部小说。小说主要通过叙述帕美勒的弟弟约瑟夫，他的女友芳妮和亚当斯牧师3人在路上的种种遭遇，广泛地描写了英国乡村的社会风貌。在小说中，菲尔丁的注意力转向了社会日常生活。他看到社会贫富的巨大差距，看到了有产者的虚伪和自私，以及他们对穷人的非人态度。菲尔丁试图在下层劳动人民中寻找自己的理想，把他们看成理想道德的楷模。

《大伟人江奈生·魏尔德传》(1743)是寓言体小说，以当时有名的强盗头领魏尔德为原型创作而成，借当时的真人真事，讽刺了当时的英国首相瓦普尔以及整个英国的政治制度。作者赋予魏尔德上层统治者的一切特征：衣冠楚楚，彬彬有礼，满口信义，而实则贪婪、凶狠、诡诈、腐化堕落，假仁假义，野心勃勃。作者将他同当时的首相沃尔浦相提并论，揭露和嘲讽了资本主义社会“窃钩者诛，窃国者侯”的反动本质。

《阿米莉亚》(1751)是菲尔丁的最后一部小说，描写出身富家而温驯纯洁的阿米莉亚与穷军官布斯上尉结婚后，由于权贵的威胁和陷害以及布斯的轻率性格，灾难不断，生活十分痛苦。后来布斯改过自新，又得到了意外之财，他们才苦尽甘来。小说谴责了富人对穷人的欺压凌辱，揭露了司法系统的黑暗内幕。这部小说在内容和形式上都接近19世纪的批判现实主义小说。

菲尔丁的小说集讽刺小说、冒险小说、西班牙流浪汉小说和感伤主义等各种小说之大成，采取现实主义手法反映18世纪英国整个社会生活，因此，菲尔丁被认为是英国现实主义小说的奠基者。在《约瑟夫·安德鲁斯》的序言中，菲尔丁把自己的小说称作“散文滑稽史诗”。他认为“史诗”是从“自然的册子”里临摹来的，创作的任务就是描写典型人物，从而揭露他们的真实性质。菲尔丁的小说创作对后来英国长篇小说的发展产生了重要影响。

三、代表作品赏析

《汤姆·琼斯》

《汤姆·琼斯》(1749)是菲尔丁的代表作，小说规模宏大，共18部，是一部内容极为丰富的社会讽刺小说。主人公弃儿汤姆被地主奥尔华绥所收养，他真诚、热情、善良，但又轻率放任。他与邻居魏斯登的独生女儿苏菲亚心心相印，可他们婚姻并不顺利。乡绅魏斯登看重门第出身，不容许女儿嫁给弃儿汤姆。由于汤姆本人有时行为有失检点，加上奥尔华绥的外甥布立非蓄意诽谤中伤，汤姆被养父赶出家门。苏菲亚也因父亲强迫她嫁给虚伪自私的布立非而含愤出走。全书分别叙述汤姆和苏菲亚在乡村、在逃往伦敦的路上和在伦敦的种种遭遇，栩栩如生地描绘了18世纪中叶英国城乡的广阔画面，成功地塑造了不同社会阶层的许多典型人物，其中有横行乡里的劣绅、人面兽心的贵族、追逐财富的冒险家、表里不一的牧师、不学无术的学者、唯利是图的店主、凶恶残暴的军官、铤而走险的穷人等。小说结局是汤姆和苏菲亚最终相遇，两人终成眷属。作品无情地揭露了以布立非、贝娜斯登夫人为代表的地主资产阶级的虚伪残忍和荒淫无耻，热情赞扬了下层人民的淳朴善良，批判了以门第、金钱为条件的婚姻，肯定了打破等级观念，以精神上互相了解和彼此尊重为基础的自由恋爱。

主人公汤姆是一个热情洋溢的有血有肉的人。他本性善良，对人忠实诚恳，宽宏大量，豪爽侠义，情感真挚，充满着活力和生机。他常与猎场雇工乔治·西格里出外采果打鸟，把所得的东西全部送给雇工去养家。当乔治被奥尔华绥解雇后，家庭生活发生困难时，他甚至把奥尔华绥送给他的一匹小马卖掉去救济乔治。为了苏菲娅的安全和幸福，他奋不顾身地保护她。为了救援被侮辱的莫丽，他毫不犹豫地和一伙人决斗。他还在去伦敦的途中救了一个遭强盗袭击的山中隐士的性命；从凶手手中夺下瓦脱夫人；他为已经被轻佻的爱人所抛弃的南茜姑娘建立起幸福的家庭；他宽宏大量地饶恕了由于破产、贫困和妻子儿女疾病的逼迫而拦路打劫他的那个可怜汉子安德逊……这一连串大公无私的行为都说明了他是一个侠义勇敢、乐于助人的青年。琼斯对奥尔华绥始终都极为尊敬。当他由于自己的荒唐而受到奥尔华绥斥责时，他的悔过的态度是诚恳的。甚至在奥尔华绥误信谗言把他撵出家门时，他也只是痛恨自己的错误，而丝毫没有怀疑奥尔华绥对他的慈爱。他被势利的家庭教师鞭打虐待，被恶棍布力菲辱骂欺凌，强忍着私生子所遭遇的一切痛苦。可是到了忍无可忍的时候，为了惩罚邪恶，伸张正义，他会跃然而起，跟他们正面冲突，进行斗争。在布力菲的全部阴谋败露后，奥尔华绥不愿再见布力非，琼斯不但向奥尔华绥哀求，使奥尔华绥答应每年给布力非二百镑，同时琼斯还在这个数目上暗中加上1/3。这表明了琼斯心地善良的一面。在男女关系上琼斯是轻率的，不能控制自己的情欲和愿望。他对苏菲娅的爱情是真挚的，但只是在理智清醒的时候，而在感情冲动，理智失去控制的时候，他就不再"考虑他对美丽的苏菲娅的忠贞"，而干出严重违背道德的举动，并每每成为荡妇淫欲的牺牲品，做出不忠于苏菲娅的爱情的荒唐行为。这是一个实实在在的人，作者不加掩饰，如实描摹。

苏菲亚是一个纯洁、美丽、善良的少女，是作者理想中纯洁和美德的化身。她温柔、贤淑、孝顺，可是当她的自由和幸福受到威胁时，在她的心灵深处立刻会迸发出反抗专横和暴力的绝大勇气。关于她的婚姻问题，她理直气壮地对她姑母说："我绝对不和一个我所厌恶的男人结婚。如果我答应过我的父亲不违反他的愿望去结婚，那么，我认为我也可以希望他不至于违反我的愿望强迫我结婚。"尽管她的父亲一再威逼她，禁锢她，她的姑母以种种甜言蜜语哄骗她，要她嫁给布力非，但她始终不为所动，坚持她的恋爱、婚姻自由的正确立场，坚决拒绝这桩婚事。为了逃避与布力非的婚姻，在紧要关头时，她毅然离家出走，以"逃婚出亡"的行动来抗议传统社会对青年的迫害，来争取婚姻的幸福。正是她的这种反抗专制的勇气和争取自由的奋斗精神，终于以她和她心爱的汤姆结婚获得了最后的胜利。在英国小说史上，菲尔丁较早地塑造了一个朝气蓬勃、宽宏大量、品格高尚的妇女形象。

和汤姆站在对立面的布立非是一个地地道道的小人，他善于看风使舵、诡计多端。在长辈面前，他总是表现得百般恭顺，彬彬有礼。表面看来，他的一切举动都是出乎最好的动机，而实际上却完全是由于自私自利的妒忌。他一贯打击汤姆，抬高自己，而每一次他都好像是为了履行道德和职责。野心，贪财，追逐名利，是布立非生活的全部内容。他妒忌汤姆同苏菲亚的爱情，自己也想娶到她，但这既不是为了苏菲亚长得漂亮，也不是对她产生了爱情，而仅仅因为她是偌大的家产的女继承人。他挑唆舅父把汤姆赶出家门，扣压母亲的遗书，掩盖汤姆的真实身份，还勾结律师，收买流氓，处心积虑地要把同母兄弟置于死地，目的也是独吞奥尔华绥的全部家产。在全篇小说中，他就是造成汤姆各式各样不幸的隐蔽的或公开的罪人。一旦阴谋全部败露，他所表现的卑鄙下作便能够同他过去的阴险狠毒"同样的突出"。他"匍匐在地上，吻着他（汤姆）的脚"，请求汤姆宽恕，其实他并没有真正悔过自新，随即又立刻开始了为新的发展打基础的活动。这是一个披着清教主义外衣的利己主义的伪君子典型。

小说中的其他人物也个性突出。奥尔华绥虽然有点赏罚不明，但他善良正直、慷慨好施，使人感到有一种慈父般的温暖。魏斯登的粗鄙、顽固、暴戾、专横，以及浓厚的剥削和名利观念，则与奥尔华绥的开明形成鲜明对比。此外，假贞节的贝娜斯登夫人，忘恩负义的乔治·格拉里，贪赃枉法的道林律师，有着丑恶灵魂的方正先生，还有那些乞丐、骗子、流氓、强盗、政客、士兵、假医生、旅店老板、农民、村妇等各类人物，无不跃然纸上。从他们身上，可见当时英国社会的腐朽、黑暗和新兴资产阶级的自私自利与冷酷无情。

《汤姆·琼斯》在艺术上得到了后来众多文学大师的肯定和赞扬。首先，是它的情节紧凑，结构缜密。全书18卷，可以分为三大部分：第一部分，自第1卷至第6卷，以偏僻的外省为背景，以索美塞得州奥尔华绥和魏斯登这两个乡绅的家庭生活为中心，描写英国乡村的生活；第二部分，自第7卷至第12卷，是写由乡村到伦敦路上的情景，主要是写汤姆和苏菲亚由乡间到伦敦途中的困苦颠沛和种种冒险，小说中的重要人物在这里先后出场；第三部分，自第13卷至第18卷，场面移到伦敦，以都市生活为背景，反映伦敦的城市环境，使小说的主人公与社会地位、观点、习惯各个不同的人物接触，着重暴露上层社会腐朽糜烂的生活，当中插入贝娜斯登夫人和费拉谟伯爵这一类堕落的上层人物，使小说情节更加复杂，而由于方正先生死前的遗书，律师道林的自供，瓦脱夫人的追叙往事，使小说进入最后的结局。在故事的发展中，人物出现越多，情节越趋紧凑。小说中除了以琼斯和苏菲亚先后离家出走的情节为中心，描写形形色色的冒险事件外，也描述了一些附带的故事和人物。如教友会教徒的铁石心肠，山中隐士的悲观厌世，吉卜赛人的生活，菲茨派屈里克夫妇的关系，本勒夫人的家庭和奈庭盖尔父子的矛盾等。这些故事和人物都与主要的情节构成一个有机的整体。作者在情节的组织方面表现出高度的艺术技巧，小说虽然情节复杂，人物众多，但布局精巧，层次井然，有条不紊。柯勒律治曾惊叹道："菲尔丁是一个多么了不起的构思大师！”萨克雷也说：“《汤姆·琼斯》的故事将最初的一页和最后的一页联系在一起。一想到作者是怎样在他的大脑中形成这样的构思，就会让人连声叫绝，因为在作者开始动笔以前，就想必已经构思好了。”

在每一卷的序言里，菲尔丁抒发他关于贵族社会生活、善与恶、文艺批评、创作方法、爱情、生活体验等问题的观感和见解，这也是《汤姆·琼斯》的一个艺术特色。

在《汤姆·琼斯》中，作者坚持描写实际生活中可能存在的人，刻意描绘真实的人性，体现了作者的现实主义创作态度。作为现实主义作家，他的愿望就是绝对的真实，既不弱化也不掩饰过失和缺点。现实主义作家们，只感兴趣于揭示这个他们亲眼目睹并与之联系的世界的真相。他不相信人性的至善至美，而是认为人性是善与恶的混合物。他希望既要描写笔下人物善的一面，也要真实地描写人物的弱点甚至恶的一面。汤姆形象的塑造就充分体现了这一特点。

研究菲尔丁的法国人狄桑说："这部书（即指《汤姆·琼斯》）是一个庞大的有机体，在这里，人物好像皆是些器官。每一器官在它的自己的位置上扮演它的一部分角色，而在整体的总进展中完成它的任务。菲尔丁以前的小说家没有一个像这样重视严格的结构的。"俄国文艺批评家车尔尼雪夫斯基把《汤姆·琼斯》和果戈理的《死魂灵》相比拟。法国小说家司汤达称誉《汤姆·琼斯》为小说中的《伊利亚特》。而文学史家常将《汤姆·琼斯》与《俄狄浦斯王》和《炼丹术者》并列，认为它是结构最完美的三大世界名著之一。

第三节　卢　　梭

一、作者生平

✧　让·雅克·卢梭（1712—1778）

卢梭是18世纪法国最杰出的资产阶级启蒙思想家和文学家。他比孟德斯鸠和伏尔泰较为接近人民，思想也更激进。他的作品和学说对后来的法国资产阶级革命发生了重大的深刻的影响。

他出身于日内瓦的一个钟表匠之家。他自幼丧母，主要由热爱自由独立的父亲抚养长大。10岁时，父亲因同一法国军官殴斗而流亡异乡，卢梭便寄居舅母家中，并到乡间读过两年书。卢梭从12岁开始自谋生计，先后在公证人事务所、钟表镂刻师处当学徒，16岁起逃往撒丁、法、意、德等国流浪，因此广泛地接触了社会现实，对封建专制社会中的不平和人民的苦难有着深切的感受，在心里"种下了反对不幸的人民所遭受的苦难的根苗"。他从1731年起开始寄居于华伦夫人处，获得了良好的自学条件，在为华伦夫人代管家务和劳动之余，他广泛学习了音乐、数学、天文、历史、地理、植物等人文和自然知识，系统钻研了唯物主义哲学，又接受了伏尔泰的影响，成为一个思想进步、学识渊博的人。

1741年的秋天，卢梭带着自己发明的音乐简谱法来到巴黎。他原以为这种数字记谱法会引起一场音乐革命，但法兰西学士院却完全否定了他的发明创造。在丢掉使馆秘书职务之后，他只得靠替人抄写乐谱为生。穷困潦倒之际，他同他所住寓所的女仆戴莱丝同居，许多年后二人方才结婚。卢梭在巴黎与狄德罗、孔狄亚克、霍尔巴赫等年轻启蒙学者交上了朋友，应狄德罗之邀，开始为《百科全书》撰写音乐方面的稿子。他们一起抨击时政，争论学术，研讨创作，使卢梭大开眼界，增长了才智。狄德罗因宣传无神论被捕入狱，卢梭上书要求释放并声称愿意陪同过监狱生活。1749年夏，卢梭在去郊区监狱探望狄德罗的途中，阅报看到第戎学院设奖征文的消息，题目是“科学艺术的复兴对改良风俗是否有益”，他突发灵感，写成成名作《论科学与艺术》。文章应征入选后，卢梭的名声很快传遍了法国。1752年，他的歌剧《乡村卜师》在巴黎首演，大获成功，国王路易十五准备接见他并赐予年金，他为了“以后敢于讲人格独立、主张公道的话”而避开了。1755年，第戎学院又以“人类不平等的起源”为题征文，卢梭撰写了《论人类不平等的起源和基础》，这是他最重要的理论著作，较前更为卓越和大胆，卢梭成了名闻全欧的作家。卢梭一直厌恶巴黎生活的浮华，从1756起隐居到巴黎郊区的蒙莫朗西森林附近，一直生活到1762年。这是他创作多产丰收的时期，出版了三部重要作品：《新爱洛伊丝》、《社会契约论》和《爱弥儿》。原先那些“百科全书派”的朋友们关注城市文化生活，不理解他酷爱乡间和孤独的脾气，加上思想观点的分歧，最终他们反目成仇。

由于卢梭的言行和著作都对现行政府毫不妥协，封建政府和教会也就越来越不能容忍他。1762年《爱弥儿》一出版，法国当局下令焚烧并逮捕作者。他逃到瑞士，瑞士政府也下令烧他的书，他不得不逃到普鲁士的莫蒂埃村。教会发表文告宣布卢梭是上帝的敌人。他无法容身，只得再逃向伯尔尼的圣皮埃尔岛，仍不见容。其间，声言实行新政的普鲁士国王传言准备接待他并赐年金，卢梭拒绝了。他于1766年1月应哲学家休谟的邀请前往英国避难。多年遭受迫害的流亡生活使卢梭受到莫大的刺激，早就存在的病态敏感现在恶化为被迫害妄想症。由于心情恶劣，他与休谟闹翻，只好改名易姓逃回法国，先后隐居特里堡、布古安，直到1770年才重返巴黎。

1770年6月，法国政府宣布赦免卢梭。他为方便替人抄写乐谱，便迁居巴黎，寓居于后来改名为“让·雅克·卢梭路”的一家寒碜的寓所里。流亡途中，卢梭开始《忏悔录》的写作，1772年至1774年完成《对话录——卢梭批判让·雅克》。1776年秋至1778年春完成被称为《忏悔录》补篇的《一个孤独漫步者的遐想》，记述他晚年生活及遐想，感伤情调浓重，“像一只衰老的、悲鸣着的夜莺在寂寥的林中发出低低的哀鸣”（罗曼·罗兰），但追求独立自由和抗争的调子依然响彻全篇。1778年5月20日他被崇拜者吉拉尔丹接到离巴黎不远的艾农维尔堡。7月20日突然中风死亡。法国资产阶级革命后，他的遗体于1794年以隆重的仪式移葬于巴黎先贤祠。

卢梭独特的生活环境培养了他作为激进的小资产阶级思想家的风貌。他对文化、文明和社会政治的激进思想集中地体现于下述三部著名的论著中。《论科学与艺术》是文化批判。他谴责“文明”——科学和艺术——只能给人类带来灾难。作者所指的文明实质上是当时占统治地位的贵族阶级的科学艺术，也就是以社会不平等为基础的贵族统治阶级的“文明”。《论人类不平等的起源和基础》是社会政治批判。他论述了社会不平等的起源和基础是财产私有制。他认为“人与人之间生来就是平等的”，只因出现了“这是我的”这一私有观念，一切罪恶也就随之而来。为此，他提出“返回自然”的口号，因为人类的原始时期是平等幸福的。《社会契约论》是卢梭最重要的一部理论著作，它以后来成为名言的一句话开始：“人是生而自由的，但无往而不在枷锁之中；自以为是其他的一切主人的人，反而比其他人更是奴隶。”他提出了国家学说：国家主权完全属于人民；主权者人民民主形成的“公意”是国家活动的最高指导；政府只是主权的受托者，人民随时可以委任或撤换政府官吏。这里，卢梭把“民主”当做人类社会政治生活的基本准则，以此和封建主义的“专制”相对抗，并且提出了建立民主共和的政治理想。卢梭的国家学说为资产阶级革命指明了方向，为建立资产阶级民主共和国奠定了理论基础。其中的天赋人权、自由平等、主权在民的思想都写进了法国革命的《人权宣言》中，对后世西方整个思想文化产生了深远的影响。

二、创作概况

作为文学家的卢梭，以《新爱洛绮丝》、《爱弥儿》和《忏悔录》这三部著作最为优秀。

《爱弥儿》（1762）是一部教育哲理小说，作者认为，教育的目的是造就有用之才、防止人在恶浊的社会环境中变坏，穷人接近自然，没有进行教育的必要，富人的阶级偏见背离自然状态，必须进行教育。作者设想出由“我”教育一个叫爱弥儿的贵族子弟，教育的环境远离贵族社会和城市，接近自然。教育方法是“顺乎自然”，解放学生的个性，使其全面发展。教育内容是根据学生身心成长的自然进程分阶段进行相关内容的教育。成年后让爱弥儿游历考察各种社会制度的国家，树立做民主共和国公民的信念。按照这种“自然法则”教育出来的爱弥儿体魄健康，爱好劳动，独立自主，热爱自由、平等和正义。小说围绕教育问题还楔入了有关心理、哲学、宗教、道德、政治和爱情婚姻等问题的讨论。

《忏悔录》（1766—1770）记载了作者从出生一直到1765年流亡到圣皮埃尔岛为止的生活经历，是卢梭“不论善和恶”都同样坦诚写出来的自传，是一个平民知识分子在封建专制压迫面前维护自己的人权和尊严的作品，是对统治阶级迫害和污蔑的反击。它名为“忏悔”实为对社会的“控诉”。作者在描写社会黑暗的同时，也严厉地审视自我。他坦诚披露自己因人性被扭曲而产生的诸多丑行，并骄傲地赞颂自己个性的形成和发展。他说自己“本性善良”，古代历史人物又给了他崇高的思想，养成了“倔强高傲以及不肯受束缚和奴役”的脾气。流浪生活，使他体会了下层人民的善良和不幸，种下了对他们的同情和对压迫者永恒仇恨的根苗。后来接触上层社会，发现那里男男女女的良心“完全窒息”，“只受利益和虚荣心的支配”，他便认定这个社会的风俗、礼教实无一顾的价值。于是他厌恶城市和上层社会，酷爱乡村和大自然，宁愿过孤独隐居的生活。成为作家后，他热烈肯定自己为真理而执笔的写作态度，认为任何伟大作品“都不能从一支唯利是图的笔下产生出来”，“为了能够和敢于说出伟大的真理，就绝对不能屈从对成功的追求。我把我写出的书送到公众面前，确信是为公众利益说了话，而其他的一切都在所不计。”所以金钱、地位不能收买他，咒骂、迫害不能动摇他，多年的流亡生活也不能稍许改变他。卢梭从人性论的立场出发，把自己当做“人”的一个标本来进行剖析。这部自传是卢梭人生观的自白，是他资产阶级人道主义、人性论思想体系的集中体现，是一部个性解放的宣言书。而作者对自己与“百科全书派”的关系的描述，则失之偏颇，他将双方交恶的原因全都归之于这个“哲学家小集团”，是不切合实际的。

卢梭的文艺创作具有自己鲜明的特色，他的作品表现了强烈的个性解放的精神，把自我提高到超越一切的地位；他重视对感情的描写，其中充满了一种激情的力量；他尽情讴歌大自然，把千姿百态的自然景色情景交融地写进作品，大大开拓了人们的审美视野。他的作品的上述特点，以及他“返回自然”的口号，不只引发出法国新一代许多作家，而且直接影响了德国的“狂飙突进”运动。19 世纪欧洲年青一代作家进一步把卢梭开辟的新倾向发展为汹涌澎湃的浪漫主义文学运动。歌德说：“卢梭开始了一个新时代。”

三、代表作品赏析

《新爱洛绮丝》

《新爱洛绮丝》（1761）是卢梭著名的书信体哲理小说。它借用 12 世纪法国姑娘爱洛绮丝同其教师阿贝拉的爱情故事，写 18 世纪法国一对青年人朱莉和圣普乐的恋爱悲剧，所以作品命名为《新爱洛绮丝》。全书分 6 卷，由长短不一的 163 封书信组成。参与通信的除朱莉和圣普乐外，还有他们的朋友克莱尔、爱德华以及朱莉的丈夫沃尔玛等。故事发生在瑞士日内瓦湖畔的一个村子里，年轻的圣普乐应邀到德丹治男爵家里，给他的女儿朱莉当家庭教师。朱莉温柔漂亮、知书达理，圣普乐学问渊博、和蔼可亲，这对青年男女自然而然地产生了恋情。由此引起了流言蜚语，使得朱莉家的世交、英国的爱德华爵士要与圣普乐决斗。朱莉为此写信向爱德华说明真相，使他深受感动，不仅向圣普乐道歉，而且主动为他们做媒。德丹治的阶级成见很深，仅仅因为这个青年不是贵族出身，就不许朱莉和圣普乐结婚，所以，两人就贵族的身份问题进行了一场争吵。德丹治硬是把圣普乐赶走，将女儿嫁给了俄国贵族沃尔玛。朱莉被迫结婚后，成为贤妻良母，并把她同圣普乐的关系坦诚地告诉了丈夫，后者谅解妻子并邀请圣普乐回来团聚。朱莉和圣普乐朝夕相见，双方持之以礼，但内心存在着感情与义务的冲突。后来朱莉因跳入湖水救落水的儿子染病不起，临死时留下遗言，托付圣普乐关心她的丈夫，教育她的两个儿子，还要求他同他俩最好的朋友克莱尔结婚。

卢梭对这个恋爱悲剧倾注了全部的同情，把这对年轻人的爱情表现得真挚动人、合情合理。但是封建等级制度阻碍了他们，成了他们不幸的根源。作品揭示了出自人性的自然爱情与封建等级偏见之间的冲突。朱莉把“真正的爱情”看做是“各种关系中最纯洁的关系”，是自然赋予的神圣权利。即使当她因爱一个平民而受到父亲的暴虐和毒打，她也不屈服，反而谴责父亲的门第偏见“真是如同地狱的魔鬼，无时无刻不在扼杀人的天性”。持有门第偏见的德丹治其实是个家庭暴君，又是道德沦丧之徒，对内他“极其粗暴”，妻子早被整得忧伤成疾；在外同无数个坏女人胡搞。母亲有心帮助女儿，但心有余而力不足，终致一病不起。正如克莱尔所说，她的死“唯一无二地是由她的丈夫引起的”。作者站在资产阶级人道主义的立场，提出了以真实自然的感情为基础的婚姻理想，批判了以门当户对的阶级偏见为基础的封建婚姻，并通过这个爱情悲剧对封建等级制度发出了强烈的抗议。

作品中的朱莉、圣普乐，以及克莱尔和爱德华都是心灵纯洁、行为高尚的“新人”。他们的共同特点是“爱美德”，它源自自然人性，自爱，自尊而又爱他人，尊重他人。这是一种崭新的道德，与违反人性的旧道德完全相反。朱莉爱圣普乐首先是因为“我在你脸上看到了我的心灵所需要的心灵美”，圣普乐之爱朱莉同样是因为后者具有把“爱美德”视为最高价值这种“感情的魅力”。所以，朱莉出嫁后，她同圣普乐之间可以做到“新而不乱”；她同丈夫最终也能做到相怜相爱，甚至觉得“和任何别的人结婚，甚至和她爱过的人结婚，也不会比和现在的丈夫结婚更幸福”。作者用“爱美德”来驾驭爱情和家庭生活，这是向当时上层社会淫乱的风尚吹送的纯洁清风。

作品中的人物有着独特的个性和面貌。美丽的朱莉温柔、软弱，较多地受到阶级出身和地位的束缚，内心矛盾重重，当父亲禁止她与圣普乐往来时，由于生性孝顺，朱莉虽然深爱着圣普乐，还是不愿违背父亲的意志。爱德华为了成全这一对恋人，写信劝朱莉抛弃一切偏见，建议他们到英国去结婚，并且慷慨地将他在英国约克郡的一块祖传的土地赠给他们。但朱丽虽然十分感激，却囿于成见，唯恐有辱家族的名誉，终于拒绝了爱德华的建议，亲手葬送了可以到手的幸福。当父亲强迫她嫁给贵族时，对封建家长的专横，她发出了愤怒的控诉：“我的父亲把我出卖了，他把女儿当做商品和奴隶，野蛮的父亲，丧失人权的父亲啊！”与沃尔玛结婚后，朱莉成了贤妻良母，即使与圣普乐单独相对，他们都极力约束自己的感情，做到发乎情，止乎礼，没有越出道德的规范。朱莉的软弱曾使她在婚姻上改变初衷。但她的“软弱”不是惧怕父亲的暴虐，她曾勇敢反抗，但她受旧道德影响较深，没有勇气对抗父亲“抱着女儿的两膝”的哭泣恳求，便决定牺牲自己以尽人子的“天职”。而她的“温柔”和最“爱美德”的特点又使她成为可以协调个人、家庭、朋友和社会的中心人物。朱莉在末卷越来越多地虔信天主，这反映出作者本人和当时众多小生产者的局限。

圣普乐性格热烈、勇敢、坚强且品学兼优，才貌双全，是平民知识分子的优秀代表。他不承认封建道德和等级观念，把恋爱视为基本的人权。所以，他狂热地爱上朱莉，完全不顾贵族的偏见。即使是他的“退让”，也并非妥协，只是为朱莉和她母亲着想。后来，朱莉夫妻用真诚和友谊对待他，他便也真诚地成为他们的朋友。他知识渊博，具有多方面的才能，曾被人推荐去做军官，但他热爱独立自由，只愿做学术研究。漫游欧洲时，他见闻了社会的诸多丑恶，越来越承担了社会批判者的角色。他痛斥西方殖民者一手制造了美洲、非洲和亚洲的落后和被奴役惨状，他们掠地屠城，甚至把整个的民族变成奴隶。他看到那么多的同类变成了“为他人使役的牲畜”，就不禁“对于做人一事感到不寒而栗”，他指出，这些都是欧洲“彬彬有礼的文明人”造成的。

克莱尔与朱莉一样，生性“仁慈多情”，但她活泼、明智，能够把握自己的幸福。爱德华虽然出身贵族，但他显然与德丹治有着本质的区别，他急公好义、乐于助人，是个可爱的爵士。沃尔玛也是新人中的一员，身为俄国大贵族，却背叛了本阶级及其传统信仰，“乐于为善”。他性格理智沉着，干什么都按部就班，有条不紊；特别是善解人意，心怀坦荡，所以终能获得朱莉的爱情和其他新人的友谊。

《新爱洛绮丝》在艺术上有其鲜明的特点。首先是采用书信体的形式，利于直接描写感情、心理，可利用多视角观察事物、事件。至于小说情节，则可潜藏于信之间。全书通过五个朋友相互间的通信，紧紧围绕朱莉、圣普乐、克莱尔三个人物的友谊和婚恋这一贯穿全书的主题来展开，并将全部内容有机地揉进主人公们的故事中去，故能多侧面、多层次地刻画人物，又让读者始终把注意力集中到主人公的感情、心理和命运的变化上，悬念迭生，产生巨大的艺术魅力。

其次，是对大自然的歌颂和描绘。小说以抒情的笔调描写了瑞士阿尔卑斯山麓壮丽的湖光山色，抒发了人对大自然的感受。风光明丽的日内瓦湖畔和阿尔卑斯山山麓，林木茂密，花草芬芳，既有潺潺的细流，又有汹涌的急湍，这些千姿百态、美不胜收的大自然景色成了主人公的活动背景。朱莉、圣普乐、克莱尔的通信中有不少篇幅描摹了自然景观，主人公的活动特别是情感的宣泄，也多在室外的美景中展开。这一手法对19世纪浪漫主义文学产生了巨大影响。

第四节　席　　勒

一、作者生平

✧　约翰·克利斯朵夫·弗烈德里希·席勒（1759—1805）

他是德国杰出的诗人、戏剧家，德国狂飙突进运动的主要代表之一，与歌德齐名。他生于符腾堡公国的小城马尔巴赫，父亲是军医，母亲是面包师的女儿。1768年，席勒进入拉丁语学校，按照父母的意愿和自己的爱好，准备将来进神学院。1773年，公爵强迫他进入卡尔·欧根学校，先学法律后学医，在这个“奴隶培养所”，席勒度过了8个春秋。此时，学校里广泛传播着莎士比亚、卢梭、歌德以及其他德国狂飙突进诗人的作品，席勒如饥似渴地阅读，同时开始了自己的创作。毕业后他被派往公国首都斯图加特任军医，于1782

年逃到曼海姆，后在各地流浪。席勒于1787年前往魏玛，次年，歌德举荐席勒去耶拿大学任历史教授。

席勒自任耶拿大学历史教授后，从事历史和美学的研究，并沉醉于康德哲学之中，整整10年几乎没有进行文学创作。这期间，他写了《尼德兰独立史》（1788）、《三十年战争史》（1791—1793）两部历史著作和一部美学著作《论人的审美教育书简》（1795）。他认为：通过美学逐渐教育人民，是使人民获得幸福的唯一正确道路；在美的影响下，人民会变得正直，自由、平等、幸福的日子就会到来。席勒的美学研究不是纯美学的，而是力求探讨社会改革、社会前进的途径，带有政治性质。席勒注重道德教养，以高尚的道德境界呼吁人类相亲相爱，渴望实现大同世界。席勒一生都在寻求实现这样一个世界的道路，同时，他在文学创作中努力寻求德国的统一和德国人民的解放之路。1789年法国大革命爆发，席勒热烈欢呼，并被选为法兰西共和国的荣誉公民。雅各宾派专政以后，席勒后退了，他反对暴力，满足于善良的愿望，主张历史自然演进，希望用改良教育的方法达到自由。

席勒一生不断与贫困、疾病进行斗争，晚年深受肺病的折磨，仍然坚持写作。他对现代戏剧的发展做出了重大贡献，他的作品丰富了世界文学宝库，并被译成多种文字。他擅长描写重大的历史题材，常以民族和国家的独立统一作为剧本的主题，因而能引起观众的共鸣。他的剧本具有悲壮、雄浑的风格，使人振奋，在感情上得到升华。他还善于通过人物的内心冲突去表现戏剧冲突，将人物的刻画表现得极为细腻，在描绘人物方面达到了一个新的高度。

1805年，席勒在魏玛病逝，终年46岁。歌德为此痛苦万分："我失去了席勒，也失去了我生命的一半。"歌德死后，根据他的遗言，被安葬在席勒的遗体旁。

二、创作概况

席勒的青年时代正处于德国文学史上的狂飙突进时期。这时期席勒的创作主要是4部戏剧作品，即《强盗》（1777—1780）、《斐哀斯柯》（1783）、《阴谋与爱情》（1784）和历史剧《唐·卡洛斯》（1787），另有诗歌《欢乐颂》（1785）。席勒从18岁开始《强盗》的创作。故事改编自当时一个名叫舒巴特的作家的短篇，叙述两个贵族出身的兄弟结怨，弟弟耍弄手腕，逼哥哥进入绿林为盗；他因老父入塔，企图霸占哥哥的未婚妻，最后阴谋败露，自杀身亡。剧本热情讴歌了一个向全社会公开宣战的豪侠青年，反映了青年人对封建专制制度的反抗。演出时引起观众强烈的反封建的共鸣。但是，席勒把剧中人物作为自己思想的"传声筒"，让他去作富有激情的长篇独白的写作方法，遭到马克思的批评，被马克思称为"席勒式"。

席勒青年时代最杰出的作品是市民悲剧《阴谋与爱情》，它与《少年维特的烦恼》同是狂飙突进运动最优秀的成果。《强盗》和《阴谋与爱情》的成功，使席勒成为狂飙突进运动的著名作家。

《唐·卡洛斯》以爱情纠葛为主线，演绎了16世纪西班牙的宫闱故事，表达了作者反对专制主义、要求思想自由的理想：通过开明君主实现社会改革。最终，唐·卡洛斯被捕，一直支持他、以人道主义启蒙他、以自己的生命保护他的西班牙王国宰相波沙侯爵被杀，表明开明君主统治不过是一个难以实现的幻梦。

1794 年是席勒一生的转折点，他与歌德进行了一次深谈，从此两位大诗人开始了亲密无间的合作。席勒终于渐渐离开了唯心主义哲学的探讨，重新恢复文学创作。直至去世前，席勒的著名剧作有《华伦斯坦三部曲》（1799）、《玛丽亚·斯图亚特》（1801）、《奥尔良的姑娘》（1802）、《墨西拿的新娘》（1803）、《威廉·退尔》（1803）及未完成的《德梅特里乌斯》（1804）。其中最重要的是《华伦斯坦》和《威廉·退尔》。《华伦斯坦》是以德国 30 年战争为题材的历史剧。在这场德国的皇帝和诸侯的内战中，华伦斯坦是皇帝方面的统帅，他希望消除宗教纷争，统一德国，因此与皇帝有矛盾。为了实现自己的愿望，他与瑞典秘密谋和，却被他亲密的部下杀死。全剧共分三部：《华伦斯坦的阵营》、《皮柯乐米尼父子》、《华伦斯坦之死》。席勒说过，华伦斯坦并非民族英雄，所以最后放弃了把他写成统一德国的英雄人物的计划。华伦斯坦既是一个有天才的将军，又是一个虚荣心很强的野心家。他虽然有和平统一的愿望，但更吸引他的却是王冠。他与皇帝的斗争归根结底是个人权力之争。麦克斯是全剧唯一的英雄人物，他心地单纯，品格高尚，愿为正义献身，为德国的和平流血。他崇拜并忠实于华伦斯坦，将华伦斯坦想象为民族英雄。因此，麦克斯对华伦斯坦的忠诚不仅是个人的行为，而且体现了他对祖国的忠诚。与此同时，麦克斯把华伦斯坦理想化，又成了他的个人悲剧的主要根源。他把自己的民族理想和希望寄托在华伦斯坦身上，当华伦斯坦背叛国家、勾结外国时，他的美好愿望就成了泡影。麦克斯是席勒理想中的献身于德国统一的大公无私的战士。

《威廉·退尔》取材于瑞士的英雄传说，主要描写 14 世纪初瑞士人民反抗奥地利公爵统治的斗争，他们不堪忍受外族的压迫，秘密集会，决心起义。故事的主人公威廉·退尔是瑞士猎人、神箭手，他武艺高强，性格豪爽，成为人民揭竿而起的领袖。他在瑞士的独立斗争中，起了很大作用，因而被视为瑞士的民族英雄。退尔的传说原为歌德所搜集，他无私地送给了席勒。席勒将这一传说写得极为生动，瑞士人民为了感谢他，把退尔传说的情节发生地四林湖沿湖的一块极为壮观的巨岩命名为“席勒石”，以纪念席勒的功绩。席勒通过这部剧作表明，他已由害怕人民转向信任人民。《威廉·退尔》是席勒创作道路的一个总结。此剧反抗异族统治、追求民族独立的思想，引起了抗日战争时期我国人民的强烈共鸣，当时它被搬上我国舞台，鼓舞我国人民进行抗战。

三、代表作品赏析

《阴谋与爱情》

《阴谋与爱情》是席勒青年时代最杰出的作品，也是德国狂飙突进运动最重要的创作成果之一，它是德国市民悲剧的典范之作。自18世纪50年代开始，莱辛将市民悲剧搬上舞台，经过30多年的发展，市民悲剧发展得已很成熟，席勒的《阴谋与爱情》则达到了市民悲剧前所未有的高度。市民悲剧是与亚里士多德规定的古典悲剧特点相对而言的。古典悲剧都是以王公贵族、帝王将相等所谓高贵人物为悲剧的主人公，而市民、普通老百姓只能在喜剧中充当为人们嘲笑和取乐的对象。市民悲剧则与之针锋相对，让市民阶级为悲剧主人公，以证明市民阶级也有崇高的情操和高尚的情感。可见市民悲剧的产生、发展和成熟，体现了市民阶级意识的觉醒，这种意识的觉醒鲜明地反映了市民悲剧的反封建倾向。

《阴谋与爱情》取材于当代生活，从个人悲剧中引出了一场社会性的冲突，反映的是德国市民阶级和封建统治阶级的矛盾，剧中女主人公露易丝的性格体现了当时德国进步青年反对封建制度，要求自由、平等的思想。她所呼喊的"等级的限制都要倒塌，阶级可恨的皮壳都要破裂！人就是人！"可以说是时代的心声。恩格斯说这部作品是"德国第一部有政治倾向的戏剧"。这部剧本是席勒全部创作中反封建倾向最为突出的作品。法兰西共和国由于此剧的反封建思想，授予席勒荣誉公民的称号。

故事发生在18世纪下半叶四分五裂的德意志某一小公国，宰相华尔特的儿子费迪南和市民音乐师密勒的女儿露易丝不顾阶级差别，互相爱慕，想要结婚。此时，小公国的统治者公爵出于政治目的准备娶一位夫人，为此他必须安置好他的情妇。他不想与情妇真正分手，考虑让她和别人形式上结婚。于是，公爵要代她寻找一个假丈夫，制造一个骗局。华尔特以为这是进一步控制公爵，巩固自己地位的好时机，要求儿子费迪南与公爵的情妇结婚，遭到费迪南的反对，并由此引起激烈的冲突。宰相和他的秘书伍尔姆狼狈为奸、设下阴谋，借口密勒对公爵不敬，逮捕了密勒夫妇，利用露易丝爱父亲的狂热感情，由宰相授意她给第三者写一封情书，并且宣誓，以后不泄漏写情书的原因，作为释放密勒出狱的条件。露易丝感到别无选择，只好让自己落入陷阱。这样，她的父母获释了。上当的费迪南看到了假情书，妒火中烧，跑来责问露易丝，但露易丝无法说出实情。费迪南气急之下，竟对露易丝下了毒。临死前，露易丝才说出真相，这时费迪南后悔莫及，也服毒自尽。

《阴谋与爱情》有力地批判了封建贵族的堕落和寡廉鲜耻。公爵和宰相把婚姻看做是获得权势的工具，为此，宰相竟然用儿子的幸福去进行交换。为了送情妇一盒首饰，公爵把7000名士兵卖给英国政府，让他们当炮灰，参加美洲的殖民战争，以此换取买首饰的钱。剧本的悲剧结局是对封建贵族的专横暴虐的强烈控诉。

剧本塑造了几个个性鲜明的人物形象。费迪南虽出身贵族，但在剧中他的思想却代表了新兴市民阶级意识，他敢于蔑视封建贵族的等级偏见，毅然决然地与平民女子相爱。他敢爱敢恨，性如烈火，当他拿到露易丝写给第三者的情书，反复询问之下露易丝也不松口时，他痛恨心上人背叛爱情的行为，他认为爱情是最神圣的感情，露易丝却把这种感情当做玩物，这样的姑娘不可能使她父亲得到幸福，应该"趁那条蝮蛇没有把父亲也咬一口之前踩死它"。他一边咬牙切齿地痛骂露易丝"太卑鄙"，是"魔鬼"，一边将有毒的柠檬水叫露易丝喝下去。他自己也喝了毒药，然后扔掉佩刀、绶带，准备就死。一旦得知信是由他父亲口授时，他如遭五雷轰顶，随即跳起来，拔出佩刀，要趁毒药的力量还没有发作的时机，去杀死那个谋杀儿子的凶手宰相。费迪南是个热血青年，与父亲的老谋深算相比，他太单纯、太冲动。他虽然接受了进步思想，蔑视等级观念，却不能根本摆脱阶级偏见，终于与露易丝一起成为阴谋的牺牲品。

露易丝具有市民阶级的人文主义乌托邦理想，纯朴、耿直，有着市民的道德观念。她爱费迪南，决不是要高攀，而是由于对“上帝杰作的喜悦”。当父亲被抓走，宰相秘书向露易丝提出救她父亲出狱的条件时，露伊丝在救父亲与失去恋人的恐怖中思考，在死亡和耻辱中间颠来倒去地选择，她在封建力量的重压下，对自己的前途毫无信心，决定牺牲自己的爱情，投入宰相设下的罗网。她父亲从监狱里出来了，自己却走上了绝路。露易丝虽然有强烈的反封建意识，渴望平等和婚姻自由，可是她面对强大的封建权势，深感平等的遥远和无望，她自始至终是一个具有浪漫气质，却充满感伤色彩，从未露出过笑容的悲剧人物。露易丝的软弱反映了德国市民阶级在政治上的不成熟和经济上的不够强大。露易丝的性格体现了当时德国进步青年反对封建制度，要求自由、平等的思想。他们的悲剧原因，一方面来自阴谋者的陷害，一方面也来自他们自身的脆弱，但主要还是来自阴谋的策划者和挥舞权力的专制主义者。

剧中的宰相和秘书则是损人利己、阴险毒辣的封建贵族及其帮凶的典型。宰相为了一己之私欲，不惜牺牲儿子的幸福；而秘书为了报复和排除情敌，积极帮宰相出谋划策，设置阴谋诡计，直至葬送一对青年，自己也未捞到好处。

善于制造悬念是本剧的一大特色。全剧有一个贯串的总悬念，那就是露易丝和费迪南这一对青年爱情命运将如何结局。另外，在每场戏里还有许多小的悬念。步步深入下去，引人入胜。悬念往往有三种情况：一是观众什么也不知道，但愿意明确究竟；第二种是观众知道一点儿，希望有更多或更详尽的细节；再一种是观众知道得很多，但常常用欣赏和恐惧的态度期待着事态的发展。这三种悬念正是《阴谋与爱情》这个剧本的情节结构，而且都安排得非常成功。第一种情况，就是戏刚开场时的总悬念，它让观众饶有兴趣的关注着台上正在发生的事情。第二种悬念，是在剧情发展中出现的，从宰相与秘书第一次阴谋的失败到第二次阴谋的策划，引导着观众急切地关注着主人公的命运，并寄予着极大的同情。第三种悬念表现在临近结束时，它推进了全戏的高潮，这时观众远比剧中人物知道得多，他们预感到可怕的结果，为露易丝、费迪南、密勒而焦急，甚至非常痛苦地注视着每个人物的反应。同时又怀着恐惧的心理和同情的态度欣赏那预感到的悲剧结局。席勒在运用悬念的技巧上很能够掌握“控制”或“拖延”的艺术手法，重要情节的交代和人物性格的揭示总是点点滴滴，逐步推出来的。有抑有扬，有顿有挫，不但使高潮紧张有力，并且更符合生活的真实，一切发展都是合情合理的。如露易丝被宗教信仰封闭了嘴，造成误会的结局，这在戏的一开始就向观众作了伏笔，而且当时封建贵族的专制就是以宗教来奴役平民，因此那个“宣誓”就成了造成悲剧的原因。

矛盾冲突富于戏剧性是剧本的又一特色。戏剧冲突主要表现在人与人之间的意志冲突，如露易丝和裴迪南的冲突。在宗教思想、平民阶级的思想道德、阶级差别束缚下的露易丝，虔诚地信奉着宗教，她相信社会的阶级差别是由上帝决定的，是造物主早已安排好的，永恒不变的。她的爱情始终处于矛盾之中，心理状态非常痛苦。可费迪南由于个人意志的偏见却不能理解，甚而不能信任，因此不断发生矛盾，宁肯同露易丝同死，却不能违背自己的意志，这就造成了戏剧冲突和悲剧的发生。以封建专制特权的残暴统治者为代表和平民阶级思想道德的反抗，又构成了典型的社会冲突，如宰相先是同公爵狼狈为奸，共同谋害了前任宰相，爬上高位后，又觊觎公爵的宝座，为此逼迫儿子费迪南执行他的意志。而费迪南则恰恰相反，他受到资产阶级自由、平等，个性解放思想的影响，背叛了父亲，背叛了他的阶级，坚持以个人意志去实现自己的理想，于是就形成了一系列矛盾，构成贯穿全剧的戏剧冲突。

此外，《阴谋与爱情》严格遵守亚里士多德关于悲剧的结构观念，由序幕——展开戏剧冲突——高潮——转折——悲剧结局组成，并在情节展开中显示矛盾双方的性格，让思想倾向在情节的展开中自然流露出来。作品中的人物不再做作长篇演说，不再成为作者的传声筒。

剧中主人公大都能言善辩、激情满怀，一如这一时期作者的其他作品。费迪南渴望婚姻自由，敢于蔑视封建门第观念，语言慷慨激昂。阴谋家伍尔姆说话斩钉截铁，言词简短，体现出他的诡计多端。侍从长的俗不可耐、密勒具有市民自尊心却胆小怕事，露易丝的目光短浅，这些都以个性化的语言表现出来。

第五节　歌　　德

一、作者生平

✧　约翰·沃尔夫冈·歌德（1749—1832）

他是德国最伟大的诗人，德国古典文学和民族文学的主要代表。除诗歌、戏剧、小说之外，在文艺理论、哲学、历史学、造型艺术和自然科学等领域，也成就卓著。恩格斯称之为“天才的诗人”。海涅称他是“世界的一面镜子”。

歌德出身于美因河畔的法兰克福一个学术和艺术氛围极为浓郁的中产阶级家庭。父亲是法学博士，当过市参议员，母亲是该市市长的女儿。他从小精力旺盛，感情丰富敏感。青年时期曾在莱比锡大学和斯特拉斯堡大学先后学过法律与哲学，受到荷兰哲学家斯宾诺莎唯物主义思想的影响，促进了他唯物主义世界观的形成。但他始终爱好文学艺术，写下了《野玫瑰》等一系列充满青春活力和生活气息的优美抒情诗。

歌德早年的生活与创作实践是以追求个性自由、反对一切束缚为基础，以澎湃奔突的狂放激情为性格特征和美学特征的。他的狂放激情和自由意识与当时死气沉沉、等级森严的德国社会形成了巨大的矛盾。因此，他的作品就有了强大的艺术冲击力。1775—1786 年他为改良现实社会，应聘到魏玛公国做官，在魏玛最初十年，他埋头事务，很少创作。1786 年 6 月，他前往意大利，专心研究自然科学，从事绘画和文学创作。1788 年回到魏玛后任剧院监督。

歌德晚年的创作极其丰富。这一时期的作品表现了歌德重视实践、肯定为人类幸福而劳动的思想，说明他思想中的积极因素比前一时期有所增长。1832 年 3 月 22 日，歌德病逝。歌德的创作将德国文学提高到欧洲的先进水平，是德国民族文学最杰出的代表。

二、创作概况

1775 年以前是歌德的早年文学创作时期。与“狂飙突进”运动理论家赫尔德的结识，使歌德的思想和创作发生了很大变化，在赫尔德的影响下，他开始学习莎士比亚的戏剧和民间文学。莎士比亚作品所体现的时代精神和一扫陈规旧习的清新风格，民歌中奔放不羁的情感和自由灵活的形式，给了年轻的歌德以深刻启迪。这个时期他的艺术理想是讴歌激情、崇尚自由，反对思想和艺术上的束缚与桎梏，并以他强劲有力的创作投入了这一运动，成为“狂飙突进”时期文学的主要代表，主要作品有剧本《葛兹·冯·伯利欣根》（1773），中篇小说《少年维特之烦恼》（1774），未完成的诗剧《普罗米修斯》和诗剧《浮士德》的雏形《原浮士德》，以及一些抒情诗和评论文章。

《葛兹·冯·伯利欣根》被认为是德国第一部现实主义历史剧。作品把主人公葛兹描写成反抗封建暴政和割据，深受群众爱戴的英雄。它在政治上表现了德国人民争取自由和国家统一的意志，是年轻作家“通过戏剧的形式向一个叛逆者表示哀悼和敬意”的杰作。书信体小说《少年维特之烦恼》是歌德根据本人亲身经历的爱情体验和友人的事件而写成的，表现了个性自由与封建等级社会的冲突。作品一出版，“搅动了每个胸怀着无名的骚乱和渴望的不满”的青年。小说通过青年维特与少女绿蒂爱情悲剧的描写，深刻地体现了德国“狂飙突进”运动时期的时代精神和德国资产阶级的特点，表达了觉醒的德意志青年一代的革命情绪。主人公维特是 18 世纪德国新兴市民阶级青年知识分子的形象。他向往自由、平等的生活，希望从事有益的实际工作，但死气沉沉的现实却不容许他越雷池一步。在令人窒息的环境中，处处受到压抑和侮辱，自杀成了他唯一的出路。维特的悲剧有力地揭露了德国封建社会腐朽的等级偏见和生活环境的鄙陋庸俗，表现了德国新兴的资产阶级对现实生活无能为力的软弱性和妥协性。小说一发表，就引起了强烈的反响，形成了一阵维特热，并且很快流传到欧洲各国，成为第一部发生重大国际影响的德国文学作品。但小说消极影响也较大。当时，莱辛就曾指出维特的性格过于软弱。抒情长诗《普罗米修斯》创作于 1773—1774 年，通过对天神宙斯统治宇宙权威的否定，表达了向人间暴君宣战的思想。作品中反抗与叛逆精神十分强烈。维特身上所缺乏的那种坚韧的性格，在这个神话人物身上得到了体现。

1775年至1794年是歌德的第二个创作时期。1775年深秋，歌德应魏玛公爵邀请来到魏玛公国，先后担任枢密顾问和首相等职，史称“魏玛十年”。他渴求工作，热衷社会改良，力图使魏玛这个小公国变为一个模范国家。但是，他孜孜不倦从事实际工作的结果，实则却使自己落入与现实妥协、为封建王朝服务的境地。歌德在苦恼中感到这种令人厌恶的宫廷生活和政务活动有窒息创作的危险，遂于1786年9月，改名换姓，悄悄逃往意大利。他在意大利待了两年，相继访问了威尼斯、佛罗伦萨、罗马等文化古城。意大利浓郁的古典文化气氛与他正在形成的新的文艺理想极为合拍。他接受了当时著名的美学家温克尔曼（1717—1768）的美学观点，把淳朴、宁静、和谐作为艺术理想。青年时代排斥客观、崇尚自我的个人激情，已开始让位于淳朴的、现实的“古典主义”——人道主义理想了。在这两年里，歌德重新焕发了创作活力，陆续完成了早在魏玛从政时已着手写作的一些作品，还写成了一些新作。剧本《哀格蒙特》（1775—1787）仍保留了“狂飙突进”时代的风格。主人公哀格蒙特试图以“勤恳工作，安分守己”的温和手段来实现人民的解放，既是歌德政治上妥协思想的体现，也是他此时逐渐开始形成的淳朴、宁静、和谐和富于理性的美学观的体现。剧本《塔索》（1789）写文艺复兴晚期意大利诗人塔索的故事，表现了一个艺术家同封建社会的矛盾冲突。塔索热情奔放、富于幻想，尽管很有天才，却得不到平等的待遇。为了生存与创作，他不得不依附宫廷，委曲求全。歌德借塔索的不幸遭遇倾诉了自己在魏玛宫廷的苦衷。

1788年6月歌德重返魏玛，除担任魏玛艺术和科学总监、魏玛宫廷剧院领导等职外，专心致志地从事文艺创作和自然科学研究。1789年的法国大革命震动了德国，歌德起初欢呼这场革命。但随着革命的深入，他却转向憎恨革命、诋毁革命了。这是因为，法国大革命的深入发展，愈来愈与歌德此时主张的“合乎自然、和平的发展、进化”的社会理想和主张淳朴、宁静、克制、和谐的艺术理想发生了矛盾。歌德在激情与理性、变化与转化、理想与现实的多重矛盾中，显示出了政治上的两重性。

歌德文学创作的第三阶段始于他和席勒的订交。1794年7月，歌德在耶拿结识了席勒，两人取得了“意想不到的一致”，从此开始了相互合作的十年（1794—1805），开创了“魏玛古典主义”的繁荣时期。二人的创作实践和艺术理论都主张以古代希腊罗马文艺为楷模，贯彻自由和人道精神，艺术上强调古典主义。他们互相帮助，不但合作写了许多警句和歌谣，而且各自完成了他们的一些重要作品。歌德相继写成了长篇小说《威廉·迈斯特》的上卷《威廉·迈斯特的学习时代》（1796）、叙事长诗《赫尔曼与窦绿苔》（1797）以及《浮士德》第一部（1806）等作品。《威廉·迈斯特》是德国第一部教育小说。《威廉·迈斯特的学习时代》写的是主人公威廉·迈斯特走出富裕的家庭，寻求人生意义的故事。小说以现实主义的手法描写了人民生活的不幸、贵族社会的生活和18世纪德国戏剧活动。小说把个性教育问题作为作品的中心，期望以个性道德的形成来代替社会改造。《赫尔曼与窦绿苔》用古希腊的诗体写成，可以看做是歌德此时期政治思想、生活理想和艺术理想的总结。作者把小市民社会加以诗化，用田园牧歌式恬静安适的场景来反对资产阶级革命所带来的混乱和灾难。该作艺术上闲适、舒缓、平和的风格取代了早年创作中澎湃的激情。

19 世纪以后，歌德的创作进入了第四阶段。晚年的歌德，丰富的人生阅历和睿智的眼光，使其对宇宙、人生的探索和对理想的追求更加深入，他突破了前一时期思想的狭隘，创作向哲理化的深度开掘。此时作品的主旨，转向了人与世界、灵与肉、成与毁以及事物发展的本质和规律的思考。他先后完成了长篇小说《亲和力》（1809）；自传性作品《诗与真》（1811—1814）、《意大利游记》（1816—1817）；诗集《西东合集》（1819）；组诗《中德四季晨昏杂咏》（1827）；小说《威廉·迈斯特》的第二部《威廉·迈斯特的漫游时代》（1829）和《浮士德》第二部（1832）。这些作品，展示了作家对于人生、历史、时代诸多关系和真谛的辩证思索。《威廉·迈斯特的漫游时代》副标题"节制"概括了全书的要旨，是作者乌托邦式社会理想和教育主张的表达。小说表面情节较为松散，但内部却有着一种隐藏的精神发展上的联系。特别是与《浮士德》相比，主人公都是在不断追求中发展的形象，都是向往更广阔的天地和更高理想境界的追求者。第一部侧重于表现现实，第二部则更多运用象征和寓意来表达作者的理想。《浮士德》第二部的完成，突出地表现了歌德晚年思想上和艺术上的新发展。

三、代表作品赏析

《浮士德》

诗剧《浮士德》是歌德的代表作，它的创作延续了 60 年之久。《浮士德》的第一部完成于 1806 年，第二部完成于 1831 年，是歌德一生思想和艺术探索的结晶。作品取材于 16 世纪德国的民间传说。据说浮士德在历史上确有其人，生活在 15 世纪。故事中说他博学多才，曾将灵魂出卖给魔鬼，从而创造了许多奇迹。这些传说成为后来文学家们经常利用创作的素材。歌德的《浮士德》以文艺复兴以来的德国和欧洲社会为背景，写一个新兴资产阶级先进知识分子不满现实，竭力探索人生意义和社会理想的生活道路。

诗剧《浮士德》结构庞大而复杂，它由两部分组成，共 12 111 行。第一部包括 25 场，前面另有《献诗》、《舞台上的序剧》、《天上序幕》三个小部分。第二部也有 25 场，分为 5 幕。全剧没有首尾紧密连贯的故事情节，而是以浮士德的思想发展为线索来贯穿始终。浮士德在经历了书斋悲剧、爱情悲剧、政治悲剧、艺术悲剧和事业悲剧后，虽然失败了，但最终天帝却派"光明圣母"将其灵魂接到天堂。郭沫若誉之为"一部灵魂的发展史，一部时代精神的发展史"。

《天上序幕》是剧情的开端。天庭中天帝与魔鬼靡非斯特展开了一场关于人的争论，并以浮士德作为赌赛对象，从而确立了诗剧的基本主题。天帝是"至善"的化身，他对人和人的理智作了充分的肯定，认为人在前进道路上总不免会有迷失，但最终会意识到正道。同时他又看出魔鬼能激发人们的努力，所以肯把浮士德交给魔鬼。而魔鬼对世界、对人生的看法与天帝完全相反，他不相信历史的发展与进步，认为人必然堕落。他自信能把浮士德引入歧途，因此敢同天帝打赌。

第二场赌赛发生在浮士德的书斋。刚刚与天帝打过赌的靡非斯特来到人间，与浮士德签下契约：魔鬼在浮士德生前供其驱使，帮他解除烦恼，让他尽情享受；只要浮士德心满意足，就会马上死去，灵魂则归魔鬼所有。订约后，靡非斯特带领浮士德云游世界。浮士德先去喝了“魔女之厨”里的魔汤，返老还童、恢复青春后，与市民少女玛甘泪谈起了恋爱，结果引发一场悲剧：玛甘泪的母亲因误服过量安眠药水而死，哥哥在与浮士德的决斗中受伤致死，玛甘泪自己因溺死私生子而被囚禁，成了狂人，最后被判处死刑。玛甘泪之死是对封建势力的强烈控诉。玛甘泪是歌德精心塑造的形象，她出身贫贱，社会地位的低下，使她对那个“一切都是金钱”的社会感到愤懑不平，要求个性解放，追求适意的爱情生活，但自身的软弱和封建力量的强大，致使她成为那个时代的牺牲品。浮士德与玛甘泪截然不同，浮士德不断地追求，玛甘泪却随遇而安，浮士德内心充满矛盾，玛甘泪则单纯而朴实，浮士德否定上帝的绝对权威，玛甘泪却笃信宗教……这些差异只能带来悲剧。通过这场悲剧，歌德痛斥了封建势力的残暴，表达了对市民阶级的同情。

经历了个人生活的不幸后，浮士德将目标转向社会政治生活。他进入皇宫，发现皇帝的统治腐败透顶，国家财源枯竭，民不聊生，危机四伏。根据靡非斯特的建议，浮士德向皇帝倡议发行纸币，竟然解决了财政危机。浮士德在封建朝廷中看到了王朝的腐败，仍然尽心尽力地为它服务，想方设法维持它的统治，恰好反映了德国资产阶级对现实的妥协和迁就，也是歌德自己在魏玛十年宫廷生活的概括。

接着，浮士德重回书斋。他的弟子瓦格纳已用玻璃瓶造了一个小人——何蒙古鲁士。这个小人带领浮士德游历了希腊神话世界，靠着魔鬼的帮助，浮士德与海伦结婚并生了一个儿子，取名叫欧福良。这孩子有旺盛的精力，他渴望战斗、渴望胜利，在飞往海上参战的时候，因飞得过高而摔死。歌德以此形象，来悼念英国积极浪漫主义诗人拜伦。海伦经不住打击，在悲痛中消逝。海伦被视为永恒的“美”的化身。她的消逝，宣告了浮士德对“美”追求的失败。

浮士德从天上回到人间时，因为帮助皇帝有功，得到了海边的一块封地。在这儿，浮士德围海造田，建造了自己的理想王国，他对这一切心满意足，在喊出“你真美呀，请停留一下！”的一瞬间，倒地而亡。但是，灵魂并不属于魔鬼而是被天使接到天上。

浮士德是一个理想的探求者。诗剧通过他一生的探索，表现了新兴资产阶级进步的知识分子自强不息的进取精神，真实地反映了文艺复兴以来德国和欧洲的社会现实，对封建朝廷的腐朽、没落，对宗教势力的罪恶，对资产阶级进行海外掠夺的强权政策等社会弊病，都作了辛辣的讽刺和深刻的批判。歌德在诗剧里虽然严厉地抨击了封建统治阶级，但并不想推翻它，而是设法“亲近”、“迁就”、“保护”它，反映出此时德国及其欧洲资产阶级先进思想家的历史局限性。

浮士德是新兴资产阶级进步知识分子的典型，其思想核心是资产阶级人道主义。他不满封建社会的现实，毕生追求探索人生的意义和理想的社会。这种探索的起点与归宿就是所谓

“永恒的爱”和“崇高的灵的境界”。“为几百万人开拓出疆土”“在自由的土地上住着自由的国民”，就是这种“爱”和“灵的境界”的具体体现，也是人道主义理想的概括。

浮士德的性格是矛盾的。他的前进道路上贯穿着辩证的精神。浮士德解剖自己的内心说：“有两种精神居住在我的心胸，一个要同另一个分离！一个沉溺在迷离的爱欲之中，执拗地附着这个尘世，另一个要猛烈地离去凡尘，向崇高的灵的境界飞驰。”有时他沉溺爱欲、“执著尘世”，但追求真理、事业，永远自强不息的进取精神是他性格中的主流。这样的精神状态正是上升时期资产阶级两重性的表现，是作为革命阶级的反抗进取的一面和作为剥削阶级的软弱妥协一面的矛盾统一体，也是歌德眼中至善至恶矛盾在具体事物运动中的反映。正是在矛盾运动中，浮士德显示出了他性格矛盾的主导方面。这种主导方面就是他具有的永不满足、勇于探索的实践精神——浮士德精神。他在书斋中领悟到“泰初有为”后，就要“跳身进时代的奔波”，“跳身进事变的车轮”，要在时代的大潮中“向灵的境界飞升”。为此，他毅然与魔鬼靡非斯特进行了赌赛，从而走出书斋，投身于现实生活。此后，他为探索人生理想走过了漫长而曲折的道路。对自然、社会、人生都进行了探索和研究，终于在改造自然的斗争中获得了智慧的结论。

浮士德的探索最终以悲剧而告终。他所追求的资产阶级理想王国，只有靠回避实践中的丑恶并借助幻想而存在。因此，浮士德的悲剧，说到底是一个追求者的有限能力与终极善不可穷尽性之间矛盾的悲剧。同时，也表明此时资产阶级思想家的历史局限性，因为当时歌德还不能对历史的发展和人类的未来得出科学的结论。

靡非斯特本是传说中的人物，作者将他塑造成浮士德的对立面，是抽象与具体相统一的消极、否定精神的象征。他以恶的面目出现，对世界万物和人类生活持否定态度，公然宣称“我是否定的精神！‘恶’，这便是我的本质”。他认为“凡物都是有成必有毁，所以倒不如始终无成。”在他看来，人的追求是毫无价值的，到头来一切努力都不过是虚妄之举。从人生的意义上说，靡非斯特代表了消极与停滞。这一形象本身是虚构的，但它的性格特征却有着现实根据，反映了新兴资产阶级的某些本性。一些资产阶级野心家、冒险家，否定一切道德观念，不择手段地掠取权势和财富，靡非斯特的许多行为都具有这种特性。他对玛甘泪悲剧的冷漠，对海疆土地上两位老人的残忍行为等都是现实社会中恶人行为的具体反映。这个形象又是极其复杂的，在歌德的笔下，他与过去传说中的魔鬼有着显著的不同。他非常机智灵活，观察事物极其敏锐。他对当代的逻辑、法理学、神学、哲学、医学、消极浪漫主义诗歌及诲淫诲盗小说等的揭露淋漓尽致；对宫廷的荒淫、教会的贪婪、金钱的罪恶的批判一针见血。歌德还通过他的口，说出了“理论是灰色的，生命之树常青”等富于哲理性的格言。歌德借这个形象来讽刺和批判社会现实。

靡非斯特的否定精神对于浮士德这样一个不断进取的人来说，客观上起着推动的作用。他作为至善的对立面，与天帝一起，将浮士德作为赌赛的对象。魔鬼两次打赌为的是证明人类必然堕落，可正是因为他的这个“恶”的刺激，才把浮士德推出了书斋。每当浮士德沉溺于尘世时，是靡非斯特的“恶”使他奋进。所以，浮士德的追求如果没有靡非斯特的帮助是无法实现的。而且，他的恶并不等于“坏”，他本身对社会丑恶现象一针见血的讽刺和揭露，也起到了让浮士德明是非、近真理的作用。这样，歌德笔下的靡非斯特正如黑格尔哲学观念中的“恶”一样，是历史发展的运动借以表现出来的形式，靡非斯特也说自己是“作恶造善的力之一体”。

《浮士德》是现实主义和浪漫主义相结合的杰作。剧中的人物、事件、环境，充满了浪漫主义的想象夸张和神话色彩，却有其现实主义的基础，如作品对于德国市民社会的描写，对于封建朝廷荒淫无耻生活的描写，都是真实而富有典型性的；而浮士德因喝魔汤而变得年轻，海伦与浮士德的结合以及瓦普几司之夜等描写，以及大量古代的、中世纪的各种神话传说和幻想故事，又极富浪漫主义特色。两者的有机结合，构成诗剧壮阔的背景，反映了复杂的社会现实，表达了作者对社会问题的见解，达到了形象性与哲理性的高度统一，客观性与主观性的有机交融，艺术的传统性与现代性的密切结合。

鲜明的对比是诗剧的重要艺术手法。歌德把靡非斯特和浮士德作为一正一反的人物，以靡非斯特的否定人生、蔑视理智、仇恨人类来烘托浮士德的热爱生活、追求真理、永不满足、自强不息的精神。学究式的人物瓦格纳妄自尊大、脱离生活、脱离人民，也与浮士德形成对比。此外，还有天帝的至善与靡非斯特的至恶、无情的现实与理想社会等对比。浮士德之所以处在不断追求和探索的前进进程中，根本原因在于他是始终受至善至恶矛盾制约的。

辛辣的讽刺和浓厚的抒情色彩是《浮士德》的又一艺术特色。如浮士德出场时的内心独白，强烈地表现了浮士德矛盾和不安的心情，揭示了他的精神危机。朝臣的诉苦，尖锐地讽刺了封建王朝的朝政。再如，用某些寓意人物（主要是希腊神话中的人物，如海伦）来讽刺现实，表达作者对社会、哲学和美学问题的看法。这种手法，既使人物形象鲜明，又使主题得以深化。

《浮士德》还运用了多种诗歌体裁，有抒情诗、哲理诗、散文诗、叙事诗，也有感情纯朴、音韵优美的民歌，当时所出现的各种诗歌样式几乎无所不包。歌德又总是根据内容的需要，选择最恰当的诗体与韵律作为其表现手段。多种多样的诗体形式表现了丰富多样的内容，使得作品色彩纷呈，变化无穷。

《浮士德》在艺术上具有明显的现代性：作者运用“化丑为美”的现代美学观念，将靡非斯特、福尔库阿斯等丑的东西作为审美对象加以表现，并赋予巨大美学价值，这实则是现代美学意识的滥觞。他采用时空颠倒、混淆的手法对古今场景任意调动，使浮士德可以从年老变年轻，并能穿过时间隧道回到古代希腊，这一切均使20世纪现代主义文学创作手法露出端倪。在人物形象的塑造中，他大量采用了分身及变形的手法。例如，浮士德的“善”是天帝“至善”的外化，正是分身手法塑造形象的成功试验。而靡非斯特可以由恶魔变成狗、继而再变身为人；浮士德忽而为老年学者，忽而为年轻的探索者，变形手法的运用亦随处可见。

《浮士德》不仅是德国文学史上空前伟大的成就，而且与荷马的史诗、但丁的《神曲》等齐名，被列为世界文学史上的伟大史诗之一，是马克思和列宁最喜欢的文学作品。

第六章 19世纪浪漫主义文学

第一节 概 述

19世纪的欧洲，在政治经济、思想文化、文学艺术等方面均可谓是一个十分繁荣辉煌的时期。整个社会基本上完成了由封建社会向资本主义历史性过渡，一些老牌的资本主义国家的资本主义发展由自由竞争逐步走向垄断。由于资本主义的产生与发展，改变了人的生存环境，促进了西方文化价值和社会精神的变化，从而带来文学思潮的交替与繁荣。

古典主义流行了200年之久，此时已处于弥留阶段，新兴的浪漫主义文艺思潮更能体现时代精神。19世纪的前30年，浪漫主义文学席卷整个欧洲，并在英、法等国发展成为强大的文艺运动。

浪漫主义文学的兴起是由18世纪末19世纪初欧洲社会政治状况决定的，尤其是1789年法国大革命之后经历的革命与反革命、复辟与反复辟的长期斗争引起的动荡与灾难现实宣告了启蒙运动思想的破灭，引起民众的失望情绪。同时德国的古典哲学的夸大主观作用、强调天才、灵感、人的精神力量的哲学思想和空想社会主义思想，也对浪漫主义文艺思潮的兴起产生巨大影响。

浪漫主义文学是在对古典主义的斗争中发展起来的，它反对古典主义的泥古倾向和理性教条的束缚，强调创作自由，强调情感和想象在创作中的作用。这一时期欧洲各国先后出现了许多浪漫主义作家和作品。

德国的早期浪漫派代表有弗利德里希·施莱格尔、奥古斯特·施莱格尔、诺瓦利斯、蒂克等，作品主要有诺瓦利斯的《夜的颂歌》；后期浪漫派的重要人物有布伦塔诺和阿尔尼姆等人，作品主要有两人合编的民歌集《儿童的奇异号角》、格林（雅格布·格林和威廉·格林）兄弟合编的《儿童与家庭童话集》。海因利希·海涅也在德国浪漫主义的影响下开始文学创作，但是，他的《论浪漫派》的发表却结束了浪漫主义在德国文学中的统治地位，而海涅后来成为一位革命民主主义诗人，代表作品有诗歌《德国——一个冬天的童话》等。

英国的浪漫主义文学在这一时期成就最高，对欧洲其他国家产生很大影响。最早出现的是“湖畔派”三诗人——华兹华斯（1770—1850）、柯尔律治（1772—1834）和骚塞（1774—1843）。他们对资本主义文明和金钱关系极为反感，向往中古时期的封建社会，作品或讴歌宗法式的农村生活和自然风景，或描写奇异神秘故事和异国风光，远离社会斗争题材，诗作代表作品有华兹华斯的《丁登寺》、柯尔律治的《古舟子咏》以及骚塞的《审判的幻影》

等。英国第二代浪漫主义诗人以拜伦（1788—1824）、雪莱（1792—1822）和济慈（1795—1821）为代表。

法国最早出现的浪漫主义作家是夏多布里昂（1768—1848）和斯塔尔夫人（1766—1817）等。夏多布里昂思想保守，拥护波旁王朝代表作品有中篇小说《阿达拉》（1801）和《勒内》（1802）；而斯塔尔夫人则属于自由资产阶级的立场，作品主要有小说《黛尔芬》（1802）和《柯丽娜》（1807）。20年代中期，一批具有进步思想的浪漫主义作家登上法国文坛，主要作家有雨果、缪塞（1810—1857）、大仲马（1802—1870）、诺蒂耶（1780—1844）和乔治·桑等，他们在三四十年代进入创作繁荣时期，如大仲马的小说《三个火枪手》（又译成《三剑客》）、《基度山伯爵》，乔治·桑的小说《木工小史》、《安吉堡的磨工》等。创作完成于1844年的小说《三个火枪手》以17世纪路易十三在位、红衣主教黎希留执政为背景，讲述阿托斯、波尔托斯和阿尔密斯三位英雄剑客伙同朋友达尔培尼昂跟黎希留进行斗争的故事；《基度山伯爵》则讲述邓蒂斯离奇悲惨的遭遇，暴露了复辟时期法国司法制度的黑暗，但由于作者将小说重心放在主人公恩仇相报的主题上，削弱了小说的社会意义。《木工小史》、《安吉堡的磨工》都是空想社会主义小说，体现了作者对和谐的人与人之间关系的向往和细腻抒情的作品风格。

俄国的文学在19世纪以前相对贫弱，直到19世纪初才得以改变。第一个浪漫主义诗人茹科夫斯基思想比较保守，代表作《斯维特兰娜》宣传顺从天命思想，充满颓丧、朦胧色彩。其后的克雷洛夫、普希金的作品则体现了反专制暴政的革命热情，尤其是以普希金为代表。

于1783年建立的美利坚合众国在独立战争之后在英、法等国的浪漫主义运动的影响下，在19世纪初开始出现自己的浪漫主义文学，并持续了约半个世纪，以1829年为界分为前后两个时期。前期浪漫主义作家有欧文、库珀等；后期浪漫主义则以霍桑为代表，代表作品是长篇小说《红字》（1850）。

第二节　拜　伦

一、作者生平

✧　乔治·戈登·拜伦（1788—1824）

他是英国19世纪初期最伟大的革命浪漫主义诗人。1788年1月22日出身于一个古老的贵族家庭，父亲供职于英国海军，后因避债逃往法国，于1791年客死他乡，拜伦跟随母亲在苏格兰生活，10岁时，因为伯祖父的去世，拜伦继承了家族爵位和庄园，并移居诺丁汉郡。

1801年拜伦就读于哈罗中学，1805年入剑桥大学。大学毕业后，拜伦在贵族院获得世袭议员席位。但因家庭和生理残疾的缘故，遭到歧视，拜伦愤懑离国，先后游历葡萄牙、西班牙、马耳他、阿尔巴尼亚、希腊、土耳其等地，此次游历开拓了诗人的社会政治视野，孕育了后来的组诗《东方叙事诗》和长诗《恰尔德·哈洛尔德游记》。

1811 年诗人回国后，因在议会发表演说，斥责英国政府对爱尔兰人民的民族压迫政策，引起反动阵营的仇恨与诽谤；又因诗人与妻子分居，遭到统治阶级的诋毁使他无法在国内立足，被迫永远离开祖国。

1816 年，诗人途经比利时到达瑞士，结识了诗人雪莱，并在思想和创作上接受了雪莱无神论革命思想的影响。同年十月，拜伦离开瑞士来到意大利。当时的意大利正受奥地利的奴役，爱国革命运动正在兴起。拜伦与爱国志士交往密切，并于 1820 年加入意大利烧炭党的秘密组织。

1823 年意大利烧炭党运动遭遇失败，拜伦离开意大利前往希腊。他变卖了世袭庄园，以所得款项和历年版税的积累支持希腊人民的民族解放战争，深受希腊人民的爱戴，被推为希腊军队统帅。1824 年 4 月 9 日，拜伦冒着暴风雨骑马外出巡视，受了风寒，并于 4 月 19 日与世长辞。希腊人民为拜伦举行了国葬，整个欧洲也为之哀伤。

二、创作概况

1807 年，拜伦出版了创作于剑桥大学求学期间的第一本诗集《懒散的时日》。作品虽不乏模仿，但明显表现出诗人对现实社会的不满，对周围环境和上流社会的鄙视，以及作者生活在喧嚣空虚中的寂寞和孤独的悲哀。

作品出版后的第二年，《爱丁堡评论》发表匿名文章对其进行挖苦、讽刺。1809 年拜伦创作了长篇讽刺诗《英格兰诗人与苏格兰评论》加以回击。作品不仅向资产阶级自由主义反动集团发动猛烈进攻，还以文学评论家的身份对英国文学界各派力量作了评论，特别对湖畔派诗人脱离社会的神秘主义倾向进行严正谴责。该诗的发表，显示了拜伦作为一个讽刺诗人的才华，确立了他在英国文坛的地位。

1812 年，拜伦根据自己的第一次游历创作发表了长诗《恰尔德·哈洛尔德游记》的前两章，立刻震动了整个欧洲。全诗共四章，后两章完成于诗人流亡期间。该诗的发表，获得巨大成功，也为诗人赢得世界性声誉。

1813 年至 1816 年，拜伦陆续创作了以东方为背景的浪漫主义组诗《东方叙事诗》，共 6 篇：《异教徒》（1813）、《阿比托斯的新娘》（1813）、《海盗》（1814）、《莱拉》（1814）、《巴里西耶》（1816）、《科林斯的围攻》（1816）。这些作品反映了诗人政治上的孤独和英雄无用武之地的痛苦。作品对封建的资本主义提出强烈抗议，进行彻底否定。但这些抗议与否定都带有虚无主义和个人主义的倾向。这些作品中主人公都是孤傲的反抗社会现存制度的叛逆者，都有不凡的才能与力量，但在社会中却找不到用武之地，他们为自己的无所作为而痛苦，因自己的情感和能量虚耗而绝望。他们以挑战、示威的态度和别样的勇敢、热情，以不屈不挠的意志和毫不妥协的精神，或报复或反抗社会的专制与压迫。因为他们身上带有作者的生活遭遇的印迹，寄托了诗人反抗专制压迫的豪情，被称为“拜伦式的英雄”。

1816年起，拜伦流亡国外。其间创作了一系列作品。

1816—1817年创作的哲学诗剧《曼弗雷德》受歌德的《浮士德》影响，塑造了一个悲剧性的孤独叛逆者。主人公曼弗雷德苦闷厌世，独居于阿尔卑斯山的古堡之中，心情不宁，埋头于科学研究，但知识绝非生命之树，只会给他带来痛苦；他拒绝宗教的诱惑但又不得不向世俗秩序低头屈从。作品通过曼弗雷德的遭遇，反映了启蒙主义思想在社会实践中的失败与破灭，反映了资产阶级革命性的消失。作品过分夸大与美化了孤独者的精神力量，没有认识到主人公脱离民众、脱离生活、脱离现实斗争才是主人公自我毁灭的真正原因。

同时创作的还有《普罗米修斯》(1816)、《路德派之歌》(1816）两首战斗性很强的诗篇。在《普罗米修斯》中，拜伦赞美了普罗米修斯敢于抗拒一切邪恶势力的不屈不挠的伟大灵魂；在《路德派之歌》中诗人号召工人将手中的织梭换成利剑，用亲手织的布去包裹暴君的尸体，用暴君的黑血去滋润路德所种的自由之树。

《塔索的悲哀》(1817)、《威尼斯颂》(1819)、《但丁的预言》(1821)、《该隐》(1821)《唐璜》(未完成）等是诗人流亡意大利期间所创作的作品。在作品中拜伦号召意大利人民为争取民族解放和统一而英勇斗争。

诗剧《该隐》取材于圣经故事，并作了新的解释。剧中主要人物是该隐、亚伯和叛逆天使留息非。在圣经故事中，该隐是第一个杀人犯，由于嫉妒上帝对弟弟亚伯的青睐而杀了亚伯。但拜伦把他塑造成反抗专制统治与专制神权的战士，由于留息非的指导，他觉醒了，认识到自己吃的面包是由于自己双手的辛勤劳动，并不是神的恩赐。他拒绝服从神的安排，捍卫了自己的自由。而被圣经美化了的亚伯，实质上只是一个逆来顺受、安于命运安排的懦夫与奴隶。留息非是第一个背叛上帝的堕落天使，他为该隐打开了眼界，解除了思想上的束缚。拜伦号召人们在反动神圣同盟的奴役下，不应该像亚伯那样，而应该为了生存的权利和自由去进行反抗。

三、代表作品赏析

（一）《恰尔德·哈洛尔德游记》

《恰尔德·哈洛尔德游记》是拜伦第一次以政治和社会问题为题材的一首长诗，有“抒情史诗”之称。全诗共分四章，创作时间跨度较长。

第一章主要描写在拿破仑的铁蹄之下，西班牙人民遭受的苦难，他们的反抗和对自由的渴望。为了激发他们的斗志，拜伦赞扬了西班牙的过去和不屈的现在，歌颂了由农民手工业者组成的游击队反抗入侵者的英勇斗争。由于在军事力量的悬殊，诗人表达了自己的担忧，同时诗人又感到人民的斗争只不过对本国的君主制度有益，所有在作品中流露出前途无望的悲哀。

第二章主人公恰尔德·哈洛尔德来到希腊。当时的希腊正遭受土耳其的奴役而尚未觉醒。诗人站在希腊土地上，放眼观望希腊灿烂而又凄凉的历史遗迹，回忆希腊光辉的过去，哀叹近代希腊的软弱，激励人民起来斗争，“谁想获得自由，必须自己起来斗争”。

第三、四章是时隔六七年之后创作而成的。第三章的开头，诗人表达了自己被逐出祖国的愤慨和对家人的思念。他来到比利时，凭吊滑铁卢战场，评说拿破仑的功过，追忆法国资产阶级大革命，讴歌启蒙运动的先驱，表达自己对启蒙思想的忠诚。第四章是诗人流亡意大利后所写的。当时的意大利正处于奥地利的统治之下，分裂成许多小城邦。诗人用意大利光荣的历史、正在遭受的苦难激励爱国志士起来推翻奥地利的统治，实现民族的统一和解放。

长诗的主人公恰尔德·哈洛尔德是一个叛逆的贵族青年，是一个孤独忧郁的漂泊者，是一个"拜伦式英雄"的雏形。他深爱着自己的祖国，但又厌恶周围的空虚生活，他高傲的性格，不为上流社会所接受，而他的贵族习气又使他不与人民交往，在痛苦之中，只能选择离开祖国，到海外寻找解脱。

长诗以浪漫主义抒情为主，也有现实主义的直接刻画与讽刺，既有对暴政的愤怒，又有对自然与历史遗迹的欣赏，既有对历史人物的尊敬，又有对英勇反抗的人民的赞颂，表达了作者历史哲学观点中的民主倾向。

（二）《唐璜》

长篇叙事诗《唐璜》是一部反映当时欧洲社会的大型讽刺史诗。主人公取名为唐璜，目的是向英国资产阶级伪善的清教徒道德以及"体面观念"提出挑战。在作品中，唐璜只是一个普通的贵族青年，作品主要意图不在于塑造唐璜的性格和命运，而是通过他的冒险与奇遇，来展现社会生活与道德风尚。长诗共16歌：1～6歌描写唐璜的身世，因爱情风波逃离故乡西班牙，在海上遭遇沉船，在希腊岛上与海盗的女儿恋爱，在君士坦丁堡的奴隶市场被卖到苏丹后宫；7～9歌描写唐璜从苏丹逃跑参加1790年俄军围攻伊斯迈尔城的战役，立功被送往彼得堡；最后部分（未完成）描写唐璜成为俄国女皇的使节来到英国。

长诗的背景极为广阔，主人公的足迹几乎踏遍了整个欧洲。作品中虽然有许多浪漫主义色彩的篇章，但主要还是以现实主义的讽刺与评论来刻画现实的丑恶，从而引起人们对它的憎恨与厌弃。诗人慨叹，从欧罗巴到亚细亚到处散布着宫殿，世界上没有一寸自由的土地。

长诗深刻地暴露了封建专制的暴虐与伪善，愤怒揭发了"神圣同盟"的反动势力，谴责了他们为奴役其他民族所发动的侵略战争，与他们相比，"熊是开化的，狼是和善的"。而对英国的揭露与批判尤为深刻，也最具现实主义精神，英国"这个社会体面的成就掩盖了装裹了它内部的秘密的罪恶"，作品将英国的首相比作诈取各国钱财的海盗，将首都伦敦比作"魔鬼的客厅"。

拜伦确信：未来世界是个自由的世界，人民将是自由的，一切君主与王座都将成为历史陈迹。

恩格斯曾指出拜伦的创作特征："满腔热情地、辛辣地讽刺社会"，这一点在《唐璜》中表现得最为充分与鲜明。在风格和情调上，该诗可谓多彩多姿，既有热情的暴露、辛辣的揶揄，又有温柔的抒情、诙谐的欢笑；既有哲学的深思，又有尖刻的辩论；既有正面进攻，又有旁敲侧击，变化多端而又浑然一体。

第三节　雪　　莱

一、作者生平

✧ 波西·比希·雪莱（1792—1822）

他与拜伦齐名，19世纪早期英国浪漫主义诗人，出身于苏塞克斯郡的一个古老贵族家庭。雪莱自幼聪颖，八岁能诗，少年时期在贵族子弟学校——伊顿公学就读，1810年入牛津大学学习。雪莱对社会科学和自然科学广有兴趣，极为推崇英国著名思想家威廉·葛德文的《政治正义论》，受资产阶级民主主义和空想社会主义思想的影响，主张通过教育来改革社会。因写作《无神论的必然性》哲学论文，被开除学籍，又见罪于父亲，只得离家独居。1812年4月，携新婚妻子哈丽叶赴爱尔兰首府都柏林，支持爱尔兰人民的独立斗争，发表《告爱尔兰人民书》和《人权宣言》。

自爱尔兰回国后，他继续创作，抨击暴政，鼓吹革命，引起统治阶级的忌恨。1814年，雪莱与妻子离异，与葛德文的女儿玛丽结合。统治阶级利用这一事件诽谤中伤，致使雪莱愤然离开祖国，旅居意大利。在意大利期间，雪莱关心英国工人阶级的生活和斗争，同情且支持西班牙、意大利和希腊人民的解放运动，并与拜伦结交，创作热情高涨。

1822年7月8日，雪莱在海上航行时，遭遇暴风雨，覆舟身死，时年29岁。马克思深为雪莱的早逝惋惜，称雪莱是一位真正的革命家，社会主义的急先锋；恩格斯则称雪莱为“天才的预言家”。

二、创作概况

1813年创作的长诗《麦布女王》是雪莱早期创作的第一部重要作品。作品主要描写了执掌人类命运的麦布女王携带少女艾蒂安的灵魂云游宇宙，纵览古今，表达了作者的社会历史观点和政治、哲学思想。作者通过女王之口，谴责了封建暴政和宗教迷信，批判了资本主义的金钱关系，宣传空想社会主义思想。这首诗曾在英国民众中间产生过强烈影响，被后来的“宪章派”奉为“圣经”。

《伊斯兰起义》是雪莱1818年离国前创作发表的一首著名长诗。作品原名《莱昂和茜丝娜》，副题是“黄金城的革命”。作品开头是一个寓言故事：巨蛇与苍鹰在大海云天之上进行恶斗，两败俱伤。苍鹰逃往天外，巨蛇跌落海中，被仙女救起。这是长诗的序曲，也是理解作品的关键，象征了人间的善恶斗争。长诗的主体部分虚构了一场黄金城革命，描写了主人公莱昂和茜丝娜的家乡伊斯兰黄金城由于暴君统治，使昔日的黄金国土变成了黑暗的人间地狱。于是他们以宣传作武器，到处发表演说，用真理、正义、自由、仁爱唤醒民众起来斗争。当起义队伍冲进宫殿，推翻暴君统治，处死罪恶累累的暴君时，莱昂出于仁爱之心，将其释放。不久暴君卷土重来，实行反革命复辟残杀起义民众，莱昂和茜丝娜也被绑在火堆上烧死。最后，一声轰鸣，烈焰冲天，莱昂和茜丝娜在仙女的帮助下复活。作品通过对黄金城革命的描写，再现了法国资产阶级大革命的战斗精神，极大地鼓舞了欧洲人民的革命斗志。

在意大利期间，雪莱创作了一系列作品，《解放了的普罗米修斯》(1819)、《钦契》(1819)、《希腊》（1821)、《暴政的假面游行》（1819)、《自由颂》（1820)，以及脍炙人口的短诗《给苏格兰人的歌》（1819)、《西风颂》（1819)、《致云雀》（1820)、《云》（1820）等都是这一时期的作品。

诗剧《钦契》取材于16世纪意大利历史故事。封建贵族钦契伯爵是一个恶魔，一生干尽了罪恶勾当，但由于罗马教皇的包庇纵容，屡屡逃避惩罚。钦契不仅野蛮残暴，而且鲜廉寡耻，害死儿子，强奸女儿，毒打妻子丧尽天良。女儿贝阿特丽采备受蹂躏，求告无门，只好与家人合谋，雇用刺客杀死钦契。事发后，法官判处无罪，但教皇却坚持要把他们处死。贝阿特丽采与家人走向刑场，从容就死。作品用现实主义的手法，鞭挞贵族的荒淫和教皇的虚伪狠毒，表现了诗人反封建、反教会的立场。

《暴政的假面游行》、《给苏格兰人的歌》等政治诗是作者闻知“彼特卢大屠杀”事件而在南昌创作的。诗人尖锐指出：“谋杀”、“欺骗”、“伪善”等一批刽子手正在戴着“上帝、法律和国王”的假面具的暴政的率领下，踏着人民的鲜血，在英国大地上游行。雪莱告诉英国人民：你们辛勤劳动，但创造出来的财富却被一群寄生虫占有；你们锻造出来的武器，却被暴君掌握，成了镇压你们的工具，“播种吧——但别让暴君搜刮；寻找财富吧——别让骗子起家；纺织吧——可别为懒人织锦衣；铸造武器吧——保护你们自己……”

《西风颂》、《致云雀》、《云》等是雪莱创作的抒情短诗。《西风颂》中，诗人以豪迈奔放的激情歌颂狂暴有力的西风，赞美西风以摧枯拉朽之势，扫除一切残枝败叶，以磅礴之气驱散流云，招来冰雹、大雨和雷电，为黑暗的世界唱出葬歌……《西风颂》采用象征的手法，实际是歌颂人间的革命风暴，革命运动有如西风摧毁一切反动邪恶的势力，无情地破坏黑暗的旧世界，播下新世界的种子：“就把我的话语，像灰烬和火星/从还未熄灭的炉火向人间播撒/让预言的喇叭通过我的嘴唇/把昏睡的大地唤醒吧！要是冬天/已经来了，西风啊，春日怎会遥远？”

三、代表作品赏析

《解放了的普罗米修斯》

诗剧《解放了的普罗米修斯》是雪莱的重要代表作品。它取材于希腊神话故事和希腊戏剧家的悲剧作品，经过加工改造，赋予新的内涵：众神之王朱比特（宙斯）在普罗米修斯的帮助之下登上王位，却背弃了给人类自由的诺言，唯我独尊，实行专制统治。普罗米修斯为了帮助人类，从天上盗来智慧之火，把科学文化和生产技艺传授给人类。朱比特怀恨在心，以怨报德，把普罗米修斯绑在高加索山上，施以种种酷刑。普罗米修斯坚贞不屈，斗争到底。正当朱比特得意之时，其子冥王以迅猛之势，将朱比特打入地狱。普罗米修斯也被大力士赫拉克勒斯解救下来，他派出精灵向人间宣布解放的消息，整个宇宙沐浴在爱的光辉之中。

雪莱在作品的序言中说："我所创造的形象，有许多人类心灵的活动，或是它们表现在外面的行为中吸取来的。"这部披着浪漫主义神话外衣的作品，实际是植根于19世纪初期的英国社会现实，是现实生活的阶级斗争和诗人的政治理想的曲折反映。它真实揭露了专制统治给民众带来的痛苦和灾难，歌颂了民众反抗的革命精神和英雄气概，表达了诗人建立自由平等的美好社会的崇高理想。

英国早在17世纪就初步完成了资产阶级革命，18世纪60年代，工业革命蓬勃开展。资产阶级利用资本主义工业化的大机器生产，残酷剥削奴役工人。19世纪初，工人阶级和资产阶级的矛盾冲突日益加剧，捣毁机器事件和罢工斗争不断发生。《解放了的普罗米修斯》就是在这样的历史背景下创作出来的。

剧中的朱比特是一个控制着"整个仙界和人类"的暴君，是专制统治的象征与代表。作者借助这一形象抨击了英国专制统治的罪恶。

普罗米修斯与朱比特相对立，他热爱人类，同情人类的疾苦，甘心为了人类的幸福英勇献身。他为了拯救人类，被绑在悬崖上3000年，受尽了难以忍受的折磨，坚决不向朱比特低头屈服。作为人类的救星和卫士，他与朱比特的斗争，是善与恶的斗争，是被压迫者与压迫者的斗争，这一形象概括了工人阶级和劳动人民反抗专制统治、争取自由解放的革命精神，同时也体现了诗人自己坚定的立场、伟大的品格和崇高理想。

作品中的冥王是朱比特与海神忒提斯所生，他比朱比特更强大，代表着永恒的必然性。在雪莱早期的作品中曾否定过革命暴力的改良主义思想，鼓吹以理智与道德作武器，革除社会弊病，实现社会正义。但在本剧中，雪莱一定程度上肯定了革命暴力的合理性和必要性，客观揭示出专制统治不会自动退出历史舞台，只有通过暴力手段才能推翻暴君，实现人类的自由解放。

《解放了的普罗米修斯》是一部具有浪漫主义艺术特色的作品，气魄宏大，想象丰富，感情充沛。全剧用诗歌形式写成，有押韵诗，也有无韵诗；有独唱，也有对唱和合唱。作品的主要笔墨不在展开戏剧冲突，不在剧情的推演，而在于人物形象的塑造和抒情描写。在艺术手法上，作品使用了大量的象征和抽象的比喻，有时令人费解。

第四节　雨　果

一、作者生平

✧　维克多·雨果（1802—1885）

维克多·雨果是法国浪漫主义文学运动领袖，也是法国最具才华的作家之一。雨果

1802年出生于法国的贝藏松城。父亲约瑟夫·雨果是共和国军队的军官，20岁升为副营长，因受益于大革命，为表达自己的共和主义信念，自称“无套裤汉布鲁图斯·雨果”。后来他被派往西班牙任职，被授予将军军衔。而雨果的母亲在政治上则是波旁王朝的拥护者，顽固地反对拿破仑。少年时期雨果受母亲的影响，偏向于保皇主义。

雨果天资聪颖，15岁创作《读书乐》授法兰西学士院褒奖，20岁发表第一个诗集《颂歌和杂诗》，被国王路易十八赐予年金。

查理十世上台之后倒行逆施，引起民众的不满，也使雨果醒悟过来，决心走一条为社会进步而斗争的道路。雨果从文学斗争开始，反对盘踞文坛的古典主义势力，1827年发表的剧本《克伦威尔》及序言，被认为是解放文艺、促进文艺新生的浪漫主义宣言。

《<克伦威尔>序言》发表后，雨果成了浪漫主义运动的领袖。从20年代末起，雨果的创作直线上升，表现出作者惊人的文学创作力。1848年的革命对雨果的思想和创作的转变起到了决定性作用，使他成为一个坚定的共和主义者。1851年雨果路易波拿巴发动政变，雨果参加了共和党人组织的反政变起义，遭到拿破仑三世的迫害，流亡国外19年。

1855年，英国政府为讨好拿破仑三世，将雨果从泽西岛驱逐。雨果一家来到格恩西岛，财源枯竭之下，应友人要求，雨果将收藏的11 000行诗发表，即著名的《静观集》(1856)。获得奇迹般的成功，初版一问世，即被抢购一空。

1870年，普法战争爆发，法国惨败。雨果回到阔别多年的祖国。他怀着激愤之情奔赴国难，四处奔走，呼吁民众起来保卫祖国，并将创作报酬购置两门大炮，支持革命。

巴黎公社起义时，雨果刚开始不理解，认为不应在国难当头之时发动起义。但起义失败后，凡尔赛分子疯狂镇压公社社员时，雨果愤怒谴责反动派的兽行，呼吁赦免公社社员，并在报纸上宣布把自己在比利时首都布鲁塞尔的住宅提供给流亡社员避难。为此，他的住宅遭到反动暴徒的袭击，雨果几乎丧命，而比利时政府又将他驱逐出境。

雨果一生都在为民主与和平而斗争。1860年英法联军入侵中国时，雨果愤然说：“这些强盗中的一个装满自己的口袋，另一个装满自己的箱子……这就是关于两个强盗的故事。”

1885年，雨果去世。巴黎公社的参加者在报纸上发表宣言，号召社员参加葬礼。法国人民也为自己的伟大诗人举行国葬，雨果的遗体被送到专门安葬伟人的先贤祠。

二、创作概况

雨果的创作大致可以分为以下几个时期。

第一时期（1802—1826），雨果的思想偏向于保皇主义，作品在思想和艺术上都不够成熟。如这一时期写的中篇小说《冰岛魔王》(1823)、《布格—雅加尔》(1826）即为代表。前者充满恐怖、神秘和荒诞不经的想象，过于追求离奇；后者则歪曲黑人暴动，美化白人军官。

第二个时期（1827—1848），雨果抛弃了保守主义，认清了法国社会现实，浪漫主义创作风格形成。1827年发表的《克伦威尔》及序言成为法国文学史上划时代的文献。在《序言》中，雨果指出："既然支配世界的并永远是同一种社会形式，当然也就没有永恒不变的艺术形式，盲目模仿古代是非常荒谬的文学必须抛弃古典主义的桎梏。"他批判了古典主义悲剧因素与喜剧因素不可逾越的规定和将崇高优美与滑稽丑怪截然分开的做法，认为"万物中的一切并不都是合乎人情的美，……丑就在美的旁边，畸形靠近优美，丑怪藏在崇高背后，美与丑并存，光明与黑暗相共。"古典主义只表现崇高优雅而排斥粗野丑怪，完成违背了生活真实。不过雨果主张的真实，并不现实主义的真实，而是经过诗人主观想象加工过的真实。雨果同时对古典主义遵循的"三一律"进行批判，并主张使用丰富多彩的普通语言，而古典主义者只使用"精美"、"高雅"的词语，只会造成语言的僵化。

在创作上，雨果将人道主义作为主线贯穿于作品之中。1829年作者发表短篇小说《一个死囚的末日》，呼吁废除死刑。同年作者还发表了抒情诗集《东方集》和剧本《艾尔那尼》等作品。《东方集》表达了作者对20年代希腊人民反抗土耳其统治、争取独立自由斗争的同情。《艾尔那尼》则写的是关于16世纪西班牙一个贵族出身的强盗艾尔那尼反抗国王的故事。剧本完全打破古典主义戏剧的惯例，表达了广大群众反封建的思想情绪，演出获得巨大成功。

1831年，雨果发表了长篇历史小说《巴黎圣母院》。

1832年发表剧本《逍遥王》。该剧本是在1832年巴黎共和主义者革命起义期间写成的，由于揭露了国王弗朗索瓦一世及其宫廷的荒淫无耻，结果只演了一场就被禁演。

1834年，雨果发表了中篇小说《穷汉克洛德》。这部小说探讨了工人贫困以及由此造成犯罪的问题。主人公克洛德是一位失业工人，为了妻儿去偷面包，被捕入狱。在狱中他的真诚、才干赢得周围人的尊敬，却招致监狱工厂厂长的忌恨与迫害。克洛德忍无可忍，杀死厂长，结果被送上断头台处死。作者在作品中谴责了资产阶级法庭只知道宣判徒刑或死刑，而不了解穷人为什么犯罪，但是作者也只是提出通过道德教育的办法来解决这一社会问题。

在诗歌创作方面，雨果的成就也很显著。1831年的《秋叶集》和1835年的《微明之歌》写于革命运动高涨时期，带有鲜明的时代烙印。诗中除了关于人的命运的哲理思考之外，还表达了歌颂人民、鞭挞暴君的主题。1837年发表的《心声集》和1840年发表的《光与影》则更多抒发个人感情反抗的调子日益减少，自由主义慈善家的倾向日益加强。此后雨果沉默了近10年，直到1848年才恢复创作活力。

第三个时期（1848—1870），雨果成为一个坚定的共和主义者。在流亡期间，雨果一直坚持对拿破仑三世的斗争。1853年，雨果发表了政治讽刺诗集《惩罚集》，主要内容就是揭露窃国大盗拿破仑三世。这是一部洋溢着革命气势的雄伟诗篇，曾一度吸引革命导师列宁。

1856年，雨果发表《静观集》。诗集中既有令人陶醉的田园诗，也有反映民生疾苦的社会诗，既有歌咏恋爱的爱情诗，也有探索宇宙奥秘和人生意义的哲理诗。其中悼念夭亡的大女儿雷奥波尔丁娜的诗《明天，天一亮》、《啊，记忆》、《当我们住在一起的时候》等，感人至深，实为抒情诗中的佳作。

1862 年雨果发表长篇小说《悲惨世界》，1866 年发表长篇小说《海上劳工》，1869 年发表长篇小说《笑面人》。

《海上劳工》的故事情节带有明显的浪漫主义特点。故事梗概是：青年渔民吉里亚特爱上了老水手勒杰利的侄女代律雪特。老水手在海上碰上厄运，他的船触礁遇险。代律雪特和勒杰利许诺，谁能将船上的机器运回，就可以娶代律雪特为妻。吉利亚特便驾船前往，一路上克服了难以想象的困难，战胜了风暴巨浪以及章鱼的袭击，终于将机器成功运回。可是，他无意中发现代律雪特和一个青年神甫相爱。于是决定牺牲自己，成全一对恋人的姻缘。在把他们送上旅程之后，吉利亚特登上海上的一块岩石，让海浪把自己淹没。

《笑面人》反映了 17、18 世纪之交英国宫廷内部的斗争和尖锐的社会矛盾。小说通过英国国王詹姆士二世将政敌的两岁的儿子卖给儿童贩子且被毁容后成了笑脸小丑，流浪人间的故事，揭露了英国统治阶级的残暴和民众的苦难。

第四个时期（1871—1885），雨果发表了诗集《凶年集》（1872）、《历代传说》（1859—1883）和长篇小说《九三年》（1874）等作品，直到去世前，一直保持着旺盛的创作力。

三、代表作品赏析

（一）《巴黎圣母院》

长篇历史小说《巴黎圣母院》的故事背景是 15 世纪的巴黎。

巴黎圣母院的副主教克洛德·弗罗洛，作为一个祭司，认为情欲就是罪恶，会毁灭人的灵魂，但当他见到美丽的吉卜赛女郎爱丝美拉达之后，被禁欲主义压抑的情感蠢动起来，疯狂地爱上了爱丝美拉达并不择手段地想占有她。巴黎圣母院的敲钟人喀西莫多也爱慕爱丝美拉达。喀西莫多相貌奇丑，但和克洛德相比，他的爱是高尚的。道貌岸然的克洛德在罪恶企图未能得逞时，便卑鄙地采用嫁祸于人的方法，将爱丝美拉达送上绞刑架。平日对克洛德十分忠诚的喀西莫多，被主人的残暴和无耻所激怒，把他从教堂塔楼上推了下来。

这部小说反映了作者对封建统治阶级的憎恨和对受压迫的下层人民的同情。作为被社会嘲弄和迫害的下层人民的代表，喀西莫多和爱丝美拉达都被作者赋予了天真、善良、真诚的优秀品质，而克洛德则是邪恶的化身。但是雨果在解释历史事件和人物性格时，带有明显的唯心主义和人性论的弱点。他企图证明爱、善良、仁慈是能够改造社会、拯救人类、创造奇迹的。这是作者及作品的思想局限。

（二）《悲惨世界》

《悲惨世界》的创作从 40 年代开始，历时 20 年之久，是法国文学中最著名的作品之一。

小说名字的原意是“受苦的人们”。在小说的序言中，雨果提出了当时社会的三个迫切需要解决的三个问题——贫穷使男子潦倒，饥饿使妇女堕落，黑暗使儿童羸弱。这是理解作品主题的关键。

小说的基本情节围绕着冉阿让的悲惨生活史。冉阿让原本是一个贫民出身的工人，收入不够养家糊口。有一次，他偷了面包，被捕入狱，在狱中度过了19年的牢役生活。刑满后又有过偷窃行为，但在仁慈的主教米里哀的感化之下，他决定重新做人，化名为马德兰。他当过企业家，并被推选为市长，不久因暴露了过去的身份而再次被捕下狱。逃出监狱之后，冉阿让从恶人德纳第夫妇手中救出已故女工芳汀的女儿珂赛特，前往巴黎的途中，又遭到反动军警沙威的追缉。

小说反映了下层民众遭受的巨大苦难。作品中塑造的冉阿让、芳汀、珂赛特、格夫罗舍等，都是不幸的人，他们受尽痛苦，遭遇无情的迫害。一个穷苦的工人，为了饥饿的孩子，偷了一块面包，竟服了19年的苦役。一个原本纯洁的姑娘，被人诱骗后沦落到社会底层，资产阶级的道德和法律剥夺了她工作和生活的权利，最后被迫出卖自己的肉体。当她反抗了调戏她的一个过路绅士时，警察就把她逮捕了，并判了6个月徒刑，理由是她竟敢侮辱一位绅士！受尽折磨和恐吓的芳汀，终于断送了自己的性命，而她的女儿珂赛特，落到坏蛋德纳第夫妇的手中，从事力所不能及的劳动，备受摧残，完全失去了童年的快乐。

小说揭示了在那个社会里，穷苦人注定要过悲惨的生活，因为资产阶级的法律就是反对穷人的，资本主义社会的确是穷人的“悲惨世界”。

但是在揭露穷苦人民所遭受的苦难的同时，并未能得出正确的结论。因为阶级立场与局限使他只能用资产阶级的人道主义来解释社会问题，他把一个尖锐的阶级矛盾看成一个道德问题。他认为：世间存在两种法律，一种是高级的，是仁慈与道德感化，以米里哀为代表；一种是低级的，是现行的法律，以警察沙威为代表。现行的法律单靠惩治和刑罚，并不能消灭犯罪，反而使犯罪加深。以冉阿让为例，统治者用世俗法律来惩治他，反而使他变得更加凶狠，更加容易犯罪；可是当米里哀主教用仁爱感化他时，他变成了一个真正的人，一个充满博爱精神的人。雨果的思想基础是资产阶级的人道主义，也是作揭露社会罪恶的出发点。这种思想基础使得人物形象的塑造背离了生活真实和逻辑，完全是作者自己按照主观意志来安排。冉阿让在米里哀的宽容和饶恕下，竟变成了一个乐善好施的企业家，而他的企业内部也存在着资本主义社会不可能存在的劳资关系，“厂里分为两大车间，一个男车间，一个女车间。任何一个无衣无食的人都可以到那里报名，准会有工作和面包。……在马德兰伯伯来到这里以前，地方上的各种事业都是萧条萎靡的；现在呢，大家都有了健康的劳动生活，欣欣向荣的气象广被一乡，渗透一切。失业和苦难已经消灭……”，这一构想，显然是受空想社会主义者的影响，完全是一种主观幻想。雨果这种不遵循生活真实，而把某种道德哲学生硬地强加于人物，一定程度上削弱了作品的价值。

在描写反动军警沙威的问题上，同样体现了雨果的道德感化思想。沙威本是统治阶级的忠实走狗和冷酷残忍的爪牙，他不断迫害贫穷饥饿无家可归的人。他残酷迫害冉阿让多年，像影子一样追踪冉阿让。他还是造成芳汀悲惨死亡的直接罪人。但是在被起义战士捉住、冉阿让在执行枪决时却把他放了之后，他发现被迫害多年的苦役犯原来是个高尚的人。他从前的思想基础动摇了，他的人性开始复苏。但是他新认识与他所忠实的法律之间产生了矛盾，这种内心矛盾无法解决，他选择了跳河自杀。而在雨果看来，沙威的自杀就是善对恶的胜利，其实这只不过是作家自我假想的道德胜利罢了。

当然，小说的感染力主要体现在作家对被压迫者的悲惨命运的同情和对共和主义者反抗路易菲力普王朝斗争的描写方面。特别是描写巴黎人民起义的几个章节，是作品最激动人心的部分，仿佛是一首庄严的颂歌，“起义——这是真理的一阵发怒，被起义所凿开的街路，迸发出权利的火花”。这些被统治阶级视为贱民的劳动者成了真正的英雄，在他们的身上体现出高度的英雄主义精神。80 岁的马贝夫为了重新升起红旗，冒着枪林弹雨攀上街垒；流浪儿格夫罗舍替起义者收集子弹时被敌人击中，壮烈牺牲，临死前还唱着嘲笑敌人的歌曲。雨果用最动人的词语歌颂革命起义，赞美起义者的英雄行为，并不是说明他的思想是革命战斗思想，他认为革命战斗是不得已采取的手段，终极目的是为了实现人道主义。作家坚持他的道德说教，把仁慈、博爱当做疗救社会弊病的灵丹妙药，不能不给读者带来消极影响。

《悲惨世界》是一部现实主义与浪漫主义相结合的作品。如冉阿让被迫害的经历、芳汀的悲惨命运、滑铁卢战役等的描写都闪烁着现实主义的光辉；如冉阿让的超人体力和惊人的自我牺牲精神以及德纳第的许多罪行，则体现了浪漫主义的夸张手法的运用。

《悲惨世界》在风格上的另一个特点是政论性。作家把自己的作品作为社会讲坛，力图在感情上影响读者，使其接受自己的观点。

在语言上也表现了作家的特色：高昂、激动、热情，经常运用多义词，富于隐喻性，有的句子类似成语格言，从而使作品的叙述具有史诗般的风格。

关于雨果，高尔基曾说过：“作为一个讲坛和诗人，他像暴风一样轰响在世界上，唤醒人心灵中一切美好的事物……他教导一切人去爱生活、美、真理和法兰西。”

第五节 惠特曼

一、作者生平

✧ 瓦尔特·惠特曼（1819—1892）

他是 19 世纪美国杰出的民主主义诗人。1819 年 5 月 31 日，惠特曼出身于纽约附近的一个贫苦农民家庭。随后举家迁至纽约的布鲁克林区。在这里，惠特曼度过了大部分童年时光，受过几年的普通学校教育。从 10 岁起，惠特曼开始自谋生路，在律师和医生那里当过信差，又到一家小报馆当过排字工和印刷工。17 岁时，在农村当过几年的小学教师。

1838 年，惠特曼在亨廷顿创办一份周报《长岛人》。1839 年起，惠特曼开始创作发表诗歌和杂文，成为长岛《民主论坛》的撰稿人。此后几年，他先后在《奥罗拉》、《闲谈》、《民主论坛》等报纸杂志社担任记者和编辑。1842 年惠特曼担任纽约《曙光报》编辑时，因与当地民主党领导意见不合，丢掉工作；1846 年担任布鲁克林民主党机关报《鹰报》编辑时，因发表反对奴隶制度的文章，两年后再度被解职。1848 年，惠特曼离开纽约，到新奥尔良《新月报》担任编辑。半年后，他再次回到纽约，加入自由土壤派，并担任该党的党报《自由人》编辑。后因该党领导人变节，惠特曼愤然辞职，回乡当木匠，一边从事体力劳动，一边进行诗歌创作。

1855 年，自费发表《草叶集》，遭到文学界保守分子的非难与诋毁。美国内战前夕，惠特曼坚持反对奴隶制立场，于 1856 年发表《论第十八届总统选举》演说词，提出消灭奴隶制，反对《奴隶逃亡法》。1861 年，美国南北战争爆发。惠特曼自愿到军中服务，先后在纽约医院和华盛顿陆军医院担任护工，以诗歌鼓舞士兵的斗志。1865 年，南北战争结束，惠特曼在华盛顿政府部门供职。先在内务部当办事员，被部长发现是《草叶集》的作者而遭解雇；后到最高检察署工作。

1873 年初，惠特曼因中风而半身不遂。翌年，迁居新泽西州的卡姆登城，1893 年 3 月病逝。

二、创作概况

惠特曼的创作可以分三个时期来分析。

第一个时期，是惠特曼内战之前的诗歌创作。

惠特曼的诗歌创作开始于 1838 年。从 30 年代末到 1850 年，惠特曼创作的诗歌作品均未收到《草叶集》中。这些诗大多是不成熟的模拟之作，受当时流行的浪漫主义诗人的影响，带有感伤的情调，其中也有少数政治讽刺性质的诗歌作品。如《某些国会议员之歌》、《血腥的金钱》、《朋友之家》等。

收进《草叶集》中的最早的一首诗是创作于 1850 年的《欧罗巴》(发表时的原名为《起义之歌》)。在诗中，作者歌颂起来打倒帝王的奴隶们的革命精神，由于人民的“善意的仁慈”，受惊的暴君们卷土重来，反攻倒算，残害革命青年。但是诗人并不灰心、悲观，他相信：“没有一个为自由而被谋害的人的坟墓不会滋生自由的种子/而且永远不断又将有新的种子从这里产生/这些种子会被风送到远方去，重新播种/雨露风雪自会给它们滋养……”。

在《草叶集》前三版中共收入 150 多首诗，都是内战之前的作品，主要是赞美人，赞美人的劳动；赞美大自然；歌颂民主和自由，同情黑人和印第安人，反对奴隶制度；主要作品有《大路之歌》、《各行各业之歌》、《拓荒者啊，拓荒者》、《自己之歌》、《欢乐之歌》等。

第二个时期，是惠特曼内战期间的诗歌创作。

惠特曼在内战时期所写的诗，分别编成《桴鼓集》、《林肯总统纪念集》，于 1865—1866

年出版（后来被收进《草叶集》第四版）。其中有号召人们起来参加战斗的作品，如《一八六一年》、《敲呀！敲呀！鼓啊！》、《父亲，赶快从田地里上来》等；有纪念林肯总统的作品，如《啊，船长，我的船长哟！》、《当紫丁香最近在庭园中开放的时候》等。

第三个时期，是惠特曼内战之后的诗歌创作。

1865年，内战结束以后，美国开始进入垄断资本主义时期资本家对工人的剥削日益加剧，人民的生活日益贫困。忠于民主自由理想的惠特曼日益感到资产阶级民主的虚伪，这一切不能不让他感到幻灭与失望。1871年，他发表了长篇论文《民主远景》总结了他的文艺观点和政治观点。同时还发表了《啊！法兰西的星》，表达对巴黎革命的热爱。

1873年西班牙革命失败以后，他创作了《西班牙1873—1874》、《神秘的号手》等，预言西班牙终将获得自由，肯定反对暴政的革命斗争的意义。

三、代表作品赏析

《草叶集》

《草叶集》是惠特曼一生中的唯一一部诗集。它涵盖了作者一生的创作，它前后经历了9版，从1855年第一版时仅有12首诗到1892年最后一版时近400首，每一版都增加进新的内容。可以说，它随着诗人的成长而成长，随着美利坚合众国的发展而发展；它既是惠特曼自我心灵发展的史诗，又是美利坚民族成长发展的史诗。

作者以“草叶”为名，具有一定的寓意。在诗集中最长的一首诗《自己之歌》中对此作了解释：

首先，“草叶”代表理想和希望，“我猜想它必是我意向的旗帜，由代表希望的碧绿色的物质所组成。”其次，它代表在各族人民中间同样生长，“……在宽广的地方和狭窄的地方都一样发芽/在黑人和白人中都一样生长。”它还象征着发展，“一切都向前和向外发展，没有什么东西会消灭。”

草叶是最普通、最富有生命力的东西，是普通人的象征，是发展中的美国的象征，是作者关于民主、自由的理想和希望的象征。

作品主要表现的是赞美人，赞美人的劳动；赞美大自然；歌颂民主和自由，同情黑人和印第安人，反对奴隶制度；赞美民主革命，怀念林肯总统等主题。概括起来大致为：

1. 自我

《草叶集》反复咏叹的是“自我”这一主题。惠特曼在诗中对“自我”进行了无以复加的赞颂，把它刻画成一个顶天立地的巨人强健有力，甚至有些粗鲁。在他看来发现自我、歌颂自我，就是发现美国，歌颂美国，越充分地探索自我的灵魂，也就越充分地表达美国的灵魂：“我，惠特曼，一个美国人，一个粗鲁汉，一个世界/纵情声色……饥餐，渴饮，传宗接代”（《自我之歌》）；“我轻松愉快地走上大路/我健康，我自由，整个世界展开在我面前/漫长的黄土道路可引我到我想去的地方”(《大路之歌》);“由于我，许多长久缄默的人发声了/无穷的世代的罪人与奴隶的呼声/疾病和失望者、盗贼和侏儒的呼声/准备和生长循环不已的呼声/连接群星之线、子宫和种子的呼声/被践踏的人要求权利的呼声/残废人、无价值的人、愚人、呆子、被蔑视的人的呼声/空中的云雾、转着粪丸的甲虫的呼声/通过我而发生的被禁制的呼声/性的和肉欲的呼声，原来隐在幕后现被我后揭露的呼声/被我明朗化和纯洁化了的淫亵的呼声……”(《自我之歌》)。

2．民主

惠特曼将民主称为“我的爱人”，愿意献出“同志间的男子汉的爱”，为民主服务。他热情讴歌各行各业的劳动者，表达劳动者创造世界的威力。“什么，你怎么错看了自己/你以为你不及旁人吗/你以为总统比你伟大吗/你以为富人比你好吗……白宫的总统是给你们做事的，而不是你们替他做/办公厅的秘书是替你们做事的，而不是你们替他做/每 12 个月议会为你们开一次/法庭、国家、城市、来往客商、邮政，一切都是为了你们!”

3．创造

惠特曼不但歌颂蛮荒自然，也歌颂人类创造的二度自然，凡是人类所创造出来的一切，都是美的，正是劳动和创造使人类成为神圣。

《父亲，赶快从田地里上来》是《草叶集》中的名篇之一。诗作讲述了北方军队中一个阵亡的农民士兵家中动人的故事。士兵彼得在战斗中负了重伤，住在医院里，即将牺牲。为了通知他的家人，也为了安慰他的父母，由旁人以彼得的名义写了一封信寄到家里。此时正是秋天收获的季节，果实累累，雨后晴空，美丽无比。父亲在田地里劳动，母亲在家中。信差到了，在门前玩耍的年幼的妹妹从田里喊回了父亲，从家中叫来了母亲。年老的父母带着不祥的预感撕开信封，虽然是儿子的签名和口吻，但却是别人的笔迹。信中告诉家人，他受了伤住进了医院，又安慰他们，不久就会好转。显然，安慰是无力的，老母亲站立不稳，面色惨白，四肢无力，女儿们围在周围安慰母亲。但这一切都是不必要的，因为早在母亲送儿子去出征时，已经准备着他牺牲了。

诗人为我们塑造了一个非常感人的母亲形象，正是这些勇敢纯朴的农民父母和子女，才是战争取得胜利的根本原因。这是一首叙事诗，同时也是一首杰出的抒情诗，作者运用对比的手法，用富饶、宁静的俄亥俄秋郊田园景色来衬托这一幕悲剧，尤为感人。

《啊，船长，我的船长哟!》和《当紫丁香最近在庭园中开放的时候》是悼念林肯总统的两首著名诗歌。在诗中，惠特曼将林肯总统比喻成一艘经历了千难万险到达目的地的船只的船长，当人们“挤满了海岸”，“准备了无数的花束和花环”来欢呼船只的到来时，“就在甲板上，我的船长躺下了，他已经全身冰凉，停止了呼吸”。在后一首诗中，诗人还将林肯统比喻成西天一颗陨落了的巨星：“当紫丁香最近在庭园里开放的时候/那颗硕大的星星在西方的夜空陨落了/哀悼着，并将随着一年一度的春光永远地哀悼着/一年一度的春光哟，真的，你给我带来三件东西/每年开放的紫丁香，那颗在西天陨落了的星星/和我对于我所敬爱的人的怀念”。在诗人看来，林肯虽然离开了，但他的精神却同每年开放的紫丁香一样，永垂不朽。

在艺术手法上，惠特曼突破了传统格律诗的形式，创造出一种新的诗歌形式——自由诗体，它以短句而不以音步为基础，每行字数不固定，也不用韵脚，大量运用重叠句、平行句和夸张的语言，像波涛滚滚，气势磅礴，讲求诗歌内在的节奏。这种风格对后来者产生了极大的影响，芝加哥诗派的代表桑德堡是惠特曼风格的直接继承者；“垮掉的一代”被评论家称为“惠特曼的野孩子”可以毫不夸张地说，20 世纪的美国诗人没有一个能绕过惠特曼而存在。无论是前苏联的马雅可夫斯基还是智利的聂鲁达，不论是西班牙的洛尔伽还是中国的郭沫若，无不受到惠特曼风格的影响，并通过他们影响更年轻的一代。

第七章　19世纪现实主义与批判现实主义文学

第一节　概　　述

现实主义文学是西欧资本主义制度确立和发展时期的产物。社会政治经济形态的急剧变化，使早期的“理性王国”的幻想纷纷破灭，人们不得不用冷静的目光来看待社会，思考命运问题，从更现实的角度寻求改善生存环境的方法，一股求真务实的社会心理和风气随之形成。加之自然科学的长足发展，以及黑格尔的辩证法、费尔马巴哈的“人本学说”、孔德的实证主义哲学的产生和影响等因素，促进了现实主义文学的诞生与发展。

正当浪漫主义文学方兴未艾之际，法国的斯丹达尔提出了实质上的现实主义文学主张，并在创作中加以体现。一些浪漫主义作家也相继转向现实主义创作，从而使现实主义、批判现实主义文学创作成为19世纪的主流文学。现实主义文学（包括批判现实主义文学）的主要特征是：再现典型环境中的典型性格；真实再现现实生活；具有强烈的批判性和暴露性。

英国的现实主义文学早在18世纪曾经取得巨大成就，先后出现了丹尼尔·笛福、亨利·菲尔丁等小说作家。经历了18世纪后期的低潮之后，19世纪初又有了新的发展。简·奥斯汀描写英国乡村日常生活的《傲慢与偏见》、《爱玛》等作品，对处于世纪之交的英国现实主义、批判现实主义文学创作起到了承上启下的作用。

随着工业资产阶级对封建阶级斗争的胜利，英国从一个农业国迅速发展成为一个工业国，但同时也带来贫富悬殊等一系列社会问题，无产阶级和资产阶级的矛盾成为社会的主要矛盾。英国的小说作家们开始用文学作品反映社会矛盾，暴露社会问题，表现出对社会底层民众的关注与同情，但是由于阶级立场的局限和社会思潮的影响，他们的作品较多地宣扬改良主义与阶级调和思想。批判现实主义文学在30年代开始出现，四五十年代达到高峰。查理·狄更斯是英国批判现实主义文学的奠基人，他的笔锋几乎触及英国社会的各个角落。威廉·梅克皮斯·萨克雷（1811—1863）对英国资本主义社会的金钱关系、伪善等进行了批判与嘲讽，代表作《名利场》（1848）通过天真纯洁、目光短浅的姑娘爱米丽亚的浪漫史与蓓基·夏泼的钻营史两条线索揭露了贵族阶级和资产阶级卑鄙的精神面貌。盖斯凯尔夫人的作品《玛丽·巴顿》（1848）以宪章运动为背景表现了失业工人的悲惨生活和自发斗争。夏洛蒂·勃朗特（1816—1855）的《简·爱》（1847）描写了一位谦谨、坚强、具有独立精神的女性简·爱的形象；爱米莉·勃朗特（1818—1848）的《呼啸山庄》（1847）深刻揭示了主人公希思克利夫等一系列人物悲剧性命运；乔治·艾略特（1819—1880）的《弗洛斯河上的磨房》（1860）则树立了麦琪·特利弗这位天资聪颖、热爱自由、富有自我牺牲精神的女主人公的感人形象。继这些作家之后，19 世纪后期的英国批判现实主义文学以哈代、萧伯纳等作家的作品为代表。

法国以斯丹达尔的长篇小说《红与黑》（1830）的问世作为现实主义文学的真正开端，其后福楼拜、巴尔扎克、左拉、莫泊桑、都德等作家将法国的批判现实主义文学创作推向高潮。

俄国批判现实主义文学形成于 19 世纪 30 年代，五六十年代走向繁荣，70 年代至 90 年代达到高峰，20 世纪初趋于没落。与西欧各国不同的是，俄国的批判现实主义文学批判的锋芒主要针对的是封建主义，后期才涉及资本主义。作为创作风格由浪漫主义向批判现实主义转变的标志，普希金的诗体小说《叶甫盖尼·奥涅金》，成为俄国批判现实主义文学的奠基；其后，果戈理的讽刺作品确立了俄国文学的批判方向；别林斯基在文艺理论上的阐述，极大地推动了俄国批判现实主义文学的发展。在其影响之下，一批作家从 40 年代后期开始创作，成为批判现实主义著名作家，如赫尔岑、屠格涅夫、冈察洛夫、奥斯特罗夫斯基、涅克拉索夫、谢德林、陀思妥耶夫斯基等。俄国农奴制改革以后，社会矛盾更加激化，批判现实主义作家们在作品中对贵族地主和资产阶级提出更为强烈的批判，注重表现农民和城市平民的苦难，成就了列夫·托尔斯泰、契诃夫等著名作家。

美国批判现实主义文学在 80 年代开始出现，继斯托夫人等之后，产生了马克·吐温、欧·亨利（1862—1910）、杰克·伦敦（1876—1916）等作家。欧·亨利一生写有三百多篇短篇小说，唯一的一部长篇小说《白菜与皇帝》实际上也是由许多独立的短篇小说组成。其作品以轻松幽默的笔调描写大都市中小人物的悲欢和友谊，揭露资本主义社会中虚伪无耻、尔虞我诈的社会风气，嘲笑司法界的专横、腐败和昏庸，表达了小人物命运的深切同情，但作品题材比较狭窄，缺乏深度。主要作品有：《麦琪的礼物》、《警察与赞美诗》、《最后一片藤叶》、《黄雀在后》、《我们选择的道路》、《带家具出租的房间》等。杰克·伦敦是一位来自下层的作家其作品弥漫着强烈的大自然气息和鲜明的民族色彩，代表作品主要有《热爱生命》、《野性的呼喊》、《铁蹄》、《白牙》、《毒日头》、《月谷》等。

在东欧，各国的民族解放运动在 19 世纪 30 年代至 60 年代掀起了高潮。波兰的爱国诗人亚当·密茨凯维支（1788—1855）是波兰浪漫主义文学的奠基者，同时也为现实主义文学开辟了道路，代表作品有诗剧《先人祭》（1832）、《塔杜施先生》（1834）等，表现了作者为民族解放而斗争的思想。保加利亚的革命诗人赫里斯多·保特夫（1849—1876）和伊凡·伐佐夫的创作较为活跃。成就最高的是匈牙利民族诗人裴多菲·山陀尔，他是 1848 年匈牙利革命的领导者之一，不仅以诗歌作为战斗武器，而且还亲身投入革命，为民族解放献出了年轻的生命。

在北欧，19 世纪四五十年代，资本主义经济有了飞速发展，引起了各国的民主运动，并形成北欧的批判现实主义文学。其中成就最高的是丹麦的童话作家安徒生。

在中欧、东南欧，批判现实主义文学随着反封建斗争和民族解放运动的高涨而兴起并发展。其文学的共同主题是：反侵略、反压迫，批判异族侵略者的残暴和本国统治者的罪恶。代表作家作品有：波兰作家亨利克·显克微支（1846—1916）的三部曲小说《火与剑》、《洪流》、《伏沃迪约夫斯基先生》（1882—1888）和《你往何处去》（1905 年获诺贝尔文学奖）、《十字军骑士》等历史小说；捷克作家阿洛伊斯·伊拉塞克（1851—1930）的小说《斯卡拉奇的人们》（1875）、《狗头军》（又译为《还我自由》，1884）；保加利亚作家伊凡·伐佐夫（1850—1921）的长篇小说《轭下》（1887—1889）等。

第二节 普 希 金

一、作者生平

✧ 亚历山大·塞尔盖耶维奇·普希金（1799—1837）

他是俄国 19 世纪浪漫主义文学的代表大师和俄国现实主义文学的奠基人。他的创作对俄国民主解放运动起到过重要作用。高尔基赞誉普希金是“俄国文学之始祖”、“伟大的俄国人民诗人”。

1799 年普希金出生于莫斯科的一个古老的贵族家庭，从小就受到民间文学的熏陶。1811 年普希金进入贵族子弟学校——皇村学校学习，期间受法国资产阶级启蒙思想的影响，并与十二月党人接近。从学生时代起，普希金就开始诗歌创作。由于他的诗作带有很强的政治性，在进步的贵族青年中间广为流传，引起了沙皇的惊恐，亚历山大一世曾愤恨地说：“应该把普希金流放到西伯利亚去，他弄得俄罗斯到处都是煽动性的诗，所有的青年都在背诵这些诗……”由于学校老师的说情，普希金才免于流放西伯利亚，改放到南俄。

1820 年起，普希金在南俄度过了四年放逐生活。其间，他与十二月党的联系更加密切，并结识了“南社”领导人彼斯杰尔，参加他们的秘密集会。1824 年，普希金因与南俄总督发生冲突，被放逐回父亲的领地——米哈依洛夫斯科耶村，过了两年的幽禁生活。

1826 年，普希金回到莫斯科，时值十二月党人起义失败。刚即位的尼古拉一世为收买人心将普希金召回。尼古拉一世曾问普希金，假如十二月党人起义时他在彼得堡，他会做什么。普希金明确回答，他会在起义者的行列中。在莫斯科期间，由于尼古拉一世的诱压，普希金曾对沙皇抱有幻想，希望沙皇对十二月党人采取宽大措施，但很快就放弃了幻想。

1830 年，普希金在波尔金诺村住了三个月，进入创作收获的重要时期。

1831 年，普希金和莫斯科的一位 19 岁少女娜尼冈察洛娃结婚，迁居彼得堡，重入外交部任职。但家庭生活和政府迫害的加剧对普希金的创作和生活产生了不良影响。沙皇政府怂恿法国公使馆的流氓丹特士调戏普希金的妻子，从而引起了一场冲突。1837 年 2 月 8 日，普希金与丹特士决斗，身负重伤，于 2 月 10 去世。

二、创作概况

普希金的文学创作大致可以分以下四个时期。

第一个时期（1817—1820），普希金的创作以政治抒情诗为主。

早在青年时代，普希金为反拿破仑战争的爱国热情所鼓舞，同时受十二月党人的思想影响，创作了不少反对专制暴政、歌颂自由的诗歌作品，如《自由颂》、《童话》、《致恰达耶夫》、《致普柳斯科娃》、《乡村》等。这些作品具有浓郁的浪漫无边际主义色彩，反映了十二月党人的革命理想和决心。在《自由颂》中，诗人这样写道："你专制独裁的暴君/我憎恨你，憎恨你的宝座/我以严峻和欢乐的目光/看待你的覆灭，你儿孙的死亡……"正是因为这些诗歌的广为流传，普希金才遭到流放的命运。

第二个时期（1821—1825），普希金处于流放时期的创作。

1821 年作者创作了著名的诗歌《短剑》，号召反对农奴制、杀死暴君。此外，还有浪漫主义抒情诗《囚徒》（1822）、《致大海》（1824）和叙事长诗《高加索俘虏》（1822）、《强盗兄弟》（1822）、《茨冈》（1824）等。其中，《茨冈》是诗人过渡到现实主义创作前的最后一部浪漫主义作品，主要讲述了贵族青年阿乐哥与城市"文明社会"发生冲突而出走，来到游牧民族茨冈人中间，与他们一起放牧流浪。阿乐哥与茨冈姑娘真妃儿结为夫妻。两年后阿乐哥发现真妃儿另有新欢，于是杀死真妃儿和她的情人。他的凶残行为遭到茨冈人的唾弃，结果被茨冈人孤零零地留在草原上。作品将茨冈人的自由自在的生活与所谓现代城市文明相对比，表达了作者对现实生活的厌恶和对卢梭"回归自然"思想的信奉。作者同时指出，由于自身的阶级本性，一个贵族阶级的知识分子想摆脱本阶级的传统影响，与普通劳动大众融为一体，是极其困难的。阿乐哥作为 19 世纪俄国贵族青年形象代言人具有一定的典型意义。

第三个时期（1826—1830），普希金基本上完成了由浪漫主义到现实主义的转型。

在莫斯科期间，作者创作了《阿里昂》（1827）、《致西伯利亚的囚徒》（1827）等著名诗歌。在《致西伯利亚的囚徒》中诗人写道："在西伯利亚矿坑底层/望你们保持骄傲忍耐的榜样/你们悲惨的工作和思想的崇高意向/决不会就那样消亡……/沉重的枷锁会掉下/阴暗的牢狱会覆亡/自由会愉快地在门口迎接你们/弟兄们会把利剑送到你们手上。"这首诗托一位十二月党人的妻子带到游放地，在十二月党人中广为传诵。

在波尔金诺村期间，作者完成了被称为俄国批判现实主义文学奠基作的诗体小说《叶甫盖尼·奥涅金》，还创作了《别尔金小说集》、四个小悲剧（《石客》、《吝啬的骑士》、《莫扎特与沙莱里》、《瘟疫流行日的宴会》）和近 30 首抒情诗等作品。

《别尔金小说集》因作者以伊凡彼得罗维奇别尔金为笔名发表而得名，包括 5 个短篇小说：《驿站长》、《风雪》、《射击》、《棺材匠》和《村姑小姐》。其中《驿站长》最为著名，也开创了俄国文学写小人物的先河。小说主要讲述一个忠厚善良的驿站长维林，终日辛劳，为旅客服务，遭到往来官吏的欺凌，单纯美丽的女儿冬妮娅是他唯一的寄托。但一个路过的骠骑兵军官明斯基将冬妮娅拐走。维林想方设法来到彼得堡，想找回女儿，却被明斯基拒之门外。维林孤苦无靠，回去后不久就悲愤而死。

第四个时期（1831—1837），普希金更加关注俄国黑暗的社会现实，除了一些抒情诗如《我又重新造访》、童话诗《渔夫与金鱼的故事》等之外，还创作了一些通过历史题材反映农民生活的小说《杜勃洛夫斯基》（1835）和《上尉的女儿》（1836）等。

《上尉的女儿》取材于俄国18世纪的普加乔夫起义。小说以主人公格利涅夫的个人遭遇为情节线索，再现了普加乔夫起义的历史。贵族青年军官格利涅夫在一场暴风雪之中偶遇普加乔夫，送给他一件兔皮袄御寒。后来，格利涅夫在服役期间爱上了炮台司令米隆诺夫上尉的女儿玛丽娅，因而与另一个青年军官施伐布林不和。不久，炮台被普加乔夫攻陷，司令夫妇被处死，玛丽娅和格利涅夫也被捕。施伐布林投靠了起义军，借机威胁格利涅夫，企图夺占玛丽娅。在普加乔夫的干预下，格利涅夫被释放并与玛丽娅结合。最后起义失败，普加乔夫也被判处死刑。

与统治阶级的正史不同，小说并没有把普加乔夫塑造成一个杀人放火的强盗，而是把他描写成一个热爱自由、宁死不屈的英雄。他机智勇敢，坚定乐观，很有气量，深受民众的爱戴。作者为了塑造普加乔夫这一形象，曾到当年起义活动的实地进行考察，广泛搜集资料，先于1833年写成《普加紧乔夫史》，然后于1836年才创作完成这部小说。

关于普希金一生的创作，诗人在1836年创作的一首诗《纪念碑》，仿佛是一个很好的总结："我之所以永远能为人民敬爱/是因为我曾用我的诗歌/唤起人民善良的感情/在这残酷的世纪/我歌颂过自由/并且还为那些倒下去的人们/祈求过怜悯同情/……我为自己建立了一座非人工的纪念碑……/我的名字将传遍整个伟大的俄罗斯/它现存的一切语言/都会讲着我的名字。"

三、代表作品赏析

《叶甫盖尼·奥涅金》

叙事长诗《叶甫盖尼·奥涅金》，普希金称其为"诗体小说"。作品创作自1823年5月始，至1831年秋止，历时8年多，并于1833年出版。它的发表是俄国批判现实主义文学确立的标志。别林斯基说"《叶甫盖尼·奥涅金》可以称为俄罗斯生活的百科全书和最富有人民性的作品"。

作品描写彼得堡的一个贵族青年叶甫盖尼·奥涅金，终日感受到上流社会的社交生活空虚无聊，为了继承叔叔的财产来到乡下。在这里，他结识了女地主拉林娜的女儿达吉亚娜。两人交往一段时间后，达吉亚娜主动向他表达了热烈诚挚的爱情。奥涅金拒绝了这份爱情表白，又出于恶作剧的心理，调戏了达吉亚娜的妹妹奥丽加，从而导致他与奥丽加的未婚夫连斯基的决斗，在决斗中奥涅金杀死了好友连斯基，这样的悲剧发生后，奥涅金只好离开。过了一段漂泊的生活后，他回到彼得堡，重遇达吉亚娜。此时的她已嫁给一个年老的将军，成了社交界的贵妇。奥涅金对达吉亚娜的感情反而炽热起来，狂热地追求她。迫不得已之下，达吉亚娜答复他：她虽然爱他，但不能属于他，因为她嫁了人，就要永远对丈夫忠实。

奥涅金是一个“零余者”，他是在俄国贵族阶级典型环境中长大的，终日周旋于酒宴、舞会、剧场，恋爱占了他全部的时间。后来他终于对这种花花公子的浪荡生活感到厌倦，又因为受过启蒙主义思想的影响，他不满于现实，不满于自己，感到缺乏合理的工作与高尚的理想。他曾读书、创作，在自己的庄园实行改革，但因缺乏毅力与恒心，最终毫无作为。

虽然在精神上奥涅金的确高于一般贵族庸人之上，但他又和一般的贵族没有本质的区别。他无法摆脱贵族阶级传统思想和习俗的影响，所以以玩世不恭的态度拒绝了达吉亚娜的爱情，把她的大胆表白当成是社交界贵妇们的情场做戏。后来他狂热追求她，则出于虚荣，想征服彼得堡社交“女皇”。他虽然受过启蒙思想的影响，自视清高，与周围格格不入，但贵族生活方式又使他灵魂空虚，无所作为，正如赫尔岑所说，“永远不会站在政府方面，也永远不能站到人民方面”，只能作为一个多余的人。

小说女主人公达吉亚娜是作者心目中理想的贵族女性形象，她温柔敦厚，感情丰富而纯真，积极要求个性解放。她把奥涅金看做贵族青年中的佼佼者，大胆地向他表白爱情，不同于上流社会贵族小姐的扭捏作态。但是她的视野很狭隘，也未能完全摆脱贵族阶级的传统观念，更缺乏政治理想，对现实社会的反抗也极其有限。

作品在塑造成人物形象方面，遵循了批判现实主义文学的创作方法，注重在典型环境中再现典型性格。它忠实地描写了 19 世纪 20 年代俄国地主贵族的社会生活，成功塑造了一系列人物，反映了当时贵族青年的苦闷、彷徨和追求，揭露和批判了贵族社会的腐败与丑恶，对俄国文学的发展有着巨大的影响。

作品结构精巧，语言朴素优美，艺术手法多样，为后来俄国作家所师法。

第三节　斯丹达尔

一、作家生平

✧　斯丹达尔（1784—1842）

原名亨利·贝尔，他是法国批判现实主义文学的奠基者。斯丹达尔 1784 年出生于格朗诺布城的一个律师家庭，7 岁丧母，由开明的外祖父亨利·卡农和姨祖母伊里沙贝教育成人。年轻时斯丹达尔阅读了大量的启蒙作家的作品。这些作品对他的思想起到了很大的影响。

1796—1799年，斯丹达尔在本城的中学求学，数学成绩优异。在雅各宾党人教师的影响下，他开始阅读洛克等哲学家的唯物主义著作，从而奠定了世界观的基础。

1799年年底，斯丹达尔来到巴黎，第二年进入拿破仑任第一总裁的军政部任职。后随拿破仑军队来到意大利，并任龙骑兵中尉。1801年辞去军职，闲居巴黎，学习希腊文和英语。1806年重回军队，随帝国大军转战欧陆。斯丹达尔崇拜拿破仑，追随他十余年，日后成为他创作的重要基础和源泉。

拿破仑的失败结束了斯丹达尔的军旅生涯。波旁王朝复辟后，他侨居米兰开始文学创作，以揭露复辟王朝的倒行逆施为基本主题。因站在革命人民一边，与烧炭党人有来往，并与拜伦一起，参加了政治色彩极浓的意大利浪漫主义运动，被奥地利当局视为“极端危险分子”，被迫离开意大利。

1821—1830年，斯丹达尔住在巴黎。其间两次到英国旅行。1822年始，在英国报刊发表关于巴黎的时评，后以《英国通讯集》为题出版。

1830年七月革命后，斯丹达尔被任命为意大利一个海滨小城的领事，直至1842年去世。1842年斯丹达尔请假回巴黎治病，3月23日因中风去世。遗体葬于蒙马特尔公墓，墓碑用拉丁文刻着他生前拟定的碑文：“亨利·贝尔，米兰人，写作过，恋爱过，生活过。”为他送葬的只有他的妹妹、堂兄和作家梅里美三人。

斯丹达尔生前文名寂寞，但正如作家本人所预言，后人越来越认识到他作品的意义和对欧洲文学发展的重要性，最终得到世人的认可，成为世界文学史上一名优秀的现实主义大师。

二、创作概况

1827年，斯丹达尔发表第一部小说《阿尔芒斯》（又译为《爱的悲剧》）。小说以一对贵族青年的爱情悲剧为情节线索，通过对巴黎几个贵族妇女沙龙场景的生动描写，揭露了波旁王朝复辟时期封建贵族的反动嘴脸和精神状态，再现了复辟时期贵族生活的图景。男主人公奥克塔夫和女主人公阿尔芒斯都不满贵族社会，行为举止也常常超越上流社会的常规。他们是贵族阶级的叛逆者，向往另一种有意义的生活，但是在现实生活中他们找不到自己的位置，也找不到社会的出路。小说对人物的心理刻画极为生动细腻，表现出独特的艺术技巧。

1834—1835年，斯丹达尔创作了《吕西安·娄凡》（又译为《红与白》，未完成），揭露了七月王朝时期金融资产阶级的统治和资产阶级民主的虚伪性。

1838年，斯丹达尔仅用了52天的工夫，口授完成了《巴马修道院》。作品发表后受到巴尔扎克和托尔斯泰的赞赏。这也是作者生前受到赞赏的唯一的一部作品。作品是受一部名为《法尔纳斯望族创业史》手抄本的启发而创作的。斯丹达尔改造了原作品揭露意大利贵族和天主教会的主题，使之成为一部深刻揭露和批判“神圣同盟”的统治，讴歌争取民族独立和自由的正义斗争的长篇小说。

小说以19世纪意大利北部的巴马小公国为背景，共分两卷。上卷主要写贵族少年法布利斯和他的姑妈吉娜的经历，下卷主要写法布利斯和克莱莉娅的恋爱故事。法布利斯和吉娜同情法国大革命，仰慕拿破仑。1815年“百日政变”后，法布利斯在姑妈的支持下投奔拿破仑，但到了法国后却被当做奥地利的间谍而被投入监狱。等逃出来时，他只赶上滑铁卢战役的尾声。拿破仑部队溃败后，法布利斯回到意大利，与姑妈一起对巴马宫廷展开了反复而曲折的斗争。

1839年，斯丹达尔将十年来创作的一些中、短篇小说集为《意大利遗事》出版。其中脍炙人口的有《法尼娜·法尼尼》(1829)、《卡斯特卢的女修道院院长》等。

《法尼娜·法尼尼》讲述的是罗马的一个贵族少女法尼娜·法尼尼与一个年轻的烧炭党人彼耶特卢的爱情悲剧。彼耶特卢越狱后受伤，在养伤期间与法尼娜相遇，两人产生了爱情。伤好后，为了投身民族解放斗争，他毅然离开了法尼娜。为了使心爱的人回到自己身边，法尼娜不惜向当局告发，结果使彼耶特卢的许多同志遭到逮捕。彼耶特卢主动投案，与狱中战友患难与共。法尼娜在探监时坦白了自己的行为，遭到彼耶特卢的唾弃。

作品通过革命与爱情尖锐冲突的主题，热烈歌颂了意大利烧炭党人对祖国的热爱，对自由的执著，对革命的忠诚，同时也对出卖革命者表现出切肤之痛。作品成功塑造了一个为祖国、自由、革命而献身的革命志士的感人形象。小说情节完整曲折，戏剧冲突紧张尖锐，心理分析细致生动，无论在思想上还是在艺术上都达到了相当高度。

《卡斯特卢的女修道院院长》则通过一个贵族少女海芝与一个青年“强盗”于尔的爱情悲剧，表现作者所谓的“激情爱”，并对造成这一悲剧的贵族暴政和宗教迫害提出强烈的抗议，对一个纯洁少女的毁灭表示沉痛的哀悼。

三、代表作品赏析

《红与黑》

1831年发表的《红与黑》是斯丹达尔的一部极具政治色彩与时代色彩的代表之作。

小说以《司法公报》上刊登的一个家庭教师杀害女主人的社会新闻为情节基础，以作者对主题的开拓与加工创作而成。小说的原名为《于连》，后来改为富有象征意义的《红与黑》，副题为“一八三〇年纪事”。

小说的主人公于连·索黑尔是维立叶城锯木加工厂小业主的儿子，他是一个意志坚强、精力充沛、聪明能干的青年。在家受到父兄的压制与苛待，在社会上又受到统治阶级的歧视与压抑，从小就有强烈的平民反抗意识和改变命运的愿望，企图通过个人奋斗来实现向上爬的愿望。在一位老军医的影响下，他崇拜拿破仑，羡慕拿破仑时代年轻人能凭自己的聪明才干青云直上。他如果是拿破仑时代，他一定会穿上红色的军服走从军的道路，但他所生活的却是王政复辟时代，这条道路被堵死了。当看到神父能拿到三倍于拿破仑手下大将的收入时，他决定穿上黑色的教会服装，通过教会的门路实现自己的人生目标。他背熟了一部拉丁文的《新约全书》和墨士德的《教皇传》，以此作为敲门砖，以虚伪作为“唯一的武器”来适应社会，混迹于贵族沙龙。

到德·瑞那市长家中做家庭教师是于连踏入社会的第一步。在市长家中，他出于一种对市长报复和练练胆量的冒险心理，与市长夫人产生了暧昧关系。德·瑞那夫人年仅三十，端庄美丽，心地善良，在家庭生活中是个不幸的、受压迫的女性。其夫德·瑞那市长则是个粗鲁鄙俗、麻木不仁的贵族官僚，对妻子不存在真正的感情和关心。于连的到来与示爱，激发了德·瑞那夫人对丈夫的憎恨和对爱情的向往，他们在互相同情、互相了解的基础上产生了真正的爱情。

不久，他们的关系败露，于连只得离开市长家，进入阴森可怖的贝尚松神学院学习。学院内斗争激烈，特务如毛，尽管处处小心，事事提防，于连还是被卷入教派斗争之中。后来，他随彼拉院长前往巴黎，在彼拉院长的介绍下，当上了德·拉·木尔侯爵的私人秘书。由于才干出众，审时度势，迎合主子，于连得到木尔侯爵的赏识与重用。侯爵的女儿玛特尔小姐看中了于连的才干与个性，主动追求于连，两人之间产生爱情而结合。侯爵对此暴跳如雷，后来也无可奈何，默认了他们的婚姻。于连也因此获得德·拉·伟业骑士的爵位、法兰西陆军中尉的军衔，以及两万零六百法郎收入的庄园，初步实现了个人的野心。

正当于连踌躇满志的时候，贵族阶级和教会特务了解于连与德·瑞那夫人的恋情，设下圈套，威逼她写了揭发于连的告密信；侯爵因此取消了于连与自己女儿的婚约。恼羞成怒的于连赶到维立叶，向正在教堂做祷告的德·瑞那夫人开枪射击，被判处死刑，因而成了统治阶级阴谋的牺牲品。

小说以于连的生活经历为经，以复辟时期的社会生活为纬，广泛反映了法国当时的阶级矛盾和斗争，描绘了复辟时期社会生活的生动画面。

于连是复辟时期受压抑的小资产阶级青年的典型代表。他一生的遭遇，包括他的希望、追求、奋斗、失败，都反映了这一时期小资产阶级青年的命运。他的性格中既反抗的一面，又有妥协的一面。

他的反抗性产生于社会和家庭对他的压制，基于他个人向上爬的野心。他之所以追念大革命，是因为在那个时代像他这样有才干的青年有许多机会大显身手，实现个人的人生目标。但不幸的是，他生不逢时。在波旁王朝复辟时期，他只能扮演一个叛逆的平民的悲惨角色，成了一个跟整个社会作战的人。他蔑视贵族阶级的“合法权威”，憎恶教会的虚伪卑鄙，鄙视资产阶级的肮脏财富。他的反抗，只是带有个人性质的报复性的绝望反抗，而缺乏明确的政治理想和目标，最终必然以失败而告终。

当于连受到统治阶级的抬举时，他的反抗又转化为向统治阶级的妥协。这种妥协是当时小资产阶级对社会进行反抗时所表现出来的必然性。因为他们所要求的只是社会制度的改变，使之尽可能让自己舒服和满足而已。

作品在对统治阶级的罪恶与虚伪进行批判与暴露之外，还反映了当时法国的复辟与反复辟的斗争这一主题。在经历了大革命之后，贵族阶级并没有吸取教训，当他们重掌政权之后，故态复萌，以十倍的疯狂与仇恨，力图恢复旧日的制度与秩序。作品中的木尔侯爵和德·瑞那市长即为此例，他们对人民进行残酷剥削，弄得民不聊生，苦不堪言，一切权利和自由被剥夺殆尽。

这种倒行逆施，进一步激化了阶级矛盾。小说从两个方面反映了人民正在酝酿一场反复辟的斗争：一方面，作品反映了人民普遍怀念大革命、对拿破仑充满崇敬的情绪；另一方面，又从反动阵营的惶惶不可终日，烘托出另一场革命风暴来临之前的紧张气氛。正如作品中所说的，他们感到"在每一段篱笆后面都有一个罗伯斯庇尔和他驾来的囚车"，"若再有一次革命，他（于连）会把我们送上断头台的"。

小说还反映了资产阶级的壮大和金钱势力的增长，这是复辟时期法国社会的一个新特点。这一点，斯丹达尔先于巴尔扎克通过作品作了出色的描绘与反映。

《红与黑》在创作方法上体现了批判现实主义的风格。其中，再现典型环境中的典型性格是最重要的艺术特色，从而使作品具有浓郁的时代气息。在塑造人物形象时，作者通过人物心理描绘和分析，展示人物性格特征，推动故事情节发展。小说结构完整严谨，故事情节行动，语言精确到位。这些艺术成就奠定了法国批判现实主义文学的基础，也奠定了斯丹达尔在世界文学史上的地位。

第四节　巴 尔 扎 克

一、作者生平

✧　奥诺雷·德·巴尔扎克（1799—1850）

他是法国19世纪批判现实主义文学成就最高的杰出代表。马克思非常推崇巴尔扎克，认为他"对现实关系具有深刻的理解"，恩格斯赞誉他的作品有着"了不起的革命辩证法"。

1799年5月20日，巴尔扎克出生于图尔市的一个中等资产阶级家庭。

1814年他随父亲来到巴黎。1816—1819年，巴尔扎克在法科学校学习法律，并在一家律师事务所当文书。尽管违背巴尔扎克的意愿，但这三年的经历，使他看到了巴黎社会的黑暗腐败，对他日后的文学创作十分有益。

1819年，巴尔扎克毕业不久，就离开司法界，投身文学事业。1819—1829年，他先是以卖文为生，后又投笔从商，先后经营出版、印刷等行业，但债台高筑，以至拖累终生。在巴黎的奔波碰撞，使巴尔扎克亲身领略到资本主义社会中金钱的万能和万恶的力量，人与人之间赤裸裸的利己关系，为后来创作《人间喜剧》奠定了生活基础。

1829年，巴尔扎克发表小说《朱安党人》，迈开走向现实主义创作的第一步。此后的二十多余，巴尔扎克夜以继日地创作，直至1850年8月18日病逝于巴黎。

巴尔扎克的世界观充满矛盾。他的一位中小资产阶级作家，但又有浓厚的贵族意识和封建道德观念，并力图挤进贵族行列。这种矛盾，正是他所生活的那个动荡不安、斗争激烈的时代的反映，也是他所处的阶级和所经历的生活道路的反映。当时的法国，政权更迭，资产阶级与封建贵族既斗争又妥协，使阶级关系与力量对比经常出现不稳定的局面。而巴尔扎克本人思想又受到当时各种社会思潮的影响。他曾是启蒙主义思想的忠实信徒，也羡慕拿破仑的功绩；接受过空想社会主义的影响，也接受过封建主义的教义；他基本上是个唯物主义者，但又没能完全摒弃神秘主义。因在大革命中获益，巴尔扎克倾向于大革命。然而革命之后的现实又使他很快坠入失望，他又把希望寄托在贵族阶级身上。30年代初，巴尔扎克堂而皇之地给自己的姓氏前面加了一个表示贵族身份的"德"，并在周围贵族的包围、拉拢下，参加了保王党。

巴尔扎克加入保王党，主要是出于对七月王朝的不满，并没有彻底影响他的中小资产阶级的政治立场。随着对社会现实的观察与分析的深入，他越来越清楚地认识到：贵族阶级不仅没有力量改变社会现状，而且也没有力量挽回本阶级必然没落的命运。而这些矛盾思想，在他的文学创作中得到了充分的体现。

二、创作概况

巴尔扎克是一位多产的作家，仅收入《人间喜剧》中的长、中、短篇小说就有90多部。

巴尔扎克将《人间喜剧》分为三类：风俗研究、哲学研究，分析研究。其中风俗研究又分为私人生活场景、外省生活场景、巴黎生活场景、军事生活场景、政治生活场景、乡村生活场景六个部分。

巴尔扎克立意要写作一部文学的法国历史，"把这些作品联系起来，调整成一部完整的历史，其中每一章都是一部小说，每一部小说都描写一个时代"，"研究产生这些社会现象的原因，寻找出隐藏在广大的人物、热情和故事里面的意义"，以社会为舞台，让读者看到一幕幕惊心动魄的"人间戏剧"。当读者走进这个由2000多个人物组成的《人间喜剧》画廊时，可以看到巴尔扎克用编年史的方式几乎逐年（从1816年到1848年）把处于上升时期的资产阶级对贵族社会的冲击描绘出来。

《人间喜剧》包含着一部封建贵族的没落衰亡史和一部资产阶级的罪恶发迹史。二者有机联系，紧密结合在一起。

在小说《古物陈列室》(1838）中，作者向读者展示了两个势不两立的沙龙集团：一个是旧贵族集团，依然忠实于被废除的贵族制度和灭亡了的君主政体思想，被巴尔扎克称为"古物陈列室"；另一个是资产者集团，和前者有着同样的势力。两者互相仇视，明争暗斗，前者以高贵的出身蔑视后者，后者则以其实力决心打败前者。这两个沙龙，正是这两个阶级的缩影。巴尔扎克清楚地看到，无论什么力量也无法阻挡资产阶级进攻的决心与勇气，无论什么力量也阻挡不了封建贵族无法挽回的命运。尽管巴尔扎克残存的封建思想感情和道德观点使他的同情常常站在贵族方面，但是他的中小资产阶级立场和唯物主义态度，又让他违反自己的同情和阶级偏爱，正确反映出贵族阶级必然灭亡的历史命运，并加以嘲笑与鞭挞。

与封建贵族没落史相对应的是资产阶级的发迹史。

从高利贷者高布赛克到投机商葛朗台，从贵族管家高贝丹到银行家纽沁根，一张张都是卑鄙残忍的面孔，一个个都是贪婪无耻的恶棍。高布赛克自称是巴黎"无人知晓的国王"、"命运的主宰"，他以金钱征服了巴黎，许多贵族男女不得不拜倒在他的脚下；葛朗台是"一只老虎，一条巨蟒"，人人对他都是"又钦佩、又敬重、又害怕"，因为都被他的"钢铁般的利爪干净利索地抓过一下"；高贝丹是"最凶险的坏蛋"，他有权"可以任意根据共和国的法律使人倾家荡产"；纽沁根心狠手辣，但不露声色，他能将整个巴黎玩弄于股掌之上，能在一夜之间让多少人家破人亡。

资本主义社会是一个追逐金钱的世界。在资产阶级那里，人与人之间就是赤裸裸的金钱关系。资产阶级的女性在追逐金钱的同时自己却成了金钱的牺牲品。几乎每一桩婚姻都是一次交易，每一次外遇都是一笔买卖。只有无爱情的婚姻，而难以找到没有金钱的恋爱。葛朗台绝不让女儿欧也妮嫁给破产的查理（《欧也妮·葛朗台》）；赛西尔在婚事中也只关心对方的财产（《邦斯舅舅》）；但斐纳为了金钱嫁给了纽沁根；拉斯蒂涅为了金钱又去追求但斐纳（《高老头》）；为了谋取更多的财产，拉斯蒂涅转而又去追求埃斯巴夫人（《禁治产》）……在资产阶级的眼中，"生活不就是由金钱开动的机器吗"？

婚姻关系是这样，家庭成员之间的关系也同样深深地烙上金钱的印迹。银行家纽沁根把妻子看做是"玩具"、"装饰"、"踏脚板"（《纽沁根银行》）；葛朗台除了金钱之外，对任何人都没有感情，只有当与他发生金钱关系时，妻子和女儿在他的心目中才有意义（《欧也妮·葛朗台》）；高老头的女儿可以踏着父亲的尸体去参加舞会（《高老头》）……对此巴尔扎克通过作品愤怒地控诉了资本主义世界道德的堕落。

巴尔扎克从人道主义的立场出发，对劳动人民的疾苦表示过同情，表现了一些劳动者的优秀品质。在《夏倍少校》和《无神论者做弥撒》中，作者表现了下层劳动者慷慨助人、自我牺牲的美德。但阶级的偏见使作者在一些作品中也刻画了他们的愚蠢无知和粗暴野蛮。

同时，巴尔扎克的阶级局限性表现在对贵族阶级的同情上。正是这种同情谱写的无尽的挽歌情调，给他的创作投下了浓厚的阴影，这不能不说是一种倒退。

三、代表作品赏析

《高老头》

1834年开始发表的《高老头》是巴尔扎克《人间喜剧》中优秀的作品之一。

小说以1819年年底和1820年年初为时代背景，以伏盖公寓和鲍赛昂夫人的沙龙为舞台，以高老头和拉斯蒂涅两个人物为平行线索，真实勾画出波旁王朝复辟时期法国社会的面貌。在作品中，巴尔扎克细致深入地描写了这一时期封建贵族权势的得而复失、盛而复衰的历史趋势。以鲍赛昂夫人为例。

鲍赛昂夫人是贵族社会的一个领袖，能在她的府邸里露面，就等于有了一张自由出入贵族社会各种场所的通行证。然而，在花团锦簇的繁华盛世背后却潜伏着危机与灾难。当拉斯蒂涅被引进鲍府时，鲍赛昂夫人已"到了被遗弃的关头"，她内心的骚动不安已溢于言表。尽管她自视清高，对资产阶级妇女不屑一顾，但对拉斯蒂涅的"开导"却完全是资产阶级式的。她对高老头的女儿、银行家的妻子但斐纳充满蔑视，却让拉斯蒂涅去追求这位银行家太太，并亲自带他到剧院去结识她。个人的阅历和遭遇让鲍赛昂夫人懂得贵族的一套已不再时兴，资产阶级的金钱力量才是这个社会真正的统治者。她的情夫阿瞿达就是为了金钱而抛弃了她去娶自己并不喜欢的洛希斐特小姐，因为可以得到"20万法郎利息的陪嫁"。

鲍赛昂夫人在告别巴黎前举行了一次盛大的舞会。这个舞会恰似贵族社会退出历史舞台前的回光返照。巴尔扎克为了表现这种"上流社会必然崩溃的无尽挽歌"的悲剧氛围，将富丽堂皇的外景和鲍赛昂夫人凄凉的内心进行强烈的对比。这位贵妇尽管在人前"安闲静穆"，仿佛到了最后一刻，她仍然控制着这个社会，但在卧室里，却流着泪烧毁情书，向这个浮华的社会作诀别。这种人前人后的表演，正是贵族阶级行将没落而又强恃尊严的真实写照。

鲍赛昂夫人泪光晶莹地回乡下隐居去了，而被她看不起的但斐纳，却在贵族的哀乐声中，挤进了一心向往的上流社会。就连鲍赛昂夫人也不得不承认"纽沁根太太今晚漂亮得很"。一荣一枯，一起一落，两个阶级的命运一清二楚。

在作品中，巴尔扎克着重批判的是资本主义社会中人与人之间的金钱关系。以高老头的遭遇的例。

高老头有两个女儿，在高老头的培养之下过着养尊处优、奢华的生活。一个高攀上贵族，跳进上流社会，成了新贵族雷斯多伯爵夫人；一个喜欢金钱，嫁给了银行家，成了纽沁根太太。她们出嫁时，高老头给了她们每人80万法郎的陪嫁，所以对父亲极尽体贴奉承之能事，但很快变卦，将高老头撵出家门，搬进了伏盖公寓。原来他还可以每个星期在女儿家吃一两次饭，后来改为一个月两次，再后来连女儿的家门也进不去了。这种情感变化，是因为到了复辟时期，高老头的面条商身份已不能给女儿的家庭带来光彩，更主要的是，她们很快发现高老头的钱越来越少了。她们有时也来伏盖公寓看望父亲，而目的是为了在父亲身上继续榨取他仅有钱财，甚至竞先下手，互相争夺，以至成为不共戴天的仇敌。

高老头之死是作品的高潮。高老头临死前想见见女儿，但任凭他哭天喊地也是枉然。这时的高老头才明白"钱可以买到一切，买到女儿"，"做父亲的应该永远有钱，应该笼络女儿，就像对付狡猾的马一样"，"倘若我有钱，留着家私，没有把财产给她们，她们就会来了，会用她们的吻来舔我的脸"。"父亲轴心"已经被"金钱轴心"无情取代了。为了给高老头筹款治丧，拉斯蒂涅在高老头的两个女儿家奔走，竟毫无结果，理由是“先生和太太谢绝一切宾客。他们的父亲死了，都悲痛得不得了”。在给高老头送葬的队伍里，出现的只是这两家“有爵徽”的空车。

巴尔扎克的笔墨还触及资本主义社会的累累罪恶。在作品中，无论是上流社会还是下层公寓，极端利己主义的冰水淹没了一切道德原则，金钱像只巨大的手掌，牵着无数的木偶，尽情在社会舞台上进行丑恶的表演。有为了觊觎高里奥的财产而乔装打扮、媚态百出的伏盖太太；有贪图 3 000 法郎的收入成了官方密探、对伏脱冷暗下毒手的米旭诺和波阿莱；为了 20 万法郎而巧设陷阱杀害泰伊潘之长的伏脱冷；有大耍无赖手段侵吞妻子全部钱财的纽沁根……

在人物形象塑造上，巴尔扎克基本遵守了现实主义集中概括的典型化原则，特别注重抓住每个人物最基本、最能表现性格本质的特征来塑造人物。如高布赛克的贪婪、葛朗台的吝啬、于勒的好色、菲力普的凶残等，无一不活灵活现。

在创作艺术手法上，巴尔扎克非常重视详细逼真的环境描写。为了再现生活和刻画人物性格，他总是力图为作品人物提供真实、具体的活动环境和背景，从而使人物更具真实性和典型性。

此外，作品在结构安排、语言个性化、心理描写等方面，都体现了巴尔扎克高超的技艺。

第五节　福　楼　拜

一、作者生平

✧ 居斯达夫·福楼拜（1821—1880）

19 世纪中期法国重要的批判现实主义作家，作品主要反映 1848—1871 年间法国的时代风貌，其“客观而无动于衷”的创作理论和精雕细刻的艺术风格，在法国文学史上独树一帜。

1821 年 12 月 17 日，福楼拜出生于卢昂的一个外科医生家庭。医院的环境培养了福楼拜的实验主义倾向，与青年哲学家普瓦特万的结交则使福楼拜受到其悲观主义和唯美主义思想的影响，同时还受斯宾诺莎无神论思想的影响。

中学时期，福楼拜热衷于阅读浪漫主义文学作品，并从事文学创作。这些作品表现了“恶魔式的利己主义”和无政府主义的狂热，带有浓厚的浪漫主义色彩。《狂人回忆》（1838）即为代表。

1840 年，福楼拜去巴黎攻读法律，因神经系统疾病于 1843 年秋辍学。在巴黎期间，福楼拜结识了雨果。

1846 年，福楼拜与女诗人路伊丝·高莱相识，两人之间有近十年的交往。同年，其父去世，福楼拜在卢昂附近的克罗瓦塞别墅定居，致力于写作，除偶尔到巴黎拜会文艺界的朋友外，几乎足不出户。

1849—1851 年，福楼拜与作家杜刚去马耳他、埃及、巴勒斯坦、叙利亚、土耳其、希腊和意大利旅行，为他日后的创作积累了素材。他对此次旅行的所见所闻大为失望，更加深了他的悲观倾向，甚至对人类的前途失去了信心。

福楼拜没有结婚，在别墅终其一生，于 1880 年 5 月 8 日去世。

二、创作概况

作者于 1838 年创作发表的《狂人回忆》表现的是他对一位音乐出版商妻子的炽热感情。而这位出版商的妻子就是他在 1843—1845 年创作、直至 1869 年才发表的小说《情感教育》中阿尔努夫人的原形。

从 1848 年 5 月起，福楼拜开始创作古代宗教传说《圣安东的诱惑》，于 1849 年 9 月完稿。但诗人路易·布耶和作家杜刚却劝他把它扔到火里，并建议他像巴尔扎克那样去写一部“讲实际”的小说。据说，这促使福楼拜开始构思小说《包法利夫人》。但到了 70 年代，福楼拜再次修改这部小说，并于 1874 年定稿。

《圣安东的诱惑》通过一系列群魔作恶的场面，描写了中世纪埃及一位圣洁隐士克服魔鬼种种诱惑的故事，表达了作者对社会贪欲的极端厌恶，并反映了作者的悲观主义和宿命论的思想。

五六十年代，福楼拜创作完成三部主要作品，即：《包法利夫人》（1856）、《萨朗波》（1862）和《情感教育》（1869）。

《情感教育》是作者的第二部以当代生活为题材的小说（第一部以现实生活为题材的小说是《包法利夫人》）。小说有一个副题“一个青年的故事”。主人公弗雷德利克·莫罗出生于外省的一个中产阶级家庭，1840 年去巴黎上大学，在途中与画商阿尔努夫妇相遇相识。莫罗对阿尔努夫人一见钟情。来到巴黎后，他想方设法与阿尔努夫人接近。阿尔努夫人稳重端庄，不滥用感情。莫罗因无法获得阿尔努夫人的爱情，又和交际花萝莎妮媾和，有了一个私生子。同时和热衷于跟各种政治人物交往，结果荒废了学业。后来由于家庭经济困难，莫罗只得蛰居家乡。直到 1845 年得到叔叔的一笔遗产，他才得以重返巴黎，做股票投机生意。1848 年二月革命爆发，他曾对政治狂热过一阵，但到了六月革命时，他的政治热情完全消失。为了跻身上流社会，他又去追求大银行家堂布罗士的妻子，但遭到拒绝。他不得已返回家乡，去找当年迷恋着的女子露伊丝，但后者已嫁给了莫罗的好友戴洛立叶。

主人公莫罗是七月王朝时期中小资产阶级青年的代表。他们整天耽于幻想，因本阶级被排斥在政权之外，自感前途渺茫，只能随波逐流。这正是那个时期“情感教育”的体现。

《萨朗波》是一部历史小说。福楼拜放弃现实题材，重新选择古代题材是与此前《包法利夫人》发表后的遭遇有关。《包法利夫人》发表后，在法国文坛引起轰动，很快受到当局指控，罪名是“败坏道德，诽谤宗教”。当局要求法庭对福楼拜从严惩办，赖于著名律师塞纳的辩护才免予处分。但是“政府攻击、报纸谩骂、教会仇视”的局面，让福楼拜感到前所未有的压力，于是放弃现实题材的创作，转向古代题材。经过6年的艰苦创作，《萨朗波》终于问世。

《萨朗波》共15章，描写的是公元前3世纪迦太基的雇佣军哗变起义的故事。起义者在首领马托的率领下，很快得到全国民众的响应。迦太基统帅汉密迦的女儿萨朗波倾慕于马托的勇敢，曾对马托表示过好感，而马托也爱上了萨朗波。后来，起义者虽经浴血奋战，但终被镇压，马托被俘。当局决定在萨朗波与纳哈法举行婚礼时处死马托。萨朗波在神殿石阶上看到马托鲜血淋漓地被押解过来，大受刺激，仰身倒地死去。

小说描写了迦太基的统治者与普通民众、雇佣军内部、统治者内部三种矛盾:，实际影射了当时第二帝国时期的法国社会现实。它揭露了宗教的本质以及与政权之间的利益关系。作者在表明同情起义军的立场的同时，过多描写了残酷的场面，从而证明残杀是人类社会确定不移的规律。

70 年代，福楼拜还创作了揭露资产阶级议会政治的喜剧《竞选人》(1873）和探索人生意义的三部短篇小说，以《三故事》(1877）为名发表，包括《圣·于连的传说》、《一颗简单的心》和《希罗狄亚》。其中，以《一颗简单的心》为代表。小说叙述了一个劳动妇女菲丽希特平凡的一生。菲丽希特是个泥水匠的女儿，最初在农场当女工，后来到主教桥当女仆。她平淡无奇的一生，体现了主人公单纯而带有几分愚呆的性格以及劳动者的优良品质。小说高超的写实技巧和真实细腻的心理活动，产生了一种奇异的感人力量。

晚年的福楼拜除了精心指导莫泊桑写作之外，一直在创作他的最后一部小说《布瓦尔与佩居榭》，直到去世前还有一章没有完成。《布瓦尔与佩居榭》可以称为《情感教育》的姊妹篇——“理智教育”，主要表现的是1848年的革命在外省的影响，与《情感教育》描写1848年的巴黎相呼应。

三、代表作品赏析

《包法利夫人》

《包法利夫人》发表于1856年，小说有个副标题——“外省生活”。福楼拜曾说过:《包法利夫人》的题材是时代强加给他的，充分表明作品的主题是由当时法国的社会历史条件决定的。

小说描写了外省一个富农卢欧先生的独生女爱玛的悲剧一生。

还在少女时期，为了能机会进入上流社会，爱玛被送进修道院寄宿学校陶养。在修道院，爱玛养成了游手好闲的贵族习气，一心幻想着浪漫主义小说里所描写的恋爱生活。成年后，嫁给了一个平庸的医生包法利。婚后平淡无奇的生活，使她的浪漫幻想很快破灭，陷入极度的失望之中。包法利为了解除她的苦闷，从道特镇迁到较繁华的永镇。在永镇，爱玛遇到地主鲁道夫，被他的外表和风度所吸引，很快便与他私通，但后来又被其抛弃。爱玛受到打击，病了几个月。后来在卢昂，爱玛遇到过去相识的莱昂，又与他过了近两年的偷情生活，最后也被抛弃。当一切幻想破灭之后，爱玛万念俱灰，而腐化堕落的生活不仅耗尽了家财，而且还债台高筑。在高利贷商勒乐的逼迫之下，求告无门，只得服毒自尽。

主人公爱玛的悲剧，是由当时那个恶浊鄙俗的社会造成的。而作者通过小说，对这个恶浊鄙俗的社会控诉。

爱玛本是小资产阶级的一个女子，生性纯洁，但社会环境和影响把她一步步引向毁灭。在修道院，违背常理的宗教生活和浪漫主义文学作品，戕害了她那稚弱的心灵。让她对生活、对爱情充满了虚妄的幻想，这就是她后来堕落的种子和温床。进入社会后，狭隘闭塞、单调沉闷的生活环境无法满足爱玛的感情需要，而当时流行的淫靡享乐的社会风气，进一步侵蚀了她的心灵，使她对上流社会的生活悠悠神往。在鲁道夫的引诱下，爱玛走上了一条不归路。鲁道夫和莱昂对爱玛的背叛，不只是由于他们对生活的态度，而且还是对金钱、地位的利己主义计较的结果。作品每表现爱玛的一次爱情生活之后，就掉转笔锋写一次高利贷者的钻营，实际上强调了造成爱玛悲剧的物质原因——她是被因维持所谓的爱情而造成的巨大债务和一次次的爱情幻灭引向死亡的。

作者在对爱玛充满同情的基础上，对资本主义社会金钱关系的罪恶和空虚堕落和精神生活进行有力的批判与控诉。

作者在对爱玛的命运表示同情的同时，也对她的浪漫主义幻想也进行了讽刺。浪漫幻想是爱玛的主要性格特征，也是她的致命弱点。她有憧憬，有理想，有追求，有胆量，反抗平庸的现实，至死也不向现实妥协，在走投无路的情况下也不向律师居由曼出卖自己的肉体，更不向平庸的包法利哀求。她堕落了却不以为堕落。艰险生活在幻想之中，一次次地欺骗自己，也一次次地被欺骗，一次次感到幻灭悲哀。她看不到生活的道路，不明白造成自己悲剧性命运的主客观原因，说“要怨只有怨命”。

除了爱这一主要人物之外，作品还成功地塑造了包法利这一庸人的形象。

作为时代的产物，包法利的主要性格特征就是平庸，在思想、感情、资质、能力、见解、谈吐、举止等方面都显得异常平庸。正如作品所描写的，“谈吐像人行道一样平板，见解庸俗，如同来往行人一般，衣着寻常，激不起情绪，也激不起笑或者梦想”。在学校时，他勉强才通过考试；他医术平平，却从不读医书；他没有主见，凡事都由别人做主。他的第一次婚姻就是父母做主，娶了一位有钱中年的寡妇。这位寡妇死后，他看中了爱玛。与爱玛结婚之后，包法利万事知足，却根本不了解妻子的心情与感受。他很少感动，也不会让别人感动。有一次在郝麦的鼓动下，包法利想名扬天下，忘记了自己平庸的医术，给饭店的一个瘸腿的伙计做整形手术，结果弄坏了病人的腿，不得不将它锯掉，还出钱给他装了一条假腿。包法利麻木不仁，以至连爱玛自杀的原因都不清楚，只是说“错的是命”，等到发现了鲁道夫和莱昂写的情书，才恍然大悟，但也只是忍气吞声。

小说还刻画了一些形形色色的地主资产阶级人物形象。鲁道夫精神空虚，灵魂肮脏，是一个风月场上的老手所以更加虚伪、无耻。郝麦是自由资产阶级的代表，他是一个典型的庸医，没有开业执照，曾因私自开药方受到官府的警告，但是凭着弄虚作假、招摇撞骗、自我标榜，竟然立住脚跟，得到国王赏赐的十字勋章。勒乐是一个商人兼高利贷者，无孔不入、无所不取，逐一吞并了永镇的小店主，掌握了永镇的经济命脉。他乘人之危，把爱玛榨得一干二净，逼死爱玛，却还恬不知耻地出现在送葬的队伍里，还表现得比谁都更怜悯爱玛的不幸。。

《包法利夫人》虽然只是描写了一个外省的故事，却通过典型环境的描绘和典型人物的刻画，反映出法国当时社会的基本特征，具有深刻的批判意义。

第六节　狄　更　斯

一、作者生平

✧　查理·狄更斯（1812—1870）

他是英国19世纪中期批判现实主义创作成就最高的作家之一。他的作品广泛深入地反映了维多利亚时期英国社会的画面，生动反映了19世纪英国资本主义的发展过程。

狄更斯1812年出生于一个贫困的小资产阶级家庭。父亲是英国海军军需处的一名小职员，在狄更斯12岁时，因债务缠身，被关进负债人监狱，一家人住进监狱内。狄更斯在一家皮鞋油公司当学徒，干洗玻璃瓶和粘贴标签等杂活。

1827年，狄更斯15岁时到一家律师事务所当小职员。其间，他经常出入法院和监狱，亲眼目睹了无休无止的诉讼和种种社会悲剧。这为他日后的创作积累了大量的素材。

1831年，狄更斯进入报界，不久便成为一名出色的记录员和新闻记者。在此期间，狄更斯开始文学创作。最初他写的是一些杂记，用博慈这一笔名发表，后来辑集《博慈杂记》。

1837年出版的《匹克威克先生外传》使狄更斯一举成名，从此他摆脱贫困生活，专门从事文学创作。

1842年，狄更斯访问美国。他对美国的社会现实在为失望，回国后发表《美国杂记》，批判美国的假民主和黑奴制度。

从1844年起，狄更斯长期侨居瑞士、法国、意大利。除了文学创作之外，1849年起，他还主办报纸，利用报纸宣扬他的政治观点，培养和扶植青年作者。此外，狄更斯热爱戏剧，曾组织业余剧团。他晚年时还经常在公众前朗读他的作品，将所得钱款资助慈善事业。

1869年起，狄更斯创作最后一部小说《爱德温·德鲁特》。原计划要在报纸上连载12期，但只完成了6期，狄更斯便因脑溢血去世，第6期的最后一页是在临死前一夜完成。那天他为了结束全章，一直工作到深夜。

二、创作概况

狄更斯在三十多年的创作生涯中，共创作了14部长篇小说和许多中短篇小说。从发展过程来看，他的创作大致可以分为三个时期。

第一个时期（1833—1841），狄更斯创作的小说主要有：《匹克威克先生外传》（1836—1837）、《奥立佛·崔斯特》（1838）、《尼古拉斯·尼古贝》（1837—1839）、《老古玩店》（1841）、《巴纳比·拉奇》（1841）。这一时期作者的作品已经触及一些重大的社会问题，但是这种批判与揭露只是停留在对个别人、个别机构的批判与揭露上。他的讽刺还比较温和，常常洋溢着充满幻想的乐观情绪。作品创作往往采用流浪汉小说的形式，通过作品主人公的经历，来展示广阔的社会画面。

《匹克威克先生外传》分20期发表。小说的第一期只发行了400份，到了第15期，发行量猛增到4万份。小说并没有什么连贯的情节，写的是匹克威克先生和他的三个朋友坐着四轮马车从伦敦的匹克威克俱乐部出发到外地旅行，向俱乐部的其他成员报道旅途的见闻。在作品中，匹克威克先生和他的朋友都是乐善好施的富人，对社会罪恶幼稚无知，在途中闹出种种笑话。通过他们的见闻，作者揭露了英国社会种种不合理的、荒诞可笑的现象。

小说《奥立佛·崔斯特》批判的是新济贫法。主人公奥立佛出生的济贫院里，他忍受不了济贫院非人的生活，逃到伦敦，又落到盗窃团伙之手，被迫参与偷窃。最后在一位好心的有钱人勃朗罗的帮助下，脱离了盗窃团伙，继承了一笔遗产，找到了幸福。作品通过主人公的经历，作者谴责了济贫院虐待儿童的罪恶，揭露了伦敦贫民窟的黑暗生活。

小说《尼古拉斯·尼古贝》批判的是英国资产阶级的教育制度。通过主人公尼古拉斯·尼古贝的遭遇，作者揭露了私立学校虐待儿童、摧残儿童身心健康的黑暗社会现象。

《巴纳比·拉奇》是一部历史小说。作品以1780年的“伦敦起义”为背景真实再现了18 世纪后期英国到处发生的“饥民暴动”。作者同情被压迫者，承认革命必然爆发的客观规律，但又相信抽象的道德教育，反对群众性的暴力行为。这一思想在另一部历史小说《双城记》中更为突出。

第二个时期（1841—1848），作者的思想经历了一些变化，早期的仁爱思想不见了，乐观幻想已经基本破除。狄更斯强调为富不仁者必须经历破产或其他折磨，接受教育，才能真正理解“仁爱与谅解”。这一时期的主要作品有《圣诞之歌》（1843）、《钟声》（1844）、《马丁·朱什尔维特》（1843—1844）、《董贝父子》（1848）等。

小说《马丁·朱什尔维特》通过朱什尔维特父子之间钩心斗角的关系，揭露了资本主义社会中人与人之间赤裸裸的金钱关系。鸠纳斯为了早日占有财产，竟亲手杀了父亲安东尼。鸠纳斯整天考虑的是利润和金钱，他的处世箴言就是“要干掉别人，否则别人就会干掉你”。此外小说还通过小马丁·朱什尔维特在美国投资遭到破产和险些丧命的故事，揭露了美国社会的假民主，批判了美国新闻界和舆论界。

《董贝父子》叙述的是从事海外贸易的老板董贝先生的故事。董贝先生生活的原则也是利润和金钱，由于女儿不能继承他的事业，所以董贝先生对女儿冷酷无情，而儿子保罗由于得不到家庭的温暖，早年夭亡。最后，董贝先生丧失了财产，在女儿温情的感化之下，重新找到了幸福。这部作品反映的是40年代的工商业得到巨大发展的英国。这时的董贝先生乘坐的已不再是四轮马车，而是吼声如雷的火车了，而他本人也是英国这一时期经营海外贸易的商业资本家的典型代表。

而《圣诞之歌》和《钟声》则是两部寓意深刻的中篇小说，反映了作者的正面理想。《圣诞之歌》宣传有产者必须改变他们冷酷的心肠，用仁爱对待弱小者。《钟声》批判了马尔萨斯学说、曼彻斯特学派的自由贸易原则、边沁的功利主义学说。他指出，穷人的罪过，应该归咎于唯利是图的有产阶级。

这一阶段，狄更斯的作品艺术风格更加深沉而丰富，流浪汉小说的形式已基本被抛弃，小说情节集中描写一个或几个矛盾的发展，层次分明。

第三个时期（1849—1870），是作者的创作高峰期。这一时期，狄更斯的作品题材范围达到了空前的广度与深度，塑造了一系列控诉控制社会经济和政治命脉的资产阶级形象，广泛反映了这一时期英国的社会面貌和各个阶级的生存状态。主要作品有《大卫·科波菲尔》（1850）、《荒凉山庄》（1852—1857）、《小杜丽》（1855—1857）、《我们共同的朋友》（1864—1865）、《艰难时世》（1854）、《双城记》（1859）、《远大前程》（1861）等。

《大卫·科波菲尔》是一部近似于自传性质的小说。主人公大卫·科波菲尔自幼丧父，母亲改嫁后因受后夫虐待致死。大卫·科波菲尔被送到寄宿学校学习，备受摧残，后又被送到工厂当学徒，因为不堪忍受屈辱的地位，逃离工厂来到姨婆家，由姨婆抚养，学习法律，后来成了作家，并与心爱的女友朵拉·艾妮斯结婚。作品通过大卫·科波菲尔的辛酸苦难经历，描写了英国社会中孤儿的悲惨命运、寄宿学校虐待儿童的制度、童工的境遇、负债人监狱等。

《荒凉山庄》、《小杜丽》、《我们共同的朋友》这三部小说可以说是狄更斯全部作品中批判性最强的作品。

《荒凉山庄》主要抨击的是英国的司法制度和议会政治。作品中的最高法院是整个英国社会的缩影。在最高法院里堆积着数代悬而未决的案件，使得无数的案件当事人不得不流落街头终生潦倒。

《我们共同的朋友》是狄更斯最后一部完整的长篇小说，主要情节是由一桩凶杀案引起的。垃圾承包商老哈蒙病故，留下10万英镑的遗产和一堆像小山一样的垃圾。老哈蒙生前生性吝啬，固执成性，儿子约翰·哈蒙违背他的意志，被驱逐到国外。老哈蒙立下遗嘱，要求约翰必须和他指定的一位女子蓓拉·韦尔弗结婚，才能成为合法的遗产继承人。小说描写了约翰·哈蒙从国外回来，在途中遇到歹徒；回国后，他隐姓埋名，最后在老家人波芬的帮助之下，继承了遗产并与韦尔弗小姐了结婚。小说中的“垃圾山”，极具象征意义。它是工业发展的产物，象征了英国资本主义社会，在这个庞然大物中藏污纳垢，肮脏龌龊。

《艰难时世》反映的是劳资矛盾。

《远大前程》揭露的是金钱的腐蚀作用。

总体说来，狄更斯的创作始终贯穿着人道主义的思想主线同情资本主义社会中受压迫、受剥削的中、下层民众，对资本主义的政治、经济、法律、教育、道德等诸方面进行批判与揭露，生动地反映了19世纪英国资本主义的发展历程。

三、代表作品赏析

(一)《双城记》

《双城记》是狄更斯的一部历史小说。

作品以法国革命为背景，真实地反映了大革命前夕封建贵族对人民的残酷迫害和人民的反抗。小说描写了贵族厄弗里蒙德侯爵兄弟肆意蹂躏一个农家少女并残忍杀害她的弟弟。这一暴行被梅里特医生目击，写信向朝廷告发。不幸的是信件落到侯爵手中，梅里特医生因此受到诬陷，在巴士底监狱被关了十九年。狄更斯满怀同情地描写了法国农民的悲惨遭遇，愤怒谴责了封建贵族的为非作歹、为所欲为，狄更斯从人道主义的立场解释了法国大革命的合理性：压抑在农民心中的怒火，必将像火山一样爆发，不可避免地要了生一场革命。但是大革命爆发后，作者又强烈谴责了革命中的暴力行为，把革命描写成失去理智的冲动。

在作品中，狄更斯还塑造了两个人道主义的理想人物。一个是代尔那，他是厄弗里蒙德侯爵的儿子，自动放弃了贵族的特权侨居英国，并娶了梅里特医生的女儿。为了营救梅里特医生的管家，他冒着生命危险回到法国被革命者逮捕，判处了死刑。而另外一个人道主义者卡尔登为了营救朋友，混入监狱，冒名顶替，代替了与自己长相相似的代尔那上了断头台。小说着力表现代尔那和卡尔登的高尚行为，把他们舍己救人的自我牺牲精神和革命者的“暴乱”、“残杀”相对照，更加衬托出他们的“英雄”行为。

尽管对封建贵族的暴行进行了深刻的批判与揭露，对受压迫的人民的境遇表示深切的同情，但是，资产阶级的人道主义立场使狄更斯无法理解革命行为。他反对一切形式的压迫，反对封建贵族对民众的迫害，反对革命胜利后革命人民对封建贵族的专政，主张用“仁爱”、“慈善”等一套泛爱理论来化解阶级矛盾，显然带有阶级局限性。

(二)《小杜丽》

小说《小杜丽》以负债人监狱——马夏西为背景。主人公小杜丽的父亲因为破产长期被关在马夏西狱中，人称“马夏西之父”。小杜丽在狱中出生、成长，被称为“马夏西的孩子”。小杜丽心地善良，温顺地侍候父亲，靠缝纫得来的微薄报酬资助姐姐和哥哥离开马夏西监狱。后来在亚瑟·克伦南姆等人的帮助下，小杜丽一家被证明是一笔巨额财产的继承者，全家终于脱离马夏西。亚瑟·克伦南姆与人合伙开办一个车间，因投资受骗而破产，也被关进马夏西监狱。小杜丽闻讯赶到狱中，悉心照料克伦南姆。最后，两人结婚。

作品着力刻画的小杜丽和亚瑟·克伦南姆是狄更斯人道主义理想的化身。小杜丽逆来顺受，为了帮助别人，自己经常挨饿，尽管后来继承了巨额财产，她依然保持着昔日的品质，不和资产阶级同流合污。而亚瑟·克伦南姆为人忠厚，投资破产后，也不愿牵累朋友，自己承担了全部责任，宁愿自己进监狱。这两个人物的品质与资产阶级的钩心斗角、尔虞我诈形成了鲜明的对比。

作品成功地杜撰了一个“繁文缛节局”。它是英国官僚政治机构的缩影，它的工作原则就是“想法子不干事”，多少人被它拖垮而破产。小杜丽的父亲就是受这个“繁文缛节局”的控告而被关进马夏西监狱的。亚瑟·克伦南姆为了弄清小杜丽一家负债的原因，到“繁文缛节局”调查，结果碰壁；克伦南姆的朋友提出一项发明，也因“繁文缛节局”的办事拖拉作风，而使发明无法付诸实施。控制着整个国家在小事务的，也正是这样一个官僚机构。

（三）《艰难时世》

小说《艰难时世》出版于1854年。为了写这部小说，作者曾经到北方工业重镇普莱斯顿进行实地调查和观察当地的工人罢工运动。

小说分为三个部分，用“播种”、“收割”、“入仓”来比喻主人公葛雷梗哲学的结果。第一部分，葛雷梗哲学的代表者葛雷梗和庞德贝踌躇满志，向孩子灌输他们的处世哲学，用这种理论来对付焦煤镇的工人，从而统治着整个焦煤镇。第二部分，描写他们的哲学结出的恶果，他们精心培养的汤姆成了盗窃犯，毕周成了可耻的告密者。第三部分葛雷梗哲学的体现者自食恶果，庞德贝的母亲揭穿他的谎言，这个功利主义者孤独地死去；葛雷梗在饱尝恶果之后，也不得不承认自己哲学的失败。

小说主要线索是围绕资产阶级的代表人物葛雷梗展开的。葛雷梗是一个资本家、议员和教育家。他把只重实利的资产阶级功利主义哲学作为评价一切事物的准绳和教育思想的出发点。为了功利，他把女儿露易莎嫁给了比她大30岁的资本家庞德贝。在他的影响下，他的儿子盗窃银行，并且嫁祸于纺织工人斯蒂芬，导致后者的死亡。最后在马戏团小丑的女儿西丝的温情感化之下，葛雷梗幡然醒悟，接受了基督教的“信心、希望与仁爱”，变成一个善良的资本家。

小说的另一条线索围绕斯蒂芬展开。斯蒂芬个人生活并不幸福，但更使他痛苦的是由于他不同意组织工会，因而在工人中间很孤立。他被诬陷偷窃而被庞德贝解雇，身心遭受极大的摧残，不幸失足掉进报废的矿井，受重伤而死。

小说还有围绕斯蒂芬与瑞查德、露易莎与赫德豪士等多条次线索。

小说主要批判了19世纪在美国流行的功利主义哲学和曼彻斯特政治经济学。而葛雷梗和庞德贝就是功利主义哲学和曼彻斯特政治经济学的具体体现者。

庞德贝是银行家、商人、工厂主，是焦煤镇经济命脉的主宰。在他的眼中，工厂里冒的黑烟越多，他的利润也就越大，工人只是作为他获取利润的工具而存在。他反对一切有损于资产阶级功利的事，当工人组织工会、举行罢工时，他指责工人不安于现状，为了掩盖剥削，他竭力鼓吹曼彻斯特政治经济学派所宣传的自由竞争，并捏造了一段历史，说自己从小就被遗弃，是“世界上最苦命的一个小可怜虫”，由于自己的努力才发了财。

在小说中，狄更斯直接描写了劳资双方的矛盾。焦煤镇的工人不能忍受非人的待遇，在工会活动家斯拉克布瑞其的鼓动下，开始组织工会，为争取合法的权利而斗争。狄更斯虽然不同意组织工会，举行罢工，但是通过这一内容也可以看出作者对资本主义剥削制度的谴责。

用仁爱精神来对抗资产阶级的贪婪和冷酷，以求人与人之间的和谐相处，是作者人道主义的核心。为了宣传这一思想，狄更斯塑造了西丝这一人物形象。她和工人斯蒂芬一样，个人生活也十分不幸。作为马戏团的小丑，她的父亲因年老体弱再也不能赢得观众的笑声而出走，西丝被葛雷梗收养。在这个“只重实利”的家庭中，她依然保持着纯洁的人性，成了露易莎的好友，并以一颗温暖的心感化了葛雷梗，使他放弃了一成不变的功利主义理论。

在人物描写上，狄更斯运用夸张和漫画式的手法，用人物的外部特征和某种特殊行为举止来表现人物性格。如作品对葛雷梗的塑造就是如此。

作品还运用象征、对比的手法表现主题。

英国戏剧家萧伯纳曾高度评价《艰难时世》，称它是“英国真实情况的发现”，所抨击的不只是一个贫民区，而是整个社会制度。

第七节　果　戈　理

一、作者生平

✧　尼克拉・瓦西里耶维奇・果戈理（1809—1852）

俄国批判现实主义文学的奠基人。他开创了俄国批判讽刺文学的新时期，是继普希金之后又一位对俄国文学的发展起巨大推进作用的著名作家。

1809 年，果戈理出生于乌克兰波尔塔瓦省密尔格罗德县大索罗庆采村的一个地主家庭，从小就喜爱民间文学。1821 年入中学学习，受法国启蒙思想影响。1828 年毕业后，去彼得堡，先后在几个政府机关供职。

1831 年果戈理与普希金相识，受其影响，开始文学创作。1832 年发表《狄康卡近乡夜话》，一举成名。

1834 年，果戈理到彼得堡大学任教，并于 1835 年离职。

1836 年 6 月，因《钦差大臣》遭到上流社会的攻击，果戈理出国，先后去德国、瑞士、法国、罗马，以后一直长期侨居国外。通过书信，果戈理表达了离国的心情：“俄罗斯有着这样一大群丑恶的鬼脸，我简直不愿意看见他们……现在我的面前是异族他邦，然而我的心里只有一个美丽的俄罗斯。”

1842 年，果戈理曾回国作短暂逗留，不久重又出国，住在罗马，经常往来于意大利、法国和德国之间。因受斯拉夫派的包围和影响，此时的果戈理思想出现危机，政治观点日趋保守，转而追求道德上的自我修养，迷信宗教，维护封建宗法制度，这一转变体现在他1847年发表的《与友人书简选》中。

1848年，果戈理回国，定居莫斯科，因病于1852年去世。

二、创作概况

果戈理早期的创作思想深受普希金的影响，1831—1832年发表的《狄康卡近乡夜话》，具有浪漫主义色彩。作品共分两集，包括8个短篇小说和2篇序言，是以狄康卡近郊的一位养蜂老人在黄昏时分对围坐在一起的乡亲讲故事的形式，将各篇连缀起来。作品中描绘了乌克兰的社会生活和风俗习尚，反映了乌克兰人民反抗外侮的爱国热情，谴责了黑暗势力对普通话劳动者的压迫，同时一些作品也流露出作者的神秘主义和宿命论的观点。

果戈理的创作风格由浪漫主义向批判现实主义的转变，是以1835年发表的《密尔格拉得》为标志的。

《密尔格拉得》包括4篇中篇小说，其中，《旧式地主》和《伊凡伊凡诺维奇和伊凡尼基隔罗维奇吵架的故事》两部小说揭露了宗法制庄园地主生活的庸俗腐朽、空虚无聊。果戈理对地主阶级既讽刺嘲笑，又有所同情，别林斯基称这种风格为“含着泪的笑”。

1835—1842年创作发表的《彼得堡故事集》是果戈理根据自己在彼得堡生活的见闻和感受创作而的短篇小说集，包括5篇小说。其中有揭露贵族社会和官僚阶层生活庸俗与丑恶的《涅瓦大街》；有描写上流社会生活和金钱势力毁灭一个画家才能的《肖像》；有讽刺官吏好虚荣、想发财、奴性十足的《鼻子》。尤其以描写小人物命运的《狂人日记》和《外套》最为著名。果戈理继承了普希金写小人物的传统，表现了他们的贫困凄惨的生活，反映了他们对不公正的社会的抗议，也表达了作者对他们的同情。《狂人日记》写的是一个小官吏被官僚等级制度迫害而至疯狂的故事；《外套》则描写一个小文书过着贫困的生活，好不容易才攒够钱买了一件外套，但后来连外套也保不住，自己也悲惨死去。

果戈理小说的现实主义风格受到别林斯基的充分肯定与热情赞扬。他在《论俄国中篇小说和果戈理的中篇小说》一文中指出，果戈理创作全部特点是“在全部赤裸裸的真实中再现生活”，因而“更符合我们时代的精神和需要”。

果戈理也是俄国现实主义戏剧创作的奠基人之一。1863年创作的讽刺喜剧《钦差大臣》就是他戏剧创作方面的代表作。

三、代表作品赏析

(一)《钦差大臣》

正如果戈理在《作者自白》中所说的“我决定在《钦差大臣》中将我所知道的俄罗斯的全部丑恶集成一堆……痛快地一并加以嘲笑”，讽刺喜剧《钦差大臣》所讽刺的对象是俄国的专制制度和官吏制度。作品以俄罗斯的某个小城为背景，以市长安东·安东诺维奇为首的一群官僚，个个老奸巨猾，长于官场世故，却把从彼得堡来的一个十二等文官赫列斯达可夫错当成朝廷派来的钦差大臣，从而 上演了一幕幕丑剧，令人捧腹。

以这位安东·安东诺维奇市长大人为首的一群官僚平日贪污受贿、敲诈勒索，劣迹斑斑。对于上面的有关朝廷要派钦差大臣的消息疑惧交加，所以做贼心虚，将手下大大小小的官吏召集来："诸位！我之所以请你们来，是因为我要把一个极不愉快的消息告诉你们，钦差大臣很快就要到我们这里来了。"当那位"钦差大臣"来到这个小城时，为了掩饰罪迹，这位市长大人自认没有看错，千方百计地向他讨好。那种种伎俩在旁人眼里看来是欲盖弥彰，他却自以为得计。以他经验，没有一个官儿不爱钱的，于是拼命收买那位"钦差大臣"，把对方的推辞和告饶当成是作假。等到赫列斯达可夫放开胆子，甚至跟市长夫人和女儿调情时，他倒受宠若惊，以为凭借裙带关系可以调到京城做大官了。

与这位市长相比，他的手下官吏毫不逊色：慈善医院的院长阴险残忍，法院的法官擅长收受贿赂，督学不学无术，邮政局长专爱偷拆别人的信件……

那位赫列斯达可夫，之所以被人误认为是钦差大臣，除了由于这些官吏的惊惶失智之外，还因为他的身上具有彼得堡官僚的习气和气质。他是一个典型的花花公子，好享受、爱虚荣，认为人生在世就是为了寻欢作乐。他浅薄无知，喜欢吹嘘，总爱摆出一副"高尚"、"文明"的架子，逞能耍威风。所有这一切都体现了彼得堡官僚所具有的特质。

剧本的上演震撼了整个贵族官僚社会。沙皇尼古拉一世到亚历山大剧院观看了首场演出后，悻悻地说："这个剧本对每个人来说都够受的，尤其对我。"作者特意借用剧中人物的台词直接点明了作品的社会意义："你们笑什么？你们在笑你们自己！"可以说《钦差大臣》是俄国官僚阶层的一个缩影。诚如赫尔岑所评价的，"《钦差大臣》是最完备的俄国官吏病理解剖学教程"。对果戈理来说，这部作品的辉煌成就，使他无愧于"俄国文学的讽刺大师"的称号。

（二）《死魂灵》

小说《死魂灵》是作者侨居国外时创作的，它构思于1835年，发表于1842年。在创作过程中，果戈理曾写信给普希金，交流小说创作的情况。由于作品的批判性和暴露性极强，未能获准出版。后来在别林斯基的四处奔走活动之下，几经周折才得以问世。小说刚一发表，立刻在俄国文坛引起巨大反响，诚如赫尔岑所形容的，"《死魂灵》震撼了整个俄罗斯"。

小说讲述的是：六等文官乞乞科夫做投机生意，向地主们收买已经死去、但在户口册上尚未注销的农奴（法律上仍然承认是活人），每个农奴只需花几个戈比，在新一轮的人口普查还未进行，再拿到救济局抵押，每个死灵魂可以领到二百卢布。这种买卖没有接触到实物，只是在户口册上办理过户手续，转手之间，就能赚一大笔。乞乞科夫原有的财产只是他父亲留给他的"四件破旧的粗呢小衫、两件羊皮里子的旧长褂以及一些微不足道的钱"，一下子猛增到几十万卢布。

这种事情的发生，实际上是俄国的农奴制把农奴当成地主的私有财产，并且受法律保护的结果。乞乞科夫正是利用了这样的制度进行投机倒把活动的。单就买卖死魂灵这一情节，就足以揭露俄国专制农奴制度的反动和新兴资产者的投机钻营。

小说从揭露地主和官僚社会的主题安排花瓣形结构。第一章介绍主人公乞乞科夫和某市的官僚社会；第二至第六章反映地主的状况，每一章写一个地主；第七至第十章再细写官吏社会；最后一章回溯了主人公乞乞科夫的过去和他的内心世界。

小说成功地描绘了五位个性鲜明的地主形象。

1. 地主玛尼罗夫是一个有着文雅外表的寄生虫。他内心空虚，生性懒散，不务实际。他的庄园一片荒芜，死去的农奴不计其数。他根本无法了解乞乞科夫买卖死魂灵的投机行为，“翻来覆去地想，然而到底还是不明白”。

2. 地主科罗皤契加是一个悭吝的守财奴。她的个性和玛尼罗夫恰恰相反，很会料理田产，虽然拥有许多农奴和大量的财产，但还是像一个小钱柜一样，把钱一个子儿一个子儿地弄到手，藏到里面去。在跟乞乞科夫交易时，生怕价钱低了吃亏。

3. 地主罗士特莱夫是一个地方恶少。他粗野无礼，放荡不羁，吹牛造谣，惹是生非，胡闹成性，把家产都挥霍到养狗、养马和赌博上。

4. 梭巴开维奇是一个贪婪顽固的地主典型。他粗壮得像一头熊，喜欢大吃大喝，把自己的田庄、住宅、家具营造得十分牢固，在钱财上十分精明，出卖死魂灵时，不仅要了高价，而且在成交时还偷偷地在名单上加进了一个不值钱的女农奴。

5. 地主泼留希金是一个典型的吝啬鬼。他有大片的庄园，上千的农奴，仓库里有大批快要霉烂的布匹、硬得像石块的面粉，然而却舍不得吃穿，生活得像一个乞丐，一直在捡破烂，哪怕是一片破布、一块碎铁，也要捡到仓库里去。

这五个地主，代表了俄罗斯地主阶级的全貌。不管是游手好闲的玛尼罗夫和罗士特莱夫，还是拼命积攒家产的科罗皤契加、梭巴开维奇和泼留希金，他们的灵魂已经霉烂腐朽，果戈理让他们从各自的庄园中走出来，暴露在世人面前。他们是醉鬼和饕餮鬼是权力的谄媚的奴隶，是毫无人性的虐待农奴的暴君。他们吃喝人民的血汗，好像是婴儿吮吸母亲的乳汁，他们才是真正的死魂灵。

小说还通过乞乞科夫在城乡之间的活动，描绘了一群官僚的形象。他们有的贪污受贿，肆意欺压人民；有的无所事事，精神空虚，道德堕落；有的愚蠢鄙俗，可耻可笑。

小说的主人公乞乞科夫实际上是俄国资本主义初期新兴的资产者的典型。他认为只要有了钱就可以达到一切目的。所以从小到大，他一贯讨好老师，巴结上司，目的就是向上爬，赚大钱。在官场上，他屡屡受挫，但从不气馁，终于学得圆滑世故。在买卖农奴时，对多情善感的玛尼罗夫，他用甜言蜜语讨其欢心；对生性多疑的科罗皤契加，他连骗带诈，赌咒发誓；对粗野放纵的罗士特莱夫，他巧于周旋避免冲突；对精于钱财的梭巴开维奇，他撕破脸皮，讨价还价；对贪婪吝啬的泼留希金，他摆出一副极为同情的姿态，使对方称其为“救命恩人”。

正是这些地主和官僚的剥削与压榨，田园荒芜，农村萧条，农奴逃亡，民众起义反抗。作者在作品中写道："俄国啊，你奔到哪里去，给我一个回答吧！"

在艺术手法上，《死魂灵》堪称典范之作。其艺术特点是注重刻画人物的典型化，注重细节描写，注重运用讽刺手段。语言生动、幽默，比喻鲜明。

尽管《死魂灵》在进步的文艺界大受欢迎，别林斯基甚至称其为"文坛上划时代的巨著"，不过作者本人在反动阵营的诬蔑与攻击下，思想开始动摇。在 1847 年发表的《与友人书简选》中，他否定了自己的过去，为自己以前的创作忏悔，说《死魂灵》中"满是漏洞、时代的错误、对许多事物的显然无知，有些地方甚至是故意地写了凌辱、触犯的话"，并开始构思创作《死魂灵》第二部，企图写出改恶从善的乞乞科夫和道德高尚的地主官僚形象，尽管一改再改，但一直不满意，临终前还是将把书稿付之一炬，体现了作者思想的矛盾性。

第八节　屠格涅夫

一、作者生平

✧ 伊凡·谢尔盖耶维奇·屠格涅夫（1818—1883）

19 世纪中期俄国现实主义作家，与列夫·托尔斯泰、陀思妥耶夫斯基并称为"俄国批判现实主义文学三巨头"。

屠格涅夫 1818 年 10 月 28 日出生于奥勒尔省城的一个贵族家庭，童年时期随父母在姆钦斯克的一个庄园度过。屠格涅夫的父亲是一位退役军人，早逝；母亲性格乖戾。1827 年全家迁居莫斯科。

1833 年，屠格涅夫进入莫斯科大学，1834 年转入彼得堡大学，1836 年毕业。1838 年，屠格涅夫到柏林大学留学，先后曾到荷兰、法国、奥地利、瑞士、意大利等地旅行。

1843 年，屠格涅夫与两个人相识——别林斯基、波丽娜·维亚尔多。这两人对屠格涅夫的一生产生了重要影响：别林斯基对屠格涅夫的世界观的影响和形成产生过至关紧要的影响，被他终生尊为导师；波丽娜则是法国的著名女歌星，她的文化修养和聪明美丽让屠格涅夫为之倾倒，并为她长期侨居国外，与她保持着亲密交往，但是因为她已有丈夫和孩子，不可能与他结合，这给屠格涅夫带来了欢乐与痛苦、幸福与绝望。

屠格涅夫从 1847 年起，经常在《现代人》、《祖国纪事》等杂志上发表作品。他的第一部现实主义作品《猎人笔记》的发表，触怒了沙皇政府，同时因为他在 1852 年果戈理去世时发表悼念文章，结果使他遭到逮捕和流放。即使在流放期间，屠格涅夫也并未放弃创作，其间中篇小说《木木》就是他在狱中写成的。

50 年代末 60 年代初，俄国社会发生了急剧变化，解放运动进入平民知识分子革命阶段，贵族革命家的领导地位被革命民主主义者所取代。屠格涅夫敏锐观察到时代的变化，文学创作由写“多余人”转而反映“革命新人”，标志着创作道路新阶段的小说《前夜》、《父与子》相继问世。

但由于作者贵族自由主义思想的保守与局限，不久便与进步刊物《现代人》决裂，并在反动杂志《俄罗斯导报》上发表作品。这些作品曾受到革命民主主义者的批评。

1883年9月3日，屠格涅夫在巴黎去世，遵照遗愿，他的遗体被运回彼得堡安葬。

二、创作概况

创作于1847—1852年的《猎人笔记》是屠格涅夫的第一部现实主义作品，包括25篇特写。作品通过一个猎人在俄罗斯中部的山村、田野打猎，记录所见所闻的形式，反映的是农奴制度下的俄国村镇各个阶层的生活现状，贯穿了反对农奴制的主题。这一主题通过两个方面表现：一是着力描写农民的聪明能干、心地善良，他们正遭受农奴制的摧残，不能享受人的生活权利；一是揭露旧式地主的野蛮和新式地主的伪善。《猎人笔记》显示出屠格涅夫独特的艺术特色——朴实的现实主义和浓郁的抒情情调相结合，曾被赫尔岑称为“用诗写成的对农奴制的控诉书”。

从50年代至70年代，屠格涅夫先后创作完成了6部长篇小说：《罗亭》（1856）、《贵族之家》（1859）、《前夜》（1860）、《父与子》（1862）、《烟》（1867）、《处女地》（1877）。

《罗亭》反映的是40年代贵族知识分子在思想上的探索。主人公罗亭受过良好的教育，天资聪颖，博学多才，能言善辩。他热忱的宣传真理和理想，启迪人们的思想，唤起人们对美好生活的热爱。不过罗亭又有致命的弱点：脱离实际，意志软弱，缺乏实践能力，只能流于空谈，是个语言的巨人，行动的矮子。为了突破这一局限，作者在作品1862年再版时，特意加进了罗亭在巴黎街垒高举红旗，英勇战死的场面为结局，以强调贵族知识分子与解放运动的联系。

关于罗亭，高尔基说得比较中肯：“假如注意到当时的一切条件——政治的压迫、社会智慧的贫乏，以及农民大众没有认识到自己的任务，我们便应该承认，在那个时代，理想家罗亭比实践家和行动者是更有用处的人物。一个理想家，是革命思想的宣传者，是现实的批判者，是所谓开拓处女地的人；可是在那个时代，一个实践家能够干出什么来呢？”

《贵族之家》写的是贵族拉夫列茨基的妻子侨居国外多年，讹传已经去世。拉夫列茨基爱上了远房甥女丽莎·卡里舍娜。但是不久他的妻子突然归来，他和丽莎受道德伦理观念的约束，决然分手。拉夫列茨基也是个多余人的典型。他力图在自己的庄园里改善农民的生活，愿意接近人民，但身上仍然有着贵族的缺点，最后只能向命运低头屈服。他的悲剧与罗亭不同，不是在从事社会实践和跟环境作斗争中遭遇失败，而是在意识到个人幸福与社会道德矛盾时不得不放弃。

《烟》中地主青年李特维诺夫感到浮生若梦，“好像一切都是烟，他自己的生活，俄罗斯人的生活，人类的一切……都是烟”。这其实也是作者自己颓废心理的真实流露，曾受到革命民主主义者的批评。

《处女地》反映的是70年代民粹派到“民间去”的活动。主人公涅日达诺夫在自由贵族西比雅京家做家庭教师，多次与民粹派到民间去宣传革命，从而赢得西比雅京的外甥女玛利安娜的爱慕，两人为了共同的事业出走，寄居到厂主沙罗明的家中。由于自己的满腔热情和革命思想不被农民所理解，常常遭到他们的嘲弄，涅日达诺夫终于由怀疑、动摇走向绝望而自杀，其他民粹主义者也以悲剧而收场。玛利安娜和改良主义者结合，得到自己的归宿。在作品中，作者坚持反农奴制的一贯立场，讽刺保守派贵族，同情民粹派，也能够指出“民粹派”脱离实际、将农民理想化了的弱点。但是，由于作者的自由主义的观点，并不想念民粹派的革命斗争，在作品中不但进行了否定，甚至将其歪曲。他指出：要翻动这样的处女地，必须使用挖得很深的“铁犁”，这“铁犁”不是革命，而是自上而下的温和的改良，是寄希望于沙罗明这样的“渐进派”。作者的这种思想弱点，一定程度上削弱了小说的意义。

屠格涅夫此间还写过一组以爱情为主题的中篇小说，主要作品有：《浮士德》（1856）、《阿霞》（1858）、《初恋》（1860）等，这些作品是受作者与波丽娜的交往经历影响而创作的，不同程度地反映了作者因脱离现实而产生的人生虚幻、个人幸福的渺茫的宿命论思想。

屠格涅夫最后的一部作品是《散文诗》，其中大部分创作于1878年以后，于1882年成集。由于作者思想上的苦闷，又远离祖国，对民主主义失去信心，情绪比较悲观。大多数作品流露出作者前途渺茫、浮生如梦的消极情调。

三、代表作品赏析

（一）《前夜》

关于《前夜》的创作思想，屠格涅夫曾经说过：“我的中篇小说的基本思想是要有自觉的英雄性格”。他把《前夜》中的男女主人公称为“新生活的先驱”。

作品描写的是俄国的贵族小姐叶琳娜爱上了在莫斯科留学的保加利亚的一个青年英沙罗夫，她不顾家庭的阻挠，毅然跟随英沙罗夫回国参加保加利亚人民的解放斗争。回国途中，英沙罗夫不幸因病而死，叶琳娜矢志不移，仍坚持到保加利亚起义军中服务，完成丈夫未竟的事业。

小说写的是爱情故事，但男女主人公的关系已经不仅仅是恋人，而且还一对志同道合的战友。屠格涅夫是俄国文学中第一个表现有共同革命志向的爱情的作家，这是对俄国文学的贡献。

女主人公叶琳娜追求崇高的理想，渴望积极的善行，意志坚强，勤于思考，勇于行动。这一形象的塑造，回答了当时的俄罗斯需要什么样的新人这一问题。她的周围，有三个追求者：苏宾是一个艺术家，有才气却缺乏坚定的意志，不能从事有益的社会活动；伯尔森性格善良，富于自我牺牲精神，办事认真，但唯一的志向是当教授，缺乏崇高的社会理想和志向；这两个人虽然都爱叶琳娜，但缺乏她向往的品质。英沙罗夫不但有完全献身于祖国的理想，而且还有坚定的革命行动，他是叶琳娜理想中的英雄。所以叶琳娜毅然选择了他作为自己的爱人。她的行动，说明了俄国进步青年献身革命伟大事业的思想在觉醒。

但是，这两个形象也反映了作者思想的局限性。叶琳娜在俄国找不到理想的英雄，只能选择保加利亚人英沙罗夫。屠格涅夫显然要表明：俄国当时还处于尚未出现英雄的“前夜”，目前还只能期待出现本国的新人。当杜勃罗留波夫在《真正的白天何时到来》一文中指出俄国现实生活中已经出现这种新人，而俄国的“英沙罗夫”应该是反对农奴制的战士时，屠格涅夫对杜勃罗留波夫的观点和结论感到震惊，竟然要求《现代人》杂志不要刊登这篇评论文章；而当文章刊登出来之后，屠格涅夫断然宣布与《现代人》决裂。这成为60年代革命民主派与贵族自由派之间矛盾斗争的一件大事。

（二）《父与子》

小说《父与子》创作于1860—1861年，1862年发表于《俄罗斯导报》。它是屠格涅夫文学创作最高成就的代表之作。

小说的主要情节是：在大学毕业后，平民出身的大学生巴扎罗夫随同贵族出身的医科大学同学阿尔卡狄·基尔沙诺夫到基尔沙诺夫家中小住。巴扎罗夫的民主主义观点与基尔沙诺夫的父辈格格不入。两个星期后，阿尔卡狄的伯父巴威尔伺机挑起一场争论，他宣扬贵族制度的原则，指责巴扎罗夫是虚无主义。巴扎罗夫痛斥了对方的贵族自由主义观点，并在辩论中获胜。随后，两个年轻人到省城，遇到优雅迷人的富孀奥津左娃，并应邀到她的庄园做客。巴扎罗夫对奥津左娃产生了爱情，但遭到拒绝。不久之后，两个年轻人再次回到基尔沙诺夫家。这时的基尔沙诺夫已经向父辈妥协，心安理得地享用父亲的产业，巴扎罗夫则埋头于生物研究。但巴威尔仍对巴扎罗夫怀恨在心，又挑起了一声决斗。巴威尔受轻伤。巴扎罗夫于次日回到自己家中，后来在解剖伤寒病死者的尸体时，不慎割破手指，受到感染而死。

小说主要表现的是父辈们的贵族自由主义思想与子辈们的民主主义思想之间的矛盾冲突。作为子辈的代表，平民出身的巴扎罗夫身上体现了“新人”的特点：他有坚定的信念，信奉唯物主义，重视实践，推崇实用科学，主张功利主义，憎恨农奴制度，否定贵族阶级。他以自己的平民出身而自豪，有坚毅的性格和埋头苦干的精神，这些都是俄国当时革命民主主义者的体现。相反，作为父辈的代表，巴威尔是个顽固的贵族自由主义者，敌视进步思想，但在巴扎罗夫强有力的辩驳面前理屈词穷。阿尔卡狄的父亲尼古拉虽然心地比巴威尔善良，但性格软弱，时常为本阶级的没落而感伤，根本不敢希望自己在思想上能与巴扎罗夫相对垒。而阿尔卡狄，虽有一时的热情为巴扎罗夫辩护，但终因难改贵族的习性，最后选择了放弃自己的理想，而去继承父亲的产业，心甘情愿地成为一个庄园主。巴扎罗夫曾称阿尔卡狄是“软软的、爱自由的少爷”。

但是，在巴扎罗夫的身上，也存在着俄罗斯“新人”的弱点：他的唯物主义是庸俗唯物主义，对科学、文学艺术的观点也是片面的，只看重实用科学，轻视一般科学，并错误地否定文学艺术，说“一个好的化学家比二十个诗人还有用”。由于厌恶唯心论和空谈作风，往往走向另一个极端，这是早期“新人”的共同弱点。

因为作者受贵族自由主义思想和立场的局限，屠格涅夫并不相信巴扎罗夫的事业和理想，对这一人物的塑造也作了某些歪曲：巴扎罗夫虽然也平易近人、接触农民，但对农民怀有轻蔑的看法，而在农民眼中，他又成了插科打诨的小丑；他大胆地否定贵族的生活准则，但对奥津左娃却一见倾心，并受其影响改变了否定一切的态度，甚至堕入情网，遭到拒绝之后，又心灰意冷，甚至意志动摇。屠格涅夫让巴扎罗夫早早死去，也明确地表达了作者的爱憎。他认为革命前途渺茫，巴扎罗夫注定的失败的，所以结局也是悲惨的。

巴扎罗夫这一形象的塑造，体现了作者思想的矛盾，同时也招致多方的不满：贵族自由主义者认为巴扎罗夫的行动会危及社会的安宁，不满意于让巴扎罗夫在同贵族的较量中占上风；革命民主主义者则指责作者站在贵族立场对革命青年进行攻击。

在艺术手法上，《父与子》体现了屠格涅夫的小说创作敏锐的艺术感受力和浓郁的抒情风格。他善于采用细节描写来刻画人物，虽着墨不多却余韵无穷。俄国著名作家谢德林曾如此评价：屠格涅夫的作品“每一个音响里都洋溢着明亮的诗意”，人物形象“仿佛是用空气铸成的”一样透明，让人读起来感到陶醉，使人产生一种追求和向上的力量。

屠格涅夫的长篇小说异常简练，篇幅往往接近中篇，情节简单，人物不多，故事时间跨度不大。《父与子》只写了两个月左右的时间，但包含的社会现象却很广阔、全面，给读者的印象不是两个月，而是巴扎罗夫的一生。

屠格涅夫擅长写景，能够刻画瞬息万变的大自然，简洁鲜明，而又含意深刻，有“文学中的风景画大师”之称。另外屠格涅夫又是语言艺术大师，他的语言极富表现力，风格简洁清新，抒情性极强。

屠格涅夫的作品在中国很有影响，巴金、丰子恺、李健吾等都翻译过他的作品。

第九节　陀思妥耶夫斯基

一、作者生平

✧　费奥尔多·米哈依洛维奇·陀思妥耶夫斯基（1821—1881）

俄国19世纪杰出的批判现实主义作家。1821年11月11日，陀思妥耶夫斯基出生于莫斯科的一个医生家庭。父母都是基督教徒，陀思妥耶夫斯基从小养成了对宗教和下层平民的深厚感情。

1834—1837年，陀思妥耶夫斯基在莫斯科一家私立学校就读。1838—1843年在彼得堡军事工程学校学习，1843年毕业，获准尉军衔，被派往彼得堡工程兵团工程局绘图处任职，因志在文学，一年后退职，专事文学创作。

1846年，陀思妥耶夫斯基发表成名作《穷人》。发表《穷人》之后两年，因文学观点的分歧，陀思妥耶夫斯基疏远曾深深敬仰的别林斯基。1847 年加入进步的彼得拉谢夫斯基小组。1849 年 4 月 23 日参加小组集会时，与其他 30 多名成员被捕，12 月被判处死刑。当他被押赴刑场等待死亡时，当局突然宣布撤销死刑判决，改为服苦役。

1850—1859 年，陀思妥耶夫斯基先后在西伯利亚的鄂木次克服役 4 年，在赛米巴拉金斯克边防军当兵 5 年，直至重新获得军衔和恢复贵族称号后，才获准回彼得堡。

近 10 年的流放生活和癫痫的生理疾病使他身心俱疲，陀思妥耶夫斯基开始了世界观的转折，逐渐形成反动的"土壤派（根基派）"理论——认为有文化的上层已经脱离了人民（即"土壤"），人民也不接受贵族革命家的理想，所以俄国不具有接受革命宣传的土壤，人民只有忍耐、顺从和信奉宗教。随后，陀思妥耶夫斯基也皈依了基督教。

60 年代，陀思妥耶夫斯基重返文坛，与其兄先后创办《时间》、《时代》两家杂志，以宣扬他的"土壤派"观点。其间两次出国到西欧治病和访问。高尔基曾评价说 "托尔斯泰和陀思妥耶夫斯基是两个最伟大的天才，他们以自己天才的力量震撼了全世界，使整个欧洲惊愕地注视着俄罗斯，他们两人都足以与莎士比亚……这些大人物并列，但他们对自己黑暗、不幸的祖国却有过不好的影响"，就是批评他的这种思想。

陀思妥耶夫斯基一生经历很不平常，长期受政府迫害、疾病、贫穷的折磨家庭生活也不幸福，直到前妻病死，1865 年与安娜·斯尼特金娜结婚，才找到家庭生活的幸福。在安娜的帮助下，在晚年陀思妥耶夫斯基才逐渐还清债务，据说他的《卡拉马佐夫兄弟》是他唯一的一部没有预支稿费而完成的小说。

1881 年 1 月 28 日，陀思妥耶夫斯基在彼得堡病逝。

二、创作概况

发表于 1846 年的小说《穷人》是陀思妥耶夫斯基的成名之作。小说继承了"写小人物"的传统，以书信体写成，讲述的是一个年老的公务员玛卡尔·杰符什金和一个自幼父母双亡而沦为妓女的年轻姑娘瓦尔瓦拉·陀勃罗谢洛娃互相关照、互相爱护，但迫于经济条件，杰符什金无法将其救出火坑，陀勃罗谢洛娃只得嫁给一个地主为妾的悲惨故事。

小说的主人公杰符什金是一个文化水平不高、孤陋寡闻而又安于职守的小公务员，尽管贫穷，但还节衣缩食去救助一个弱女子，并从中获得慰藉。他有自己的人格尊严，认为在精神上他是与别人平等的，相反那些老爷们不但可耻，而且 "简直是畜生"。他对贫富不均的社会现象不断表示愤懑和抗议。但是他毕竟太软弱了，即便是抗议，声音也是怯懦的，他只不过是"跪着造反"的人。他谨小慎微，不理解社会矛盾的根源，他不明白光靠爱是改变不了穷人的命运的，他为陀勃罗谢洛娃牺牲了一切，但最终还是无法拯救她。

继《穷人》之后，陀思妥耶夫斯基 40 年代创作的作品还有：《两种人格》（1846）、《女房东》（1847）、《白夜》（1848）等。这些作品，体现出了作者刻画人物心理的才能，但有时又失之过细往往使人物带有神经质和对生活的绝望，格调低沉。

10年流放生活之后，陀思妥耶夫斯基重新开始创作，50年代末起，他创作的作品有《舅舅的梦》（1859）、《斯捷潘契科沃及其居民们》（1859）、《被侮辱与被损害者》（1861）、《地下室手记》（1864）、《罪与罚》（1866）、《白痴》（1868）、《卡拉马佐夫兄弟》（1880）等。

《被侮辱与被损害者》又译为《被欺凌与被侮辱的》，讲述的是工厂主史密斯一家和小地主伊赫缅涅夫一家被瓦尔科夫斯基公爵坑害直至家破人亡的故事。瓦尔科夫斯基公爵虚伪、卑鄙、残忍，一生作恶多端。他年轻时为了夺取侨居俄罗斯的英国工厂主史密斯的财产，先是引诱他的女儿，达到目的后又将其抛弃，致使她含恨而死。中年时，他为了夺取小地主伊赫缅涅夫的田产，通过污蔑和诉讼途径迫害伊赫缅涅夫。为了迫使儿子阿辽沙娶富家女子卡佳，又用阴谋手段破坏了阿辽沙与伊赫缅涅夫的女儿娜塔莎的爱情与婚姻。

作者满怀同情地刻画这一群被凌辱的小人物，指出了他们正直、善良的品德，但他强调他们的驯良只是用一种倔强和高傲来对待这些凌辱，甚至通过人物之口来宣扬基督教的受苦、受难精神，而并未能解释“是什么东西和怎么样使公爵成为现在这个样子的”（杜勃罗留波夫语），从而削弱了作品的批判力量。

《白痴》反映的是俄国农奴制崩溃、资本主义兴起时期贵族资产阶级日益腐化堕落的社会现实。小说的主人公娜斯泰谢出身小贵族，从小父母双亡，由贵族托兹基收养。娜斯泰谢长大后聪慧美丽，被托兹基看中并霸占。后来，托兹基想抛弃她另娶叶潘钦将军的女儿，提出以 7.5 万卢布的陪嫁将她嫁给叶潘钦将军的秘书笳纳作为交换条件。叶潘钦之所以同意这门亲事，一方面是想找到一个有钱有势的女婿，另一方面想利用笳纳的娶亲去接近自己垂涎已久的娜斯泰谢。而笳纳则图谋的是 7.5 万卢布的陪嫁。娜斯泰谢看穿这一阴谋，开始对此实施报复。她虽然爱梅思金公爵，却拒绝了他，表示愿意嫁给出10万卢布“买”她的商人之子罗果静，然后趁她生日晚会之际，当着这一群伪君子的面，将10万卢布投入火炉，表示对这个金钱主宰一切的世道的蔑视，最后被罗果静所杀。

小说以“白痴”为题，实是指梅思金公爵。尽管陀思妥耶夫斯基一再强调要写一个理想的人物，结果却写成了一个白痴。梅思金虽然心地善良，对不平等的社会不满，向往人人团结友爱的世界，却奉行基督教的博爱、忍让、宽恕的准则；一方面爱着娜斯泰谢，另一方面又对出于妒忌与情欲而杀害娜斯泰谢的罗果静宽恕。作者用意在以这一人物与革命民主主义者相对立。这是作者世界观的矛盾，而这一矛盾在小说《群魔》中竟集中攻击和诽谤革命者。

三、代表作品赏析

（一）《卡拉马佐夫兄弟》

《卡拉马佐夫兄弟》是陀思妥耶夫斯基的最后一部长篇小说，也是他的一部带有总结性的作品，几乎结合了他曾经开拓过的诸如“幻想家”、“两重人格”、“被侮辱与被欺凌的”、“超人”、“赎罪”等主题，评论界一般将其视为作者最成熟的作品。作者原计划写两部，

第二部因为去世而未完成。

小说描写了卡拉马佐夫这个“偶合的家庭”成员之间因为金钱与情欲而引发了种种冲突，直至发生仇杀的悲剧。在这个家庭中，老卡拉马佐夫出身平贱，年轻时曾在富贵之家寄食，后来竟积累了10余万卢布的家财，便做起放高利贷的勾当。他性情暴戾，极为好色，娶过两次妻子，一个逃亡，一个被折磨而死。丧妻之后，老卡拉马佐夫益发没有了拘束，全然不顾三个孩子的教养，无恶不作，甚至还奸污过一个精神失常的女子丽莎，并生下了一个私生子斯麦尔佳科夫，被好心的仆人收养长大，成了这个家庭的厨师。

长大以后，三个儿子都十分憎恨这个吝啬无耻的父亲。长子德米特里当过军官，大有乃父的风范，曾趁上司之危，逼迫其女卡杰琳娜答应自己的求婚；两人订婚不久，他又爱上了一个风骚女人格鲁申卡，为了争夺这个女人，他与父亲老卡拉马佐夫争风吃醋，曾一再扬言要杀死父亲。但德米特里毕竟良知未泯，在心底还有一丝做人的尊严，也常常意识到自己本性的卑劣，当被人误认为是杀父凶手后，他却接受了罪名，说要“通过苦难来洗净自己”。次子伊凡上过大学，推崇理性，是一个冷静的无神论者，他不相信人要接受苦难的理论，但也没有改变世界的决心，而对现实的清醒认识又让他产生了十分悲观的情绪。他也爱卡杰琳娜，希望父亲与哥哥争斗，“好让一个混蛋把另一个恶棍吃掉”，如果在争斗中父亲死掉，他可以分得财产，如果哥哥死掉，他可以独占卡杰琳娜。三子阿辽沙纯洁善良，修道院院长的得意弟子，表示“要为全人类而受苦”，但对世俗生活也有着强烈的欲望，他巧妙在周旋于父兄之间，是“梅思金”式的人物。私生子斯麦尔佳科夫则是恶魔的化身，没有信仰，没有原则，完全听从欲望的支配，为了得到3 000卢布，他杀死了老卡拉马佐夫。最后才忏悔罪行，上吊自杀。

这是一个道德沦丧、物欲横流的地主之家，他们有一种共同的精神气质，卑鄙无耻、自私自利、野蛮残暴、放肆淫逸、腐化堕落，文学史上称其为“卡拉马佐夫性格”。它反映了俄国自农奴制改革以后的社会在资本主义和金钱势力的冲击下人与人之间的畸形关系，探讨了政治、哲学、伦理、道德等各个方面的问题。

（二）《罪与罚》

发表于1866年的长篇小说《罪与罚》，是使陀思妥耶夫斯基真正获得欧洲乃至世界的声誉的一部作品。作者原本是要创作两部中篇小说——一部是拉斯柯尼科夫杀害一个老妇人的犯罪过程和心理分析，一部是一个穷苦的小公务员马尔美拉陀夫一家的悲惨遭遇，但最后将它们合二为一，成为一部长篇小说。

拉斯柯尼科夫杀害一个老妇人的故事是根据《时代》杂志上关于一个法国青年拉谢尼耶夫的犯罪材料演绎而成的。拉斯柯尼科夫是一个穷大学生，住在彼得堡某个贫民公寓顶楼的小房间里，因缴不起学费而退学，又因缴不起租金而整天东躲西藏；由于衣衫褴褛，想当家庭教师但无人聘请，只得靠母亲的养老金和妹妹当家庭教师的薪金度日。

拉斯柯尼科夫有一颗敏感、富于同情的心。在下等酒店遇到马尔美拉陀夫的情形使他痛苦而揪心。马尔美拉陀夫是一个政府机关的九等文官，被裁员后，找不到差事，一家五口无以为生。长女索菲娅被迫出去卖淫，每天把用肉体换来的钱默默交给继母卡捷琳娜去维持一家人的生计。作为一个父亲，马尔美拉陀夫羞愧难当，只得沉沦在小酒馆里借酒浇愁，终因酒醉横卧街头而被经过的马车轧死。其妻几乎精神失常，带着三个孩子沿街乞讨，不久也死于肺病发作。

“这样的日子活不下去了啊!”马尔美拉陀夫发出的绝望的叫喊让拉斯柯尼科夫思潮翻滚，马尔美拉陀夫的遭遇也成为拉斯柯尼科夫铤而走险的社会原因。他的处境和社会的不公平促使他开始形成一套理论：世上的人分为两类，一类是庸人，占大多数，必须俯首帖耳，屈从于暴力；一类是超人，占少数，可以为所欲为，像拿破仑一样主宰世界。他不想成为庸人。最终在这套理论的支配下，他杀死了一个放高利贷的老妇人阿辽莎和她的妹妹丽扎韦塔而被捕入狱。

小说的第一部展示了主人公拉斯柯尼科夫内心的斗争，剖析了他一步步走向犯罪的过程，其他五部详细描写了惩罚犯罪的过程。如此看来，小说的重点在“罚”：一是肉体的“罚”，包括警察局的侦缉、法院的判决、主人公的监禁和流放西伯利亚的苦役；一是精神的“罚”，主人公的自我良心谴责、道义的鞭挞。其中“罚”又重在精神的“罚”，主人公杀人之后，精神崩溃，意识到他和别人一样，并不是超人，负罪感使他不得安生，加上索菲娅用基督精神的规劝，他最终皈依上帝，投案自首，经受苦难走向新生。

小说充分展示了陀思妥耶夫斯基的创作艺术风格。

首先是擅长于细腻的心理刻画。作者在描写主人公犯罪前后的心理时，仿佛同主人公一起经历了磨难和挣扎。他写的不是常态下的人物心理，而是在高度紧张、近乎疯狂状态下的人物的心理，极为生动传神。鲁迅称之为“精神苦刑法”。作者层层剥去灵魂表面的洁白，“拷问出藏在底下的罪恶”，并让主人公活动得长久一些，多经受些痛苦。

其次是喜欢使用内心独白的手法，尤其注重描写梦境的幻觉、心理的变态、精神的错乱、歇斯底里和下意识活动。这种意识流的描写和强调直觉主义，被后来20世纪的现代主义文学作家奉为鼻祖。

再次是情节曲折离奇，跌宕起伏，往往出人意料。但有时过分追求离奇，反而产生了消极作用。

第十节 哈　代

一、作者生平

✧ 托马斯·哈代（1840—1928）

他是19世纪后期英国杰出的批判现实主义作家。1840年6月2日，哈代出生于英国西南的多塞特郡。父亲是个石匠，后来成的建筑工程的小包工头。哈代8岁时开始在村里上小学，一年后转入城里一家学校学习拉丁文的拉丁文学，同时自学希腊文希望将来成为一名牧师。1856年，哈代离开学校，当一名建筑师学徒。1862年到伦敦学习建筑，同时从事文学、哲学、神学和语言研究。1867年重返家乡当了几年的建筑师，后致力于文学创作，一生基本都在家乡度过。

1912年，哈代的妻子去世。1914年与女秘书弗洛伦斯·爱米莉·达洛黛尔结婚。

1924年1月11日，哈代去世，遗体葬于伦敦威斯敏斯特教堂的诗人之角，心脏葬于家乡教堂。

二、创作概况

哈代把他一生创作的小说分为三部分：一是"罗曼史和幻想小说"，包括《一双蓝眼睛》（1873）、《号兵长》（1880）、《塔上的两个人》（1882）、《心爱的》（1892—1897）等；第二部分是"机敏和经验小说"，包括《计出无奈》（1876）、《爱塞·尔伯特的婚姻》（1876）、《一个冷淡的女人》（1881）、《晚餐及其他故事》（1913）等；第三部分是"性格和环境小说"，包括《绿荫下》（1872）、《远离尘嚣》（1874）、《还乡》（1878）、《卡斯特桥市长》（1886）、《德伯家的苔丝》（1891）、《无名的裘德》（1895）等。其中以"性格和环境小说"成就最高，这些小说大多以威塞克斯的农村为背景，所以又被称为"威塞克斯小说"。

《绿荫下》分为《春》、《夏》、《秋》、《冬》4部，在宛若世外桃源、充满诗情画意的农村风光背景下，描写了青年农民狄克·丢勒与乡村女教师芳西·黛的爱情故事。小说被誉为"荷兰画派的乡村画"。

《远离尘嚣》是哈代的第一部获得一致赞扬的长篇小说。在小说中，田园诗的气氛已经逐渐消失，远离尘嚣、宗法制下的穷乡僻壤也开始受到资本主义生活方式的入侵。女主人公芭斯谢芭是一个美丽聪慧的农场主，先后受到三个男子的追求，但爱慕虚荣的她却选择了青年军官特洛伊。婚后，特洛伊对她粗鲁无礼，生活毫无幸福可言。此外特洛伊还勾引过一个纯朴的女孩芳丽·罗宾，后又将其抛弃，致使芳丽·罗宾怀孕后流落街头，病死在贫民院中。这是一个世外桃源的入侵者，他的闯入表明了资本主义生活方式和利己主义哲学已开始渗透进远离尘嚣的偏僻乡村，宗法社会下的人际关系正在被其取代。特洛伊最终被疯狂爱着芭斯谢芭的伯尔伍德所杀，而伯尔伍德也因此精神错乱。最后芭斯谢芭与忠心耿耿的最初的未婚者——牧羊人盖伯瑞尔结婚。小说尽管是在圆满的爱情结局中结束的，但全书的悲剧气氛多于喜剧气氛，初步透露出作者创作的悲剧性主题。

小说《还乡》则进一步展开悲剧性主题，表明作者对宗法制社会必然灭亡的认识。它是作者思想转型时期的重要作品，标志着哈代的创作从田园诗式的幻想中开始解脱出来。

小说讲述的是一个在巴黎经营珠宝的商人克林·姚伯因厌倦了城市生活，满怀空想社会主义的理想，回到家乡想为家乡的教育事业做点贡献，并希望借此平静度日。他的新婚妻子游苔莎·斐伊则热情好动，骄傲任性，她所以结婚，就是希望丈夫能将她带出穷乡僻壤。在发生了一连串的误会和不幸之后，游苔莎开始失望，和丈夫的妹夫苇狄在黑夜私奔去巴黎，但途中双双溺水而死。姚伯的社会理想因得不到农民的支持与理解，终于选择成为传教士以求得精神的解脱。他哀叹命运不济，消极悲观厌世，说“我们不能打算怎样在人生里光荣前进，而只能打算怎样不丢脸地退出人生”。尽管作者对社会现实有比较清醒的认识，但由于看不到社会的出路，从而转为悲观主义。

《卡斯特桥市长》也强调的是命运对人的冷酷无情。主人公亨察尔因酗酒在集市上将妻女卖给一个过路的水手纽逊，从而铸成大错。此后尽管他如何努力赎罪但仍逃脱不了厄运。亨察尔酒醒过后，悔恨不已，发誓从此滴酒不沾。此后二十年，他勤奋努力，终于发家致富，并当选为卡斯特桥市长。这时他的妻子以为纽逊已葬身海底，带着女儿归来。就在他们一家团聚之时，命运又一次捉弄他们，灾难也接踵而至。亨察尔因为刚愎自用，与合伙人伐尔伏雷闹翻，并在竞争中破产；当年卖妻女的劣行终于败露，亨察尔身败名裂；妻子死后，女儿成为他唯一的依靠，但纽逊又突然出现，认女而去，亨察尔众叛亲离，一身贫困，孤独死在爱敦荒原的一个草棚之中。

小说的宿命论色彩比前几部小说更加浓厚，它告诉读者：冥冥之中有一种力量支配着人的命运，把人的生活变成一系列的不幸和绝望。

标志着哈代小说创作最高成就的是《德伯家的苔丝》和《无名的裘德》。

除了小说创作之外，哈代一生还创作了918首诗歌，辑为8个诗集，包括《威塞克斯诗集》、《过去与现在诗集》、《时光的笑柄》、《即事讽刺诗集》、《幻想的瞬间》、《晚期和早期抒情诗集》、《人生小景》和《冬话》等。

三、代表作品赏析

（一）《德伯家的苔丝》

《德伯家的苔丝》是哈代的代表作。作品讲述的是一个纯朴的农村姑娘短暂而悲惨的一生。小说情节是在资本主义的发展给英国偏远农村个体小农经济带来巨大冲击的背景下展开的。主人公苔丝在少女时期就挑起了家庭生活的重担，后因生活艰难，到地主庄园做工，结果遭到地主少爷亚雷的奸污，怀了身孕，回到家乡。不久孩子病死，苔丝到一家牛奶厂当女工，认识了当地牧师的儿子安玑·克莱，两人产生爱情在成婚之夜，出于对丈夫的忠诚，她对克莱坦白了自己的往事，却没有得到丈夫的原谅。克莱一人去了巴西，苔丝只得再次回到娘家，在一家农场干着和男人同等繁重的劳动。她也曾写信给丈夫克莱，但信件被克莱父母耽误，结果杳无音信。苔丝以为被丈夫抛弃，陷入绝望之中。一次偶然的机会，她又遇到了亚雷，后者对她仍百般纠缠。出于无奈和绝望，加之父亲病死，母亲重病缠身，弟妹失学，一家人流落街头，苔丝接受了亚雷的保护，与他同居。克莱在巴西经营生意失败，不久归来找到苔丝。苔丝悔恨交加，刺死亚雷，和克莱逃进森林，过了五天的幸福生活，第六天早上被捕，被法庭判处绞刑。

苔丝一家的遭遇，真实反映了19世纪后期资本主义侵入英国农村后，由于机器生产代替了传统的人工劳动，导致小农经济解体，农民纷纷破产，个体劳动者走向贫困。

小说有个副标题——“一个纯洁的女人”，鲜明地表达了作者对主人公悲剧命运的同情。他赋予苔丝以劳动妇女的一切美德：勤劳、善良、自尊自爱、富有自我牺牲精神。她接受了生活给她带来的一系列打击和世俗道德的巨大压力，但从未向命运低头屈服。她不爱慕虚荣，不稀罕所谓的贵族身份。她爱克莱，她的爱是真诚的、纯洁的，她认为自己的失身是无辜的所以敢于向丈夫坦白一切，但同时受某些传统的道德观念的影响，她觉得在命运面前是有罪的，应该受到惩罚，她对克莱说：“你给我的这种惩罚，本来是我应当得的——这我知道——你对我发怒，很正当，很公正。”由此可见，她既有反抗命运的一面，也有顺从命运的一面。她有时认不清自己悲剧的根源，把人生的苦难归因于命运的作祟，从而陷入悲观失望与自怨自艾之中。

造成苔丝悲剧性命运的除了农业资本家的残酷剥削之外，还有来自亚雷和克莱的压迫。亚雷对她的压迫体现为人身的迫害。亚雷是新兴资产阶级的代表，他代表着资产阶级的权力、财富和罪恶。克莱对她的压迫是道德和精神的迫害。克莱代表的是自由资产阶级。

作者在克莱这一人物的塑造上体现了自己思想的矛盾：一方面，出于对资产阶级的虚伪道德的痛恨，批判了克莱；另一方面，由于他的资产阶级的人道主义和改良主义思想，又美化了克莱。克莱作为具有“自由思想” 的资产阶级知识分子的代表，他不顾来自多方面的压力，拂逆了父亲的旨意，不愿当牧师，他厌倦城市资产阶级的“文明生活”，来到农民中间，和他们一起劳动。但是他在形式上脱离了本阶级，思想上仍与本阶级有着千丝万缕的联系，他的反抗是有限的。他爱苔丝是“真火少，虚火多”，除了看中苔丝的美貌之外，更看中她的勤劳能干，“我将来能在英国或者殖民地上经营一大块农庄，那我要你做太太就别提有多大好处啦”，他对苔丝缺乏起码的同情和谅解，表现出极度的自私、虚伪和冷酷。他唤醒了苔丝对新生活的憧憬，而后又无情地将抛弃，这一打击对苔丝而言是致命的，使她失去了对生活的信心，再次投入亚雷的怀抱。

小说的发表受到资产阶级的攻击，被斥为“不道德”，“想要借这本书揭起反抗一切社会礼法的旗帜，掀起推翻一切神圣道德的风潮”。但正是因为这一点，才确立了哈代在英国文学史上的地位。

（二）《无名的裘德》

被称为《德伯家的苔丝》姊妹篇的《无名的裘德》是作者最后一部长篇小说。它的发表同样遭到猛烈攻击，威克斐的主教甚至将这部小说焚毁示众。哈代在悲愤之余不得不放弃小说创作，重新致力于诗歌创作。

作者自称这部小说要“把一场古代耶稣门徒拼却一切的精神对灵与肉作的斗争，毫不文饰地加以叙说；把一个壮志不遂的悲惨身世沉痛地加以诠释”。主人公裘德是一个孤儿，由穷亲戚抚养成人，当了石匠的学徒。他自幼聪明好学，成绩出众，由于社会地位低下，失去受教育的机会，他一心向往基督寺大学（影射牛津大学），虽多方努力却始终被拒之门外。由于感情的脆弱，他与一个屠夫的放荡女儿艾拉白拉结合，不久离异。为了谋生，他又当起了石匠。一个偶然的机会，与已嫁人的表妹淑布莱德赫相遇，两人情投意合，终于同居，生有子女。裘德虽然认为他与淑的结合是合理的，但是不合法的。在世俗礼教的谴责下，他们处处遭到歧视，生活无靠，居无定所。他们的孩子渐渐长大，认为拖累了双亲，在旅馆里，大孩子将弟弟吊死后，自己也上吊自尽。淑受此打击，心如槁木，终于离去。而裘德也回到艾拉白拉身边，在绝望与潦倒中结束了“无名”的一生。

主人公裘德的悲惨命运，说明了在不合理的社会制度下，即便是像他一样有才华有理想而又勤奋好学的青年，因为社会地位的低下，终将“壮志不遂”、“一生无名”。小说还通过裘德与淑的悲剧，指出了社会道德、婚姻制度中的陈规陋习扼杀了人们的自由意志和合理愿望。同时作品中男女主人公没有苔丝的那种反抗精神，也反映了作者思想的局限与精神危机的加深。

第十一节　列夫·托尔斯泰

一、作者生平

✧　列夫·尼克拉耶维奇·托尔斯泰（1828—1910）

他是俄国伟大的批判现实主义作家。他在俄国文坛活动了近60年，创作了大量的文学作品，在世界文学史上居重要地位。

托尔斯泰1828年出生于图拉省克拉皮文县亚斯纳雅·波良纳的一个贵族伯爵家庭。2岁丧母，9岁丧父，由姑母监护长大。

1844年，托尔斯泰进入喀山大学东方系学习，后转入法律系。因不满学校教育，3年后托尔斯泰退学回家，经营农庄，一生大部分时间在庄园中度过。

1851年随长兄尼克拉到高加索军队服役，曾任第四号棱堡炮兵连长，1856年退役回家。

在高加索的近6年期间，托尔斯泰开始文学创作，在《现代人》杂志发表《童年》(1852)、《少年》(1854)、《塞瓦斯托波尔故事》等小说。

1856年，托尔斯泰回到庄园，尝试进行农事改革，但因得不到农民的信任而以失败告终。小说《一个地主的早晨》即反映此事。

1857年，托尔斯泰到法国、瑞士、意大利、德国旅行，根据旅行见闻创作了短篇小说《卢塞恩》。

50年代末，托尔斯泰因农奴制和艺术观等问题与革命民主派产生分歧，乃至和屠格涅夫等人一起跟《现代人》决裂。思想一度陷入苦闷与矛盾之中。

1860—1861年，托尔斯泰再度出国进行教育考察，回国后创办了《亚斯纳雅·波良纳》教育杂志。农奴制改革以后，托尔斯泰还担任农村和平调解人，因在调解地主与农民纠纷时常常同情农民，招致地主的仇恨，也引起沙皇政府的注意，并于1862年派宪兵搜查他的家庭。此事对托尔斯泰的触动很大，促使他更加坚定了否定专制制度的立场。

1862年，托尔斯泰与莫斯科著名医生别尔斯的女儿索菲娅结婚。婚后的幸福生活减轻了他思想的苦闷，激发了他创作的热情。1863年起，他停办杂志，专事创作。

七八十年代，在剧烈的社会变革冲击下，托尔斯泰的世界观再次发生剧烈变化。为了找到出路，他广泛接触有关政治、哲学、道德和宗教等方面的书籍，彻底与贵族阶级决裂，他的建立在宗教道德基础上的“勿以暴力抗恶”、“道德自我完善”的“托尔斯泰主义”思想，发展到顶峰。

晚年的托尔斯泰一直致力于“平民化”，持斋吃素，从事体力劳动，并希望放弃私有财产和贵族特权，因此与妻子意见发生冲突，家庭关系开始紧张。后来他终于秘密出走，中途感冒，于1910年11月20日病逝于阿斯塔波沃火车站。

列宁曾指出：托尔斯泰富于独创性，因为他的全部观点，总的来说，恰恰表现了俄国革命是农民资产阶级革命的特点；从这个角度来看，托尔斯泰观点中的矛盾的确是一面反映农民在俄国革命中的历史活动所处的各种矛盾状况的镜子。

二、创作概况

（一）早期创作

托尔斯泰早期的创作主题大多表现人物的心路历程（“心灵辩证法”）和道德情感的纯洁，包括1851年至1862年间的作品。

50年代发表的《童年》、《少年》、《青年》带有自传性质的三部曲，体现了托尔斯泰早期的思想和对文学创作的探索。中篇小说《童年》的主人公尼古林卡出身于贵族家庭，从小就喜欢观察别人、分析自己，对父母、哥哥、家庭教师、女管家以及来访客人的言行举止都有自己的看法和反应。《少年》和《青年》进一步展示了主人公对家庭和社会的观察以及主人公自己思想的发展，他既欣赏生活的环境，又观察到人际关系的虚伪，对自己在这样地环境中所沾染的恶习也感到不满，于是不断进行自我反省，力求道德的完善。三部曲的创作，显示了托尔斯泰的心理分析才能，体现了他早期的民主思想。

《塞瓦斯托波尔故事》是托尔斯泰根据自己在塞瓦斯托波尔战役中的经历和见闻而创作的，包括三篇小说：《塞瓦斯托波尔》（1854年12月）、《塞瓦斯托波尔》（1855年5月）和《塞瓦斯托波尔》（1855年8月）。小说以现实主义的笔触描写了战场的日日夜夜，热情颂扬了普通士兵和军官的爱国主义和英雄气概，批判了贵族出身的军官平时追求享乐，临阵却胆怯懦弱。

1856 年发表的中篇小说《一个地主的早晨》，是一部带有自传性质的作品，同时也体现了托尔斯泰心灵探索和思想的进一步发展。主人公聂赫留朵夫是一个青年地主，退学后回到庄园。一大早起来巡视庄园时，见到农奴生活的赤贫和困苦，他深表同情，便着手改善他们的生活处境。但农民们对地主老爷的“善意”持敌对和猜疑态度，聂赫留朵夫感到无可奈何，最终只得放弃。小说真实反映了农民的贫困的生活状况，表现了地主和农民之间的敌意与矛盾只凭地主的“慈善”和“博爱”是调和不了的。小说也反映了作者思想的矛盾性。一方面，他同情农民，另一方面也为贵族在精神上找不到出路而感到痛苦。

1857 年发表的《卢塞恩》是托尔斯泰在瑞士的卢塞恩旅行时，根据见闻而创作的短篇名作。小说描写了一个流浪歌手在卢塞恩的大旅馆门前为围观的绅士们献技，歌者唱罢，绅士们一哄而散，谁也不给一文的捐赏。作者大为愤慨，邀请歌手走进餐厅加以款待，但招致绅士们不肯就餐，侍者不肯供饭。托尔斯泰对资本主义国家的民主、自由、平等有了清醒的认识，从此对资本主义深恶痛绝。

（二）中期创作

托尔斯泰的中期创作表现了他对思想探索的进一步深入，对贵族资产阶级的

批判进一步加强，艺术上也臻于成熟，包括 1863—1878 年的作品。这一阶段，托尔斯泰仍然没有找到社会的出路，宿命论、不以暴力抗恶的思想在作品中日益明显，思想矛盾进一步发展。

1863 年发表的中篇小说《哥萨克》的主题与普希金的《茨冈》极其相似。主人公奥列宁是一个贵族青年，他感到上流社会生活的空虚，便离开彼得堡，来到高加索寻找自由和幸福。他喜欢哥萨克人的纯朴生活和豪放性格，不久便爱上了山村的第一美人玛莉安娜，觉得自己“第一次感到了真正的爱情”。但是城市生活和贵族习气始终是他融于大自然的障碍，在恋爱过程中，逐步暴露出他的自私本性，最后痛苦地离开了哥萨克。作者在作品中对俄国社会问题和贵族出路进行了痛苦的探索：一方面对贵族阶级不满，希望贵族青年脱离上流社会；另一方面，又看不到出路，只好诉诸脱离现实的理想境界——返璞归真，回归自然。

同一主题的作品还有长篇历史小说《战争与和平》（1863—1869）和现实题材的小说《安娜·卡列尼娜》（1873—1877）等。

（三）晚期创作

70 年代末 80 年代初，托尔斯泰完成了世界观的转变，正如作者自己所说的，“我弃绝了我那个阶级的生活”，“从内心改变了我的整个人生观”。

这一时期包括作者从 1879 年以后至作者去世前的作品，主要有：剧本《黑暗的势力》（1886）、《教育的果实》（1891）、《活尸》（1911）等，中短篇小说《伊凡·伊里奇之死》（1886）、《克莱采奏鸣曲》（1891）、《哈泽·穆拉特》（1904）、《魔鬼》（1911）、《舞会之后》（1911）、《谢尔盖神父》（1912）等，长篇小说《复活》（1889—1899）等。作品主题以揭

露贵族资产阶级社会的虚伪、资本主义的剥削、上流社会的伪善等为主，同时宣扬“托尔斯泰主义”。

三、代表作品赏析

（一）《战争与和平》

《战争与和平》以1812年俄国卫国战争为中心，反映了1805—1820年间的重大历史事件，重点描写了1805—1807年的申格拉本战役、奥斯特里齐战役和1812年的卫国战争。小说以包尔康斯基、别竺豪夫、罗斯托夫四个贵族家族纪事为情节线索，从战争与和平两个方面表现了俄罗斯民族与拿破仑侵略军队、俄罗斯贵族与平民之间的矛盾，肯定了俄罗斯人民在战争中的伟大作用。

小说的主要人物形象是贵族——宫廷贵族和庄园贵族，重点通过安德烈·包尔康斯基、彼尔·别竺豪夫、娜塔莎·罗斯托夫三个中心人物的描写，回答贵族的命运与前途的问题。安德烈才华出众，身为贵族，能跳出本阶级的圈子，寻找自我的真正价值。开始，他带着强烈的荣誉感，做着英雄梦走向战场，当上了库图左夫的副官，作战英勇，只是为了实现个人成名的私欲，不是真正的灵魂追求。当受伤后的安德烈在奥斯特里奇战场上仰望天空时，才领悟到大自然的伟大和个人的渺小，从而产生了厌世的思想。到卫国战争爆发的时候，他又为爱国主义激情所推动，投身波罗金诺战役。在战场上，他懂得了战争胜负取决于人民的道理，在临死前真正理解和接近了人民。彼尔也向往理想、有道德的生活，但却混迹于上流社会花花公子们的行列，常常懊悔自己的放荡行为，却又不知不觉地去过“熟悉的放纵生活”；明明不爱放荡的爱伦·库拉金，却又在虚伪爱情的掩护下与她结合，顺从了肉欲的诱惑。后来，共济会的博爱教义使他迷途知返，最终与娜塔莎结合，理解了人生的真谛。娜塔莎虽然一度受到肉欲的诱惑，抛弃安德烈，企图于花花公子阿那托尔·库拉金私奔，但很快经受住了灵与肉的冲突考验，成为贤妻良母。她热爱人民，富有爱国心，是理想化了的俄罗斯优秀妇女形象。

作品对宫廷贵族的荒淫无耻也进行了批判。在国难当头之际，他们照样寻欢作乐。华西里·别尔金公爵即为代表。公爵乘人之危，窃取了别竺豪夫伯爵的遗嘱，竭力撮合自己女儿与遗产继承人彼尔的婚姻。爱伦是一个生活糜烂、毫无民族观念的女人，竟然写信给战场上的丈夫，要求离婚，好与情夫结合。公爵的儿子阿那托尔更是个恶少，在安德烈在前线作战、保家卫国时，他竟然在后方勾引安德烈的未婚妻娜塔莎。

小说创作的目的是要通过历史来寻求俄国社会的出路和贵族阶级的前途，但托尔斯泰将俄国的前途寄托在一部分贵族先进人物的身上，也体现了作者思想的矛盾与局限。

小说的结构宏大，布局严密，人物形象生动，心理刻画细腻，具有鲜明的民族特色，被公认为世界长篇杰作之一。

（二）《安娜·卡列尼娜》

起初，托尔斯泰打算写一部单纯的家庭小说，讲述一个已婚女性的不贞行为及由此造成的悲剧。但在创作的过程中，他对俄国在资本主义的冲击下产生了一系列灾难性后果日益感到不安，于是改变了最初的构思，把重点放到反映农奴制改革以后在资本主义“西风东渐”的影响下所产生的巨大变形之上。

小说有两条平行而又相互联系的线索：一是描写贵族妇女安娜不爱丈夫卡列宁，对青年军官渥伦斯基产生爱情而离开了家庭，为此遭到上流社会的鄙弃，后来又被渥伦斯基抛弃，绝望之中卧轨自杀；另一条线索是描写外省地主列文与贵族小姐吉蒂的恋爱，几经波折后终于组成幸福家庭。

19世纪六七十年代，俄国社会在政治、经济、思想观念等方面发生了巨大变化，恋爱自由，婚姻自主成为时代的强烈呼声。安娜追求爱情的行动，恰好呼应了时代的愿望。还是少女时期的安娜，由姑妈做主嫁给了比自己大二十岁的大官卡列宁。安娜年轻貌美，内心感情丰富；而卡列宁则冷漠无情，思想僵化。两人毫无情感可言，完全靠封建礼教维持着家庭生活。她的婚姻在外人看来是美满姻缘，因为贵族社会讲究的是门当户对，全然不顾夫妻生活的实质。在贵族集团中，家庭破裂是普遍现象，丈夫欺骗妻子，妻子背叛丈夫，贵族仕女们几乎人人都有外遇，所有的“合法”家庭外面几乎都有“非法”的婚姻补充形式，人人鲜廉寡耻，个个道德沦丧。安娜不愿随波逐流，要求解除婚姻，结果触犯了上流社会的“道德”，进而受到它的制裁。

她之所以爱上渥伦斯基，是被他的风度非凡、行为高尚所吸引，而没有看到他典型的彼得堡花花公子的另一面。实际上渥伦斯基只是迷恋安娜的美貌，并不了解她的感情，他不能摆脱上流社会的偏见。当安娜被上流社会制裁时，他便担心会影响到自己在官场的升迁，终于抛弃了安娜，给安娜以最后也是最直接的打击。

卡列宁是个伪君子。他需要安娜，不是出于对她的爱恋，而是把她作为一件美丽的点缀，在生活中对她冷漠无情，连说话也公文气十足。因为怕丢丑影响前程，他不敢到法庭去公开离婚；想要保全面子，又不敢与渥伦斯基决斗。他为了维持表面的虚荣，竟不顾尊严，要求安娜表面上维持家庭的体面，允许她背地里偷情。他利用安娜不忍心抛弃儿子的弱点，既不同意离婚，也不同意让她将儿子带走，让她长期处于不合法的地位。他用安娜的一生乃至她的生命，来维持他的“体面”。

托尔斯泰对安娜持同情态度，揭露了造成安娜悲剧命运的上流社会，但是作者的思想也有矛盾，他认为安娜为了追求自己的幸福而破坏了家庭，应该受到谴责，而上流社会比安娜更坏，没有权利谴责她，只有上帝才能惩罚她。

小说还塑造了带有自传性质的主人公——列文。这个人物代表了作者的思想，他为俄国社会的现状感到忧虑，把宗法制当做理想的社会生活制度，赞扬自给自足的经济，反对都市文明，但也对农村的分化深表担心，企图找到普遍富裕的道路，主张贵族地主应该与人民接近，调和矛盾，合作经营。但这终究是一种空想，幻灭之后的列文甚至想以自杀寻求解脱，最后，他接受了“爱人如己”的思想，与吉蒂结合，获得幸福的家庭生活。

小说刻画人物的成功之处在于：一是注重描述人物的心理运动、变化过程；二是善于通过人物的外部特征揭示人物的内心世界；三是通过内心话语直接展示人物的内心世界。

（三）《复活》

《复活》是托尔斯泰世界观转变之后最重要的作品。小说描写了贵族青年聂赫留朵夫作陪审员参加一次法庭审判时，发现罪犯竟是10年前被自己诱奸后遭抛弃而沦为妓女的农奴少女玛丝洛娃。于是他良心发现，决心赎罪，替她申冤上诉。上诉失败后，他决定随玛丝洛娃流放西伯利亚，与她结婚。玛丝洛娃拒绝了聂赫留朵夫，但为他的行为所感动，最后两人的精神都得到了“复活”。

聂赫留朵夫的思想发展经历了三个阶段：纯洁善良，追求理想——放纵情欲，走向堕落——真诚忏悔，走向“复活”。他原本是一个善良纯洁的贵族青年，但贵族家庭养成了他的种种恶习，而上流社会的风气又使他堕落，促使他诱奸了农奴少女玛丝洛娃，随后又将其抛弃，使后者从此堕入不幸的深渊。这是他个人的恶行，也是贵族社会影响的恶果。但由于善良的品性在他的身上没有完全泯灭，十年后的玛丝洛娃的遭遇让他感到震惊，起初，他只看到了自己的“犯罪”，决定要替玛丝洛娃申冤，借以挽救玛丝洛娃，也是为了替自己赎罪。他以为凭借自己的贵族身份完全可以解决，但当他奔走于各级官府屡次碰壁时，他才意识到，这不是个别人的错误，而是整个贵族社会的罪孽。这时的聂赫留朵夫变成了贵族地主阶级的揭露者和批判者。

但是托尔斯泰在解释聂赫留朵夫的转变时，却是用“精神的人”和“兽性的人”作说明：人人身上都有“人性”、“兽性”的矛盾，“兽性” 战胜“人性”时，就会走向堕落，“人性”战胜“兽性”时，就会忏悔、向善。这当然是作者思想局限性的表现。

玛丝洛娃是一个被凌辱的下层人民的代表。她是农奴的私生女，3岁时成了孤儿，被地主太太收养，先是受到地主少爷的诱骗和抛弃，继而又被地主太太赶出家门，无家可归。半是养女、半是婢女的身份使她已无法适应工厂的劳动，去有钱人家当女佣，又时常遭到男主人的奸污，走投无路之下，终于沦为妓女，在痛苦的深渊里挣扎了8年。她对这个社会怀着刻骨的仇恨，当聂赫留朵夫向她表示忏悔并向她求婚时，她仍然把他当做造成她不幸的罪魁祸首而加以怒斥。后来聂赫留朵夫真诚的忏悔终于感动了玛丝洛娃，她开始信任他，接受他的规劝。当她去了西伯利亚，在革命者的思想情操感化之下，终于理解了为人民的利益而牺牲的崇高精神，并拒绝了聂赫留朵夫的求婚，选择了革命者西蒙松，从而获得了新生。

男女主人公的复活道路是不同的，但他们的精神归宿是一致的，就是“博爱”、“宽恕”。这正是作者在宣传“道德的自我修养”的“托尔斯泰主义”的体现，显然是不正确的。

作品的艺术特色是：以单线的情节线索描绘广阔的社会生活，通过主人公的行踪反映社会全景；大量使用对比，鲜明地暴露社会矛盾对立；注重细节描写与人物心理刻画；充满批判的激情，用鲜明的哲理和道德说教提出重大的社会问题，具有宣言式的风格。

第十二节　契　诃　夫

一、作者生平

✧　安东·巴甫洛维奇·契诃夫（1860—1904）

俄国19世纪批判现实主义文学的最后一位大师，以写短篇小说著称。

1860年1月29日，契诃夫出生于亚速海岸塔干罗格城的一个小商人家庭。其父经营一家小杂货铺。契诃夫童年生活困苦，小小年纪就被父亲逼着站柜台。1876年店铺倒闭后，举家迁居莫斯科，契诃夫独自留下继续上中学。举目无亲的契诃夫不得不一面求学，一面当家庭教师维持生计，在贫困与屈辱中度过了他的少年时期。

1879年，契诃夫中学毕业，考取莫斯科大学医学系，开始以“安托沙·契洪特”的笔名在幽默杂志《蜻蜓》、《花絮》上发表作品，走上了文学创作之路。

1884年契诃夫大学毕业后，一面行医，一面继续创作，曾先后出版过3个短篇小说集：《梅尔波美娜的故事》（1884，“梅尔波美娜”为希腊神话中的悲剧女神）、《杂色的故事》（1886）和《在昏暗中》（1887）。

为了赚钱养家和供自己上大学，契诃夫的创作大多求以速成，在1888年以前，创作题材之多，数量之大令人惊叹。1883—1885年间，平均每年创作小说100篇以上，1885年高达129篇，他一生中创作的470多篇小说，约400篇创作于这一时期。

80年代正是沙皇政府实行高压政策镇压民粹派的时期，进步刊物被迫停刊，能出版的都是“为笑而笑”的庸俗刊物，为了迎合刊物的胃口，逗人发笑，契诃夫的某些小说不免流于粗俗，但在后来辑集出版时，他将这些作品毫不可惜地舍弃了。

80年代末，由于反动压迫的加强，知识分子的情绪普遍低落。为了摆脱思想危机，契诃夫于1890年带病前往库页岛考察流刑犯和当地居民的生活。3个月后乘船绕道新加坡、锡兰、印度、塞得港、君士坦丁堡、敖得萨回国。库页岛之行，契诃夫目睹了俄国政治犯的悲惨境遇和斗争精神，认清了俄国的社会黑暗现实，转变了创作思想，克服了不问政治的倾向，断绝了与反动报刊的联系。其间创作的作品题材更为广泛，思想内容更为深刻，艺术技巧更为成熟，进入了创作的繁荣和成熟期，许多优秀作品都出自这一时期。

1900年，契诃夫当选为科学院名誉院士，但在1902年沙皇政府下令取消高尔基的名誉院士资格时，他立即与著名作家科罗连柯联合发表声明，放弃院士学位，以示抗议。

契诃夫曾邀高尔基一同访问中国，但终因长期患病医治无效而未能遂愿，并于1904年7月15日因肺病恶化而去世。

二、创作概况

契诃夫的创作大致可以分成以下几个时期：

（一）早期创作（1880—1886）

因这一时期作品发表大多用“安托沙·契洪特”为笔名，文学史家也称之为“契洪特”时期。

这一时期的作品从主题来看可以分为两类：一类是表面上写俄国社会日常生活中的笑话，实际上无情嘲笑和揭露专制警察制度和小市民的奴性心理，主要作品有《小公务员之死》（1883）、《变色龙》（1884）、《普里希别叶夫中士》（1885）等；一类是反映下层民众的贫困痛苦生活，主要作品有《哀伤》（1885）、《苦恼》（1886）、《万卡》（1886）等。

《一个小公务员之死》描写的是一个小公务员在看戏时打了个喷嚏，将唾沫星溅到了前排一位将军的秃头上。他虽然三番五次地向将军道歉，但唯恐将军大人不肯原谅而对他施加惩罚，从此心惊胆战，惶惶不可终日，不久就一命呜呼。作品揭露了在黑暗的社会，大人物的飞扬跋扈和小人物的畏惧与奴性心理。

《变色龙》描写警官奥楚蔑洛夫在广场上处理一件人被狗咬伤手指的案件时，因狗的主人身份不确定，态度几经反复，生动地勾画出一个欺压百姓、阿谀权贵的奴才嘴脸。

《普里希别叶夫中士》描写的是一个自愿为统治者效劳的走狗，他虽然已经退伍，却还以卫道士的面孔出现，不许人们唱歌，不许人们点灯，不许人们聚会；盯女人的梢，察看艰险们有无不规矩的行为；记下“违法者”的名单，向当局报告……。

《苦恼》描写的是一个孤苦伶仃的老马车夫，在儿子死后整整一个星期，几次想找人倾吐内心的苦恼，但谁也不理睬他，只好向他的老马去诉说。作者通过这个故事控诉了社会的冷漠无情，反映了下层民众的凄惨生活。

《万卡》描写的是一个9岁的小徒工万卡，不堪忍受店主的打骂和折磨，只好在夜深人静时在小油灯下给乡下爷爷写信诉说，但他的爷爷是不可能收到他的信的，因为他连爷爷的地址都不知道怎么写。

（二）中期创作（1886—1890）

这一时期契诃夫对俄国病态社会有了更清醒的认识，作品通过不再描写个人的遭遇来反映社会，而是通过主人公的经历体现作者对俄罗斯命运的探索。主要作品有：《草原》（1888）、《神经错乱》（1888）、《灯火》（1888）、《没有意思的故事》（1889）等。

中篇小说《草原》一反作者避免景物描写的风格，将小说的思想意蕴融入草原景色描写之中：草原是美的，但没有人欣赏，因此，草原“孤独”，知道自己的美丽与财富“白白荒废了”，这是草原的悲剧，也是人的悲剧，也是整个俄罗斯的悲剧。

《神经错乱》描写的是法学系的大学生瓦西里耶夫跟两个朋友到一条妓女街目睹了人间地狱之后的痛苦感受。当瓦西里耶夫走出这条街时，天空正飘着雪花，而白雪则象征着可以掩埋人间的污垢。

《没有意思的故事》则以第一人称的口吻描绘了一位行将就木的老教授的复杂心态。尼克拉斯捷潘内奇一生献身科学，但到了垂暮之年却无法回答养女卡佳的“我该怎么办”，于是感叹：“不管我怎么费力地想，也不管我把思路引到什么地方去，我清楚地觉得我的欲望是缺乏一种主要的、非常重大的东西。”小说反映了作者对人生真谛的渴望。

（三）后期创作（1890—1904）

这一时期作者的作品明显加强了社会批判的力度，暴露社会黑暗和批判“托尔斯泰主义”错误思想的作品占了相当大的比例。主要作品有：《第六病室》（1892）、《跳来跳去的女人》（1892）、《文学教师》（1894）、《挂在脖子上的安娜》（1895）、《带阁楼的房子》（1896）、《农民》（1897）、《醋栗》（1898）、《套中人》（1898）、《姚尼奇》（1898）等。

《带阁楼的房子》描写的是庄园地主的小姐莉达年轻有为，精力充沛，有为社会办事的满腔热情，但只是热衷于办图书馆、医疗所、募捐等小事，对重大的社会问题不感兴趣。作者借一位画家之口，驳斥了莉达的“小事论”观点，在作者看来，要紧的是根本解决“好几百年以来不断重演的那套旧故事”，“千百万人的生活比动物还糟，只是为了有一口饭吃就得经常担惊受怕”。

《套中人》塑造了一个旧制度的卫道者、新事物的反对者别里科夫的形象。别里科夫是一个中学教员，他之所以出名，是因为他把自己包括所有的东西都装在套子里。他是一个顽固的保守势力的代表，“像害怕瘟疫一样害怕一切新生事物”，扼杀一切新生事物，因为他，整个小城的生活变得死气沉沉。作者以此激发人们来改变这个令人窒息的社会。

《姚尼奇》描写的是一个叫姚尼奇的年轻医生到外省某个小城行医，和当地的知识分子屠尔金一家交往的故事。在外人看来是“顶有修养、顶有才气”的屠尔金一家，实质上是故作风雅，俗不可耐，整个小城也都是如此。姚尼奇在这种生活环境的影响之下，最终也由一个充满朝气的知识分子堕落成毫无理想、对平庸生活心满意足的资产阶级俗物了。

契诃夫除了小说创作之外，还写过不少剧本，其中比较著名的有：《蠢货》（1888）、《求婚》（1889）、《海鸥》（1896）、《万尼亚舅舅》（1897）、《樱桃园》（1902）等，其中最著名的是《樱桃园》。

三、代表作品赏析

（一）《第六病室》

《第六病室》是契诃夫库页岛之行的产物。小说描写的是一个发生在外省某个小城医院里的故事。这个医院的第六病室专住精神病患者，阴暗潮湿、臭气熏天，拥挤混乱，看门人像狱卒一样肆意殴打病人，克扣病人的食品。医生拉京曾对此表示不满，但他奉行“托尔斯泰主义”，只持不闻不问的态度。一次巡视病房，结识了因反抗专制压迫而被关进来的

“病人”格罗莫夫，两人谈得投机。此后不久，拉京也被诬告为“精神病人”而关进了第六病室，照例遭到看门人的毒打。这时拉京才醒悟过来，认识到“不以暴力抗恶”是错误的，但为时已晚，被打后的第二天，他就死了。

小说描写的第六病室，实际上是俄国专制的缩影。主人公格罗莫夫是一个清醒的人，不但感受到社会像是野兽一般的生活，而且在与拉京交谈时历数不以暴力抗恶的谬误，这样一个很有思想的人竟遭到如此残酷的迫害，可见社会的黑暗与不公正。医生拉京是个软弱的知识分子，他能看清社会，但没有勇气起来斗争，只能逃避现实，苟且偷安，可是阶级斗争是残酷的，反动势力的迫害最终还是落到了他的头上。他的死亡，宣告了“托尔斯泰主义”的破产。

小说发表之后，立即轰动了整个俄国。列宁年轻时曾读过这部小说，大为震动，在给姐姐的信中，他说：“昨天晚上，我读完这篇小说后，觉得可怕极了。我在房里待不住，站起来走了出去。我觉得自己也好像被关进‘第六病室’了。”

（二）《樱桃园》

《樱桃园》是契诃夫最著名的一个剧本，描写了 19 世纪末、20 世纪初，俄国资本主义迅速发展，贵族庄园彻底崩溃的情景。

处于没落之中的旧贵族朗涅夫斯卡娅和戛耶夫，整天尚空谈而不务实际，好幻想而无实践能力，悠闲自在地消磨时光，对新的形势毫无适应能力，结果坐吃山空，荡光了家产，卖掉了樱桃园。贵族之家终于破产，道德堕落，彻底崩溃了。取起而代之的新主人陆伯兴是个商人和企业家，他精明能干，根本不顾所谓的“美感”，废弃古老的庄园，兴建新的别墅，刚买下樱桃园，旧主人还没有走，就已经动手砍伐樱桃树了。他的出现，象征了新兴的资产阶级这个“猛兽”，吞食了贵族的庄园。

从艺术手法来看，《樱桃园》具有浓郁的象征性。

莫斯科艺术剧院首演《樱桃园》时正好是契诃夫的 44 岁生日。同年 5 月，契诃夫再次从雅尔塔来到莫斯科时，出现严重哮喘；6 月 3 日契诃夫偕夫人克尼碧尔离开莫斯科到巴登威勒疗养；6 月 29 日出现心律衰竭；7 月 2 日凌晨他对医生说：“我要死了。”随后呷了一口香槟，对妻子说：“我好久没有喝香槟了。”喝完一杯香槟后，他侧身躺下，永远地睡着了。

第十三节　马克·吐温

一、作者生平

✧　马克·吐温（1835—1910）

马克·吐温是笔名，真名叫塞缪尔·朗荷恩·克莱门斯，他是 19 世纪后期美国现实主义文学大师。1835 年 11 月出生于密苏里州的佛罗里达村。其父是个不得意的乡村律师，收不多，家庭负担很重。马克·吐温 12 岁时，父亲去世，他开始了独立生活，先后当过印刷所学徒、送报人、排字工、领港员，还到西部探过矿。“马克·吐温”的笔名就是从领港的工作中得来的，是一个水手术语，意思是水深十二英尺，船可以安全通过。

1861 年南北战争爆发，密西西比河的航运变得萧条，马克·吐温来到西部的内华达州找矿，结果一无所获。1862 年年底，他来到弗吉尼亚州，被聘为《企业报》记者，开始写通讯报道和幽默小品。1864 年，他又到旧金山，在《晨报》当记者，此后开始走上文学创作道路。

南北战争以后，美国资本主义发展较快，社会上出现了投机冒险风气，马克·吐温通过创作《镀金时代》说明：南北战争以后被标榜的“黄金时代”不过是“镀金时代”而已。

80 年代以后，美国的垄断资本迅速形成，群众性的工人运动蓬勃发展，从而打破了“美国天堂”的神话。马克·吐温对民主和繁荣的幻想逐渐破灭，于 1886 年发表题为《劳动骑士团——新的朝代》演说，鼓吹议会道路，认为通过选举的办法工人能够取得政权。

1894 年，马克·吐温因经营的出版公司和排字机试制工程失败而破产。为偿还债务，马克·吐温决定出国到澳大利亚、新西兰、锡兰、印度、南非等地，作旅行讲演，目睹了帝国主义对殖民地人民的压迫，加深了对帝国主义的认识。19 世纪末，美国进入帝国主义阶段，马克·吐温强烈反对帝国主义国家的侵略政策，积极支持殖民地的人民的反帝斗争。

1900 年，马克·吐温刚由国外回来就对记者说：“我是个反帝国主义主义者，我反对兀鹰将爪子伸到任何一个国家”。他对中国的义和团运动非常同情，在一次讲演时说：“义和团是爱国的，他们爱自己的国家胜过爱其他民族的国家……我也是一个义和团”。“八国联军”入侵北京的前一天，他在给友人的信中说：“我的同情是在中国人民一边，欧洲掌权的盗贼长期以来野蛮地欺凌中国，我希望中国人把所有外国人都轰走，永远不许他们再回去”，他还预言，“总有一天，中国将获得自由”。

1907 年以后，马克·吐温撰写自传，1910 年 4 月 21 日，因病逝世。

马克·吐温的作品，揭穿了美国资本主义社会民主自由的假面具，暴露了它的拜金主义、种族歧视和侵略扩张的真面目。

二、创作概况

纵观马克·吐温的创作，大致可以分为三个时期：

（一）早期创作（1865—1870）

马克·吐温来到西部探矿时，那里正流行幽默文学。这对他的创作影响很大。他将幽默与讽刺结合起来，形成了自己独特的幽默风格。其间创作的主要作品有：《卡拉维拉斯县驰名的跳蛙》（1865）、《傻子国外旅行记》（1869）、《竞选州长》（1870）、《哥尔斯密斯的朋友再度出洋》（1870）等。

《竞选州长》揭露了美国所谓的“民主”选举制度。一个声望较好的独立党的候选人，竟被民主党和共和党通过他们把持的报纸接二连三地宣布是“伪证犯”、“小偷”、“酒鬼”、“舞弊分子”和“讹诈犯”，结果被弄得焦头烂额，无法申辩，只好声明放弃竞选，承认失败。小说运用夸张和正反颠倒的手法，产生了强烈的喜剧效果。臭名昭著的政治流氓成了控告者，正派人物成了被揭发的对象，控告者越是一本正经，越是“满腔义愤”，就越显得滑稽可笑。但是作者并不是否定美国制度本身，而是讽刺那些坏人，揭露他们的不正派。

《哥尔斯密斯的朋友再度出洋》揭露了被骗去美国当苦力的华工们所遭受的非人待遇。华工艾颂喜幻想能够在“人人平等、个个自由”的美国天堂找到幸福，可是当他登上美国大陆之后，迎接他的却是侮辱、狗咬、棒打，最后还被投入监狱。小说通过一个华工的遭遇，揭穿了“美国天堂”的神话。

（二）中期创作（1871—1894）

从70年代至90年代，是马克·吐温创作的鼎盛时期，作品多为长篇小说。主要有：《镀金时代》（1874）、《汤姆·索亚历险记》（1876）、《哈克贝利·费恩历险记》（1884）、《王子与贫儿》（1881）、《在亚瑟王朝廷里的康涅狄克州美国人》（1889）等。

《镀金时代》是马克·吐温第一篇长篇小说，与查尔斯·达德莱·沃纳合作的。小说的情节围绕兴建城市、铺设铁路、开辟航道等事业中出现的投机、诈骗和盗窃国家财产等事件展开的。小说写到向议会申请修整航道计划，议案通过了，规模巨大的工程开始了，但拨款却不见下来。原来，为了使议案获得通过，必须向议员行贿，此外，还得贿赂议员的妻子、儿女和仆人，还要出高价广告费堵住一百多家报纸的嘴，凡此等等，拨款早已被用作贿赂花光，而且还出现了亏空。

《汤姆·索亚历险记》是马克·吐温70年代创作的另一部重要作品，小说以儿童生活为题材，通过少年汤姆和哈克的故事揭露了美国内地生活的庸俗停滞、教会和学校教育的陈腐呆板和对人的自然感情的束缚。主人公汤姆因不堪忍受枯燥乏味的生活，同自己的朋友哈克出去冒险的故事。作者把天真活泼的儿童心理与小市民庸俗保守的生活作对比，更加突出了这种生活的没有生机。小说的主人公富于幻想，追求新奇，聪明活泼，有正义感……所有这些都是跟资本主义的生活环境相抵触，并为资产阶级的世俗道德格宗教戒律所不容。小说正是通过这些情节展示了作品的主题。

《王子与贫儿》描写的背景是16世纪的英国，通过长相相似的王子和贫儿互换地位的离奇情节，暴露了封建专制和教会的罪恶。《在亚瑟王朝廷里的康涅狄克州美国人》是一部具有童话形式而实质有着丰富社会内容的讽刺小说，背景是6世纪的英国，一个19世纪的美国康涅狄克州的工匠汉克·摩根“转世”到6世纪英国的亚瑟王时代，他精于制作各种工业机械，想通过工业革命建立民主制度，但以失败告终；策划武装革命，因没有群众的支持而未能成功。作者以荒诞的手法抨击君主专制和贪婪狡诈的教会，同时把讽刺的矛头也指向美国的社会现实。有评论家认为这部小说是美国“黑色幽默”小说的先驱。

《傻瓜威尔逊》是揭露种族歧视的一部小说，讲述的是一个身上只有十六分之一黑人血统的女黑奴罗克森娜，怕自己的儿子长大以后被主人卖掉，便把他与白人主人的儿子作了调换。结果，她的儿子过惯了少爷生活，长大以后染上恶习，成了罪犯；而主人的儿子则成了驯良顺从的奴隶。小说有力地批判了“白人优越”的反动理论。

（三）晚期创作（1895—1910）

在这一阶段，马克·吐温的创作以揭露和批判殖民侵略扩张政策为主题，创作形式也由小说创作转为游记、杂文和政论的创作。主要作品有：《败坏了哈德莱堡的人》（1900）、《赤道环游记》（1897）、《神秘的陌生人》（1916）等。

中篇小说《败坏了哈德莱堡的人》批判的是资产阶级虚伪的道德在金钱面前的丑态。哈德莱堡是作者虚构的一座城市，居民自诩这里为“最诚实、最清高的市镇”。但是有一天，一个陌生人送来一袋金币，说是送给镇上曾经帮助过他的恩人，却不指明这个恩人的姓名就走了。一向自诩诚实的居民，尤其是十几位“廉洁”的上层社会的人士争着要当恩人，于是演出一幕幕丑剧。

《赤道环游记》是马克·吐温在世界各地作旅行演讲时在英属殖民地的见闻与报道。他谴责了英国的殖民政策，抨击了英国总督罗德斯，挖苦说“我是敬佩他的，等他的末日到来时，我一定要买一截他的绞索作为纪念”，指责所有的资本主义国家“正在讨论掠夺别人晾晒在绳子上的衣服的计划”，高度评价反抗殖民统治的人民。

三、代表作品赏析

《哈克贝利·费恩历险记》

《哈克贝利·费恩历险记》是马克·吐温的代表作，主题是反对种族歧视，主张种族平等。

作品又译为《哈克贝利·芬历险记》，故事发生在密西西比河边的一个小镇上。吉姆是华森小姐的黑奴，听说主人要以800元的价格将他卖掉，便悄悄逃走，在一个荒岛上，遇见了为躲避父亲的毒打而逃跑出来的白人少年哈克。两人结伴同行，乘着木筏顺河而下，去寻找可以自由生活的“自由州”——卡罗镇，路上遇到自称“国王”和“公爵”的两个骗子。这两个骗子想把吉姆卖掉，但哈克在朋友汤姆的帮助下，救出吉姆。最后哈克才知道根据女主人的遗嘱，吉姆已经获得自由。

小说的主人公哈克是一个十二三岁的孩子，他天真活泼、聪明倔强，富有冒险精神，在小说《汤姆·索亚历险记》中曾经出现过。但这时的哈克已不再是为了追求刺激而冒险的小顽童，而是一个有头脑、有正义感、善良勇敢的少年。他不仅自己渴望自由，而且还积极帮助吉姆获得自由。他与吉姆的友谊是深厚诚挚的，认为吉姆是个挺好的黑人，人黑心不黑。但是他毕竟生活在蓄奴州，内心也很矛盾，认为帮助一个逃跑的黑奴是大逆不道的事，不仅要受到法律的惩治，还要到阴间下油锅；他也曾经动摇过，决定写信给华森小姐告发吉姆的行踪，但信写好后，想到与吉姆一路以来的患难与共和真挚友谊，终于下定决心，哪怕下油锅也决不出卖吉姆。

黑人吉姆也是作品塑造比较成功的人物形象。虽然身为奴隶，他却没有卑躬屈膝的奴性，为了摆脱奴隶身份，他勇敢从主人家中逃跑。他不仅向往自由，百折不挠地追求自由，而且还具有舍己为人的优秀品质。但是作者在描写吉姆善良高尚的同时，也反映了他的无知、迷信、不觉悟，而这一点，也正是种族歧视制度所造成的恶果。

在艺术手法方面：作者运用第一人称的方法，给读者一种真实感和亲切感；

将现实主义的精雕细刻和浪漫主义的抒情结合起来，将人物的心理描写与幽默夸张融为一体；大量使用方言俚语，语言生动活泼、轻松流畅。

由于作品鲜明的思想性，小说出版后，曾遭到某些州的一度查禁，宗教界和教育界对它进行攻击指责“冒犯尊严，亵渎宗教”，“具有破坏性”，将它列为禁书。但小说以强大的艺术感染力深受读者的欢迎。T.S.艾略特认为这部小说开创了英美两国文坛的一代新风；海明威认为，“一切现代美国文学来自马克·吐温写的一本书，叫做《哈克贝利·费恩历险记》”，“这是我们最好的一本书”。

第十四节　易　卜　生

一、作者生平

✧　亨利克·易卜生（1828—1906）

欧洲近代现实主义戏剧大师，挪威杰出的戏剧作家。1828 年 3 月 20 日，易卜生出生于挪威东南海滨的斯基恩城的一个富裕的木材商家庭，有 6 个兄弟和一个妹妹。易卜生 8 岁时，家庭破产，生活日趋艰苦。

少年时期的易卜生学过绘画，想当美术家。16 岁时为了谋生，易卜生辍学到格里姆斯塔的一家药店当学徒，工作之余，勤奋学习，并开始诗歌创作。这些诗歌大多为充满浪漫幻想和感伤情绪的抒情诗。1848—1849 年完成了第一个剧本《凯蒂琳娜》。

1850 年，易卜生去挪威的首都克里斯蒂安尼亚（奥斯陆）报考大学，未被录取。他参加过学生的示威游行和特兰内领导的工人运动，并担任学生刊物的编辑。不久特兰内被捕，易卜生便离开政治斗争改而从事戏剧创作。从 1851 年至 1862 年，他先后在剧院担任编剧和剧场指导。

1856 年，易卜生结识了苏珊娜，两人情投意合，不久结合。

1863 年，普奥联军侵略丹麦。易卜生认为挪威不应该袖手旁观，但是政府出于对自己利益的考虑按兵不动。易卜生非常失望，加之长久以来的精神忧郁和因剧院破产而失业，1864年出国，开始了他长期的国外生活。他主要到过意大利、丹麦、埃及、德国、法国等许多国家，大部分时间住在德国和意大利，中间曾两次回国小住。在他周游世界的过程中，他了解了各种社会现象，扩大了眼界，以关注全人类的目光看待世界，形成了他的人道主义思想，即后来被人们称为的"易卜生主义"。

此间他创作了一系列关注社会、政治、家庭、婚姻的戏剧作品，为他赢得在欧洲的声誉。

1891年，易卜生回到阔别27年的祖国，定居奥斯陆，坚持写作，直到病重。1900年，易卜生中风，久治不愈，于1906年5月23日去世。挪威政府为他举行了国葬。

二、创作概况

易卜生从事创作50多年，共写作26个剧本，大致可以分三个时期。

（一）第一个时期（1849—1864）

为易卜生出国前的创作，共10个剧本。作品大多取材于挪威的民间传说和民族历史，目的是借古喻今，为挪威的民族解放运动服务，充满了民族统一思想和爱国主义精神。主要作品有：《觊觎王位的人》（1863）、《爱的喜剧》（1862）等。

《觊觎王位的人》的剧情发生在13世纪的挪威，批判了自私自利的个人野心家斯库雷伯爵，歌颂了团结人民、建立统一民族国家的霍尔恩国王。《爱的喜剧》是易卜生最早的一部家庭伦理剧，描写了一对恋人为了保持爱情的理想而放弃结婚的故事，讽刺了资产阶级庸俗的婚姻和家庭生活。

（二）第二个时期（1865—1890）

这个时期为易卜生旅居国外的创作。从题材来看，基本可以分成两类：一类是反映社会政治问题；一类是反映婚姻家庭问题。主要作品有《青年同盟》（1869）、《社会支柱》（1877）、《人民公敌》（1882）、《玩偶之家》（1879）、《野鸭》（1884）、《群鬼》（1881）、《罗斯默庄》（1886）、《海上夫人》（1888）、《海达·加布勒》（1890）等。

《青年同盟》揭露的是资本主义民主的虚伪和资产阶级政客的鬼脸。主人公史丹斯戈律师是一个政治骗子，为了达到个人向上爬的目的，他不择手段，在当地组织了"青年同盟党"，以此作为阶梯。他遵循从他的个人政治需要出发的原则，一方面在公开场合大谈革命，攻击反动势力，另一方面又与旧势力勾勾搭搭，甚至一次次改变婚约，把婚姻也作为达到他政治目的的工具，结果耍尽手腕，平步青云。

《社会支柱》也是一部揭露挪威社会现实、抨击反动政客的作品。主人公卡斯腾·博尼克是一个造船厂的老板、富豪、慈善家、家庭生活的模范，是一个具有一切资产阶级"美德"的"社会支柱"。但通过剧情的发展，却被揭露出来是一个骗子、恶棍和刑事犯。为了谋取遗产，他抛弃了未婚妻而与她的姐姐结婚；他自己犯了奸情，却让妻弟去承担罪名；为了杀人灭口，又将妻弟送上一条破船，希望他沉入海底……由于他是个资本家，惯施小惠，社会上都有恭维他是“城市第一公民”，就在他实施犯罪的当天，三城的公民经过他的门前还高呼“博尼克万岁”、“社会支柱万岁”。

《人民公敌》则从不同的角度更加深刻地揭露了资产阶级民主的虚伪性。主人公斯多芒克是挪威一家温泉浴场的医生。他发现浴场里含有大量危险的传染病菌，于是主张封闭浴场，重新改建。但是这个建议如果付诸实施，就会影响资本家的利益，遭到市长、报纸和房产主的激烈反对。而这位市长正是斯多芒克的哥哥，浴场委员会的主席。斯多芒克不顾他们的威逼利诱，举办宣讲会，想向民众说明真相，宣传自己的主张。但是市长等人却利用这次集会，煽动听众，操纵会场，以所谓“民主表决”的方式，宣布斯多芒克为“人民公敌”，逼迫他带着妻子儿女离开家乡。

在易卜生的作品中对资产阶级的认识和批判非常尖锐深刻，但是由于作者思想的局限，他的笔下，群众被描写成一群无知的、被统治者愚弄和利用的工具。不相信群众是使易卜生后来走向悲观主义的根源，他企图通过道德的方式来解决政治社会问题，使得作品有时缺乏现实基础，显得突然而失真。

剧本《群鬼》实际上是作者因发表《玩偶之家》遭到社会评论的非难之后而作为答复的一部作品。主人公阿尔文夫人是一个由传统道德培养出来的女性，遵照家人的意愿嫁给了有钱的阿尔文。阿尔文则是一个沉湎于酒色的花花公子。婚后一年，阿尔文夫人忍受不了丈夫的荒唐，到她从前喜欢过的一个牧师曼德那里去诉苦，想要与丈夫离婚。曼德牧师却责备她不守妇道，说丈夫在外嫖赌、在家与婢女通奸都是常有的事，不足为奇。于是阿尔文夫人失去了反抗的勇气，回到家中做贤妻良母，把 7 岁的儿子送到巴黎读书。丈夫死后，她用丈夫的遗产办了一个孤儿院，谎称是丈夫的善举。早已染上父亲病毒的儿子学成回国后爱上了父亲奸污过的婢女的女儿，最后疾病发作，成了疯子，孤儿院也被大火烧毁。

（三）第三个时期（1891—1900）

为易卜生回国之后的创作，一共有 4 个剧本：《建筑师》（1892）、《小艾友夫》（1894）、《约翰·盖勃吕尔·博克曼》（1896）、《我们死人醒来的时候》（1899）等。

在这些作品中，易卜生除了继续对资本主义进行批判之外，还表达了对幸福生活的向往，对家庭亲情的眷恋，同时将对社会政治问题的讨论转为对知识分子心理的描写，悲观主义色彩加重。《建筑师》是“给丑恶的资本家超人画了一幅讽刺画”（梅林）；《博克曼》则描绘出现代资本主义社会中一个极端个人主义企业家的画像；《我们死人醒来的时候》揭示出资本主义社会中艺术与生活之间的冲突。

在易卜生的影响下，出现了萧伯纳、高尔斯华绥、霍普特曼、奥尼尔等杰出的戏剧作家，使欧洲出现了戏剧创作繁荣的局面。

三、代表作品赏析

《玩偶之家》

《玩偶之家》是易卜生反映家庭婚姻问题的杰作之一，也是他的戏剧代表作。作品主要通过海尔茂夫妇的家庭关系由和睦转为决裂的故事，反映了资产阶级的法律、宗教、道德、爱情、婚姻的虚伪和不合理与妇女解放的问题。

作品的主人公娜拉是一个活泼可爱、天真热情的少妇，她深爱着丈夫海尔茂。海尔茂也很爱妻子，称她是“小鸟儿”、“小松鼠”、“我的孩子”。一次海尔茂得了重病，无钱疗养，娜拉不惜假冒父亲的笔迹，以父亲的名义暗中向柯洛克斯泰借了1200元钱给丈夫治病。娜拉的好友林丹太太来看望娜拉，娜拉见林丹太太在丈夫死后生活艰难，便要求丈夫能在他工作的银行里为林丹太太谋一个差事。这时柯洛克斯泰来到娜拉家，希望她说服丈夫不要解雇他。娜拉表示没有能力办到，柯洛克斯泰便以她冒名借债为要挟。娜拉非常害怕，但又心存侥幸，因为她相信丈夫爱她，会为她“毫不踌躇地牺牲生命”的。海尔茂得知此事后暴跳如雷，认为这有损于家族荣誉，怪娜拉断送了他的前程，骂娜拉是“坏东西”、“伪君子”、“下贱女人”。正在这时，柯洛克斯泰经林丹太太的劝说，将借据还了回来。海尔茂又立即换了一副嘴脸，称娜拉是“小鸟儿”、“小宝贝”，说他的翅膀宽，可以保护她。可是这时的娜拉已经清醒，毅然离开了海尔茂。

在作品中，易卜生主要探讨了以下几个问题。

1．在资产阶级家庭中，妇女处于什么样的地位？

作者通过作品明确告诉观众：虽然丈夫口口声声说爱她们，但她们只不过是丈夫手中的玩偶，没有经济权，用钱靠丈夫施舍；她们遇到麻烦，丈夫给予的只是责怪甚至谩骂。娜拉是一个很善良的女性，一个尽职的妻子与母亲，她与丈夫共度艰难，甚至在关键时刻独自挑起家庭的重担，然而她在这个家中是没有地位的。在貌似平等的表象下面，依然是一个男权社会。

2．揭露资产阶级的自私虚伪。

海尔茂不是一个恶棍，在资产阶级社会道德的标准评判下，也许他是一个好男人。他事业有成，有一个温暖的家，热爱妻子儿女。但是，在借据前后的表现，让观众认识到：他的一切行动实际上是以他个人为核心。与娜拉决心自己承担全部责任、甚至以自杀来保全丈夫的名节相比，他实在太渺小了。易卜生通过对海尔茂的揭露，表现了对资产阶级的批判。在剧中娜拉为了救丈夫，为了不打扰重病的父亲，伪造了签字，结果将被法律制裁，都是出于一个妻子对丈夫、对家庭的热爱。所以娜拉说：“国家的法律跟我心里想的不一样，可是我不相信那些法律是正确的”。

3．妇女的出路问题。

1885年易卜生曾作过一次演讲，表示要为改造社会关系而努力，这社会关系中包括妇女的社会地位与出路问题。娜拉终于看清了自己在家庭中的地位，她对丈夫说，除了他说的对她的丈夫、儿女的责任之外，“还有别的同样神圣的责任”，就是“我对我自己的责任”。这句话可以看做是妇女解放的宣言，为了争取自己的权利，娜拉选择了出走。易卜生认为：解决妇女问题，首先是妇女必须自我觉醒，然后必须勇敢地为争取自己的权利而斗争。但是，娜拉出走之后又会怎么样呢？易卜生没有交代，也许他也没有办法交代。

在艺术手法上，《玩偶之家》也有着很高的成就。

易卜生善于把复杂的生活矛盾集中为精练的情节，然后运用回溯的手法，将前因逐步说明，使矛盾的发展既合情合理，又有条不紊。作品主要围绕“冒名签字”情节展开矛盾——娜拉与海尔茂之间的矛盾、林丹太太与柯洛克斯泰之间的矛盾、娜拉与柯洛克斯泰之间的矛盾、海尔茂与柯洛克斯泰之间的矛盾，并把剧情安排在圣诞节前后三天内，用节日的欢乐气氛来反衬家庭的悲剧。短短的三天时间，娜拉经历了从平静到混乱、从幻想到破灭、从不觉悟走向自我觉醒的心路历程，极具戏剧效果，使观众和读者对作者提出的社会问题产生强烈的印象。

作品与当时欧洲舞台上流行的只重情节紧张或巧合的“巧合剧”形成鲜明的对比，对后来现实主义戏剧的发展产生了重大影响。

第八章　19 世纪其他文学流派

第一节　概　　述

一、自然主义文学

自然主义文学是 19 世纪中后期出现的具有广泛影响的一个文学流派。它最先产生于法国，法国文艺批评家泰纳的综合哲学为自然主义提供了理论基础；与此同时，法国诗坛上的“巴拉斯派”（又称“高蹈派”）宣扬艺术至上、不问政治、客观无我等主张，也为自然主义文学创作做了开拓与示范。80 年代左拉发表的《实验小说论》、《自然主义作家》等论文，进一步使自然主义创作理论趋于系统化。自然主义文学强调创作的科学性和真实性，反对典型概括，反对作家在作品中主观感情的流露，主张用纯客观的态度将生活中的一切细枝末节精确而毫无遗漏的表现出来，主张作家应该对社会、生活保持客观科学、超越党派与政治的态度。

自然主义文学创作上代表是法国的龚古尔兄弟。爱德蒙·龚古尔（1822—1896）和于勒·龚古尔（1830—1870）合作的小说《日尔米尼·拉塞德》是一部典型的自然主义作品。小说描写一位农业工人的女儿日尔米尼·拉塞德悲苦短暂的一生。作者不触及造成主人公悲剧命运的社会原因，而是用医生解剖病人的态度，研究她堕落的每个阶段，最后归因于主人公的酗酒与纵欲，歪曲了生活真实。

自然主义对当时的欧美文坛产生广泛影响。英国、瑞典等国作家的文学创作对自然主义都有不同程度的反映，甚至影响到不少批判主义作家。而 80 年代末德国的“彻底的自然主义”文学运动，更是将自然主义推向极端。

二、唯美主义文学

唯美主义最初也由法国的“巴拉斯派”所提倡，后来英国的一些作家也积极响应，进而影响到德、俄等国家。唯美主义发挥康德的“自由美”的思想，提出“为艺术而艺术”的口号，反对“附庸美”，反对“为人生而艺术”。唯美主义派声称艺术本身就是目的，否定文学的倾向性、思想性、功利性，追求艺术技巧和形式美。

唯美主义代表作家有法国的沙尔·波德莱尔（1821—1867）、泰奥菲勒·戈蒂耶（1811—1872），英国的奥斯卡·王尔德（1856—1900）等。戈蒂耶的代表作《珐琅与宝石》只表现对自然美、人体美和艺术美，毫无时代和政治的影子。王尔德的代表作品《道林·格雷的画像》（1891），通过怪诞的情节描写主人公道林·格雷堕落的过程，道林·格雷烦躁不安，精神混乱、道德败坏，是颓废主义者的典型画像。此外，王尔德的作品还有《温德米尔夫人的扇子》（又译为《少奶奶的扇子》，1892）、《莎乐美》（1893）、《一个无足轻重的妇人》（1893）等。

三、象征主义文学

象征主义四五十年代在法国出现，80年代让·莫瑞阿斯的《象征主义宣言》的发表使象征主义得到正式承认，90年代传入英、美、德、俄、西班牙等国。象征主义把客观世界视为主观世界的象征，主张诗歌应当表现超现实的“理想世界”，反对描写客观世界。因而，象征主义重主观幻觉而轻客观描写，重艺术想象而轻现实再现，作品往往通过象征、暗示、启发等手法加以表现。

象征主义的先驱是美国的爱伦·坡和法国的沙尔·波德莱尔，代表作家作品有沙尔·波德莱尔的《恶之花》、法国作家魏尔兰的剧本《青鸟》、比利时的作家梅特林克的《闯入者》、《室内》等。

象征主义在第一次世界大战后被称为后期象征主义，在20世纪20年代至40年代盛极一时。

四、无产阶级文学

随着无产阶级革命运动的发展，无产阶级文学在19世纪后期崛起并得以发展。马克思主义文学理论也随之建立。这一时期出现无产阶级文学作家代表主要有法国的欧仁·鲍狄埃（1816—1887）和俄国的马克西姆·高尔基等，马克思主义文艺批评家有法国的保尔·拉法格、德国的弗朗茨·梅林、蔡特金、卢森堡和俄国的普列汉诺夫等。

作为巴黎公社革命的产物，巴黎公社文学是19世纪后期无产阶级文学的代表，主要包括巴黎公社诞生前后二十年间公社战士所创作的诗歌、小说、散文等，尤其以诗歌成就最高。主要代表作家有欧仁·鲍狄埃、路易斯·米雪尔、让—巴蒂斯特·葛莱蒙、茹尔·瓦莱斯、列昂·克拉代尔等。

欧仁·鲍狄埃（1816—1887）出生于巴黎的一个包装工人家庭，13岁当徒工，后来又当过绘制印花布图样的技工，一生过着贫困的生活。

自14岁起，欧仁·鲍狄埃就开始尝试诗歌创作，1831年将自己在七月革命时期创作的15首政治诗辑成《年轻的诗神》出版。1840年，欧仁·鲍狄埃创作的《是人各一份的时候了》，标志着作者开始摆脱资产阶级的思想影响，探索工人阶级解放的道路。1864年，马克思和恩格斯创立第一国际，并于1865年在巴黎成立总部，欧仁·鲍狄埃组织工会加入第一国际，他的马克思主义世界观迅速形成。

1871年6月，欧仁·鲍狄埃创作了《国际歌》。《国际歌》是一首政治抒情诗，抒情的主人公是整个无产阶级，直接号召奴隶们起来斗争，表达了强烈的政治热情，气势雄浑，震撼人心。作者用马克思主义主义的立场、观点，总结了巴黎公社的历史经验，号召无产阶级为实现共产主义的明天继续团结奋斗。《国际歌》的创作，标志着作者在血与火的洗礼中，已锻炼成长为一个具有高度马克思主义思想觉悟的无产阶级战士，成为全世界无产阶级的诗人。

此外，欧仁·鲍狄埃还创作了《巴黎公社》、《起义者》、《罢工》、《前进吧，工人阶级》、《人民之路》等著名诗作，于1887年辑集《革命歌集》出版。

1887年11月6日，欧仁·鲍狄埃病逝于巴黎，骨灰安放在拉雪兹神甫墓地，跟1871年被枪杀的巴黎公社起义社员葬在一起。

第二节　左　　拉

一、作者生平

✧　爱米尔·左拉（1840—1902）

19世纪后期法国著名的作家，自然主义理论的主要倡导者，其作品创作突破自然主义的局限，成为批判现实主义文学的重要组成部分。

1840年4月2日，左拉出生于法国巴黎的一个水利工程师家庭。童年时期的左拉随父亲去南部爱克斯城开凿运河。7岁时因父亲去世，左拉与母亲生活艰难。1858年，举家迁回巴黎。

1859年，左拉中学毕业会考失败，失去继续上学的机会。1860—1861年青年时期的左拉被贫穷所困，过着流浪的生活。他找不到工作，住在8层楼的一个阁楼里，有时为了吃饭，不得不把衣服送进当铺。

1862年进入阿舍特书局工作的左拉生活开始出现转机。因为文字功底，他很快从收发升至广告部，后来当上主任。在阿舍特书局工作的四年，左拉上了一次“社会大学”。这个书局是反教会的言论自由的中心，是实证主义的大本营，它影响了左拉的文学创作思想。

1866年，左拉离开阿舍特书局，开始靠写作谋生。

从1868年起，左拉开始着手写作《卢贡—马卡尔家族》；1869年年初，他向出版商提交了一份创作计划，与出版商签订了合同。此后25年，左拉一直致力于该部作品的创作。

1893年，左拉完成《卢贡—马卡尔家族》的创作以后，又分别创作了“三名城”和“四福音书”。

1894年，法国发生了“德雷福斯案件”：具有犹太血统的军官德雷福斯被诬告为德国间谍而被判处叛国罪。左拉研究了案情之后确信被告无罪，于是为他申辩，控诉国防机关、军事法庭和一些军官的通同作弊，草菅人命，因而遭到当局的迫害，不得不流亡英国。一年之后，德雷福斯被宣布无罪，左拉才得以回国。

1902 年 9 月 29 日，左拉在寓所煤气中毒，不治身亡，至今有人怀疑是反动当局进行谋害所致。法国政府为左拉举行了国葬，骨灰安放于先贤祠。

二、创作概况

左拉在中学时期的处女作《给尼侬的故事》带有浪漫主义色彩，这个中短篇小说集是他初入文坛时对当时流行的浪漫主义文学的模仿。但是，他并不满足于此，明确地认识到：新的时代要求有新的文学，那充满伤感和幻想的浪漫主义已经不符合时代的要求。

当时法国文坛出现了一个后来被称为自然主义的新的文学流派，代表人物是龚古尔兄弟。他们强调把日常生活的现象真实地记录下来，标榜这是科学的方法。左拉受这一思潮的影响，为了革新文学，开始研究自然主义的文艺理论，并逐渐成为这一学派的领袖人物。

左拉认为：过去的文艺观都已经陈旧过时，人们已经发现了一种严格的科学方法，可以对人的行为进行生理和病理的解剖，正如实验室化学家进行实验一样；作家的任务是研究和阐述人是怎样受生物学和生理学规律的影响而产生某种行为和后果，在创作中，作家只应进行观察、研究和记录事实，而不应作社会政治的、道德的、美学的评价。

作为创作实验，左拉在《德莱丝·拉甘》（1867）和《玛德兰·费拉》（1868）两部小说里注重用重生理分析人物性格。《德莱丝·拉甘》描写女主人公在肉欲的驱使下，与情夫合谋杀死了自己的丈夫，后来又感到悔恨，与情夫之间彼此仇恨，以致精神失常，最后自杀。长篇小说《玛德兰·费拉》也充满了病态的爱情心理分析。左拉说：他的作品中的人物"生命中的每一个行动都被他们的肉体所注定了的……人们会看到每一章都是对生理学的一种病况的有趣的研究"。

左拉决心在创作中实践自己的自然主义理论。从 1868 年起，他便着手写一部多卷集的庞大作品，这将是"第二帝国时代一个家族的自然史与社会史"。按作者的原始构思，这部作品一是研究一个家族的血统和环境问题，以生理学新的发现为线索，用一种科学的方法，到那里面去发掘；一是研究整个第二帝国时代，通过各种事实和情感，在千万种风格和发生的细节中来描写这个社会时期。历时 25 年，左拉终于完成了这部包括 20 部长篇小说的社会史诗——《卢贡—马卡尔家族》。

从自然史的角度来看，《卢贡—马卡尔家族》描写了一系列遗传性的疾病。这个家族共五代人：第一代三人，阿黛拉伊德·福格是个精神病患者，嫁给了管家卢贡，生有一子，卢贡死后，她又与酒精中毒者马卡尔同居，生有一男一女；因为遗传，第二代人中有 1 人酒精中毒，另一个患肺结核；第三代人中 4 人有病；第四代人中 9 人有病，1 人先天性痴呆，2 人宗教狂热，另外几个神经过敏和歇斯底里；第五代人中 3 人夭折，1 人患脑积水，

1 人患瘰疬导致骨疽，1 人精力衰竭而死。左拉从吕卡斯医生的书里选取的典型病例，都被他放在卢贡—马卡尔家族成员的身上，但这些所谓的遗传大多缺乏科学根据，从而损害了小说的科学性。

而在这套作品的很多小说中，占主要地位的并不是作者所构想的生物遗传问题，而是重要的社会问题，它反映的社会生活相当广阔，有涉及政治的《卢贡家族的命运》、《卢贡大人》、《普拉桑的征服》，有涉及军事的《崩溃》，有涉及宗教的《莫雷修士的过失》，有涉及不动产投机的《贪欲》，有涉及商业和金融的《妇女乐园》、《金钱》，有涉及工人生活的《小酒店》、《萌芽》、《人兽》，有涉及农民生活的《土地》，有涉及科学的《巴斯卡尔医生》，有涉及艺术的《作品》，有涉及交际界的《娜娜》，有涉及日常生活的《家常事》等。在一些作品中，病理的研究让位于社会的研究，生物学决定论被社会环境决定论所取代。这些作品反映了第二帝国整整 20 年间的兴亡历史，既写了政治的腐败、宫廷的丑闻、垄断资本发展带来种种社会变化，也反映了工人阶级不堪忍受剥削而奋起斗争，人物涉及社会的各个阶层、各个行业。

《卢贡家族的命运》所反映的是 1851 年路易·波拿巴政变时南方小城普拉桑的革命与反革命斗争；《贪欲》描写的是第二帝国建立初期出现的一批暴发户和投机家的世界；《妇女乐园》表现的是第二帝国时期商业资本开始集中以及垄断组织开始兴起；《金钱》则反映的是金融资本的发展和残酷竞争。

在《卢贡—马卡尔家族》中，工人阶级的问题占重要地位。长篇小说《小酒店》(1877)和《萌芽》(1885) 是描写这一问题的重要作品。《小酒店》以真实的画面反映了工人阶级的贫困和悲惨遭遇，但作者更多展示了工人生活中的畸形方面，并未揭示造成工人阶级贫困的社会根源，并未反映争取权利的斗争。这一点在 8 年以后的小说《萌芽》中得到了很好的反映。

左拉自 1894 年至 1898 年创作的三部曲《三名城》，基本内容是揭露教会的罪恶。其中包括：《鲁尔德》(1894)、《罗马》(1896)、《巴黎》(1898)。

《三名城》之后创作的《四福音书》表现的是作者的社会理想，幻想通过阶级合作达到理想社会，总体思想是空想社会主义。其中包括：《繁殖》(1899)、《劳动》(1901)、《真理》(1903)、《正义》(未完成)。

三、代表作品赏析

《萌芽》

《萌芽》是《卢贡—马卡尔家族》中的第 13 部小说，反映的是煤矿工人为了反抗资本家的剥削而进行的斗争。

小说是在真实事件的基础上写成的。1884 年 2 月 19 日，法国北部的采煤区发生大罢工。左拉闻讯赶往现场，进行广泛深入的调查研究，他亲自下矿井，体验工人艰苦的劳动，最终促使他创作了这部反映工人生活、劳动状况和斗争、起义的小说。

小说的主要情节是：热尔维丝马卡尔的儿子艾蒂安·朗蒂埃来到北方的服娄煤矿找工作，住在矿工马赫的家中。他接受了普鲁东和马克思的学说，为工人阶级的解放而斗争。这时服娄煤矿发生瓦丝爆炸，在艾蒂安的领导下，一直受到矿主残酷剥削的工人们爆发了罢工。罢工很快被镇压。无政府主义者苏马林放水淹没的巷道。艾蒂安眼看着自己所爱的马赫的女儿死在他身边，自己也好不容易才脱险。他意识到罢工失败是由于缺乏方法，于是前往巴黎再作努力。

这是世界文学史上第一部正面反映产业工人罢工的小说，成功地再现了罢工的全过程。正如左拉所说的："我的小说描写工资劳动者的起义，这是对社会的冲击，使它为之震动。一句话，描写资本与劳动的斗争。小说的重要性就在这里：我希望它预告未来，它提出的问题将是20世纪最重要的问题。"罢工确实反映了资产阶级和无产阶级在经济和社会领域的斗争，有时还体现了尖锐的政治斗争，它往往是经济危机所促成的，又加深了这个社会所固有的矛盾和危机，因而成为令人瞩目的社会现象。

作者没有单纯地描写罢工斗争，他首先写出了罢工的根本原因，真实地描绘了工人所遭受的剥削和压迫。服娄煤矿像一只贪婪的、时刻准备吞噬人类的巨兽，工人们在极其恶劣的条件下从事非人的劳动，每天像牲畜一样被赶到几百米深的井下，干着极其沉重的劳动。矿井设备年久失修，随时都有倒塌的危险。马赫的祖上数代，很多人都死在井下。工人们患上严重的硅肺病，他们的孩子发育不良，甚至长成畸形。劳累一天之后，只能拿到3个法郎，连维持家庭起码的生计都不够。整个矿村笼罩着贫困和死亡的阴影。

左拉认识到：工人之所以贫困，完全是由于资本家的剥削所造成的。和工人的极度贫困相对比，资本家过的则是养尊处优的生活，公司经理格雷古瓦一个人所得抵得上50个矿工家庭的血汗收入。工人们被逼上了绝路，只好起来斗争。工人们自觉反抗，带有一定的政治斗争的性质。艾蒂安向工人们讲述资产阶级剥削工人的实质，指出革命必然胜利的道路，提高了工人的觉悟，坚定了工人的信心，罢工的浪潮席卷了整个矿区，使资产阶级心惊肉跳。在最艰苦的日子里，工人们没有一个人投降，为了拯救遇难的同伴，甚至可以献出自己的生命。

罢工斗争虽然以失败告终，但作者却充满信心，"人们一天天壮大，黑色的复仇大军正在田野里慢慢地生长，要使未来的世纪获得丰收。这支队伍的萌芽就要冲破大地活跃在世界之上"。

作品刻画了工人阶级这一群像，其中重点描写了马赫一家。这是一个矿工世家，祖祖辈辈在煤矿劳动，有6人先后在井下丧生。马赫的父亲给矿上干了50年，有45年都有是在井下。如今年老多病，吐的痰都是黑的。马赫是一个正直的矿工，在罢工中觉悟不断提高，并在与军警的斗争中英勇献身。他的妻子马赫嫂经历了一个阶级意识觉醒的过程，从一个普通的家庭妇女成长为一个有觉悟的无产阶级战士。年轻时她是推煤车的女工，结婚后家庭繁重的劳动和抚养众多孩子的重任都压在她的身上。真实，她对资本家的善心还抱有幻想，曾领着孩子去乞求施舍，对丈夫参加罢工斗争表示反对。后来在阶级斗争的事实教育下，她的觉悟不断提高并且勇敢地加入到斗争的行列之中。罢工失败后，当艾蒂安劝说工人屈服时，她愤怒地斥责了他。丈夫牺牲了，公公发了疯，儿女们相继葬身井底，幼小的孩子面临饿死的危险，她毅然顶替了丈夫，到井下工作。她相信，事情终有一天会改变，复仇的日子一定会到来。

作品还刻画了几个罢工运动领导人的形象。其中以艾蒂安为代表。艾蒂安原是一个工场的机器操作工人，后因经济危机遭解雇。来到服娄煤矿之后，他对矿工的悲惨生活和艰苦劳动有了深切的体会，对资本家的剥削有了清楚的认识。他是国际工人联合会的会员，刻苦钻研社会主义理论，对社会主义有坚定的信心。他发动工人，用先进的思想鼓舞工人。他是一个从基层成长起来的工人领袖，在与资本家的斗争中表现出了英勇无畏敢于牺牲的优秀品质。但是他的身上也存在着缺点，他对马克思主义学说理解得不深，思想上又受到各种小资产阶级思潮的影响，他既相信马克思，又相信空想社会主义，还相信达尔文的生存竞争理论……当罢工进入高潮，罢工群众变成一种盲动的力量时，他显得无能为力，对自己所从事的革命工作感到厌倦，以致最终妥协，幻想进行合法斗争。

《萌芽》在艺术手法上也极为成熟。左拉小说的独到之处在于把粗犷和细致两种因素巧妙地结合在一起，既勾画了气势磅礴的群众场面和广阔的背景，又有许多极其精微细致的描写。作者还运用对比的手法，突出劳资双方的不可调和的矛盾。

但是作者没有能够摆脱自然主义理论的束缚，有时沉迷于自然主义细节的描写，一定程度上影响了作品的思想和艺术成就。

第三节 莫 泊 桑

一、作者生平

✧ 基·德·莫泊桑（1850—1893）

19世纪法国杰出的中短篇小说作家，有“世界短篇小说巨匠”之称，与俄国的契诃夫齐名。

1850年8月5日，莫泊桑出生于诺曼底的一个破落贵族家庭。莫泊桑的母亲出身名门，富有文学修养，舅舅福楼拜则是著名的作家，因此莫泊桑从小就受到文学的熏陶。1856年因为父亲的生活放荡而导致家道败落，父母分居，莫泊桑随母亲到乡下别墅居住。1863年，他进入乡下的伊弗托教会学校读书，1868年进入卢昂中学，在著名诗人路易·布耶的悉心指导下，开始尝试文学创作。

1870年，莫泊桑去巴黎学习法律，不久普法战争爆发，莫泊桑应征入伍。1871年，战争以法国失败而结束，莫泊桑定居巴黎，先后在海军部和教育部任小职员，长达数十年，此间他利用业余时间进行文学创作，得到了舅舅福楼拜的指导，并结识了左拉、都德、龚古尔兄弟、屠格涅夫等著名作家，逐渐成长为一名优秀作家。1880年发表《羊脂球》使莫泊桑一举成名，作品后来被收进以左拉为首的几个自然主义作家同题材作品集《梅塘之夜》中。

从 70 年代起，莫泊桑就为精神疾病所苦，在与病魔作斗争的同时，坚持写作。他一生共写了350多篇中短篇小说，6部长篇小说和3部游记。

1893年，莫泊桑病逝于精神病院，年仅43岁。

二、创作概况

(一) 中短篇小说创作

莫泊桑的中短篇小说描绘了法国各式各样的生活场景，刻画了社会各个阶层各种职业的人物，从不同的侧面和角度反映了从1870—1890年间法国社会生活的状况。从作品反映的题材角度来分，大致分为以下几类：

1. 描写普法战争，揭露普鲁士侵略军的残暴与野蛮、法国军队的腐败与无能，歌颂法国人民不畏强暴、反抗侵略者的爱国主义精神。代表作品是《羊脂球》(1880)，其他作品有:《米隆老爹》(1883)、《菲菲小姐》(1882)、《两个朋友》(1883)、《蛮子大妈》(1884)、《俘虏》(1884) 等。

《菲菲小姐》中的主人公对于敌人的侮辱，采取致敌于死命的报复手段；《米隆老爹》中的主人公坚定沉着，面对敌人表现出视死如归的气概；《蛮子大妈》描写的也是为亲人报仇的故事；《俘虏》描写农民机智俘获敌人的经过；《两个朋友》则反映的是两个平民无端被普鲁士士兵当做间谍处死，暴露了敌人的残暴。

2. 描写资产阶级，表现他们的世俗生活，揭露资产阶级道德的堕落。代表作品有:《项链》(1884)、《我的叔叔于勒》(1883)、《戴家楼》(1881)、《勋章到手了》(1883)、《遗产》(1884)、《雨伞》(1884) 等。

《项链》描写的是一个小职员路瓦栽先生的妻子玛蒂尔德因为爱慕虚荣，向朋友借了一挂项链去参加一个舞会，项链丢失，结果花去十倍的代价赔偿由此造成的债务，最后被告知项链是假的，讽刺了小资产阶级的虚荣心，谴责了那个金钱万能、以贫富分贵贱的资本主义社会。小说结构精巧，情节跌宕起伏，引人入胜，发人深省。

《我的叔叔于勒》中的一家人都以为“叔叔”于勒在外面发了财，一直等着他回来，后来偶然发现他变成一个穷苦老头，于是唯恐避之不及。

《雨伞》中的奥莱依太太好不容易下狠心给丈夫买了把新伞，因为同事恶作剧，在伞上面烧了许多洞，她不惜编造谎言，为了能够获得保险赔偿，批判了小市民的市侩和小气。

《勋章到手了》反映了主人公不惜以绿帽子为代价，允许妻子和议员私通，以期获得一枚朝思暮想的勋章。

3．描写农村生活，反映下层民众生活的贫困和痛苦，表达了作者对他们不幸生活的深切同情，赞美了他们身上体现出来的优秀品质。主要作品有：《一个女雇工的故事》（1881）、《西蒙的爸爸》（1881）、《一个儿子》（1882）、《乞丐》（1884）、《小罗克》等。

《一个女雇工的故事》描写农村妇女遭受欺骗，无法主宰自己的命运的故事。

《乞丐》则反映的是在农村无家可归的农民的悲惨结局。《西蒙的爸爸》通过一个天真幼稚的孩子西蒙因为没有爸爸而受到顽童的欺侮，因此内心造成创痛。铁匠菲力普对这一对孤儿寡母表示同情，冲破世俗的偏见，愿意娶这个失足的女人，给他们保护的故事，反映了资本主义社会被欺凌的弱者的艰难处境和他们的善良的品质。《小罗克》继承了韵文故事的传统，描写了农村中的一幅幅笑剧：一个醉汉要把他的妻子分给同伴，为了测定她的体积，把她沉入装满水的桶里；一个农民瘫痪在床，他的妻子为了物尽其才，让他孵蛋；一个新郎憎恨偷猎者，他的朋友让他在室外度过一个不愉快的新婚之夜……作者从不同的侧面，表现了农村和各式人等和他们的生活。

4．讲述怪诞故事，体现了作者思想的复杂性。主要作品有：《剥皮的手》、《恐惧》、《他？》、《谁知道呢》、《划船》、《奥尔拉》等。

此外，莫泊桑的中短篇小说中还有一些反映爱情、婚姻和家庭生活的作品，如：《珍珠小姐》、《月光》、《修软垫椅的女人》等。

（二）长篇小说创作

莫泊桑一生共创作了6部长篇小说：《一生》（1883）、《漂亮的朋友》（1885）、《温泉》（1886）、《彼埃尔和若望》（1887）、《像死一般坚强》（1889）、《我们的心》（1890）。其中，《一生》描写了一个心地善良、逆来顺受的贵族女性约娜的一生；《漂亮的朋友》遵循巴尔扎克的个性典型化、典型个性化的原则而创作，塑造了一个以勾引女人作为进身阶梯的冒险家的形象，暴露了第三共和国时期新闻界的黑幕和法国政府的殖民地政策；《彼埃尔和若望》是一部心理小说，描写对遗产的争夺的故事。

三、代表作品赏析

（一）《羊脂球》

《羊脂球》是莫泊桑的处女作、成名作和代表作。小说描写的是被敌人占领的里昂城中10个居民同乘一辆马车出逃的故事。这10个人中，有贵族地主、资本家、暴发户和他们的妻子，两个天主教的修女，一个自称是革命党的假爱国者，还有一个绰号“羊脂球”的年轻妓女。他们出逃的目的各不相同：三个资产者中，一个是为了将财产转移到安全地区，一个是发了一大笔国难财，要去哈佛尔去取这笔钱，而“羊脂球”则是因不愿被普鲁士人侮辱而出逃。这辆马车就是当时法国社会的缩影。

起初，三位有钱人的太太悄声辱骂“羊脂球”是“卖淫妇”，是“社会耻辱”，三位有钱人则用看不起穷人的态度大谈金钱和吃喝。等马车颠簸了一天，他们的肚子饿了，路上又买不到食物，只有“羊脂球”准备了三天的食品，车内的情形才发生转变。结果是“羊脂球”的食物被吃光了，蔑视变成了亲昵，辱骂变成了夸奖。

后来马车在关卡受阻，普鲁士的军官提出无理的要求。为了迫使“羊脂球”答应军官的无耻要求，车上的人施展了种种阴谋：暴发户主张把“羊脂球”捆起来交给敌人；于尔贝伯爵家三代做过大使，颇具外交家的风度，主张用巧妙的手腕让“羊脂球”就范；老修女引用圣经之说只要动机纯洁，任何行为都会得到上帝的原谅。这种宗教的说教最终打动了“羊脂球”，为了救同车人的性命，她作出了牺牲。

马车终于又上路了。大家仿佛都看不见“羊脂球”，不认识她，更没有人惦记她，各自忙着享用购买来的食品。只有“羊脂球”在慌忙之中没来得及准备食物在马车里挨饿受冻。

小说通过乘客的出逃原因、一路上的表现，特别是对“羊脂球”前后态度的变化，表现了他们不同的身份和性格特征：有产者在敌人面前卑躬屈膝，贪生怕死，出卖同胞，而“下贱”的妓女却真正表现出爱国气节和民族尊严。作者鞭挞了贵族资产阶级的虚伪堕落，表达了对下层民众的同情与尊敬。

作品在艺术手法上也达到了相当高的成就。

首先在谋篇布局上，小说截取生活中的一个横断面，先以简练的语言勾画背景，再通过对人物的外貌勾勒，让人物出场，故事简单平凡，但意料不到的事态使情节急转直下，向悲剧方向发展，而作者的叙述始终保持冷静客观。

其次在语言上，小说不以纤巧华丽的语言取胜，而是通过平易通俗、准确有力的文学语言使读者清晰地了解故事的情节，深切领会作品的主题。

（二）《一生》

《一生》是莫泊桑的第一部长篇小说，也是他的代表作之一。

故事发生在1819—1846年间。这一时期随着法国资本主义生产关系的发展，实利主义和资产阶级道德渗透到人与人之间的关系中。在资本主义势力的冲击下，贵族庄园经济解体，贵族的文化与道德也随之趋于溃灭。女主人公约娜的悲剧就是在这样的背景下展开的。

约娜出生于衰落中的贵族家庭，她从父亲那里接受到贵族文化及启蒙哲学的影响，从母亲那里继承了浪漫主义感伤情绪和好幻想的心性，加之修道院的教育和悠闲的庄园生活，使约娜对未来的爱情、婚姻抱有种种美好的幻想与憧憬。她幻想美好纯真的爱情，但结婚后不久就发现丈夫于连竟是一个粗鄙无耻、贪婪吝啬、极端自私自利的家伙，他一次次欺骗约娜，甚至到约娜家做客的第一个夜晚就奸污了约娜的使女萝莎丽。这让约娜对爱情和婚姻的幻想破灭了。

约娜历来对父母充满了虔诚和圣洁的爱，在她的心目中，父母的言行和思想都是正派的，是自己的楷模。但是当她在母亲的停尸床旁整理母亲的遗物时从旧日的信件中竟发现了母亲的“风流韵事”，痛苦撕裂了约娜的心，她最后的一点信任连同最后的一点信仰，一齐消失了。

约娜把自己一生的希望寄托在儿子身上，一心盼望他成为一个有地位的人。但是在父亲和周围环境的影响下，她的儿子已经蜕变成一个冷酷无情的资产者，在商业投机和冒险和奢侈的生活中大肆挥霍她的财产，使她倾家荡产，不得不卖掉心爱的白杨山庄。

对一切失去希望的约娜完全麻木了，在从前的使女萝莎丽的帮助下，苟延活命。

莫泊桑通过约娜的一生的悲剧，反映出了在资本主义经济和资产阶级道德的冲击之下，贵族地主的生活方式必然崩溃瓦解。但是由于作者受自然主义的影响，作品创作中有明显的自然主义痕迹，对两性关系有较为直露的描写。同时，因浪漫主义的影响，作品中对自然景色有着大量的描绘，抒情性极强。

（三）《漂亮的朋友》

《漂亮的朋友》也被译为《俊友》，是莫泊桑另一篇长篇小说代表作品。在作者的小说创作中，这部小说反映的社会生活画面最广阔，暴露最深刻，批判最有力。

小说的主人公乔治·杜洛阿是一个乡镇酒店老板的儿子。入伍后，在法国的殖民地度过了两年烧杀淫掠、无恶不作的生活。回到巴黎后，由《法兰西生活日报》政治栏目主编的介绍下，进入报社。杜洛阿凭借着自己漂亮的外表诱惑女性，利用女人作为自己进身的阶梯。他狡猾诡诈，在报纸上说谎作假，制造了无数骗局，得到金融财阀的宠幸。政治栏目主编死后，他和主编的妻子结婚，利用妻子的交际才能，不久升任主编。他又施展阴谋诡计骗取了妻子的一半财产。为了给自己开拓新的前程，他又将妻子抛弃，与日报总经理、金融巨头的女儿结婚，升任日报的总编辑，而且还打开了通往内阁的道路。

莫泊桑通过对冒险家杜洛阿用无耻手段发迹经过的描写，深刻反映出法国第三共和国时期的政治黑暗与腐败，揭露了资产阶级的淫荡与堕落，特别是报界的污秽。

杜洛阿是这一时期资产阶级冒险家的典型。他不学无术，是个地道的流氓。但是，他诱惑女性绝对不只是为了满足自己的情欲，而是有计划地利用女人，以获得更多的金钱和更高的地位。不管是妻子还是情人，他都视为发财和升迁的工具。在他看来，金钱和地位比异性更有价值得多。他还是一个狡猾的骗子，每天预测老板的秘密念头，时刻保持灵敏的嗅觉，能够判断哪些消息能说，哪些消息不能说。而操控国家政治、经济的金融垄断者正需要这么一批代言人，这些人越凶狠、越无耻、越狡猾，也就对他们越有利，越有价值。

同样，在《漂亮的朋友》中，对两性关系的描写过多且过于直接，损伤了作品主题的严肃性。

第四节　波 德 莱 尔

一、作者生平

✧ 沙尔·波德莱尔（1821—1867）

法国唯美主义和象征主义文学的创始人和代表作家，被称为现代派文学的鼻祖，他的理论和创作，直接影响了19世纪后期和20世纪的文学创作。

1821年，沙尔·波德莱尔出生于巴黎，6岁丧父，母亲为生活所迫，嫁给一个军官奥皮克。奥皮克为人严厉和狭隘，对他的管教使波德莱尔陷入深深的忧郁之中。因为反对母亲改嫁，波德莱尔与继父的关系一直不好。

上大学期间，波德莱尔在巴黎过着放荡的生活，以此来反抗家庭的管束。为了帮助他摆脱这种不正常的生活，1841年，波德莱尔的父母逼着他到加尔各答旅行，但是此次历时10个月的旅行因为波德莱尔的思乡情切只以到达毛里求斯而结束。回到巴黎后，他获得了父亲的75000法郎的遗产，但很快又被他挥霍一空。

1844年，在继父和母亲的干预下，波德莱尔受到法律的约束，每月只有200法郎的生活费，被迫自食其力。波德莱尔开始走上创作之路，但是以文为生的生活十分清苦。长期的贫困生活，让波德莱尔困窘不堪。

1864年，波德莱尔到比利时作巡回讲演，回国以后，他的身体极度虚弱，神经系统的疾病加重，不久瘫痪、失语，1867年去世，年仅46岁。

二、创作概况

波德莱尔的文学创新意识十分强烈，从一开始的诗歌创作就明确提出了要寻找“现代性”，“要从时尚中抽取出历史性所包含的诗意内容，从暂性抽取出永恒来”。这种“现代性”不同于传统，它包含了现时的本质，同时能传至将来。福楼拜曾在书信中说：“你找到了使浪漫派年轻的方法，你迥异于任何人。风格的独创取决于创作。你的句子塞满了思想，以致都要爆裂开来。”

波德莱尔确实找到了开启现代文艺的大门。他的艺术观是：

1．他以丑为美、化丑为美。

在波德莱尔看来，丑恶事物不是绝对的丑恶，丑中有美。他指出：自然是丑恶的，自然事物是可厌恶的、平庸的，自然景色的丑的、邪恶的；罪恶是天生自然的，相反，美德是人为的、超自然的。由此出发，他主张写丑，从中发掘恶之美。

2．他提出通感理论。

在波德莱尔看来，诗人是自然界和人之间的媒介，诗人能理解自然，因为自然与人相似。他区分了两种事实：一是自然的、物质的事实，这是表面的精神的；一是内在的现实，这是宇宙起源的基因。据此，他指出：不同的感觉之间有通感，“香味、颜色和声音在交相呼应”，诗歌与别的艺术也是相通的，也可以用色彩和声音去表达感情。

3．他主张用象征去表达通感。

象征是由自然提供的物质的、具体的符号，也是具有抽象意义的承载者，由此达到理解更高的、精神的现实。诗人能破译这些象征符号，穿越象征的森林。象征的含义是丰富的、复杂的、深邃的，具有哲理性，这是借有形寓于无形。象征手法丰富了挖掘人的精神世界的手段。

4．他力图解放诗歌的形式，认为散文诗是介于诗歌和小说之间的一种文学体裁，能将诗歌的节奏美、音乐美和小说的反映真实的自由结合起来，并兼有两者之长。

纵观波德莱尔一生的创作，主要成就集中于在他的代表作品《恶之花》，这是作者思索15年之久的一部作品，于1857年出版。诗集发表之后，受到当局的起诉，被下令删除了6首诗。1861年诗集再版时，诗人又增加了32首。

除此之外，波德莱尔遗作还有散文诗《巴黎的忧郁》(1869)，散文《私人日记》(1860)、《人造天堂》(1860)，文学评论集《美学珍奇集》(1869)、《浪漫派艺术》(1869)等。

三、代表作品赏析

《恶之花》

《恶之花》是波德莱尔的诗歌代表作，第一次出版于1857年，于1861年再版，共157首诗。

诗集共分为6个部分：

第一部分以诗作《忧郁与理想》为最长，是此部分的核心，讲述人在忧郁的压迫与理想的追求中徘徊，最后忧郁取得胜利；

第二部分以《巴黎风光》为核心，展示了巴黎各种不堪入目的城市景象，诗人在其中找不到摆脱痛苦的地方；

第三部分以《酒》为核心，讲述诗人于是沉醉酒中，但一切都是徒劳；

第四部分《恶之花》描写诗人深入到罪恶之中去体验生活，但是摆脱不了精神压抑；

第五部分《叛逆》中诗人对天主发出反抗的呼喊，但天主毫不理睬；

第六部分讲述诗人只有一条路：死亡。

《恶之花》内容别开生面：

1．诗人第一次将巴黎的城市生活带进诗歌王国。在诗歌作品中，都会的喧嚣和污秽成为最触目惊心的景象：

……

熙熙攘攘的都市，充满梦影的都市

幽灵在大白天拉行人的衣袖
到处都有宛如树液一样的神秘
在强有力的巨人的细小脉管里涌流……（《七个老头子》）
……
这时，卖笑的女子闭上发青的眼睛
女叫花子吹着余火，呵着手指
产妇的苦痛格外加强
鸡啼划破迷雾，像血泡将啜泣噎住
养老院的病人在吐出最后一口气
精疲力竭的浪子们返回家里……（《黎明》）
……
苍蝇嗡嗡在聚在腐烂的肚子上
黑压压的一大群蛆虫
从肚子里钻出来，沿着臭皮囊
像黏稠的脓一样流动……（《腐尸》）

这些场面是藏污纳垢的巴黎的缩影。诗人通过这些象征的描写，表达对现实的厌弃。他把目光投向生活在底层的民众：七个老头子有的眼中现出恶意；有的目光宛如凛冽的寒霜；有的像跛足前行的走兽，脊梁弯成直角，仇恨世界，仿佛在用他的旧鞋践踏无数的死者；有的像来自地狱，幽灵一样向茫茫的目标走去。除此之外，诗人还在诗中表现了孤儿、女乞丐、穷艺术家、老妓女、同性恋女人等，他们是《恶之花》的主要描写对象，是城市中受欺凌、被遗弃的“贱民”。

2．诗人在此背景下展示个人的苦闷和压抑。第一部分中有 5 首诗集中表现忧郁，他把忧郁形容成破钟，嘶哑的声音活像要咽气的伤兵（《破钟》）；还将忧郁比喻成阴雨连绵的冬天，笼罩着阴暗的寒冷、亡魂、墓地、死气、雾（《忧郁之一》）；诗人说自己像活了一千年那样疲倦和厌倦，脑子像大坟场、万人冢，诗人百无聊赖，对万物厌弃，像具活尸，血管里流淌的是忘川的绿水而不是血液（《忧郁之二》）；这个社会像低垂的天幕，人的脑壳像被蛛网封住一样，在这个牢笼里，找不到出路（《忧郁之四》）。

在《信天翁》中，作者表现的是天才人物在平庸社会中的不自在；在《天鹅》中借安德洛马克流落到庇吕斯的宫廷和一只迷失在巴黎街头的天鹅的意象，表达了孤独者的痛苦命运；在《大敌》中，作者自比为一座受到秋雨肆虐的花园，再也开不出花朵。诗人在现实生活中找不到幸福，便幻想到异国他乡去寻求理想，如《前生》、《飞天》等。

总之，《恶之花》表现的是小资产阶级青年一代找不到出路而陷入悲观绝望的心境。

在艺术手法上，《恶之花》独辟蹊径：

一是通感的运用。

正如《通感》一诗中所云：香气同触感相似，“嫩如孩子的肌肤”，香气又可以从声音得到理解，“柔和像双簧管”；香气还可以融入视觉，“翠绿好似草原”。波德莱尔说：如果各种艺术不致力于力求互相代替，至少要力求互相借用新的力量，这就是“联想的魔法”——通感。

二是象征手法的运用。

忧郁本是一种难以捉摸、抽象的心态，波德莱尔别出心裁地用各种意象来描绘：“低垂沉重的天幕像锅盖，压在/忍受长久烦闷、呻吟的精神上”，“大地变成了一座潮湿的牢房/希望在那里像一只蝙蝠飞翔”，“雨水拖着长而又长的水珠/宛如一座大监狱的护条那样/有一大群无声的卑污的蜘蛛/在我们的脑壳深处张开蛛网”，“大钟突然疯狂暴跳起来/向天空投以一阵可怕的吼叫/如同无家可归的游荡的鬼怪/开始顽固而执拗地呻吟哀嚎”（《忧郁之四》）。

三是语言极为精粹。

波德莱尔重新挖掘十四行诗的形式，锤字炼句，使之重放异彩。正如诗集的结束语所说，“你给了我泥土，我炼出了黄金”。布瓦洛在《诗的艺术》所说的“一首完美的十四行诗，抵过一首长诗”，正是波德莱尔的座右铭。

第九章　20世纪现实主义文学

第一节　概　　述

20世纪是一个复杂多变的时代。在这个时代，科学技术获得了迅猛的发展，整个世界日益成为一个统一的市场。但物质财富的丰富并不必然意味着精神的幸福。在这个世纪里，阶级矛盾和民族矛盾空前激化，发生了两次世界大战和无数次局部战争，数千万人死于非命。空前复杂的时代特征也使文学的发展有了许多新的特点。一方面，随着世界统一市场的形成和各民族相互交往的增加，欧美文学已不再局限于欧洲和美国，拉丁美洲和澳洲的文学也取得了令人瞩目的成就；另一方面，随着社会矛盾的激化和种种悲观主义哲学的流行，人们已不再自信能真实地认识和反映生活，也不再相信种种抽象的理想，现实主义和浪漫主义都不再一统文坛，形形色色的现代主义流派登上文坛并成为20世纪世界文学的主流之一。此外，随着无产阶级革命运动的发展和社会主义制度在一些国家的建立，无产阶级革命文学和社会主义文学也成为20世纪世界文学中的一道独特的风景线。

批判现实主义文学发展到20世纪，虽然已经失去了在欧洲各国的统治地位，但仍然保持着顽强的生命力。一些在19世纪末就享有盛名的作家继续进行着艰苦的思想探索和艺术探索。他们接受了前辈们的批判精神,依然在作品中广泛地反映社会生活和塑造典型人物。同时，他们也并不故步自封，也接受新时期涌现的文学流派的新手法来丰富传统的现实主义。他们在20世纪上半叶的文坛占据了举足轻重的地位。但是，第二次世界大战后至50年代，欧美现实主义文学出现不同程度的衰落趋势。大约从70年代开始，现实主义文学又出现复兴的端倪，及至80年代，有的现代派作家甚至也采用了现实主义的艺术手法来写作。这种现象对现实主义文学本身而言也是一种激励。纵观20世纪的欧美现实主义文学，毋庸置疑，其生命力是强大的。

这一时期，英国是现实主义文学创作最有成就的国家之一。20世纪的英国小说加强了对英国社会的保守性和虚伪性的批判，具有一种冷峻的直面人生的特点，并从写实小说发展到实验小说。毫无疑问，劳伦斯是此时在小说创作中成就最高的作家。另外，约翰·高尔斯华绥也是英国在20世纪最有成就的现实主义作家之一，他的代表作《福尔赛世家》三部曲，通过描写福尔赛家族的兴衰史广泛地反映了19世纪80年代中期至20世纪20年代中期的英国社会生活。戏剧方面，萧伯纳以独特的戏剧语言批判和讽刺了英国19世纪末20世纪初资产阶级的习俗和道德，成为此时最有成就的戏剧家。

法国的现实主义文学继承了19世纪现实主义文学的传统而又有所变化，成就其第二个高潮。小说创作十分繁荣，构成了第二个黄金时代。它对社会的剖析从家庭着手，以家庭变迁去反映社会变化，同时又将目光投向国际上的民族解放斗争和反法西斯斗争，把握了时代的脉搏。

德国、奥地利和瑞士的现实主义文学达到前所未有的高度。德语小说在 19 世纪还处于起步阶段，到了 20 世纪便已得到重大发展。它继承了德国文学重视哲理的特点，并加强了批判精神，反法西斯的主题成为最强音。托马斯·曼的创作取得了突破，布莱希特则是最重要的戏剧家。奥地利作家斯蒂芬·茨威格以创作中短篇小说为主，擅长心理探索，《一个陌生女人的来信》揭示了一个女子最隐秘的心理活动，也具有典型意义。

美国现实主义文学也有长足的发展。这一时期的美国文学敢于面对美国的经济繁荣，正视社会矛盾和精神危机，体现了清醒的现实主义态度，从而涌现出一批具有世界影响的作家，把美国文学推上高峰。海明威和菲茨杰拉德是“迷惘的一代”的代表作家。杰罗姆·大卫·塞林格的《麦田的守望者》反映中产阶级子弟的苦闷、彷徨，暴露了资本主义文明的虚伪和丑恶，心理描写细致入微，也成为颇负盛名的一部著作。戏剧方面，田纳西·威廉斯的《欲望号街车》也具有代表意义，女主人公作为南方没落贵族后裔，是一个受尽欺凌的女性形象。

这一时期，东欧、南欧和北欧也出现了众多的现实主义作家。20 世纪上半叶的东欧各国为民族独立而斗争，东欧文学也以此为内容，揭露黑暗现实，描写民族苦难。在第二次世界大战后，这些地区则受到苏联文学的影响。南欧和北欧的文学以描写古老家族的史诗性作品和反法西斯题材的作品最为成功。捷克作家雅罗斯拉夫哈谢克的政治讽刺小说《好兵帅克》抨击了奥匈帝国的穷兵黩武，主人公帅克是捷克人民不屈灵魂的写照。

拉丁美洲，20 世纪上半叶迎来了文学发展的曙光，现实主义文学蓬勃发展，这个潮流与拉丁美洲的民族民主革命同步进行，这一表现革命进程的文学深深扎根于拉丁美洲的文化和生活传统中。

第二节　高　尔　基

一、作者生平

✧　马克西姆·高尔基（1868—1934）

他是伟大的俄国无产阶级作家。他以丰富的艺术创作开创了无产阶级文学的新纪元，列宁称他为“无产阶级艺术最杰出的代表”。

马克西姆·高尔基原名阿列克塞·马克西莫维奇·彼什科夫。1868 年 3 月 16 日生于下诺夫哥罗德市一个木工家庭，4 岁丧父，11 岁起独立谋生，当过学徒、搬运工和面包师。1884 年流落到喀山，19 世纪 80 年代末 90 年代初两次漫游俄国各地，广泛了解民情；其间因参加秘密革命组织于 1889 年被捕，获释后行动仍受宪警监视。

从 1900 年起，高尔基参加并主持知识出版社的工作，通过出版《知识》丛刊团结了当时俄国大批具有民主主义倾向的作家。1901 年他在圣彼得堡写传单揭露沙皇政府镇压示威学生的暴行，号召人们推翻专制制度，同年发表的散文诗《海燕之歌》，充满革命激情，被认为是“革命的宣言书”；这一年他还受革命政党的委托建立了秘密印刷所，为此第二次被捕、遭流放。

1905 年革命爆发初期，他曾以目击者的身份写了讨伐沙皇政府枪杀请愿群众的传单，号召人民奋起斗争，同时积极参加社会民主工党的《新生活报》和《战斗报》的出版，多方努力为起义者筹集经费和武器。

1906 年年初，高尔基秘密离开俄罗斯到美国，在那里宣传革命，为党募集经费。革命暂告失败后，高尔基于 1906 年秋从美国到意大利 ，定居卡普里岛。翌年 5 月，和列宁一起参加了在那里举行的俄国社会民主工党第五次代表大会。

1921 年夏天，因病复发出国就医 ，直到 1928 年高尔基基本上住在意大利索伦托。他一边治病休养，一边通过书信和会见来访者尽力抵制拉普等一些团体的极“左”和宗派主义错误，为培养青年作者及团结不同风格的作家做了大量工作。

1934 年，高尔基主持苏联第一次作家代表大会，作了题为《苏联的文学》的报告，当选为苏联作家协会第一任主席。1934 年 6 月 18 日，高尔基与世长辞。

二、创作概况

1892 年高尔基在第比利斯的《高加索日报》发表处女作《马卡尔·楚德拉》，从此走上文学创作之路。

1898 年出版两卷集《随笔和短篇小说》，很快被翻译成许多国家的文字，高尔基从此蜚声俄国和欧洲文坛。

高尔基的早期创作多为短篇体裁。其中，《马卡尔·楚德拉》和《少女与死神》、《伊则吉尔老婆子》和《鹰之歌》等作品以黑暗与光明的强烈对比，歌颂向往光明以及为人民大众的利益献身的英雄人物，具有鲜明的浪漫主义特色。《切尔卡什》、《柯诺瓦洛夫》和《因为烦闷无聊》等小说，则着力于真实具体描写下层人们的苦难生活，表现他们对现实的愤怒情绪，艺术上属于现实主义。收入两卷集的短篇小说《读者》和评论文章《保尔·魏尔兰和颓废派》等，还表现了作者一开始就重视文学的社会作用和鲜明的反颓废派艺术立场。

1899 年，高尔基的第一部长篇小说《福玛·高尔杰耶夫》问世，这标志着他的现实主义创作进入了成熟阶段。小说通过较广阔的现实画面，着重揭示青年主人公人生探索的主题。

20 世纪初高尔基接连写了几部剧本，其中的《小市民》揭露了资产阶级保守派与自由主义者的矛盾，塑造了活生生的工人形象；《底层》深刻批判对幸福的消极等待思想，剧中的一个人物宣布：“人这个字听起来多么自豪”。《避暑客》、《太阳的孩子》和《野蛮人》三剧则及时揭示了当时俄国知识分子的分化，鞭笞抛弃革命理想的人。

1906 年，高尔基在美国写成剧本《敌人》和长篇小说《母亲》。成功地描写了工人阶级反对资产阶级的革命斗争，塑造了具有社会主义觉悟的无产阶级革命者的光辉形象，揭开了无产阶级革命文学的新篇章。

此后几年里，他创作了《没用人的一生》、《夏天》和《奥古洛夫镇》等中篇小说，《最后一代》和《瓦萨·日列兹诺娃》等剧本，以及《意大利童话》和《俄罗斯童话》等一批优秀作品。

1913 年年底，高尔基回到俄国，发表回忆录《列夫·托尔斯泰》和特写《列宁》，完成自传三部曲《童年》、《在人间》和《我的大学》，描写了作家从生活底层走向革命道路，寻找真理、追求光明的历程。

1924—1925 年创作的长篇小说《阿尔塔莫诺夫家的事业》，在从 19 世纪中叶俄国农奴制改革到十月革命的广阔历史背景上描写一个家庭三代人的变迁，从心理和道德角度表现了资产阶级的必然衰落。

1928 年后，高尔基曾两次到全国各地旅行参观，写了长篇报告文学《苏联游记》。1931 年起定居莫斯科。晚年的创作中，剧本《耶戈尔·布雷乔夫等人》和《陀斯契加耶夫等人》表现了资本主义的没落和社会主义的胜利，长篇小说《克里姆·萨姆金的一生》写了十月革命前俄国社会 40 年的历史变迁，以一个个人主义知识分子为中心人物反映出革命力量的壮大。

高尔基的作品从 20 世纪初开始陆续被介绍到中国。他的许多小说、剧本和论著都不仅有了中译本，而且还被编选成单卷、多卷的《高尔基文集》出版。他的文学创作和文学理论观点，对中国五四以后新文学的发展有重要影响。

三、代表作品赏析

《母亲》

《母亲》是高尔基最重要的作品之一。这部长篇小说深刻地反映了 20 世纪初无产阶级政党领导下波澜壮阔的群众革命斗争：工人运动从自发到自觉，从经济斗争转到政治罢工，农民和工人在斗争中结成同盟。小说第一次塑造了具有社会主义觉悟的无产阶级英雄的形象，奠定了社会主义现实主义的新型创作方法，在世界无产阶级文学史上具有划时代的意义。

小说的前两章以十分简练的笔法描写了俄国工人在资本家残酷压榨下的悲惨命运。工厂像一头怪兽吞噬着工人的血汗，老钳工符拉索夫被榨干了最后一滴血，满腔怨恨的去世了。从第三章开始，小说的重心转向描写工人阶级的革命觉醒和英勇斗争。随着马克思主义的传播，老符拉索夫的儿子巴维尔和少数青年工人在革命知识分子的帮助下，接受了革命思想的影响。他们秘密组织革命小组，学习革命理论，向工人群众传播真理的火花。

不久之后，工人们因反对工厂主克扣工资，举行抗议集会，这是一场自发性的经济斗争，也是工人阶级和资产阶级第一次针锋相对的斗争。在这次事件中，巴维尔挺身而出，号召大家团结起来。但由于广大的工人阶级尚未觉醒，巴维尔也缺乏斗争经验，这场斗争以失败而告终，巴维尔被捕入狱。

随着巴维尔在政治上的逐渐成熟，工人群众的日益觉醒，“五一游行”已成为一场有组织有领导的自觉的政治斗争。但是，游行遭到沙皇政府的野蛮镇压，巴维尔再次被捕入狱。在法庭上，他发表慷慨激昂的演说，痛斥沙皇专制的暴行，宣布共产党人推翻资本主义、实现共产主义的战斗纲领。巴维尔终于从一个普通工人成长为无产阶级革命战士。他的经历展示了俄国工人运动从马克思主义理论的传播到无产阶级政党的建立，从自发斗争到自觉斗争，从经济斗争到政治斗争的整个历史发展过程。

巴维尔的母亲尼洛夫娜是小说的中心人物。刚开始，她是一个深受政权、夫权和神权三重压迫的劳动妇女，逆来顺受、胆小怕事。然而，当马克思主义革命思想和蓬勃发展的工人运动闯进她狭小的生活天地后，她的思想也开始发生变化。当他第一次发现儿子巴维尔参加秘密活动的时候，内心异常恐惧。但是，巴维尔和工人小组成员的言论和优秀品质又使她深受教育。“沼地戈比事件”斗争失败后，她目睹警察搜捕革命者的野蛮暴行，既害怕又憎恨。但她终于迈出了走向革命的第一步，代替儿子去工厂散发传单。当然，她这时的行动主要还是出于母爱，为了营救自己的儿子。

“五一游行”时，尼洛夫娜和革命工人一起走上街头，同敌人英勇搏斗。儿子被捕后，她主动向周围群众宣传革命道理，这证明她的革命意识已经觉醒。“车站被捕”是小说的结尾，也是尼洛夫娜形象的最后完成。当她发现自己被敌人严密盯梢的时候，她沉着冷静，将安危置之度外。仍然将随身携带的传单向群众散发，进行宣传鼓动，直到军警残暴的揪住她的衣领，她仍然不顾一切地大喊：“大家要齐心协力，团结一致啊！”这个时候德尼洛夫娜已经不再是落后无知、温顺柔弱的家庭妇女，而是一名勇敢、坚定、成熟的无产阶级革命战士。

尼洛夫娜思想发展变化的过程，贯穿于整部小说的始终，通过尼洛夫娜对革命斗争和周围生活的观察、感受来展示她复杂微妙的内心活动，这是小说一个突出的艺术特点。

《母亲》取材于1902年索尔莫沃地区的工人“五一游行”事件，但高尔基并不局限于真人真事。本书生动地描绘了俄国无产阶级革命斗争的壮丽图景，展示了俄国工人运动发生、发展的历史过程及其必然规律，具有深刻的典型意义和普遍意义。小说中的巴维尔、尼洛夫娜等人的形象，既集中了20世纪初期俄国工人阶级的革命精神和优秀品质，又熔铸着作家的浪漫主义理想，具有现实主义和浪漫主义相结合的特征。《母亲》的创作实践为后来的社会主义现实主义奠定了基础。

第三节 肖洛霍夫

一、作者生平

✧ 米哈依尔·亚历山大罗维奇·肖洛霍夫（1905—1984）

他是20世纪苏联文学的杰出代表。肖洛霍夫1905年5月24日出生在顿河维申斯克镇，他一生中的绝大部分时间在那里度过。

1914 年肖洛霍夫先是被送往莫斯科，后来又回到哥萨克村里上学。十三岁时，正值第一次世界大战，德军对乌克兰的入侵中断了他的学业。1919 年至 1922 年这段时间里，年轻的肖洛霍夫为红军做过各种工作，其中一项便是在顿河地区征集军粮，然而，大部分哥萨克人却竭力抵制布尔什维克的“横征暴敛”。

1922 年，肖洛霍夫来到莫斯科，开始从事文学活动，并加入了俄罗斯无产阶级作家协会（“拉普”），成为年轻的无产阶级作家组织的一员。1923 年，肖洛霍夫与一位哥萨克的女教师玛丽娅·格罗斯拉夫斯卡娅结婚。

1925 年他们回到了顿河地区定居，肖洛霍夫开始着手写作《静静的顿河》。

1930 年肖洛霍夫见到了斯大林，1932 年肖洛霍夫成为一名正式的苏共党员。根据后来发表的文件，肖洛霍夫曾两次在斯大林的亲自过问下，于 30 年代救助过遭受饥荒和政治清洗的顿河人民。

1934 年肖洛霍夫当选为苏联作家协会理事，多年来一直担任苏联作家协会理事会书记处书记。他从 1937 年起当选为苏联历届最高苏维埃代表，1961 以后当选为苏共历届中央委员，他获得过列宁勋章和社会主义劳动英雄称号。

1965 年肖洛霍夫凭借《静静的顿河》获得诺贝尔文学奖。

二、创作概况

肖洛霍夫 1923 年开始在地方报刊上发表作品，1924 年加入俄罗斯无产阶级作家协会（“拉普”）。

1926 年他出版中短篇小说集《顿河故事》和《浅蓝的原野》，受到文艺界的重视。他早期的创作形象鲜明，语言生动，结构简练，生活气息浓烈，真实地反映了十月革命和国内战争时期顿河哥萨克地区复杂的局面。

1925 年，肖洛霍夫开始创作规模宏大的长篇小说《静静的顿河》，这篇小说共四部八卷，分别出版于 1928 年、1929 年、1933 年和 1940 年，获斯大林文艺奖金。

20 年代末 30 年代初，苏联在全国范围内开展轰轰烈烈的农业集体化运动，肖洛霍夫根据自己在哥萨克农村的生活感受，迅速及时地创作了另一部著名长篇小说《被开垦的处女地》。1932 年，小说第一部出版，受到普遍赞扬。

1941 年卫国战争爆发，肖洛霍夫以记者身份奔赴前线。在卫国战争期间，肖洛霍夫发表了不少充满爱国主义精神的短篇小说、通讯、特写和政论，并创作了一部以苏联红军抗击德国法西斯侵略为题材的长篇小说《他们为祖国而战》，但全书未完成。

1956 年和 1957 年之交，肖洛霍夫发表了短篇小说《一个人的遭遇》，这篇小说以卫国战争为背景，通过一个普通苏维埃人的悲惨遭遇，强烈控诉了德国法西斯侵略战争给苏联人民带来的深重灾难，表现苏联人民崇高的爱国主义精神和不屈不挠的意志。小说反映了作家对于战争和人的命运的深刻思考，探索了战争和人的关系问题，以及描写普通人形象的问题，对苏联当代文学尤其是战争文学的创作，产生了深远的影响。

1959 年，前后创作时间达 26 年之久的《被开垦的处女地》第二部出版，他和第一部一起荣获列宁奖金。

三、代表作品赏析

《静静的顿河》

《静静的顿河》是肖洛霍夫的代表作，也是 20 世纪世界文学中一部很有影响的重要作品。青年时代的肖洛霍夫，作为一个非哥萨克人，却是在反布尔什维克的哥萨克地区成长起来的布尔什维克，奇特的经历使他具有独特的视角，用真实的笔触在作品中描写了从第一次世界大战到国内战争结束这个动荡的历史年代顿河哥萨克人的生活状态和斗争过程。

《静静的顿河》记述了自 1914 年开始的政治大风暴对一个哥萨克鞑靼村和一户哥萨克人家的猛烈冲击。为了让读者更好地了解这一系列事件对哥萨克社会和人民生活方式的影响，作者以浓重的笔墨，通过第一次世界大战前处于和平年代的麦列霍夫一家，描写了号称俄国粮仓地区的农业生活的深沉节奏，表现了在沙俄帝国为争取自己的特殊地位而斗争的哥萨克人的自豪和独立信念，以及他们颇为原始的社会和道德风尚，从而为读者提供了一幅与接踵而来的流血混乱时代迥然不同的安谧景象。然而，不管是安谧或是混乱，顿河总是在静静地流淌着。

1914 年第一次世界大战爆发，青年哥萨克怀着“忠于上帝，忠于沙皇，忠于祖国”的誓言，应征上前线，许多人客死他乡。战争的灾难，军旅生活的痛苦，布尔什维克的宣传鼓动，使哥萨克军队中普遍蔓延着厌战情绪，士兵们拒绝执行作战命令，枪杀军官，成群结伙开小差。与此同时，布尔什维克党人施托克曼来到了鞑靼村，在贫苦的哥萨克中间点燃革命的火种。

十月革命推翻了沙皇专制统治，贫苦哥萨克建立起自己的革命政权。然而，反动势力的各种亡命之徒纷纷麇集顿河流域，“妄图从这块根据地上展开和指导对苏维埃俄罗斯的进攻”。哥萨克作为“一个特殊的阶层”，“本质上是保守的”。他们虽然拥护苏维埃的和平和土地政策，但对苏维埃政权心存疑惧，不愿意放弃传统特权，害怕遭受到“俄罗斯庄稼佬”的压迫。反革命分子正是利用哥萨克群众这种狭隘偏见和不健康心理，抓住“苏维埃政权的个别代表人物对哥萨克态度的不公正”，进行挑拨离间，在顿河地区煽动大规模叛乱。参加叛乱的哥萨克一方面和红军部队野蛮厮杀，另一方面并不愿意死心塌地支持白匪政权，而是幻想建立一个既反对共产党又保留苏维埃形式的“哥萨克自己的政权”，恢复古老的传统生活方式。经过多次反复较量，红军终于打败了由帝国主义支持的白匪军，平息了哥萨克叛乱，具有顽强生命力的苏维埃政权日益巩固和壮大。严酷的斗争使越来越多的哥萨克群众站到苏维埃政权方面来。《静静的顿河》重要的思想价值就在于它以生动的艺术形象，深刻地揭示这个为哥萨克人用“痛苦和鲜血换来”的生活真理，真实地表现他们走向革命的艰苦曲折道路。

小说主人公葛利高里·麦列霍夫是一个十分复杂而又很有个性的人物，他在动荡的历史年代走着一条独特、坎坷的人生道路。

葛利高里原是个热情、英俊、勇敢、勤劳的哥萨克青年，在他身上，具备着淳朴善良、热情勇敢、坦率真诚等一系列动人的性格特点。他是哥萨克劳动者中才干出众的一员，即使深陷反革命泥潭，他也没有丧失劳动人民所固有的品质。然而，出生于中农家庭的葛利高里又具有哥萨克私有者的全部弱点和动摇性，是一个“摇摆不定的人物”。

第一次世界大战爆发后，他像千百个哥萨克青年一样应征入伍，在沙皇军队里，他看不惯军官的飞扬跋扈，看不惯兵痞的奸淫掳掠，对人们在战争中互相残杀感到愤恨。革命士兵贾兰沙向他揭露帝国主义战争的荒谬和专制政体的腐败，更使他“对沙皇、祖国和他的哥萨克军人天职的全部概念”一下子“化为飞灰”。然而，从前线回到家乡养伤以后，葛利高里作为鞑靼村“第一个得到十字勋章的人”，处处受到人们的谄媚和尊敬，这些落后的意识“渐渐地把贾兰沙在他心里种下的真理的种子给毁灭掉了”。于是，他又以“一个出色的哥萨克的身份重新回到前线”。这以后，他连连立功受奖，由一个普通士兵晋升为少尉排长。

十月革命的时候，政治上幼稚的葛利高里没有积极站在苏维埃政权一边，而是接受资产阶级自治派的影响，拥护哥萨克脱离俄国而独立，成了一个“在草原上的大风雪里迷了路”的人。不久，又受共产党人的影响参加了红军，率领一连战士奋不顾身地同白匪作战，但又同多数哥萨克人一样，认为自己高人一等，后因红军指挥员对被俘哥萨克反动军官的无情镇压产生反感而脱离红军。1918年春天，反革命叛乱席卷顿河流域，葛利高里在父亲和哥哥的影响下，加入叛军队伍，从此踏上反革命犯罪道路。在顿河叛军中他充分发挥军事才能，先后担任团长、师长。但他越是战功卓著越是感到痛苦，他酗酒、放荡，内心极端苦闷，几乎到了神经错乱的地步，整个精神状态面临着崩溃。当叛军乘船向克里米亚溃逃的时候，葛利高里像丧家犬一样被抛弃。于是他怀着“把过去的罪过都赎过来”的心情，参加红军骑兵队。他在同白军作战中同样表现得很英勇，因而立功受奖，晋升为副团长。然而，由于严重的“历史问题”，葛利高里在红军队伍中也得不到信任，反而被监督审查，于是他又复员回乡。在家乡，他的妹夫、鞑靼村革命军事委员会主席珂晒沃依明确宣布要追究他的反革命罪行，强令他到革命法庭和肃反委员会登记自首。为了逃避革命政权的惩罚，葛利高里加入了佛明匪帮，而成为身处绝境的散兵游勇，此时，国内战争已接近尾声，佛明匪帮的覆灭已为时不远，葛利高里看清形势，和佛明匪帮不辞而别，带着情人阿克西妮亚远走他乡。半路上遇到苏维埃征粮队的袭击，阿克西妮亚被打死，葛利高里像幽灵一样在森林村野游荡，最后，怀着痛苦绝望的心情回到家破人亡的家乡。

葛利高里的徘徊动摇有着深刻的社会历史根源和个人的主观原因。葛利高里出生于中农家庭，就其经济状况和社会地位来说，既是劳动者，又是私有者，其政治特点是左右摇摆。葛利高里作为一个哥萨克军官，他的左右摇摆则以更加特殊的形式表现出来。中农的私有观念和哥萨克军官的特权思想，在他和无产阶级革命事业之间横着一条深沟，使他把苏维埃政权看成异己的政权；而劳动者的朴素感情和平等意识又使他同白匪军格格不入。他本能地从自己的阶级利益出发，企图寻找一条超越革命与反革命的中间道路；落后愚昧的哥萨克传统生活习惯和中农的小生产方式造成他目光短浅，政治幼稚，使他在激烈的阶级搏斗中分不清是非善恶，他怀着哥萨克军人的雇佣思想时而为苏维埃政权服务，时而为反动势力效劳。他以资产阶级庸人观点看待你死我活的阶级搏斗，把十月革命和国内战争看成毫无意义的仇杀，既无法理解革命政权对反动势力的无情镇压，也厌恶反动势力对革命战士的野蛮摧残，他天真地认为革命和反革命可以"和平共处"；哥萨克军官的狂妄自信、粗野任性和冒险精神使他在动荡的年代不甘寂寞，顽固拒绝接受生活的真理，直到碰得头破血流才肯罢休。葛利高里的艺术形象真实地概括了哥萨克中农的本质特征，同时又具有独特的个性，它在特定的历史年代和社会环境中有着深刻的典型意义。

在1929年以后备受控制的苏联文学背景下，《静静的顿河》最引人注目的地方在于其描写的客观性，小说篇幅宏大，人物众多，无论从反映生活的深度或广度来说，都称得上一部史诗性作品。从第一次世界大战到国内战争的整个时代风云变幻，重大的政治历史事件，硝烟弥漫的战场厮杀，具有浓厚乡土气息的哥萨克人的劳动、爱情和日常生活，都一一如实地展现于作者的笔端。小说中的人物上至将军统帅，下至一般群众，都塑造得很有个性，其中几个主要人物的形象尤为鲜明生动。沉着干练的施托克曼，对革命忠心耿耿的彭楚克，勇敢乐观而又鲁莽偏激的珂晒沃依，令人掩卷难忘。特别值得一提的是，在小说结尾，葛利高里抛弃了不管是对红军还是白军的信仰，转而信仰一个超越一切的个人的、最直接、最自然的人的利益，如爱情、故园和家庭，这种尊重客观现实的写法不仅为作者在当时赢得了许多尊重，也使后人对他赞赏有加。

《静静的顿河》将苏维埃早期形式主义作家所实践的华丽的散文风格、俄国现实主义小说中伟大传统的史诗写作手法和顿河地区高度口语化的方言土语结合在一起，形成了自己独特的风格。小说自1928年陆续发表以来，受到了世界上许多著名文学艺术家的赞赏，先后被译成世界上许多种文字，是当代世界文学中流传最广、读者最多的名著之一。

第四节 萧 伯 纳

一、作者生平

✧ 乔治·萧伯纳（1856—1950）

爱尔兰戏剧家，生于爱尔兰首都都柏林，父亲做过法院公务员，后经商失败，酗酒成癖，母亲为此离家去伦敦教授音乐。受母亲熏陶，萧伯纳从小就爱好音乐和绘画。在都柏林美以美教会中学毕业后，因经济拮据未能继续深造，15 岁便当了缮写员，后又任会计。1876 年移居伦敦母亲处，为《明星报》写音乐评论，给《星期六评论》周报写剧评，并从事新闻工作。

萧伯纳的世界观比较复杂，他接受过柏格森、叔本华和尼采的哲学思想，又攻读过马克思的《资本论》。1884 年他参加了“费边社”，主张用渐进、点滴的改良来改变资本主义制度，反对暴力革命。在艺术上，他接受易卜生影响，主张写社会问题，反对“为艺术而艺术”的主张。

萧伯纳的文学始于小说创作，但最有成就的却是戏剧，“他的戏剧使他成为我们当代最迷人的作家”（颁奖辞）。1885 年至 1949 年近 64 个创作春秋中，他共完成了 51 个剧本。

萧伯纳杰出的戏剧创作活动，不仅使他获得了“20 世纪的莫里哀”之称，而且“因为他的作品具有理想主义和人道精神，其令人激励和讽刺往往蕴含着独特的诗意之美”，于 1925 年获得了诺贝尔文学奖。

二、创作概况

萧伯纳的创作可分为两个时期。前期主要有《不愉快戏剧集》，包括《鳏夫的房产》（1892）、《荡子》（1893）和《华伦夫人的职业》（1894）等；《愉快的戏剧集》由《武器与人》（1894）、《康蒂妲》（1894）、《风云人物》（1895）和《难以预料》（1896）组成。第三个戏剧集名为《为清教徒写的戏剧》，其中有《魔鬼的门徒》（1897）、《恺撒和克莉奥佩屈拉》（1898）和《布拉斯庞德上尉的转变》（1897）。

进入 20 世纪之后，萧伯纳的创作进入高峰，发表了著名的剧本《人与超人》（1903）、《芭芭拉少校》（1905）、《伤心之家》（1913）、《圣女贞德》（1923）、《苹果车》（1929）和《真相毕露》（1932）、《突然出现的岛上愚人》（1936）等。其中《圣女贞德》获得空前的成功，被公认为他的最佳历史剧，是“诗人创作的最高峰”（颁奖辞）。

三、代表作品赏析

《巴巴拉少校》

《巴巴拉少校》作为萧伯纳的代表剧作，集中反映了作家的思想。剧作以救世军为题材，反映了贫富不均和劳资冲突等尖锐的社会问题。喜剧的主人公巴巴拉是个有理想的青年，虔诚的基督教徒，救世军中的少校。她认为宗教是整个社会的基础，所有的人都是上帝的儿女，而她的理想就是在救世军中拯救穷人的灵魂。救世军的慈善事业需要金钱，由于经费短缺，巴巴拉所在的救世军收容所面临困难。巴巴拉的父亲安德谢夫是军火商，他出于个人的目的，在参观收容所时当场捐出 5000 英镑。巴巴拉起初说服救世军，希望他们不接受父亲的金钱。她和父亲的冲突，是经济和信仰的冲突，理想和现实的冲突。巴巴拉后来在别人的劝说下，还是要了这笔钱。人们在安德谢夫走后，感谢他的善行。巴巴拉的幻想破灭，痛苦地摘下救世军领章，别在父亲的衣领上。而当安德谢夫要收买救世军时，她终于屈服，相信是“威士忌大王”鲍吉尔和军火商救活了穷人。如果她离开父亲，就是“离开生活”。巴巴拉的转变虽然显得唐突，但也并非完全不可能。巴巴拉的精神苦闷，也表达了一些和上层社会有千丝万缕联系的青年知识分子的苦闷。

军火商安德谢夫在剧中占有中心的位置。他厚颜无耻、贪得无厌，认为金钱万能，声称买进卖出是他的哲学，利润是他的宗教信仰，而金钱与火药是他的宗教基础，他曾对他儿子说过这样一段话：“我就是你们的政府。……什么对我有好处，你们就做什么。战争对我们有利，你们就制造战争；战争对我们不利，你们就维持和平。……”他认为贫穷是最大的罪恶，要消灭贫穷就需要尽可能地赚钱。但是，他的“死亡工厂”无疑揭示了资本家财富的本质。

巴巴拉的恋人、诗人科森斯是个弃儿，实用主义者的典型。他曾经批评军火大王的行径。为了追求巴巴拉，混进了救世军。因为怕人们歧视,隐瞒了自己的身份。时机一到，他便抛弃自己的理想，公开自己的身份，同意做安德谢夫的助手，并且成为“死亡工厂”的继承人。这从一个侧面说明了金钱对人腐蚀的力量。

《巴巴拉少校》的思想内容，除了揭示垄断资产阶级的面目和金钱的本质，和表现上流社会青年一代的局限，还展示了以安德谢夫为代表的世俗势力和以巴巴拉为代表的精神力量的较量，结果是前者轻而易举战胜了后者。剧本还涉及善恶、道德、宗教、良知、教育、政治制度、历史进步等更有普遍性的问题。例如剧中人物提出：“一个人的佳肴是另一个人的毒药，在道德上如同在物质上是一样的”；正确和错误的区分，则是“迷惑了所有的哲学家，难倒了所有的立法者，弄糊涂了所有的经营者，毁灭了绝大多数艺术家”的“秘密”；当今世界的根本错误，就在于“只抛弃了过时的蒸汽机和电动机，但没有抛弃旧的偏见与旧的道德，旧的宗教与旧的政治法规”，等等。这些方面，涉及人类自身在发展过程中的两难处境，触动了人性内部的根本悖论，虽然剧本没有也不可能提供肯定的答案，但起到了振聋发聩的作用，足以令人深省。这标志着，萧伯纳的戏剧创作开始超越社会问题剧的批判方向，在向着人性剖析的深层掘进。

《巴巴拉少校》在艺术上的特色也很鲜明。首先，全剧的写实风格比较突出。由于是揭露帝国主义推行侵略战争的社会基础的现实主题，剧本重视实际生活图景的描绘，有关布列托马夫人家的客厅、救世军的救济所及兵工厂等场景的刻画，都十分真实贴切，从而造成一种印象，像安德谢夫这样的人物就存在于实际生活中，就存在于你我之间，因而让观众加倍感受到他的阴影与威胁，也加倍引起警觉。剧本仍和萧伯纳前期其他剧作一样，以中产阶级的日常生活为剧情的发展背景。

其次，在写实的同时，注意透过现实进一步关照历史与传统。剧中人物形象的塑造，都被赋予历史与文化传统的内蕴。如安德谢夫的身上有欧洲文学传统中魔鬼形象的成分，科森斯象征着欧洲现代文明与希腊古典时代的联系，巴巴拉则代表着基督教会势力的影响。

因此虽写实而不流于平庸。最后巴巴拉和科森斯在一起向往着能有一双鸽子的翅膀，飞离这污浊的尘世，飞上纯洁的天堂，更为剧本增添了理想色彩。

再次，喜剧效果强烈，并有讽喻意味。剧作题材虽严肃，但善于营造喜剧氛围。第一幕安德谢夫来到久未光顾的布列托马夫人住所，竟然分辨不清自己的一个个子女，闹出一连串笑话，就是成功的穿插。但萧伯纳并非单纯追求滑稽效果，即使在误会迭出中，他也让安德谢夫错把科森斯而不是别人当做自己唯一的儿子，这就埋下了以后科森斯继承昂德舍富家业的伏线。再如第二幕救济所里几个小丑似的男女人物的插科打诨，一方面活跃了气氛，一方面也在暗示巴巴拉热衷的救世军组织及救济事业，实质相当可笑。

最后，机智幽默的对话艺术。这也是萧伯纳喜剧风格的一个重要方面。剧中妙言隽语层出不穷，俏皮挖苦而不动声色，睿智深切而又饱含学识，集中表现了英国式的幽默。可以说，这样一种精彩的舞台语言是萧伯纳智慧的凝聚，也是他对付社会弊病和人性弱点的锋利手术刀。如第三幕安德谢夫和科森斯以及巴巴拉的论辩，尖锐而巧妙地集中提出了一系列哲理性问题，形成了全剧的高潮，其留下的思考值得回味反思。

回顾萧伯纳一生在戏剧艺术上的贡献，主要是把英国固有的风俗喜剧，成功地同易卜生的社会问题剧结合在一起，从而使英国戏剧摆脱了维多利亚时期浪漫情调的旧程式，朝更健康的方向发展。同时他又继续创新，中期以后大量运用象征主义的技巧，因而构思奇幻，蕴意深刻。他的剧作，在19世纪末20世纪初的英国剧坛上成就十分显著，成了英国戏剧复兴的最突出的景观。人们普遍认为，无论在剧作思想艺术的丰富多样上，还是在对英国戏剧发展的持久影响上，萧伯纳都是莎士比亚以后最重要的剧作家。

第五节　劳　伦　斯

一、作者生平

✧　戴维·赫伯特·劳伦斯（1885—1930）

20世纪初英国著名的诗人和小说家。1885年9月11日，劳伦斯出生于英国中部诺丁翰郡的煤区斯特伍德，父亲阿瑟·劳伦斯是一位矿工，他所受的教育仅仅够他艰难地读报纸。母亲莉迪亚出身于破落的中产阶级家庭，是一位受过良好教育的女子，她读了很多书和诗歌，崇尚思想，喜欢和有教养的人讨论宗教以及哲学、政治等问题。这样的一个家庭是十分不和谐的，由于夫妻感情一直不和，母亲把所有的爱都给了孩子，特别是劳伦斯。但这种爱是畸形的，超出了正常的母子亲情，造成了儿子人格发展的失衡。

劳伦斯中学期间，爱上了当地哈格斯农庄的少女杰茜·钱伯斯，这是劳伦斯的第一次恋爱，对他早期的生活和创作产生了相当大的影响。《儿子和情人》中的密里安，就是以杰茜为原型塑造的。

1901 年劳伦斯中学毕业后，当过三年多的小学教师；1906 年，劳伦斯入诺丁翰大学师范系学习。

1910 年 12 月母亲去世，他遭受了重大打击。

1912 年 4 月初，在他到诺丁翰大学法语教授威克利家中拜访时，与比自己年长 8 岁，已是 3 个孩子母亲的教授夫人弗丽达一见钟情，不能自持，两人于 5 月初私奔，开始了新的生活。1914 年 6 月，两人重新回到伦敦，7 月，举行了简朴的婚礼。8 月，一战爆发，夫妇二人困居英伦，陷入了一生中最悲惨的时期。战争结束后，劳伦斯夫妇于 1919 年 11 月终于再次离开英国，开始了长达 11 年的漂泊生涯，行踪遍及锡兰、澳大利亚、新西兰等地。

1926 年后，劳伦斯进入生命和创作的最后时期，这年仲秋，夫妇二人来到阳光明媚的意大利，度过了一生中最美好和稳定的一段时光。

1930 年 2 月 6 日，劳伦斯肺病恶化，住进了法国南部的芬斯疗养院，3 月 2 日与世长辞。

二、创作概况

1906 年，劳伦斯在诺丁翰大学学习期间，开始创作他的第一部长篇小说《白孔雀》。

两年结业后，劳伦斯来到伦敦郊区的一所中学任教，与海伦·柯克小姐相识。劳伦斯以她提供的素材为基础，融入自己的经历，创作了第二部小说《逾矩的罪人》。

1910 年，劳伦斯开始创作《儿子与情人》。

1915 年，劳伦斯创作了他最杰出的作品《虹》，但小说出版后不久，就以“有伤风化”的罪名遭到查禁。直到 1949 年，未删节的全本才在英国公开发行。

完成于 1916 年 11 月，出版于 1920 年的《恋爱中的女人》，是劳伦斯这一时期的又一力作。

在战争结束后长期的漂泊生涯中，劳伦斯创作了《迷途的少女》、《亚伦之仗》、《袋鼠》和《羽蛇》四部长篇小说。

1926 年之后，作家虽然被病痛折磨的痛苦不堪，但仍以顽强的毅力写了大量的小说、诗歌和散文，其中最重要的作品是长篇小说《查泰莱夫人的情人》。

三、代表作品赏析

（一）《虹》

小说描述了布兰文一家三代精神发展的历史，他们的探索从整体上反映了现代人的困惑、苦闷、挣扎和憧憬，表现了人们打碎枷锁、实现新生的强烈愿望。每一代人都试图突破周围狭隘的生活，以求将自身的存在投入到更广阔、更自由的生存环境中，他们的努力，在不同意义上都将这种探索向前推进了一个阶段，这其中有成功的喜悦，也有失败的苦涩。

小说开篇，描绘了一幅颇有深意的布兰文家族早年生活的图景。他们年复一年的像人类始祖亚当和夏娃一样，陶醉于马施农场那简朴却生机盎然的生活中。但工业文明毕竟来临了，插进田园的矿井架，打破乡间宁静的火车鸣叫声，这一切都暗示着另一个世界的出现。

汤姆·布兰文就出生在这个转变时期，他所继承的世界并存着两种价值观，但是他心中的天平却总是倾向于血肉的信仰。汤姆和丽迪亚的婚恋，突出体现了新旧价值观的冲突以及在自然精神上达到和谐的过程。丽迪亚是波兰大农场主的女儿，前夫死后，她从巴黎辗转来到英国，汤姆觉得她身上有种神秘而浪漫的气质。他们的婚恋，经历了吸引——结合——对抗——和谐四个发展阶段。汤姆准备向丽迪亚求婚时，心中似乎有一种强大的冲动，坚决将他推向丽迪亚，而丽迪亚虽然对他的逼近本能地感到恐惧，企图抗拒，但最后还是身不由己地投入到他的怀抱。劳伦斯表明，他们的结合，并非建立在经济、地位等社会因素的基础上，而是灵魂深处自然力量的必然要求。婚后第一年内，夫妻二人的精神状态都很紧张，直到第二年，在激烈、反复的冲突后，两人才终于达到和谐的境界，“最后，他们携起了手，房子建成了，上帝与他们同在”。

这个家族的第二代代表人物是安娜，她几乎贯穿整个作品的始终。她的性格是追求独立和自由。在很小的时候，她就敢于反击成人对她的挑战。她也曾有过幻想，希望做自由、骄傲、超凡脱俗的女子。然而，长大后周围鄙俗的气息，使她幻想破灭，她又把自己的父母、家庭作为生活的中心，但也仍然向往着外界生活，向往着独立自由。因此，她爱上了城里来的堂兄威尔。但婚后不久，她发现他们在思想观念和信仰上有着严重的分歧。威尔推崇教堂穹顶上华丽的彩虹，而安娜则认为那不是真实的彩虹，她更向往自然的天空中出现的彩虹。于是他们之间展开了一场紧张激烈的灵魂深处的战斗。虽然这战斗有时紧张，有时缓和，但却相伴终生。最后他们双方表面上都让了步，安娜变成了一个普通的家庭妇女，一个生育孩子的工具；威尔也变成了一个只为挣面包而工作的男人。作者认为这种只有肉体接触而无心灵交流的夫妻，不是他所理想的夫妻关系。

这个家族的第三代的代表人物是厄休拉。她算是现代女性，很小的时候她跟母亲安娜一样，非常要强，不甘示弱，无拘无束，活泼开朗。但她比母亲更富于幻想，也有更高的人生追求。她讨厌狭小的乱哄哄的家，坚决要走向更广大的世界，她要跟男人一样，为社会、为家庭尽自己的责任和义务。因此，当她中学毕业时，不顾父母的坚决反对，毅然参加了工作。厄休拉对未来充满了美好的理想，但这理想却被冷酷的现实一次次毁灭；小学教师的经历是她理想的第一次破灭；大学校园生活是她理想的第二次破灭；与男友的分手是她理想的第三次破灭。经过这三次曲折，她对社会生活的认识深刻了，成熟了。她清楚地看到表面繁荣的资本主义工业社会，不过像一个被灯光照亮的圆圈，在这圆圈之外，是一片黑暗。厄休拉对爱情的追求不是单纯感官肉体的满足，而是精神与肉体的关系的统一。但她的这一追求在《虹》中并没有实现。小说结尾时，她仰望着天上的彩虹充满着期待。后来在劳伦斯的另一部作品《恋爱中的女人》中，作者让她找到了自己如意的男友，真正实现了精神与肉体的完美统一，建立起健康和谐的家庭关系。小说也写到了厄休拉的一些弱点，比如她放荡的性格，同性恋的经历，对社会不满，苦闷彷徨，又甘于堕落。作者认为这是西方现代女性的共同弱点。

从艺术上来讲，这部小说并不以塑造典型人物为目的，而是重在对人物的心理和人与人之间的关系的分析。有人评论说："劳伦斯是最早把现代心理学引入到小说的作家之一。"因此，劳伦斯特特别善于描写男女之间的爱情心理，尤其是性爱心理。但他的描写是纯洁健康的，是道德的，并不想以色情来吸引读者。小说大量地运用象征、比喻和意象描写的手法。小说的题目《虹》就是一个象征，它象征着一种自然和谐完美的两性之间的关系，象征着一种完美的人生理想。小说语言充满了激情，同时也深刻、含蓄，富有哲理。

（二）《查太莱夫人的情人》

《查太莱夫人的情人》是劳伦斯最后一部长篇小说。小说创作灵感得之于一个奇特的真实故事。它的最后一稿，劳伦斯曾考虑把它改名为《温柔》，还搞过一个《约翰·托马斯与珍妮夫人》的修订本，并亲自为小说设计了在火焰中自焚的凤凰作为封面。由于小说毫不隐讳地描写了性爱，而被斥为淫秽作品。当时，内政大臣下令没收此书，把作者叫做"蓄着络腮胡子的色情狂"，甚至他的画展也被查禁。1951 年出版此书的英国企鹅出版社还被控犯有出版淫秽作品罪引起了轰动整个西方出版界的官司。直到 1960 年 10 月伦敦中央刑事法院裁定出版社无罪，小说才得以解禁。

小说的女主人公查太莱夫人是一位资产贵族阶级的男爵夫人，名叫康司丹斯，是皇家艺术学会会员。母亲是费边协会的会员，所以康司丹斯和她的姐姐希儿黛从小受的是很自由的教育。她们姊妹俩，幼时曾到过巴黎、佛罗伦萨、罗马等自由之都。1917 年克列福特·查太莱从前线回来，和康司丹斯认识并匆匆地结了婚。一月以后，假期结束，他只能又去了弗兰大斯的阵线。三个月后，他被炮弹所伤，变成了一堆碎片被送回来了。在病院里住了两年，总算痊愈了，但是自腰部以下，完全瘫痪。1920 年，他和康妮回到了查太莱世代的老家，他的父亲死了，所以他成了克列福特男爵，而康妮也成了查太莱男爵夫人。这时候康司丹斯正当二十五岁的青春。

此后两人所过的生活，就是死气沉沉的传统的贵族社会的生活了。男爵克列福特，是一个只有上半身（头脑），而没有下半身的废人。活泼强壮的查太莱夫人，又成了一位有名无实的守活寡的贵族美妇人。从早到晚，他们所过的都是刻板的不自由的英国贵族生活。而英国贵族所特有的那种利己、虚伪、傲慢、顽固的性格，又特别浓厚地集中在克列福特的身上。渐渐的，查泰莱夫人对于喜欢高谈阔论，自命不凡的贵族社会，已生嫌恶之心。

不久以后，克列福特的园圃之内，雇了一位矿区工人出身，因婚姻失败而曾去印度当过几年兵的管园猎夫梅洛斯。小说中的男主人公从此上场了！这一位工人出身的梅洛斯就是查太莱夫人的情人！

原书共十九章，自第五章以下，写的就是查太莱夫人和情人梅洛斯两人间的性生活，以及书中各人的微妙的心理纠葛。

梅洛斯的婚姻的失败，就因为他对于女人，对于性，有特异的见解和特别的要求。而康妮，在遇见了梅洛斯的瘦长精悍的身体以后，就觉得人生的目的，男女间的性的极致，尽在于此了。说什么地位、富贵，人生的结果，还不是一个空，一个虚无！命运是不可抗，也不能改造的。

克列福特对妻子的丑事也有所觉察，但是为了维护家族虚伪的尊严，曾对他的妻子这么说过："若你去和别人生一个孩子，只要不破坏像现在这样的夫妇生活，而能使查太莱家有一个后嗣，以传宗接代，保持我们一家的历史，倒也很好。"所以，当康妮发现自己有了身孕后，就借机离开了克列福特，跟她父亲上威尼斯度假去了。不幸的事发生了，当她不在的时候，梅洛斯未正式离婚的前妻珂资又突然回来了。这个如同母牛一样的泼妇，跟别的男人同住了几年之后，又回到了梅洛斯的草舍，宣布了他和查太莱夫人的秘密，造了许多梅洛斯的变态性欲的谣言，硬要来和梅洛斯同居，向他和他的老母勒索些金钱。梅洛斯迫不得已，就只好向克列福特辞了职，一个人回到了伦敦。刚好查康妮正在从威尼斯回来的路上，便私下和梅洛斯约好了上伦敦旅馆中去相会。两人的结合使她坚决地打定了主意，写信要求和克列福特离婚，预备和梅洛斯两人去过他们充实的生活。

这一篇有血有肉的小说，是以在乡间做工，等满了六个月，到了来年春夏，取得了和珂资的离婚证后，再来和康妮同居的梅洛斯的一封长信作结束。

这部小说通过对康妮与梅洛斯的性爱关系的描写，探索和肯定了身心融合完美自然的男女关系，并以此深入批判了资本主义工业文明对人类生活和人性的残害，呼唤自然和谐生活的复归。劳伦斯曾在序中谈到："如果精神与肉体不能和谐，如果他们没有自然的平衡和自然的相互的尊敬，生命是难堪的。"这正是作品不能被打入色情小说的重要原因。

总的来说，《查太莱夫人的情人》虽然命运坎坷，但终以其严肃的寓意、社会批判的主题、真切透辟的写实手法和细腻深刻的心理描写成为名著，并对现当代英国乃至西方文学产生了重大影响。

第六节　德　莱　塞

一、作者生平

✧　西奥多·德莱塞（1871—1945）

他是20世纪美国杰出的现实主义作家。他继承了马克·吐温等人的批判现实主义传统，在作品中真实地描绘美国的生活和小资产阶级的迷惘。

德莱塞出生于美国印第安纳州特雷霍特镇的一个笃信宗教的德国家庭。父亲原是德国的纺织工人，为逃避兵役于1846年移居美国。母亲是摩拉维亚地方农民的女儿。家里有兄弟姐妹13人，他排行第九。家庭以开手工业纺织工场为生，1870年因失火而破产。

他从小勤奋好学，但因为贫穷而不得不在课余时间与兄弟们一起去捡煤渣、做零工，中学也没有读完。他的两个姐姐也有嘉莉、珍妮式的遭遇，因贫困而很早私奔出外，被迫为娼。德莱塞从12岁起就在店铺当小伙计和沿街卖报。17岁去芝加哥独立谋生，在小饭馆里洗过碗碟，当过五金店的学徒和房产公司的收租员，失业时就流浪街头。这些生活的经历和体验，为他后来在创作中描写下层社会人民的生活提供了大量的素材。1888年，他收到一位女教师的资助进入印第安纳大学读书一年。在大学里，他接触到达尔文、赫胥黎、斯宾塞的著作，受到生物社会学的影响。他把社会意义上的人视为生物学意义上的人，与禽兽相去不远。正因为持有这种观点，他前期的世界观存在一系列的矛盾：他痛恨资本主义社会的贫富差距，又认为贫富差距有利于社会进步；同情劳动者的不幸遭遇，又认为他们不能解救自己；痛恨资产者，有时又羡慕资产者；他希望自己成为一个"好人、伟人、圣人和诗人"，有时又幻想做一个金融巨头。这些观点和矛盾，都不同程度地反映在他的作品中。

1892年，德莱塞发表第一篇论文《天才的再现》，因此被聘为芝加哥《环球报》的正式记者。以后，他为多家报社工作过。从业报界期间，足迹遍布全国各大工业城市，观察了各种各样的社会生活和人物，为他以后的文学创作打下了坚实的基础。他的《关于我自己的书》（1922，后改名为《报刊生涯》）和《黎明》（1931）就记录了他的记者生涯和青少年时代的艰难生活。

1927年，德莱塞应邀访问苏联，归来后发表了《德莱塞访苏印象记》，对于新事物给以充分肯定。

1941年，德莱塞当选为"美国作家同盟"主席。

1945年，光荣加入美国共产党，同年十二月逝世于好莱坞寓所。

二、创作概况

德莱塞的第一部长篇小说《嘉莉妹妹》于1900年问世。这部现实主义小说叙述了一位貌美天真的农村姑娘到芝加哥谋生后的不幸遭遇。小说通过对她生活道路的描写，说明资本主义上升时期已经结束，个性解放缺乏进步意义，在资本主义社会里靠诚实的劳动找不到出路，在以金钱为中心的大都市里只有道德的沦丧而没有真正的幸福生活。小说发表后被指责为"有伤风化"、"有破坏性"，招来"强烈憎恶"和"激愤抗议"，因而遭到长期查禁，至1907年才得以在美国再版。

德莱塞创作《嘉莉妹妹》后被迫辍笔十年。至1911年，他才发表第二部长篇小说《珍妮姑娘》，这部小说可以说是《嘉莉妹妹》的姊妹篇，同样是叙述一个穷姑娘在资本主义社会里的不幸遭遇，塑造了惨被侮辱却天性善良的珍妮形象，艺术上也更为成熟。

1911年以后，德莱塞以惊人的速度进行写作，连续发表了5部长篇小说、4部短篇小说集、3部政论文集、3部游记、2部戏剧集、2部传记、1部诗集。自1900年至1931年，他所写的作品共有20多部。

长篇小说《欲望三部曲》由《金融家》(1912)、《巨人》(1914)、《斯多噶》(1947)组成。最后一部由他妻子续完最后一节，在他去世后发表。

1916年，德莱塞发表了《自然和超自然戏剧集》。1918年，发表剧本《陶工之手》。

十月革命后，德莱塞出版了短篇小说集《自由及其他故事》、《十二个人》、《锁链》都是难得的艺术佳作。

1925年，长篇小说《美国的悲剧》出版，给作者带来国际性的声誉，标志着他创作的新阶段。但这部书也曾受到攻击，并被禁止出版。

1931年，德莱塞受当时世界形势的影响，毅然放下文学创作，深入矿区进行调查，并积极参加了矿工的罢工斗争。调查报告《哈而兰矿工的话》就是他和同伴们在哈而兰进行社会调查的实录，是一部关于30年代美国工人阶级状况的文献。

三、代表作品赏析

(一)《欲望三部曲》

《欲望三部曲》是一部具有史诗规模的鸿篇巨制，在德莱塞的创作中占有重要地位。小说讲述了一个金融巨头的发迹史和冒险史。《金融家》写南北战争前夕柯柏乌在费城的发迹。柯柏乌是银行职员的儿子，对金钱、地位有强烈的欲望。他从动物世界的弱肉强食中领悟到了人生和社会的法则，靠着一次次的股票投机，从一个经纪人变成了金融家。后来他和控制费城的“三巨头”狼狈为奸，又互相倾轧，最终在费城大火引起的经济恐慌中，因盗用公款而入狱，当了“三巨头”的替罪羊。《巨人》写70、80年代柯柏乌在芝加哥东山再起。他进行金融垄断活动，控制电车公司，投机煤气行业，终于成为亿万富翁。为了垄断室内铁路，与当地的“四巨头”进行激烈的斗争，遭到挫折后被迫离开芝加哥。《斯多噶》写19世纪90年代柯柏乌在伦敦的冒险活动。他通过英国的代理人收买伦敦地下铁路的承建权和分散的股票，最终取得了垄断。正在他庆祝事业成功的顶峰时，因肾脏病突然发作而死去。

“三部曲”以南北战争前夕到19世纪末为背景，从美国的费城、芝加哥、纽约写到英国的伦敦、法国的巴黎以及印度等地，在广阔的社会画面中，通过对柯柏乌一生活动的描写，反映了美国金融资产阶级罪恶的发迹史，对“镀金时代”的美国金融界、司法界、政界的黑暗腐败以及金融资产阶级控制政府机构的真相，进行了大胆而深刻的揭露。主人公柯柏乌是典型的金融资本家形象，他的人生哲学是极端利己主义哲学，为了掠夺更多的金钱，使尽了行贿、贪污、收买、诈骗、陷害等卑鄙无耻的手段。他的私生活也肮脏丑恶，荒淫无度。德莱塞对柯伯乌持批判态度，但对他的才干、精力和冒险精神也流露出欣赏态度，反映了作者思想上的矛盾。

（二）《美国的悲剧》

长篇小说《美国的悲剧》是德莱塞的代表作。这部小说共三卷，它通过一个普通的美国青年堕落为杀人犯的悲剧，集中地批判了美国的生活方式，深刻地揭露了美国社会制度的罪恶。

小说以1906年在纽约赫基默县发生的一件情杀案为情节基础。当时，一个叫契斯特·惠特勒的人谋害了自己的情人格雷斯·布朗，被判死刑。德莱塞详细地研究了这个案件及其他类似的案件，写出了《美国的悲剧》。小说的主人公克莱特·格利菲斯出生于平民家庭，是堪萨斯州一个穷牧师的儿子。他从小跟随父母在街头传教，受到人们的冷眼和嘲笑。但他爱慕虚荣，向往富人的享乐生活。16岁时，他决心离家独自谋生，先在一家杂货店当学徒，后来到市内最豪华的戴维森旅馆当服务员，接触到富人骄奢淫逸的生活方式。他交上了一些放荡的朋友，开始喝酒、逛妓院。在一次郊游中，他开的汽车轧死了一个小女孩，趁警察未到，他仓皇出逃。在芝加哥隐名埋姓混了三年，饱尝人间冷暖和世态炎凉。后来，他偶与伯父塞缪尔相遇。塞缪尔是纽约州的大富翁、“格利菲斯衣领公司”的工厂主。克莱特受伯父的雇用，当上了打印车间的主任。他看上了车间里一个年轻漂亮的女工洛蓓达·阿尔顿，软硬兼施，骗得了姑娘的爱情。但是当洛蓓达怀有身孕，要求结婚时，却遭到了他的拒绝。因为这时，他和一个大工厂主的千金、交际花桑德拉·芬琪雷打得火热。他为了和桑德拉结婚，决心抛弃怀孕的洛蓓达。这时，一条游艇倾翻的新闻引起了他谋杀洛蓓达的念头。他把洛蓓达骗到大卑顿湖中准备溺死她，但又没有行凶的胆量，慌乱中小船倾翻，他故意不去救洛蓓达而独自逃跑，致使不会游泳的洛蓓达溺水身亡。克莱特很快被警方抓捕，案件引起了法院、新闻界和政界的广泛注意。这时正逢卡达拉基郡民主党和共和党的竞选前夕，围绕着这个案件，两党在幕前幕后进行了频繁的活动和激烈的交锋。克赖特出于内心的罪恶感和宗教感，坦白了洛蓓达之死的真相，最后以故意杀人罪被判处死刑，年仅22岁。

小说细致地描写了克莱特短促的一生，通过他利己主义世界观的形成和发展，他的苦闷、挣扎、堕落和毁灭，对资本主义社会提出了强烈而沉痛的控诉。小说令人信服地揭示了资本主义社会制度及其生活方式是造成克莱特悲剧的根源。他是这种制度的产物，又是这种制度的牺牲品。

对于克莱特短促的一生来说，在戴维森旅馆当茶房和在工厂里当工头，是两个重要的生活阶段。戴维森旅馆可以说是资本主义社会的一个缩影。在这里来往的不仅有富商，还有依附于他们而生存的形形色色的人物，可谓三教九流，无所不包。而金钱，则是这里的绝对权威，是维系他们之间关系的唯一纽带。以吃喝玩乐为中心内容的资产阶级生活方式，以损人利己为准则的资产阶级处世哲学，以尔虞我诈为手段的生财之道，在这里都表现得淋漓尽致，给了克莱特极大的影响。当上工头之后，随着地位和生活条件的改善，他的利己主义思想变本加厉地发展，终于到了灭绝人性的地步。小说描写了克莱特在形成利己主义世界观过程中思想上的矛盾。在自私、邪恶的思想占领每一个阵地前，几乎都遇到了基督教教义和良心的抵抗，但是，一切纯朴的教义和人类善良的天性，都抵抗不了金钱的诱惑和腐蚀。克莱特为了桑德拉而牺牲了洛蓓达，归根结底，是因为桑德拉代表了财产、地位和享受。

小说通过克莱特的悲剧不仅揭露了金钱的罪恶，同时也揭露了美国政治制度和司法制度的丑恶和虚伪。负责克莱特案件的检察官梅逊，是一个典型的官僚政客，饱食终日而无所事事。尽管从谋杀到盗车的案件层出不穷，但他多年来却置若罔闻。为了在即将到来的选举中给共和党捞取更多的选票，他竭力把自己打扮成“伸张正义”、“为民申冤”的执法者，开始审理案件时就打定主意要判克莱特死刑。为此目的，他不惜制造伪证，并通过新闻媒介大肆渲染案情的离奇、残忍，还组织了127人出庭作证。克莱特的辩护律师是民主党人，虽然它已经从克莱特口中了解到实情，但是为了击败共和党人，阻止梅逊当选，就想方设法鼓动克莱特发假誓，说谎话，拒不认罪，并竭力为克莱特辩护。而案件的关键人物桑德拉，因为有钱有势，双方都对她讳莫如深，甚至连她的姓名都没有提及。这一切，暴露了美国司法制度的虚伪内幕，使人们看到了在公开的法律程序背后，隐藏了数不尽的交易、阴谋、花招和把戏。

德莱塞创作《美国的悲剧》的意图，不仅仅在于批判克莱特这样的美国青年思想性格中的拜金主义和极端利己主义，更重要的是揭示出促使克莱特走向犯罪道路的社会原因，达到对美国社会的批判和揭露。克莱特的堕落和毁灭，既是个人悲剧，又是社会悲剧。他是有罪的，因为它杀害了一个无辜的少女，而他本人又是受害者，是美国资本主义社会的牺牲品。作者明确指出：“这本书整个讲来是对社会的一个控诉，……小说之所以得到成功，并非因为‘它是悲剧’，而是因为‘它是美国的悲剧’。”

《美国的悲剧》在美国文学史上的意义在于它突破了“胆小与高雅的传统”，揭穿了盛行于20年代美国文坛粉饰现实的谎言，取得现实主义的胜利。

第七节　海　明　威

一、作者生平

✧ 欧内斯特·米勒尔·海明威（1899—1961）

他是20世纪美国最为著名的小说家，是一位创作个性和艺术风格最为鲜明、至今对欧美乃至整个世界都有重大影响的作家。

海明威生于1899年7月21日，兄弟姐妹6人，他排行第二。母亲具有一定的艺术修养，让他从小练习拉大提琴；父亲是个高明的医生，又是个训练有素的运动员和热心的博物学者，他教儿子钓鱼和射击，使海明威从小就迷上了户外活动。海明威是一个热情的、好竞争的标准美国男孩；学习成绩优秀，体育运动全面发展（游泳、足球、射击，还偷偷地到当地体育馆去学拳击），参加辩论团，在学校乐队里拉大提琴，编辑学校报纸《吊架》，还给文学杂志《书板》投稿，写短篇小说，写诗等。

1918年5月，海明威去了一战战场。前两个月，他志愿在意大利当红十字会车队的司机，以“名誉中尉”的身份到意大利陆军给伤病员提供人道主义服务。一个星期后，他在工作时被奥地利迫击炮炸伤，腿上身上中了两百多片碎弹片，在米兰的医院里住了三个月，动了十几次手术。

1919年1月，海明威回国 。有一度他为多伦多《每日星报》和《星报周刊》写特写。那年冬天，他认识了他在文学界头一位重要的朋友舍伍德·安徒生，并且通过安徒生，认识了“芝加哥派”的其他成员。同时他认识并爱上了哈德莱·理查孙，这是一位漂亮的红发女郎，比他大八岁。1921年9月，海明威与哈德莱结婚，在家里的乡间别墅度过蜜月之后去了多伦多，在那里，他当了几个月的特写记者。

但是，他向往的是欧洲，是能够有空闲的时间进行安心地写作，于是，他接受了一份驻国外当兼职记者的工作。此后两年，海明威成了《星报》驻欧洲的流动记者，人住在巴黎，兼写关于日内瓦与洛桑国际会议的报道，包括希土战争的简练的戏剧性电讯。他偶尔也写一点轻松的、但观察锐利的印象记，内容是瑞士滑雪、西班牙斗牛和德国战后生活。

1937年年初，海明威去西班牙。官方名义是北极美报业联盟记者，他却不是不偏不倚的旁观者。他借债为忠于共和政府的部队买救护军，在美国第二届全国作家会议上发言攻击法西斯主义，协助拍摄亲共和政府的影片《西班牙大地》。

1939年，他在哈瓦那郊区“瞭望农场”购买了一份地产，就在地产山顶的房子里，创作关于法西斯主义、民主和个人的长篇小说《丧钟为谁而鸣》。

1940年，海明威的第二任妻子保琳·帕发费以“遗弃”为理由跟他离婚。一个星期之内，他娶了第三个妻子玛瑟·盖尔荷恩，他们共同生活了五年，婚后前两年，他们在中国当战地记者，海明威为现已停刊的纽约报纸《下午报》撰写报道。

1945年年末，海明威与玛瑟·盖尔荷恩离婚，并于1946年3月回到了“瞭望农场”，随同他回去的是他第四个、也是最后一个妻子玛丽·威尔什。

1960年，海明威患高血压、糖尿病，而且铁质代谢紊乱，这是一种罕见的疾病，危及主要器官。心理上，他更糟糕，几乎说不清楚话，焦虑，抑郁症很严重。在1961年7月2日早晨，他自杀身亡。

二、创作概况

1917年10月，海明威开始进堪萨斯市的《星报》当见习记者，这家报纸是美国当时最好的报纸之一。海明威在《星报》头一次知道，文体像生活一样必须经过训练。海明威在相当短的时间内，学会把写新闻的规则化成文学的原则。

1922年年末，他参加洛桑和平会议的时候，哈德莱在巴黎里昂车站把一只装满了他绝大部分手稿的手提箱丢失了，这件事使他痛苦万分。海明威没有办法，只好重起炉灶，这回获得惊人的成功。1923年，他几篇作品被刊物采用。哈丽特·蒙罗在《诗歌》（1924年1月号）上发表他的短诗；玛格瑞特·安德生和琴·希普在《小评论》（1923年4月）上发表了他六个短篇（共十八个短篇，原拟于次年一月发表，总题为《在我们的时代里》；1923年夏天，罗伯特·麦卡门发表海明威第一部作品《三篇故事和十首诗》（三篇故事是《在密执安》、《我的老头子》和《不合时宜》）。

1926年10月，斯克利布纳公司出版了《太阳照样升起》，不到三十岁的海明威成了有定评的文学家。作为一位作家第一部长篇小说，销路不错，也博得了好评。

海明威早期的作品大多表现了第一次世界大战后青年一代的彷徨和惘然若失的情绪，描写了那些被战争逐出生活常规的人们的苦难和精神创伤，充满了悲观、忧伤的情调。从20年代后期开始，海明威在作品里塑造了“硬汉性格”，为美国文坛带来了一股冷峻而粗犷的“硬汉”之风。

1927年海明威完成并发表了第二部短篇小说集《没有女人的男人》，其中的《打不败的人》、《五万大洋》分别描写一个竭尽全力坚持到底的斗牛士和一个宁可失败也要保持职业体面的拳击手的形象。

1934年至1936年间，他给《老爷》杂志写了23篇生动但没有多大价值的文章，描写狩猎和捕鱼，这给大萧条期间城市中的受害者提供了一个精神避难所。他们在海明威粗犷的面容和强壮的身躯上看到背运时期一位英雄的面貌，他含蓄的散文、精练的对话表现了典型的“重压下的优美风度”。

1940年，海明威发表长篇小说《丧钟为谁而鸣》。这部小说以西班牙内战为背景，塑造了一个在执行炸桥任务时为了掩护同伴而献出自己生命的美国人乔顿的形象。

1952年，他发表著名的中篇小说《老人与海》。由于这部作品，他在1952年获得普利彻奖，两年后获诺贝尔奖。

三、代表作品赏析

（一）《永别了，武器》

《永别了，武器》（一译《战地春梦》）是一部伟大的现代战争小说，也是海明威的代表作。

小说的主人公亨利是个美国青年，他自愿来到意大利战场参战。一次休假归来在部队驻扎的小镇上结识了志愿参战的英国女护士凯瑟琳·柏克莱。凯瑟琳是一个漂亮的金发姑娘，他们互相吸引，往来频繁。有一回亨利将要出外执行任务的时候，敌人的炮弹在他们掩蔽的战壕边爆炸，一个司机被炸死，他自己的腿部、头部都受了重伤。在野战医院呆了很短的时间之后他被转送到米兰的一家美国医院做手术，恰好凯瑟琳也被调入这所医院，他们的关系得到进一步发展，陷入爱河。亨利伤愈后告别情人重返战场，但在一次撤退时竟被误认为是德国间谍而险些被枪毙。他只好跳河逃跑，并决定脱离战争。为摆脱宪兵的追捕，亨利和凯瑟琳逃到了中立国瑞士。在那里，他们度过了一段幸福而宁静的生活。但不久，凯瑟琳死于难产，婴儿也窒息而亡。亨利一个人被孤独地留在世界上，他悲痛欲绝，欲哭无泪。

书名《永别了，武器》高度概括了小说“战争与爱情”的主题，亨利在卡坡瑞托大溃退中被迫逃命后，是远离了战争，“与武器告别了”，凯瑟琳死后，亨利又向曾经热烈拥抱过他的凯瑟琳挥手告别了，女人的手臂是爱情的象征，而在英语中，“手臂”和“武器”是同一个“arms”。小说描写了亨利和凯瑟琳的爱情，指出他们的爱情和幸福是被战争给毁灭的。

亨利是小说的中心人物，也是故事的叙述者。他是听信了威尔逊政府“光荣、神圣、爱国”之类的宣传，怀着爱国热情志愿参战的。初上前线，他忠于职守，关心士兵，老是请求“上第一线”。然而，战地上的所见所闻，却跟政府的宣传大相径庭，他们逐渐认识到战争不过是一个骗局，是毫无意义的，是“愚蠢”的。那些在战前灌输进他们头脑中诸如尊严、荣誉、牺牲之类的抽象的价值观念在血与火的洗礼中一扫而光，他们看不到任何神圣的东西。战争把世界变成了一片废墟，战场就像“芝加哥的屠宰场”，只不过不是拿去出售而是埋在地下罢了。战争杀害人、伤残人，更严重的是损伤了一代人的心灵。海明威被认为是20世纪20年代流行于美国的文学流派“迷惘的一代”的代表作家，《永别了，武器》被认为是该派的最高成就，亨利被认为是“迷惘的一代”的艺术典型。当时，美国有一批以反战主题为创作中心的青年作家，他们大多经历了一战后从欧洲归来。1926年，格特鲁·德斯坦在读了《太阳照常升起》后，对海明威说：“你们都是迷惘的一代”。海明威就把她的话当成了小说扉页的题词，这一流派因此得名。所谓“迷惘的一代”，是指那些由于战争而迷失方向、无路可走的人。海明威通过对“迷惘的一代”的描写，企图表达的思想是，人们既然经历了战争的恐怖、混乱和荒唐，就必须勇敢面对现实，并从实际出发，积极行动，建立自己的价值观念。

凯瑟琳是作者着意刻画的理想人物，被称为“海明威的女主角”。她热爱生活，珍惜爱情，即使身处逆境也不悲观气馁，临近死亡也含笑自若。她是亨利的爱侣，又是以海明威式的生活准则帮助亨利走向成熟的教育者。与亨利相识之前，她的精神曾受到过重创，与她相恋8年的未婚夫战死，使她完全放弃了对战争的幻想。与亨利相恋后，她认为只要彼此真心相爱，就可以将传统道德置之度外而以身相许。亨利却有点畏首畏尾，建议两人去教堂结婚，她认为没有必要去教堂，只要真爱就足够。在谈到未来的孩子时，亨利首先想到的是施洗礼，她则毫无兴趣。显然，要不是意大利宪兵以死相逼，亨利是不会逃跑的，逃跑后，他又常常自责为叛徒，凯瑟琳则理直气壮地说：“那不是我们的军队，也不是我们的战争”。她唯一关心的是对亨利的爱，其他一切都无所谓。

小说中亨利和凯瑟琳的爱情作为一条主线始终与亨利的战争经历交织在一起。海明威是把战争的残忍和个人的幸福对照起来写的。他以冷静、简练的笔触，描写亨利和凯瑟琳如何从开始相遇时的玩世不恭逐渐发展成为一种心心相印的纯洁、真诚的爱情，以及这种美好的爱情又如何一步步被毁灭。海明威在小说中越是强调个人幸福的美好，那么这种个人幸福的被毁灭，就越能见出战争的可怕与罪恶。这种个人的幸福美好正象征着整个美好、和谐的人生，无数个人幸福的集合便是人生的目标。这样，海明威就把战争作为整个人类悲剧的制造者来加以谴责，从而获得了更深的意义。

（二）《老人与海》

《老人与海》是海明威晚年的力作。它把孤独中的"硬汉子"精神上升到炉火纯青的境界和寓言般的高度，从而引起了世界性的轰动。作品一发表便获得当年的普利策奖。两年后又使作者荣获诺贝尔文学奖。小说情节非常简单，它写一个老渔夫桑地亚哥孤单一人出海远航捕鱼的故事。老人在海上漂流了 84 天，仍然一无所获。此后，经过了两天两夜的生死搏斗，终于捕获了一条特大的马林鱼，但就在归航途中，一大群鲨鱼围了上来，尽管老人奋力拼搏，终于抵不住凶猛鲨鱼的进攻，等他回到海岸时，马林鱼只剩一副巨大的骨架了。

这部小说之所以重要，是因为它塑造了一个典型的海明威式的英雄形象。海明威小说的主人公置身的世界，多是暴力和混乱具有压倒性的世界。而主人公们在挫败中能做到光明正大，证明自我的价值和勇气，表现出一种"压力下的风度"。桑地亚哥本就是一个长期处于艰难和不幸中的老渔夫，生活穷困，缺衣少穿，经常忍饥挨饿，总是腰酸背疼，手上旧伤未愈新伤又添，还曾多次因精疲力竭而昏倒……但是他说："苦难对人来说不算回事"。在海上捕鱼时，钓丝持续不断压在背上带来的巨大痛苦，夜以继日地无暇休息所造成的极度困倦，他都能泰然自若的承受住。鲨鱼一次次来袭，这固然使他怒不可遏，但他也没有怨天尤人，从不放弃战斗。战斗到了最后，他既没有武器，又缺少帮手，终于一无所获，似乎成了海上各种不可名状的势力的失败者。但实际上，作为一名渔夫，他已征服了那条大得出奇的马林鱼，作为一名勇士，他在凶猛的鲨鱼接连不断的进攻面前从不畏惧，顽强拼搏。回家时，他不仅带回了自己完好的生命，也带回了长达 18 英尺的马林鱼的骨架——这证明他依然有信心、有能力出海捕鱼。小说通过桑地亚哥这个"硬汉"形象，生动地表现了"一个人并不是生来就要给打败的，你尽可以把他消灭，可就是打不败他"的崇高主题。

《老人与海》的写作风格基本上倾向于现实主义。它的素材来自于现实。1937 年，海明威在一篇报道中提到一个在加勒比海捕鱼的古巴老人，说他钓的大鱼被鲨鱼吃了一大半。当别的渔民在海上发现他的时候，还有一群鲨鱼围着他的船游来游去。老人心疼自己钓到的鱼，气得在船上哭。这件事使海明威久久不能忘怀。15 年后他终于以他为题材，概括进袭击所熟悉的古巴渔民生活，融入自己对人生的体验和理想，写成了《老人与海》。小说中，作家采用了大量现实主义的细节描写。尤其是捕鱼过程和场景的描写，非常细腻真实。

第八节　米兰·昆德拉

一、作者生平

✧　米兰·昆德拉（1928—）

捷克小说家，生于捷克布尔诺市。父亲为钢琴家、音乐艺术学院的教授。生长于一个小国在昆德拉看来实在是一种优势，因为身处小国，“要么做一个可怜的、眼光狭窄的人，要么成为一个广闻博识的世界性的人”。

童年时代，他便学过作曲，受过良好的音乐熏陶和教育。少年时代，开始广泛阅读世界文艺名著。青年时代，写过诗和剧本，画过画，搞过音乐并从事过电影教学。总之，用他自己的话说，“我曾在艺术领域里四处摸索，试图找到我的方向。”

1968年，苏联入侵捷克后，昆德拉的作品被列为禁书。他失去了在电影学院的职务，文学创作难以进行。在此情形下，他携妻子于1975年离开捷克，来到法国。移居法国后，昆德拉很快便成为法国读者最喜爱的外国作家之一。他的绝大多数作品，如《笑忘录》、《不能承受的生命之轻》、《不朽》等都是首先在法国走红，然后才引起世界文坛的瞩目。他曾多次获得国际文学奖，并多次被提名为诺贝尔文学奖的候选人。

昆德拉善于以反讽手法，用幽默的语调描绘人类境况。他的作品表面轻松，实质沉重；表面随意，实质精致；表面通俗，实质深邃而又机智，充满了人生智慧。正因如此，在世界许多国家，一次又一次地掀起了“昆德拉热”。

二、创作概况

50年代初，昆德拉作为诗人登上文坛，出版过《人，一座广阔的花园》（1953）、《独白》（1957）以及《最后一个五月》等诗集。但诗歌创作显然不是他的长远追求。最后，当他在30岁左右写出第一个短篇小说后，他确信找到了自己的方向，从此走上了小说创作之路。

1967年，他的第一部长篇小说《玩笑》在捷克出版，获得巨大成功，连出三版，印数惊人，每次都在几天内售罄。作者在捷克当代文坛上的重要地位从此确定。

1979年昆德拉的力作《笑忘录》在法国出版，曾荣获法国文坛最高荣誉之一的“梅第奇大奖”。作品以1968年苏联军队入侵捷克斯洛伐克为时代背景，描写了捷克不同阶层知识分子的多舛命运。这部作品是米兰·昆德拉奠定大师地位的关键代表作。在这部批评界奉为具有超现实主义风格的现代派小说杰作中，昆德拉试图打通小说、哲学和政治议论以及自传之间的隔膜关系，借以用罕见的政治正确的角度，探讨人生、音乐、性、哲学、文学和政治等重大话题，用笔诙谐独到，常常使阅读者在沉重的阅读中邂逅绝妙的幽默趣事，以致忍俊不禁。小说在法国出版后引起西方舆论界高度关注，获得当年法国最佳外国文学奖大奖。

1984年，昆德拉的又一部代表作《不能承受的生命之轻》问世，小说一经出版，便引起轰动。这部小说也为昆德拉赢得巨大的国际声誉。

除小说外，昆德拉还出版过三本论述小说艺术的文集，其中《小说的艺术》（1936）以及《被背叛的遗嘱》（1993）在世界各地流传甚广。

三、代表作品赏析

《不能承受的生命之轻》

《不能承受的生命之轻》是米兰·昆德拉最负盛名的作品。纽约时报曾评论该作是20世纪最重要的经典之作。昆德拉从一两个关键词以及基本情境出发构成了小说的人物情节。他以一个哲人的睿智将人类的生存情景提升到形而上的高度加以考虑、审查和描述；由此成功地把握了政治与性爱两个敏感领域，并初步形成了“幽默”与“复调”的小说风格。

在这个简单的爱情故事里，托马斯、萨宾娜、特丽莎、弗兰茨相遇在捷克那个被命名为“布拉格之春”的历史时段。他们的命运因而成为那个时代的一个剪影，托马斯和特丽莎的生活被捷克历史上的这一段撕裂了，当他们最后在一个小农庄找到避难之所时，托马斯是一个卡车司机，特丽莎放牧农庄的奶牛，生活和布拉格已有了完全的不同。萨宾娜则背井离乡，永远地离开了故土，弗兰茨这个日内瓦大学的教授以他的方式爱着萨宾娜。萨宾娜祖国的悲剧增加了他的爱情美感，最后他追逐着这种美感，在一个远离欧洲的地方，借着一场突然的死亡得以解脱。这些小人物就这样一个个地被那个时代的洪流淹没了，似乎不留一丝痕迹。

但他们留下来的又并非全是虚无，虽然昆德拉以一种虚无主义的感慨，引用那句德国谚语：只存在一次的事就像压根未存在过。在书中昆德拉反复强调说，生活是一张永远无法完成的草图，是一次永远无法正式上演的彩排，人们在面对抉择时完全没有判断的依据。我们既不能把它们与我们以前的生活相比较，也无法使其完美之后再来度过。生命中何为“轻”，何为“重”？昆德拉是这么解释的：最沉重的负担压迫着我们，让我们屈服于它，把我们压到地上。但在历代的爱情诗中，女人总渴望承受一个男性身体的重量。于是，最沉重的负担同时也成了最强盛的生命力的影像。负担越重，我们的生命越贴近大地，它就越真切实在。相反，当负担完全缺失，人就会变得比空气还轻，就会飘起来，就会远离大地和地上的生命，人也就只是一个半真的存在，其运动也会变得自由而没有意义。那么，到底选择什么？是重还是轻？主人公托马斯无疑是受到沉重感的诱惑，为他的选择一再付出代价，最后这个布拉格的知名外科医生，不得不在一个偏远的小镇落脚。萨宾娜一再地逃避媚俗的世态，为的只是那份“轻盈”，可这样一种“轻”注定是一生的漂泊不定，这无疑是另一种痛苦。

昆德拉的小说更关注人物的基本境遇——“哲学是在没有人物、没有境遇的条件下进行的”。《不能承受的生命之轻》一开始就将托马斯的问题摆在那里：在没有永劫回归的世界里，生命存在之轻。小说首先提出问题为托马斯设定规定情境，即轻与重的存在编码；于是哲学思考本身有了小说性，问题本身则是小说家在作品中显现的哲学思考。

昆德拉问题研究的重要特征是拒绝得出结论，他认为是塞万提斯让人知道世界没有绝对的真理，只有一大堆相对的问题。昆德拉在书中提出轻、重、灵、肉、记忆、虚弱、晕眩、牧歌、天堂等一系列的生存暗码，并与人物一一对应，支撑起各自的生存状态，展现了心灵与肉体的两重性。而每个关键词都是人物不同可能性的侧面。可能性是与一次性抗争的最积极的方式，因而此书可视为对自以为是的“绝对”的瓦解。而生命由于缺乏绝对的意义，变得没有依凭与支撑，甚至不如随风飞舞的羽毛那样有确定的方向。

米兰·昆德拉立足于前人踏出的存在主义之路，又开辟了一个新的方向。昆德拉不是从存在的本体论，而是从人类存在的现实境况出发来看待和思考存在的。在他看来，小说家是存在的勘探者，如果一个小说家，不能揭示人类存在的现实，那么他是不堪的至少是不深刻的。小说的写作目的，就是抓住自我对存在的深思。小说考察的不是现实，而是存在，存在不是既成的东西，它是“人类可能性的领域，使人可能成为的一切，使人可能做的一切”。对于现实世界，米兰·昆德拉基本上持一种悲观态度，他认为生活就是一个陷阱，人们未经请求就被生下来，封闭在从未选择的躯壳里，直至老死，一体化的世界则杜绝了人们逃遁的可能性。

基于这样的创作观，米兰·昆德拉小说中的人物，更像是一个个为了解释存在而存在的“实验性编码”，小说的情节、场景、论述，均是围绕“存在”这一主题展开，所有的文字，只是在小说家指挥棒下作出的对主题词演奏的音符，使昆德拉的小说始终以一种严肃而又戏谑的面貌出现，构成了其小说的独特的个人风格。

第十章　20世纪现代主义文学

第一节　概　　述

现代主义文学又称为现代派文学，是19世纪末至20世纪诞生，以第一次世界大战和第二次世界大战为轴心兴起、发展的一个文学思潮，是一系列标榜反传统的文学流派和创作的总称。它同时也涉及绘画、音乐、戏剧、电影灯艺术领域，是20世纪一种具有代表性的文艺思潮。主要包括象征主义、表现主义、未来主义、超现实主义、意识流小说等十多种文学流派。从思想内容来说，他们几乎都是表现所谓“现代人的困惑”，既表现周围世界的荒诞、冷漠，不可理解，以及生活在其中的人的那种陌生和孤独痛苦情绪。

（一）象征主义

作为现代主义文学的第一个流派，70年代兴起于法国，前驱是波德莱尔。19世纪80年代其正式形成一个流派，而法国诗人让·莫雷亚斯于1886年发表的《象征主义宣言》不仅昭示着象征主义作为一个流派的诞生，也是现代主义作为一场文学运动开始的重要标志。象征主义喜欢用具体的形象表现抽象的观念，用物质的可感性表现隐蔽的内心世界，着眼点不是描写客观的真实，而是追求主观的幻觉；喜欢用象征、联想、暗示、烘托等手法，重视雕塑美、音乐美和朦胧美。20世纪，象征主义从法国传播到其他国家，成为国际性的文学潮流，称为后期象征主义。

（二）表现主义

这是第一次世界大战前后流行于欧美各国的一个文学流派，最早产生于德国。表现主义强调“艺术是表现，不是再现”。表现主义作家反对模仿外在世界，主张表现内在主观现实，表现所谓抽象的本质。它的前驱是瑞典作家斯特林堡，最卓越的代表是奥地利作家卡夫卡、美国的奥尼尔等。

（三）意识流

意识流原来是一个心理学和哲学术语，美国心理学家詹姆斯曾把意识比喻成流动的“河流”或“流水”。20世纪20年代，一些作家把这种理论直接借用到文学创作中，认为文学应该表现人的意识流动，尤其是表现潜意识的活动，人的意识流动遵循的是“心理时间”，而非物理时间。他们开始深挖和展现人的潜意识，大量运用人物的“内心独白”，把直觉与幻觉、记忆与印象、想象与幻想，梦境与现实完全糅合在一起，并用“心理时间”打乱时间的逻辑顺序，以表达人的意识不受拘束的自由流动。意识流文学的这种“自由联想”手法，再加上叙述上的多层次和多角度，使作品在结构上具有一种立体感，在叙述上具有很大的跳跃性和随意性。这就改变了传统文学的情节结构观念，打破了按主要人物经历顺序发展的情节模式，情节在作品中淡化。同时，意识流方法丰富了文学的心理描写技巧，扩大了心理描写的范围，从而为现代心理小说和心理艺术的发展提供了重要条件。意识流文学的代表人物是法国的普鲁斯特、爱尔兰的乔伊斯和美国的福克纳等。

（四）超现实主义

这是20年代产生于法国的一个文学流派，其代表人物有勃勒东、艾吕雅和阿拉贡等。他们大多是一些激进的小资产阶级知识分子，不满意资本主义社会现实，主张改革现存社会制度，同时又有浓厚的虚无主义和无政府主义思想。但由于政治立场和世界观的分歧，到30年代末期逐步走向分裂。

（五）存在主义

文学是30年代末期在存在主义哲学基础上产生的一个文学流派，它是以文学的形式来宣传存在主义哲学思想的。在存在主义作家笔下，世界是荒谬的，人生是痛苦的。存在主义文学最早产生于法国，然后在欧洲各国广泛流行，代表人物有法国的萨特和加缪。

（六）荒诞派戏剧

荒诞派戏剧出现于20世纪50年代的法国。在内容上表现世界的不可理喻、人生的荒诞不经；在艺术手法上则打破了传统戏剧的戏剧结构，用不合逻辑的情节、性格破碎的人物、机械重复的戏剧动作和前言不搭后语的枯燥语言来从总体上凸现世界荒诞的主题。50年代后期，流传到英、美许多国家，逐渐发展成为二战之后西方最有影响的戏剧流派，代表人物有法国的贝克特、阿达莫夫等。

（七）魔幻现实主义

这是拉丁美洲小说界中涌现出的一个流派，发端于20世纪三四十年代，至60年代后成为拉美小说创作的大潮，代表人物有哥伦比亚的马尔克斯。魔幻现实主义小说在艺术手法上对西方现代派文学有所借鉴，但又深深植根于深厚的民族文化传统中，作家们以丰富的想象构筑起一个个虚实相间、真假难辨、光怪陆离的艺术世界。

总的说来，现代主义文学在艺术形式和表现手法方面，进行了不少大胆的实验。这些实验对文学艺术的发展的突破和创新，既有成功的经验，也有失败的教训。但不可否认的是，现代主义文学扩大了文学的描写领域，丰富了艺术的表现手法，并显示出艺术上勇于探索、勇于创新的精神，这是值得肯定的。

第二节 卡 夫 卡

一、作者生平

✧ 弗兰茨·卡夫卡（1883—1924）

他是奥地利著名小说家，对现代西方文学有很大的影响，他和乔伊斯、普鲁斯特一起，被认为是西方现代派文学的重要奠基人。

卡夫卡于1883年7月3日出生在奥匈帝国统治下的布拉格，犹太血统，父亲是一个百货批发商。父亲艰苦创业成功，形成粗暴刚愎性格，从小对卡夫卡实行"专横有如暴君"的家长式管教。卡夫卡一方面自幼十分崇拜、敬畏父亲，另一方面，一生都生活在强大的"父亲的阴影中"。母亲气质忧郁、多愁善感。这些对后来形成卡夫卡孤僻忧郁、内向悲观的性格具有重要影响。

卡夫卡小学至中学在德语学校读书，后学会捷克语，自幼酷爱文学。卡夫卡从小受德语教育，1910年中学毕业后，入布拉格大学，初学文学，后迫于父命，改学法律，获法学博士学位。卡夫卡中学时代就对法国自然主义文学，对斯宾诺莎、尼采、达尔文等产生极大兴趣。大学时代，接受了存在主义先驱、丹麦哲学家基尔·凯戈尔的思想并受到中国老庄哲学的影响。在爱好文学的同学马克斯·布洛德的鼓舞和支持下开始文学创作，并与布拉格的作家来往，参加一些社交活动。

1906年卡夫卡大学毕业后，先后在法律事务所和法院见习，次年10月进入一家私人保险公司工作，1908年又受聘于半官方的工伤保险公司，直到1922年7月因病离职。卡夫卡患有肺结核病，几度疗养不见痊愈，1924年6月3日在维也纳附近的基尔林疗养院逝世。

卡夫卡一生都生活在强暴的父亲的阴影之下，生活在一个陌生的世界里，形成了孤独忧郁的性格。他害怕生活，害怕与人交往，甚至害怕结婚成家，曾先后三次解除婚约。德国文艺批评家龚特尔·安德尔这样评价卡夫卡："作为犹太人，他在基督徒中不是自己人。作为不入帮会的犹太人，他在犹太人中不是自己人。作为说德语的人，他不完全属于奥地利人。作为劳动保险公司的职员，他不完全属于资产者。作为资产者的儿子，他又不完全属于劳动者，因为他把精力花在家庭方面。而'在自己的家庭里，我比陌生人还要陌生'。"安德尔十分准确而形象地概括了卡夫卡没有社会地位、没有人生归宿、没有生存空间的生活环境，同时也是对形成卡夫卡内向、孤独、忧郁与不幸人生的较为完整公允的阐述。

卡夫卡创作勤奋，但并不以发表、成名为目的。工作之余的创作是他寄托思想感情和排遣忧郁苦闷的手段。许多作品随意写来，并无结尾，他对自己的作品也多为不满，逝世之前，留下遗言，要求将他所有的日记本、手稿、信件等等所有文字的东西全部销毁。幸而他的挚友出于友谊和崇敬之情，违背了他的意愿，不仅没有焚毁他的手稿，还将能够搜集起来的所有作品，包括草稿和片断、日记和书信，统统都整理出版了。这些作品发表后，在文坛上引起了巨大的反响和高度的评价，同时也在研究者中引起了热烈的争议，在西方社会中掀起了一阵又一阵的“卡夫卡热”。

二、创作概况

卡夫卡创作的小说主要有三部分：（1）生前发表过的短篇小说：《观察》（短篇集，包括描写日常生活的速记、小说、散文等十八篇，（1913）、《判决》（1913）、《司炉》、《变形记》、《在流放地》、《乡村医生》（短篇集，包括 14 篇短篇小说）《饥饿的艺术家》（短篇小说集，包括四篇短篇小说），另有 4 篇短篇小说散见于报刊，但未收在集子中，这部分加起来有 14 篇；（2）生前没有发表过的短篇小说：《一场斗争的描述》、《乡村教师》、《地洞》等约 34 篇，其中一部分没有完稿；（3）生前没有发表过的长篇小说《美国》、《诉讼》、《城堡》。

卡夫卡的短篇小说，从主题思想上大致可以分为以下四类：

1. 一类是揭示社会现实的荒诞、非理性，人的自我存在的痛苦和原罪感。卡夫卡小说的一个重要内容是表现人完全屈服于存在的威力之下，这方面《判决》和《乡村医生》具有代表性。《乡村医生》以第一人称手法写一个乡村医生在风雪之夜去看急诊的故事，医生最后在严寒中流浪，永远回不到家，他十分感慨地想到：“受骗了！受骗了！只要一次听信深夜急诊的骗人的铃声——就永远无法挽回。”

2. 一类是揭露资本主义社会中人在重重压迫下掌握不了自己的命运以至“异化”的现象。《变形记》是反映这个主题的代表作。

3. 一类是描写资本主义社会中，中小资产阶级人物（许多是所谓的小人物）找不到出路的孤独、苦闷情绪和无能为力的恐惧感。《老光棍布鲁姆·费尔德》《致科学院的报告》等是反映这一主题的代表作。

4. 一类是揭露反动统治阶级的罪恶，反对异族侵略，在某些方面还反映了对祖国、民族的失望情绪。《中国长城建造》是一篇寓意深刻、哲理性很强的作品。作者通过对建造万里长城的描绘，揭露了帝国庞大的封建官僚制度和反动统治阶级的罪行，表现了阶级社会里人的奴隶命运的悲剧。

卡夫卡的长篇小说，更突出的贯串着社会批判的主题。《诉讼》是卡夫卡小说形成的标志，被公认为卡夫卡最优秀的作品，最能代表卡夫卡的创作思想和艺术手法。

卡夫卡的小说，无论是短篇还是长篇，思想内容怪诞离奇，艺术形式新颖别致。他摆脱了传统小说创作的束缚，在艺术风格上独树一帜，为后来的现代派文学开创了先河。

三、代表作品赏析

（一）《变形记》

《变形记》是卡夫卡最具代表性的作品之一，反映了人在社会的重重压迫下，掌握不了自己的命运以至“异化”的现象。

小说的主人公格利高尔·萨姆沙是一家公司的旅行推销员，长年累月到处奔波，挣钱养活家人。一天早晨，他从不安的睡梦中醒来，发现自己变成一只大甲虫。他感到十分恐慌，担心失去工作，也担心无法见人。他的父母和妹妹见到这个情景，大为震惊。父亲不理他，母亲很悲伤，妹妹开始很怜悯她，给他送食物、打扫房间，也害怕他的“变形”会使他丢掉差使而影响家庭经济。可是，随着时间的推移，家人对他由同情转为讨厌、最后竟转为憎恨，把他视为全家物质上和精神上的大包袱、大负担而希望“甲虫”早日死去。格利高尔的饮食逐渐没有了保障，房间也越来越乱。由于少了格利高尔的工资收入，家人只得另谋生路，他们出租房屋以增加收益。一天，格利高尔而被妹妹的小提琴声吸引，从房中爬了出来，暴露在房客面前，全家大乱，房客吵着要退租，妹妹表示无法忍受，要把它弄走。这天晚上，格利高尔在极端孤独的处境下悄然死去，全家如释重负。父亲说：“那么，让我们感谢上帝吧！”

卡夫卡描写的格利高尔在生活重担的压迫下，从“人”变成一只大甲虫，表面上看，似乎是荒诞无稽的，但是，通过变形这个象征的手法，却揭示了一个普遍的真理：在资本主义社会里，人所创造的物，例如金钱、机器、生产方式等，作为异己的、统治人的力量和人相对立，它们操纵着人，把人变成了奴隶，并最终把人变成了“非人”。卡夫卡通过受压抑的小职员变成一只甲虫后的思想和活动，深刻地揭露了资本主义社会里，人与人之间的赤裸裸的利害关系，这别具一格的描写使《变形记》成为一篇独特的文学作品。

（二）《诉讼》

《诉讼》开始创作于1914年，到1919年基本完成。它是“卡夫卡式”小说形成的标志，被公认为卡夫卡最优秀的作品，最能代表卡夫卡的创作思想和艺术手法。

作品讲述的是银行的一名高级职员约瑟夫·K无故受审判并被处死的故事。约瑟夫·K在30岁生日的那天早晨醒来按铃吃早餐时，进来的不是女仆而是两个官差，宣告他被捕，并被法庭审判有罪。奇怪的是K的被捕仅仅限于法院看守给他一声通知，后来法院曾传讯过他一回，但是却没有公布过他的罪行和罪名。而他虽被捕却仍能自由生活，照常工作。他不知道自己在什么地方有罪，认为一定是法院搞错了，坚信自己无罪。约瑟夫·K起先对被捕非常愤慨，在第一次审判时，他慷慨激昂地揭露法庭黑暗，为自己的无辜理直气壮地进行辩护。随着诉讼的发展，他却日益关心起他的案子，几乎天天为案子四处奔波，找人帮忙，想搞个水落石出，并亲自动手写抗辩书，从各个方面来说明自己无罪。他生怕自己在某一个最微小的地方犯过什么过错，竭力去寻找，捕捉而不可得，惶惶不可终日。然而一切努力都徒劳无益，K终于明白，要摆脱命运的安排，摆脱法律之网的束缚是不可能的。不久，他的案件结束，法院要对他执行死刑。一天夜里，两个黑衣人把他架到郊外采石场，用屠刀将他戳死。他最后的想法是："像条狗一样死去。"

从表面上看，《诉讼》也是一部荒诞的、非理性的小说，但它确实从本质上反映了奥匈帝国腐败的司法制度。卡夫卡没有从正面去描写社会的种种弊端，而是运用象征的、夸张的艺术手法，通过主人公内在情绪的变化，别具匠心的达到揭露社会现实的目的。一个人无辜被捕，在诉讼过程中，处处碰壁，一筹莫展，精神上受到压力、心灵遭到摧残。任何一个公民一旦被这个法律机器网罗进去，就终身无法摆脱。正如作品所说的："法院一经对某人提出控诉，它就坚信这个被告有罪，如果要消除这种信念，那真是困难万分。"

第三节　普鲁斯特

一、作者生平

✧　马塞尔·普鲁斯特（1871—1922）

法国现代小说家，他的创作对西方现代文学产生过重大影响，被誉为意识流小说的先驱。1984年6月，法国《读书》杂志公布了法国、西班牙、联邦德国、英国、意大利王国报刊据读者评选欧洲十名"最伟大作家"所排名次，普鲁斯特名列第六。

普鲁斯特出生于巴黎一个资产阶级家庭，父亲是医生，母亲是犹太富商的女儿。普鲁斯特是家中长子，自幼体弱多病，父母非常宠爱。他天资聪颖，1882—1889年在巴黎富家子弟学校读书时，成绩优良，尤其爱好文学和哲学。中学毕业后，曾在军队中短暂服役。1890年，他顺从父母的意志，进入法学院注册就读，并去政治学院听课，但他的兴趣仍在文学和哲学。后来，他得到父母的同意，又到巴黎大学继续学习，于1895年获文学学士学位。大学毕业后，普鲁斯特经常为杂志撰稿，同时根据家庭的意见，在马扎里纳图书馆当了一名无报酬的馆员。

普鲁斯特青少年时期经常出入于上流社会的沙龙，认识了作家法朗士、女画家勒梅尔等一些文艺界名流。从1897年起，普鲁斯特的哮喘病日益严重，于是他改变生活习惯，白天休息，夜间工作。后来，他的健康状况越来越坏，哮喘频繁发作，感觉器官变得极度敏感，任何声像、特殊气味、光亮都会诱发窒息性的哮喘病，他不得不终日蜷缩在用厚毯子挡严了的卧室内，在床上写作。这样的生活延续了12年，直到他生命的最后一刻。他的最重要的作品《追忆逝水年华》就是在这种境遇中产生的。

二、创作概况

普鲁斯特的文学创作活动是从学生时代为《宴会》杂志撰稿开始的。他的第一部作品

《悠游卒岁录》是早年发表的纪事、小品、随笔和故事的汇编。该书由法朗士作序，马德莱娜·勒梅尔作水彩插图，雷纳尔多·阿恩作与音乐有关的评注，版本十分讲究，由于售价昂贵、销量有限，在读者中影响不大。

1898 年，普鲁斯特开始创作长篇小说《若望·桑德伊》，主要是表现作者青少年时代的社交生活和内心感受，但经过八年的辛勤耕耘仍未完成，于是只好另起炉灶重新创作，留下的一千多页散乱书稿由后人整理于 1952 年出版。

1903—1905 年，普鲁斯特的父母先后去世，他闭门写作，除写了阐述美学观点的论文《驳圣·勃夫》，并开始了文学巨著《追忆似水年华》的创作。自此，他的毕生精力都投入到这部作品的创作修改之中。这部小说的故事没有连贯性，中间经常插入各种感想、议论、倒叙，语言具有独特风格，令人回味无穷。这部作品改变了对小说的传统观念，革新了小说的题材和写作技巧。普鲁斯特作为意识流小说流派的开山鼻祖而在世界文学史上留名。

三、代表作品赏析

《追忆逝水年华》

长篇巨著《追忆逝水年华》是普鲁斯特小说创作的主要成就，全书共 7 部，15 卷，从 1905 年开始创作，至作者逝世前才全部完成。小说的第一部《通往斯万家的路》于 1913 年问世，但反应冷淡，作者便自费印刷。后来，这部作品逐渐获得文艺界的赞赏，《法兰西新评论》杂志和出版社的负责人、著名作家安德烈·纪德在给普鲁斯特的信中表示："拒绝出版该书是《法兰西新评论》最严重的错误，也是我的终生憾事。"于是，各大出版社竞相与普鲁斯特签订合同，以求获得出版这部多卷集的其余几部作品的权利。不久，第一次世界大战爆发，出版工作被搁置下来。战争结束后，小说的第二部《在花枝招展的少女身旁》于 1919 年出版，获得龚古尔文学奖，普鲁斯特名声大振。此后，小说的第三部《盖尔芒家》和第四部《所多玛和娥摩拉》相继于 1921 年和 1922 年出版。最后三部《女囚犯》(1923)、《逃亡者》(1925) 和《昔日再现》(1927) 则是普鲁斯特逝世后才出版的。

《追忆似水年华》全书洋洋洒洒长达 4000 余页，300 多万字。作者写作的重点不是在叙述故事，交代情节与刻画人物形象，而是以回忆的方式表现主人公"我"的内心世界的复杂经历。因而它是一部没有中心人物，没有完整故事，没有贯穿始终情节线索的新型小说，是一部奇特的作品。

小说的叙述者"我"是一个家庭富裕而又体弱多病的青年，从小对书、画有特殊的爱好，曾经尝试过文学创作，但没有成功。他经常出入于巴黎的上流社会，频繁往来于各种茶会、舞会、招待会以及其他时髦的社交场合，并钟情于犹太富商的女儿吉尔伯特，但不久就失恋了。他还到过家乡贡柏莱小住，到过海滨省地巴培克疗养。他结识了另一位少女阿尔伯蒂，但发现阿尔伯蒂是一位同性恋，便决心娶她为妻，以纠正她的变态心理。他把阿尔伯蒂禁闭在他的家里，她却设法逃走，于是，他多方打听她，寻找她。后来，他得知阿尔伯蒂骑马摔死。在悲痛中他认识到自己的禀赋是写作，他所经历的悲欢苦乐正是文学创作的材料，只有文学创作才能把昔日失去的东西找回来。

小说大体上以“我”的内心生活为轴心，描写了上千个人物的活动，展示了一幅 19 世纪与 20 世纪之交法国上流社会的生活图景。其中，有谈吐高雅而又庸俗无聊的盖尔芒特夫人，有道德败坏、行为丑恶的变性人夏吕斯男爵，有纵情声色的浪荡公子斯万，有公开受人供养、水性杨花的半贵族女人奥黛特，有“我”的爱情的痛苦与欢乐等。小说对贵族世家和犹太富翁斯万之家的社交生活与人事变迁的描写，真实地反映了贵族资产阶级腐朽的生活情趣和精神面貌，反映了贵族的没落解体和大资产阶级经济实力的与日俱增，具有鲜明的时代特色。小说还描写了许多作家、艺术家、下层劳动者的生活际遇与艰难处境。它通过众多的人物事件，再现了法国上流社会的生活习俗、人情世态。因此，有的鉴赏家将它与巴尔扎克的《人间喜剧》相提并论，称之为“风流喜剧”。

《追忆似水年华》是一部具有独特风格的小说，不仅再现了客观世界，同时，也表现了主人公的主观世界，记录了主人公对客观世界的内在感受。作者感兴趣的不是叙述故事、交代情节和刻画人物形象，而是抒发自己对某一问题的感想和分析。例如，主人公参加了盖尔芒公爵家的一次晚宴，这使他长期以来对贵族的种种幻想顿时破灭，他意识到过去吸引他的只是名称，而不是真实的世界。在主人公和阿尔伯蒂的交往过程中，又引起他对爱情、夫妻、家庭等一系列问题的思索和分析，是他了解到“人是这样的生物，他不能走出自我，只能通过自身了解别人，其他的说法都是欺人之谈”。除了这些，小说还通过描写某一作家的遭遇，某一支奏鸣曲或某一幅画所引起的联想，表达作者对文学、音乐和美术的看法。总之，整部小说对外部世界的描述同主人公对它的感受、思考、分析浑然一体，它们互相引发，从而形成了物从我出、我中有物、物我合一的艺术境界。

这部巨著反映的主题被公认为是“时间”。世人皆知人类已经可以征服空间，以物质的形式在空间占据自己几乎不可磨灭的位置。然而，如何将流逝的时光征服，特别是把瞬息即逝的全部丰富、波澜起伏、曲折复杂的感情复活，将其固定为具体的艺术形式而永世长存，这是前人一直未能解决的难题，而普鲁斯特首先解决了。他在为实现复活已经逝去的时光这一创作主题方面率先迈出了重要的一步。小说以叙述者“我”的回忆为线索贯穿全书。这种回忆表现的东西不是单纯的人物外表景物和心理描写，而是“自我”，是人的内心世界，是人的精神生活。这种表现大量采用了“自由联想”方式。如小说开头，“我”从床上醒来，在梦幻般的状态中千思百想集于心头，这时，由于一杯茶和一块点心的触发，使“我”回忆起自己在贡布雷的童年生活，引出“我”的身世、爱情、经历，等等。像这样通过自由联想，一物诱发一物，一环引出一环，形成作品意识联想自由流畅的态势，这就是意识流小说的基本特征。因此，这部小说被称为意识流小说的先驱，并宣告了“意识流小说”文学流派的形成。

由于《追忆似水年华》改变了关于小说的传统观念，革新了小说的题材和写作技巧，开辟了欧、美当代小说的新篇章，尤其是重视表现人的内心世界的潜意识活动，对后来西方文学的影响很大。由于该书取得的成就和对文坛产生的重大影响，普鲁斯特被尊为现代小说大师。不过，最初这部小说并没有引起世人的注意，直到作者死后40年左右，才越来越引起文坛的重视。特别是1987年以来，法国好几家有影响的出版社竞相重新出版本书，评论与研究普鲁斯特创作成就的各种学术活动也在法国及欧、美许多国家广泛开展。我国1989年第一次出版《追忆似水年华》的全译本。1992年出版它的精选本《寻找失去的时间》。这些都充分说明本书在文坛的影响很大。

第四节 乔 伊 斯

一、作者生平

✧ 乔伊斯（1882—1940）

1882年2月2日，乔伊斯出生在爱尔兰的都柏林。他的父亲对民族主义有坚定的信念，母亲则是虔诚的天主教徒。乔伊斯出生的时候，爱尔兰这个风光绮丽的岛国是英国的殖民地，战乱不断，民不聊生。他有一大群弟弟妹妹，但他父亲偏爱这个才华横溢的长子，“不论这一家人有没有足够的东西吃，也给他钱去买外国书籍。”他从小就在教会学校接受天主教教育，学习成绩出众，并初步表现出非凡的文学才能。

1898年乔伊斯进入都柏林大学专攻哲学和语言，1902年6月，乔伊斯毕业于都柏林大学，获得了现代语学士学位。10月2日，他登记到圣西希莉亚医学院修课。可是，在这里只念到11月初就因为经济困难而放弃了学业。

1904年，他偕女友诺拉私奔欧洲大陆，从此义无反顾地开始了长及一生的流亡生涯，中间仅仅点缀着短期的回乡探亲，1911年后便再也不曾踏上爱尔兰的土地。他一生颠沛流离，辗转于的里雅斯特、罗马、巴黎等地，多以教授英语和为报刊撰稿糊口，又饱受眼疾折磨，到晚年几乎完全失明，但他对文学矢志不渝，忍受着巨大的痛苦勤奋写作，终成一代巨匠。

1939年巴黎沦陷，12月他带着家眷疏散到法国南部。1940年12月17日，乔伊斯夫妇把患精神分裂病的女儿露西亚留在法国的一家医院，狼狈不堪地逃到瑞士的苏黎世。第二年的1月10日，乔伊斯因腹部痉挛住院，查明是十二指肠溃疡穿孔，在13日凌晨去世，终年59岁。

二、创作概况

乔伊斯的文学生涯始于他1904年开始创作的短篇小说集《都柏林人》。在写给出版商理查兹的一封信中，他明确地表述了这本书的创作原则：“我的宗旨是要为我国的道德和精神史写下自己的一章。”这实际上也成了他一生文学追求的目标。在乔伊斯眼中，处于大英帝国和天主教会双重压迫和钳制下的爱尔兰是一个不可救药的国家，而都柏林则是它“瘫痪的中心”，在这个城市里每时每刻都上演着麻木、苦闷、沦落的一幕幕话剧。

1904年1月7日，乔伊斯在母亲逝世之后4个月起在都柏林开始创作长篇小说《青年艺术家画像》，1914年完稿于意大利的里雅斯特，历时10年。长篇小说《青年艺术家的画像》有强烈的自传色彩，主要描写都柏林青年斯蒂芬•迪达勒斯如何试图摆脱妨碍他的发展的各种影响——家庭束缚、宗教传统和狭隘的民族主义情绪，去追求艺术与美的真谛。乔伊斯通过斯蒂芬·迪达勒斯的故事，实际上提出了艺术家与社会、与生活的关系问题，并且饶有趣味地揭示了这样一个事实：斯蒂芬·迪达勒斯本人恰恰就是他力图逃避的都柏林世界所造就的，都柏林无形中报复了反叛的青年艺术家。

第一次世界大战开始后，乔伊斯一家迁居瑞士的苏黎世。在那里，他开始创作长篇小说《尤利西斯》。大战之后，他应诗人庞德的邀请返回巴黎。《尤利西斯》在遭到许多出版商的拒绝后，终于在1922年出版了。小说一问世，立即引起强烈的反响，受到文学界的重视，但同时也遭到攻击和禁止。

乔伊斯在生命的最后十多年里，集中全力撰写了另一部长篇小说《芬尼根守夜人》。他反复修改，对每个字、每句话都斟酌再三，有些章节易稿达14次之多。尽管乔伊斯费尽心血，但小说在1939年出版时得到的反应却很冷淡，读者甚少；其主要原因是因为该书十分难懂，远远超出一般读者的理解能力。小说以都柏林近郊一家酒店老板的潜意识和梦幻为线索，是一部用梦幻的语言写成的梦幻的作品。乔伊斯借用意大利18世纪思想家维柯关于世界在四种不同社会形态中循环的观点，在此框架中展开庞杂的内容。书中暗喻《圣经》、莎士比亚、古代宗教、近代历史、都柏林地方志等，大量借用外国词语甚至自造词汇，通过夸张的联想，喻示爱尔兰乃至全人类的历史、全宇宙的运动。

在乔伊斯的一生中，民族主义思想是贯彻始终的。早在1912年8月22日，刚届而立之年的乔伊斯就在致妻子诺拉的信中写道：“我是也许终于在这个不幸的民族的灵魂中铸造了一颗良心的这一代作家之一。”1936年，乔伊斯边读着英国版《尤利西斯》的校样边对弗里斯·莫勒说：他为了这一天，“已斗了二十年”。乔伊斯从1914年着手写《尤利西斯》，但直到1918年美国的《小评论》才开始连载。最早的单行本是1922年在法国由莎士比亚书屋出版的。德（1927）、法（1929）、日（1932年出四分册，1935年出第五分册）译本相继问世后，美国版（兰登书屋，1934）也出版。然而对乔伊斯来说，最重要的是《尤利西斯》在英国本土的出版。也难怪他对丹麦诗人、小说家汤姆·克里斯滕森说：“现在，英国和我之间展开的战争结束了，而我是胜利者。”他指的是，尽管《尤利西斯》里对1901年去世的维多利亚女王及太子（当时［1904］在位的国王爱德华七世）均有不少贬词，英国最终不得不承认这本书，让它一字不删地出版。

乔伊斯在作品中所表现出来的对民族对国家的热爱，深深感动着爱尔兰人民。而爱尔兰人是这么崇拜乔伊斯的，甚至把《尤利西斯》中描写主人公利奥波德•布卢姆一天全部活动的六月十六日定为“布卢姆日”，该节日后来成为了仅次于国庆日（3月17日圣巴特里克节）的大节日。

三、代表作品赏析

《尤利西斯》

《尤利西斯》是乔伊斯的代表作。在 20 世纪世界文学中，这是一部旷世奇书，曾被人极度误解责难。有人说它是“淫书”，又有人称它是“天书”，尤其是它的末两章可谓集“奇书”与“天书”之大成。其实，它是一部很严肃的作品。说它“淫”，关键是未能划清“色情宣传”与“含有性生活描写”之间微妙而又十分重要的区别。

《尤利西斯》一问世就遇到了麻烦，仅在美国就两次上法庭。1920 年美国一家杂志连载小说开头几章时，邮局以“有伤风化”为由，下令没收，当众焚毁，刊物编者被罚款。纽约法院成立特别法庭进行审理，由几个不学无术的法官主持。证人和律师都声称《尤利西斯》是一部稀世佳作，它绝不会腐蚀任何少女的心灵。证人还以弗洛伊德的学说阐述小说的价值。然而法官对弗洛伊德一无所知，对这部崭新的意识流小说作出了错误的判决，该书被停止发行，有关人员被罚款 50 美元。这样一来，《尤利西斯》的出版便四处碰壁，偶有章节面世也被删改得面目全非。

1922 年，美国人毕奇女士独具胆识，她在巴黎开设的莎士比亚书屋出版了《尤利西斯》单行本，印数 1000 册。无论当时的英、美海关检查多么严格，这本书仍很快在大西洋两岸流传开了。接着，德、法、日译本相继出版，各种盗印本也纷纷面世。而此时在英、美仍是禁书。1932 年纽约一家书社老板眼红了，他故意邮寄一本给海关没收。因此，《尤利西斯》在美国再次对簿公堂。这一次，包括国际知名的诗人、作家叶芝、艾略特、福斯特、伍尔夫等数百人，都坚决支持这部小说的出版。审判法官同前迥异，认为“《尤利西斯》是一本真诚实在的书”。他在结论中说：“经过我长时间的思索，我认为《尤利西斯》有些地方令人读了作呕，但并不淫秽。”

《尤利西斯》于 1933 年 12 月 6 日终于胜诉了。从那以后，它就成为一本经久不衰的畅销书和西方文坛的传世名作。也成为文学研究的热门课题，几乎年年都有研究它的专著问世，乔伊斯也成为爱尔兰国家民族的荣誉与骄傲。

《尤利西斯》之“奇”，在于它的艺术独创性。全书文字有如万花筒般多姿多彩而又准确生动，内涵深藏不露，“每个字都在读者心中嵌成一幅完整的图画”，每看一遍都可以获得新的感受。小说的结构别出心裁，独树一帜。全书按照荷马史诗《奥德修记》的结构巧妙周详地组织起来，自始至终让两部作品中的人物和情节相对应和比拟。通过全面对比，渲染出生活在都市的现代人的失望与寂寞和灵魂的空虚与渺小，从而揭示出西方社会种种腐朽与堕落。

《尤利西斯》借用奥德赛，亦即荷马史诗《奥德赛》（又译《奥德修记》）中的同名英雄作为书名，把古希腊英雄在海上漂泊十年，最后终于返回家乡的故事予以现代化，并反其意而用之。乔伊斯在书中精心构思安排了《奥德赛》中相对应的结构模式，把《奥德赛》中的24章缩为18章，对应三个主人公18小时的心路历程，象征性地展示“现代英雄”归家途中竭力躲避或努力征服的障碍和灾难。甚至每个章节和每个主要人名、地名，都用《奥德赛》中的人名、地名来隐喻。充满智慧勇敢的古希腊英雄奥德赛在海上的种种历险，变成了现代“尤利西斯”、小市民布卢姆的都柏林街巷中的无所事事的漫步。奥德赛回家设计勇敢地射杀那群向他妻子求婚的无耻之徒，而布卢姆明知妻子在家与剧院经理鲍伊岚交欢，却不敢去过问，只是龟缩在小酒店里痛苦地想象妻子与别人偷情的情景。这一对比使古希腊英雄精神在20世纪的变得卑微胆怯，猥琐可悲，古代令人振奋的英雄主义让位于现代碌碌无为的庸人主义。《奥德赛》中沉着处理纷乱家事、冒险出海寻找父亲、具有务实主义精神的奥德赛之子忒勒马科斯，变成了空虚无聊，沉溺于内心苦闷、成天逛荡并在酗酒、嫖妓、打斗中寻找刺激的现代独生子斯蒂芬，坚毅务实的精神被虚无主义所替代，务实的行动，被不切实际的对现代哲学、文学艺术理论的冥思所替代。最后斯蒂芬逃避现实，逃避生活，走向流亡。同样，古希腊坚贞贤良，善于思考，对丈夫忠贞不渝的王后潘涅洛帕的形象让位给了现代妻子、轻佻放荡的莫莉，理性的情感变成了肉欲主义。乔伊斯在这种古今平行关系的对比象征描述中，在古希腊英雄高大身姿与高尚情操的反衬下，更体现出现代人的平庸卑微。古代神话传说中的英雄，在现代社会中已成为了人格分裂，猥琐渺小的凡夫俗子。作品从形式结构到情节内容都蕴含象征隐喻意义，小说既是人类社会的史诗，也是人体器官的图解；既是艺术和艺术家成长历程的展示，也是上帝和耶稣父子关系的描绘；既是作家人生和精神探索经历的自传，又是永恒男性女性观念的现代演绎；布卢姆一天无聊而混乱的街头流浪生活，是人类社会发展的历史象征；6月16日是布卢姆的生日，早上晴空万里，象征人之初的清纯善美，而后来天空乌云密布，象征人类的罪恶蔓延，最后以黑夜笼罩而结束，象征人类的堕落与毁灭。《尤利西斯》以对现代人庸庸碌碌生活的展示，尤其是对人物潜意识内心世界的深入挖掘，细致入微地描绘，对他们庸俗猥琐的高度概括，来探索爱尔兰殖民性、岛国性、庸俗性的民族意识，揭示爱尔兰所面临的时代危机，同时也预示人类的危机。正是从这个意义上，我们说《尤利西斯》是一部西方社会精神崩溃的现代史诗。

《尤利西斯》描写的是现代社会生活，使用的是前无古人的技巧，特别是“意识流”手法的运用，开辟了小说探索人类丰富深邃内心世界的新途径。小说写布卢姆妻子莫莉的内心活动，用了数十页的篇幅，不分段落，不用任何标点符号，中间也没有停顿与转折，这象征着人物的浮想联翩那样杂乱无章。它将人物灵魂最深处的隐私和盘托出，活脱脱地展现在读者眼前，这是意识流手法最典型最有名的运用。小说通篇无统一文体，而是根据内容随时在作调整，因此，这部小说在内容与形式的完美统一方面也创造了奇迹。小说还在遣词造句方面大胆创新，引用了来源于五花八门的典故，除神话外，《圣经》、欧洲古往今来的哲学、历史、文学、民间传说，无所不有，书中还巧妙地采用了双关语和外来语。作者这样呕心沥血的艺术处理，旨在将《尤利西斯》写成一部现代西方生活的百科全书，其效果是明显的。

读着它就犹如进了一个无奇不有的大千世界，其趣无穷，美不胜收。所以，自小说问世那天起，就拥有一批狂热的读者，一遍一遍地读着这部厚书，他们爱得着迷，百读不厌。

不过，《尤利西斯》由于文体多变，结构复杂，典故繁多。艰深隐晦，难于读懂也是事实。初读时，常有丈二和尚——摸不着头脑之感。但深入下去，就会被该书的奇特所吸引。正是由于《尤利西斯》在艺术上多方面所取得的显著成就，它才博得了广大读者的喜爱，从而牢牢确立了它在20世纪文学中的重要地位，并且对后来文学的影响也将日愈深远。

第五节　萨　　特

一、作者生平

✧　让·保尔·萨特（1905—1980）

法国著名哲学家、作家和社会活动家，存在主义文学的领袖。

1905年6月21日，萨特生于法属阿尔萨斯，父亲是海军军官。萨特两岁时父亲死于法国殖民地印尼，他与母亲同住于巴黎的外祖父家中，外祖父是一位信奉基督教的大学教师，有很高的文学修养。萨特以后走上文学道路，与外祖父早年对他的启蒙教育是分不开的。1916年，母亲再嫁，举家迁居拉罗榭，但萨特与继父关系不和。

1920年，萨特中学毕业，1924年到1928年，就读于巴黎高等师范学院哲学系。1929年在哲学教师资格会考中，萨特名列第一，并结识西蒙娜·德·波夫娃。此后，他长期靠教授哲学为生。

1934年，萨特赴德国柏林，师从哲学大师胡塞尔，先后在德国法兰西学院和弗赖堡大学研究现象学和海德格尔的存在主义哲学。

1940年，萨特应征入伍不久，在帕杜被德军俘虏，翌年获释。二战中，他积极参加抵抗运动。1945年，他创办传播存在主义思想的杂志《现代》，从此放弃教学生涯。1950年后，萨特投身于世界和平运动。他一度加入法国共产党，后又因“匈牙利事件”宣布退党。50年代末、60年代初，他极力反对法国在阿尔及利亚的战争。

1964年他拒绝接受诺贝尔文学奖，声称“我一向拒绝来自官方的荣誉”。1965年，美国出兵越南后，萨特一直谴责美国政府的侵略政策，曾经参加罗素组织的“战争罪行审判法庭”。1968年，他积极支持并参加法国学生发动的“五月风暴”造反运动；同年又抗议、抨击苏联入侵捷克。1973年以后，他的双目几乎失明，仍然坚持口授著述，参加社会运动。

1980年4月15日，萨特因肺气肿病逝于巴黎。

二、创作概况

萨特的文学创作主要包括小说和戏剧两部分，它们都从不同的方面，表现了其存在主义哲学思想。

1938 年萨特发表日记体长篇小说《恶心》，这不仅是萨特的代表作，也是存在主义文学的经典作品之一。

1939 年发表的短篇小说《墙》，也是一部典型的存在主义小说。

二战后，萨特完成了三部曲长篇小说《自由之路》，即《理性的时代》（1945）、《缓期执行》（1945）和《心灵之死》（1949）。作者曾宣布还有第四部《最后的机会》，但没有写出来。这部巨著主要的成就在于通过一个哲学教师马蒂尼所经历的个人自身、个人与他人、个人与社会集团之间的矛盾冲突，描绘了人们为争取自己的本质的实现所走过的艰难历程，揭示了人生的不幸和人世的荒谬，探索了社会生活、历史和自由的真正的意义。

存在主义戏剧在西方剧坛占有一席之地，主要应归功于萨特。他的许多剧本上演时都曾引起过轰动，其中尤以《苍蝇》、《禁闭》和《死无葬身之地》等作品影响巨大。

萨特的其他剧本还有《巴里奥那》、《恭顺的妓女》、《肮脏的手》、《魔鬼与上帝》、《涅克拉索夫》、《阿尔托纳的隐居者》等，都不同程度地表现了作家的存在主义思想。

萨特的其他有关文学论著还有传记作品《波德莱尔》、随笔《境遇》、回忆录《字句》及未完成的《福楼拜传》等。他的创作活动影响之深远，在二战后的西方可以说是罕有其匹的。

三、代表作品赏析

（一）《恶心》

《恶心》写于 1938 年，这是一部日记自述体哲理小说，用第一人称写成。主人公安东尼·罗康丹来到小城收集 18 世纪历险家德·洛勒庞侯爵的资料。这条线索时断时续，贯穿在书中。除此之外，就主人公一连串机械乏味的日常生活场景：在街上散步，到饭馆进餐，与酒店女老板调情，回旅馆睡觉，偶尔记下一些所谓的研究心得。情节平铺直叙，既不曲折也无戏剧性。

罗康丹在这座小城里感到深深的厌倦，看到任何一件东西都感到恶心。对自己的经历、谈话、穿衣等都无法理解。他反复地照镜子。在咖啡馆里，“恶心”一直跟着他，抓住他，恶心在他身边的一切事物上。因此，他对一切人与事都有一种疏远感，都漠不关心。图书馆里按字母顺序读书的“自学者的毅力”、旅馆侍女露茜不幸的婚姻、昔日情人安妮的反复无常、酒馆里偶然一遇的老医生的人生经验都只是刹那间触动他的心弦，紧接着就会让他感到恶心，让他完全失去兴趣。对他来说，没有周一，也没有周日，只有一大堆乱七八糟的日子拥挤着前进，一切都没有改变，一切又不像原先那样。他感到他没有存在的权利，他对存在的憎恨和厌恶同样都是使他自己存在的方式。“荒谬”这个词在他笔下产生了，它不是一个观念，而是没有生命的长蛇，他找到了“存在”的关键，他的“恶心”的关键，生命的关键，他能理解的一切都可以归纳到这种根本的荒谬里去。

这种“恶心”让罗康丹茫然不安，他意识到这样下去自己将会发疯，于是他决定运用自己“自由选择”的权利，去重新安排未来的生活。小说将结束时，他打算试写另一本书，“必须能使人透过印出的字和书页，猜出某些不可能存在的、超出于存在之上的东西。”也就是说，罗康丹要通过创作新作品的形式，来重新确定自己的存在本质，完成从“自为存在”向“自在存在”的超越。但萨特在这里仍给我们留下了一个疑问，因为他认为一部书的本质的确定，必须要有读者参与阅读过程，因此罗康丹以后能否真从“恶心”感中超越出来，还是一个谜。但总的说来，这样的结局仍然是有积极意义的。人总不能因为认识到世界的“虚无”和“荒诞”就坐以待毙，无所作为。加谬在评论此书时说：“看到生活的荒诞，这还不能成为目的，而仅仅是个起点。这是一个真理，几乎所有伟大的思想都由此起步。令人感兴趣的不是发现，而是人从中引出的结论和行动准则。在结束这次在不安的边界内的遨游之时，萨特先生似乎允许人们有所希望：一个在写作中获得解放的创造者的希望。”这个评价对《恶心》来说是十分公允而恰当的。

这部没有情节、充满哲理意味的小说是萨特存在主义哲学的通俗读本，在艺术手法上也颇有特色。萨特曾经说过：“从纯粹文学角度来说，《恶心》是我最好的文学作品。”小说以第一人称写成，这与作家要表达的思想内容有关。存在主义哲学关注的是具体境遇中的个人，是“我”的内心状态，“我”的存在对外界的感觉和反应，选择这一特定视角展开描写无疑是十分合适的。

小说通过主人公看到的各种各样的事情和物体表达了“恶心”这一感受，这可看做是作者对生存的体验，对社会现实的迷惘、不满、厌恶和批判。作品充满了议论，但也不乏情感、心理的细腻刻画和描绘，有着很浓郁的象征意味。

（二）《墙》

1939 年发表的短篇小说《墙》，是萨特存在主义最具代表性的作品之一。从美的层面来看，《墙》也是一个引人入胜的故事文本。

小说采用第一人称的叙述视角，以西班牙内战为背景，写了三个待决囚犯临刑前一夜的内心活动和不同表现。主人公伊比埃达是西班牙人民军的战士，在西班牙内战中被捕。法西斯分子对他极尽精神的恐吓与肉体的折磨，以使之出卖战友格里，但伊比埃达经受了种种考验，始终没有屈服。与他一起的还有另外两个人朱安和汤姆，朱安还是个孩子，心理上无法承受这一残酷现实，他尖声喊叫、面部扭曲、浑身瘫软，惊恐万状。而“我”和国际纵队战士汤姆主观上都是不怕死的，但对死亡的本能恐惧却不以人的意志为转移。汤姆小便失禁，“我”则在冰冷的牢房汗流浃背而自己浑然不知。小说极有层次地展现了伊比埃达赴死前的心理体验和生理反应。

小说结尾是出人意料的：伊比埃达宁死不屈，但当他坚定地选择了死时，却又活下来了。他为了耍弄敌人，胡诌说格里藏在墓地里，其实他知道格里躲在郊外的兄弟家里。谁知道格里前一天与兄弟吵架出走，又不愿连累别人，真的转移到了墓地。伊比埃达从鬼门关上获释，当他弄清事情的原委时，禁不住“狂笑起来，笑声如嚎哭一样凄厉”。小说的主题是为了表现世界的荒诞：“我”的本意是牺牲自己，保护战友，结果却是出卖了战友，变成了叛徒，整个斗争过程一下子失去了意义，变得不可理喻。

伊比埃达作出选择时，并非得到某种主义的激励，也没有受到某个目标的鼓舞，甚至也不为任何道德律令所支配。从大的方面看，他不是为了西班牙抵抗运动的胜利；从小的方面说，他不是从出于对友情的忠诚或对某个人的崇拜。他究竟为什么不出卖战友呢？他说，这是“固执”。固执即非主义，又非目标，而只是一种状态，或者说是一种性格。这样说，他的选择不是出自一种理性的愿望而纯粹是出自莫名的非理性行为——性格的惯性。

一个人作出这样或那样的选择并不需要根据确定的标准与明确的理由，因而带有极大的偶然性。他的战友出于求生的愿望而藏身于墓地，使伊比埃达胡编乱造的恶作剧成为事实。两个人行为的结果都与行为的动机大相径庭，使两种选择都呈现出一种荒谬性。任何人的选择都因无据可依而呈现出偶然性，于是这个世界就因人的随心所欲而充斥着比比皆是的偶然性，并显现出一种荒诞性。伊比埃达最后的哈哈大笑与泪流满面，既包含了对荒诞世界的嘲笑，又有对这个世界无可奈何的自我嘲笑。

第六节　贝　克　特

一、作者生平

✧　塞缪尔·贝克特（1906—1989）

爱尔兰剧作家、小说家和诗人。他的创作思想和对现代戏剧艺术的探索和革新，对二战后西方戏剧产生了重要的影响。他被公认为荒诞派戏剧的领袖人物之一。

贝克特于 1906 年 4 月出生于都柏林一个信仰信教的家庭，父亲是一名测量员。贝克特早年就读于波多拉皇家学校，中学毕业后，他进入都柏林三一学院继续深造，主攻法语和法国文学。1926 年贝克特第一次离开家乡，到法国南部游览，途中的所见所闻给他留下了深刻的印象。

1927 年，贝克特完成学业，获法文和意大利文学士学位。由于学院与法国大学有交流协定，他以优异生的身份再度赴法，在伊科·诺梅尔大学教英语。这期间，他曾做过意识流大师乔伊斯的助手，参与整理《芬尼根守夜人》一书的手稿。随后，重返爱尔兰，在母校任法语教师，但不久就辞了职。

1933 年，贝克特的父亲去世，他继承了一笔为数不多的年金，从此开始了职业作家的生涯。

1937 年，贝克特在法国定居，二战期间，他投身于抵抗法西斯的运动中，为地下组织传递情报。战后，贝克特一直住在巴黎从事写作，直至去世。

二、创作概况

贝克特的创作可分为两个时期，50 年代前为前期，50 年代后为后期。前期作品以诗歌和小说为主。从大学时代起，贝克特就开始了文学创作，在一些小杂志上发表诗歌和短篇小说。1930 年出版了第一部诗集《胡洛斯考坡》，随后，又相继推出了短篇小说集《卵多于石》，诗集《回声之骨》，小说《莫尔菲》、《瓦特》《莫洛伊》和《马龙·狄埃斯》。这些作品表明，贝克特热衷于对人的精神领域和心理空间的探索。特别是他的小说，主人公大多是内心孤独的探索者，他们总是从与外部世界的联系中退回心灵世界，试图寻找某种终极的意义。

1952 年，戏剧《等待戈多》的出版，标志着作家后期创作的开始。此后，除了《不可命名的》和《诺威勒斯》两部小说外，都是戏剧创作，他先后推出了《失落的一切》《最后一局》《哑剧》《克莱普最后的录音》等一系列剧本。

1969 年，因为“他那具有新奇形式的小说和戏剧作品使现代人从精神贫困中得到振奋”，荣获了诺贝尔文学奖。

三、代表作品赏析

《等待戈多》

《等待戈多》是贝克特最重要的作品，也是荒诞派戏剧的经典之作。他的构思极为奇特，全剧只有两幕，场景只有一个——黄昏时分的一条乡间小路。剧中人物只有五个：流浪汉爱斯特拉冈（戈戈）和弗拉基米尔（狄狄），主仆二人波卓和乐克，以及戈多的信使小男孩。剧情十分简单：第一幕，主人公流浪汉爱斯特拉冈（简称戈戈）和弗拉基米尔（简称狄狄），出现在一条村路上，四野空荡荡的，只有一棵光秃秃的树。他们自称要等待戈多，可是戈多是谁？他们相约何时见面?连他们自己也不清楚。但他们仍然苦苦地等待着。为了解除等待的烦恼，他俩没话找话，前言不搭后语，胡乱的交谈，他们一会儿谈到忏悔，一会儿谈到应该到死海去度蜜月，一会儿又讲到《福音书》里救世主和贼的故事；还说着这样一些话：“我觉得孤独”，“我做了一个梦”，“我很快活”——并且没事找事，做出许多无聊的动作：狄狄脱下帽子，往里边看了看，伸手进去摸，然后把帽子抖了抖，吹了吹，重新戴上；戈戈脱掉靴子往里边瞧，又伸手进去摸……可是戈多老是不来，却来了主仆二人：波卓和乐克。波卓用一条绳子牵着乐克，并挥舞一根鞭子威胁他。乐克拿着行李，唯命是从。狄狄和戈戈等啊等啊，终于等来了一个男孩，他是戈多的使者，他告诉两个可怜的流浪汉，戈多今晚不来了，但明天晚上准来。第二幕的内容仍然是狄狄和戈戈等待戈多，在同一时间，同一地点，场景的变化只是那棵树上长出了四五片叶子。他们继续等待戈多，为了打发烦躁与寂寞，他们继续说些无聊的话，做些荒唐可笑的动作。这时候，波卓和乐克又出现了，只是波卓的眼睛瞎了，乐克成了哑巴。最后又等来了那个男孩，他告诉狄狄和戈戈，今天戈多不会来了，但他明天准来。

《等待戈多》的主题和核心是等待希望。是一出表现人类永恒的在无望中寻找希望的现代悲剧。“戈多”作为一个代名词始终是一个朦胧虚无的幻影，一个梦魇中的海市蜃楼。戈多虽然没有露面，却是决定人物命运的首要人物，成为贯穿全局的中心线索。戈多似乎会来，又老是不来。戈戈和狄狄生活在如此恶劣的环境中，想活连骨头也吃不到，想死连绳子也没有。但他们还是在执著地希望着、憧憬着。无论戈多会不会来，也不管希望会不会成真，它毕竟使绝望中的人多了一层精神寄托。如果说，戈戈和狄狄在荒诞的世界中百无聊赖地活着、希望着，具有一种幽默滑稽成分的话，那么，他们在无望的希望中执著地等待也令人感动。他们既不知道戈多是谁，也不知道戈多什么时候来，只是一味地苦苦等待。狄狄说：“咱们不再孤独啦，等待着夜，等待戈多，等待着，等待着。”天黑了，戈多不来，说明天准来，第二天又没来。第二幕中，一夜之间，枯树长出来了四五片叶子，戈戈和狄狄的穿着更破烂，生存状况更糟糕。剧中的两天等待情景，是漫长人生岁月的象征。真是“戈多迟迟不来，苦死了等他的人”。《等待戈多》向我们揭示了一个残酷的社会现实，也给我们以极大的启迪：希望是存在的，但要等待希望的实现是不可能的，等待就意味着幻灭。这种信仰危机时代的悲剧人生态度，是对现代人在一个荒诞世界中尴尬处境的触目惊心的表现。因此，埃斯特拉冈和弗拉基米尔是两个现代受难者的表现。

波卓和乐克则是两个流浪汉形象的补充和对照。他们从另一个角度渲染了人生痛苦、毫无意义的主题。这两人之间是一种奇异的主仆关系，彼此依赖，谁都无法摆脱对方而独立。但在精神上，两人又互相折磨。这种主仆关系，其实是西方现代社会中剥削阶级与被剥削阶级之间的关系。从存在主义哲学角度看，现实社会中每个人都有“奴役”他人的欲望，只有把他人看成某个确定的角色，自己才能获得相对确实的存在。波卓和乐克失掉了对方，也就失掉了自我存在的价值。在剧中，他们似乎不在等待“戈多”，而像是被什么无形的东西驱赶急急忙忙奔赴前程，仿佛在自己的痛苦中自有一种“充实”，不过，这“充实”同样毫无意义。从第一幕到第二幕，他们转了一圈又回到原地，一个成了瞎子，一个变成了哑巴。他们的生存方式也不过是一种悲剧，剧本临终，二人又跌跌撞撞的启程了，因此，这悲剧还会周而复始的继续下去。正如埃斯特拉冈和弗拉基米尔寻死不得，继续等待“戈多”来临一样。实际上，这剧中的四人都在等待，等待某种力量来拯救自己。

1953 年，《等待戈多》轰动法国，连演三百场，这样一出没有情节，没有戏剧冲突，没有人物形象塑造，只有乱无头绪的对话和荒诞插曲的戏剧，何以具有如此艺术魅力呢？原因就在于作者运用了荒诞的艺术手法表现了荒诞不经的社会现实。它演奏了一首时代的失望之曲，反映了一代人的内心焦虑。它使人们看到，人作为社会存在的支柱，已经到了无法生存下去的地步。社会的灾难，人格的丧失，个性的毁灭，以及自身的无聊绝望，已经使生存和生命黯然失色，使存在不具备任何意义了。

作为贝克特的成名作、也是荒诞派戏剧的代表作，《等待戈多》在艺术上的确达到了空前的高度。

首先，本剧具有极强的象征性，剧中的人物、场景和戏剧动作都体现了这一点。剧中，暮霭的黄昏，阴沉沉、灰茫茫，荒野之中只有一条小路，小路旁边只有一棵秃树，象征着世界的空虚；两个流浪汉脱靴子，倒靴子，摸靴子，看靴子，象征着摆脱人生的束缚与痛苦；本是光秃秃的枯树，一夜之间却长出了几片叶子，象征着总有点微弱的希望。贝克特把这种荒诞的形式称为“比喻”。他想让舞台道具开口说话，把思想变成视觉现象，使人物的情感外化，充分体现“荒诞”的意识。这些荒诞的舞台形象大大加强了戏剧的效果，是比对白、台词更重要的戏剧因素。

其次，本剧没有传统的戏剧中的戏剧冲突，甚至谈不上有一个完整的、曲折的故事情节。没有开端高潮，也无结局。戈戈和狄狄从何而来，为何要等戈多，我们都一概不知。整个内容情节以人物无聊的小动作，语无伦次地唠叨，含糊不清、支离破碎地讲述小故事和人物的杂耍来代替。脱下靴子，往里看看，伸手摸摸又穿上。抖抖帽子，在顶上敲敲，往帽子里吹吹又戴上，充满滑稽与无聊。戈戈和狄狄在一起等了一天，第二天见面时却互不相识。一夜之隔，枯树长出了叶子，波卓变成了瞎子，乐克变成了哑巴。乐克替主人成天套在脖子上的那只沉甸甸的箱子，里面装着沙土。戏剧只展示了两个傍晚，但次日却是个不定数。戈多托小孩带来口信，说明天要来，却又总不来。失望的戈戈和狄狄想上吊，却没吊成，老说要走，但始终没付诸行动。这种反戏剧的结构正反映了作家对世界的基本看法：既然社会生活本身就充满了混乱和荒谬，难以用理性去解释，那剧作家也可打破常规，只将人心灵的深处表现在行动中。

第三，《等待戈多》一反传统戏剧要塑造个性鲜明的形象的要求，剧中人物全都个性模糊、性格破碎。以两个流浪汉为例，埃斯特拉冈和弗拉基米尔的职业、身份乃至性格特征，观众都不清楚。他们的区别从戏剧动作上看，似乎只在于一个不断摆弄自己的靴子，另一个不断摆弄自己的帽子。把两个角色互换也未尝不可。

第四，本剧另一个突出的艺术特征是重复手法的运用。剧中从不同的平面突出了西方人的幻灭感，突出没有目的生活无休止的循环。第一、二幕在时间（都是黄昏）、地点（都是空荡荡的四野）、内容（都是两人先出场，冗长的对话之后，是主仆二人出场，然后是男孩出场捎口信）几方面都相似。尤其是内容，到了最后又回到开始的地方。我们完全可以设想，如果该剧有第三幕、第四幕，也必然是重复前两幕的程式。这些都表现出人的处境单调、刻板，以及人生所承受的没有尽头的煎熬。

最后，本剧的语言荒诞离奇，毫无逻辑性可言。人物对话、独白颠三倒四，胡言乱语，充满了荒诞性，使戏剧显得滑稽而混乱。如一开场戈戈、狄狄各自喃喃述说自己痛苦，牛头不对马嘴，唠叨重复，文不对题。被主人唤作“猪”的乐克，突然激愤地讲演起来，不带标点的连篇累牍、毫无意义的废话，使人不知所云。表明在这个非理性化、非人化的世界里，人既然失去了本质力量，他就没有自由意志，没有思想人格，语言当然也该如此。有时人物语言也偶显哲理，流露出人物对荒谬世界与痛苦人生的真实感受。作家认为，人与人之间是难以沟通的，失去自我的现代人缺乏鲜明的个性，也理解不了周围的环境。剧中的对白和语言就显示了这一点。

在荒诞派戏剧中，贝克特的作品以最为费解而著称，它不仅体现在作家独特的创作思想上，也表现在作品的荒诞形式上，《等待戈多》就完全体现了这两点。

第七节　马尔克斯

一、作者生平

✧　加夫列尔·加西亚·马尔克斯（1928—）

他是 20 世纪拉丁美洲魔幻现实主义文学的杰出代表。他的创作深刻反映了拉丁美洲地区的历史和现实，表现了拉美人民的苦难和对幸福、自由的向往，为确立拉丁美洲文学在世界文坛上的地位做出了突出的贡献。

加西亚·马尔克斯生于哥伦比亚的阿拉卡塔卡镇，父亲原来学医，后来成了当地邮电所报务员。外祖父马尔克斯·伊瓜兰是受人尊敬的老自由党人。阿拉卡塔卡镇过去是美国公司的香蕉种植园，在“香蕉热”时期有过繁荣的阶段，后来，国际市场上香蕉的价格暴跌，美国公司撤离，阿拉卡塔卡立即衰落下来，社会矛盾随之激化。1928 年，也就是加西亚·马尔克斯出生那年，香蕉工人举行大罢工，政府派军警来镇压，死亡八百余人。此后，居民大量外迁。阿拉卡塔卡成了孤独、萧条的地方。加西亚·马尔克斯自幼在外祖父家长大。外祖父经常对他讲当地的历史故事。外祖母更是一位讲故事能手，对他讲了许多印第安人的神话传说。她相信人死以后灵魂继续存在，为了不让亡灵们感到孤独，她特地为亡灵们安排了两间空房经常与他们谈话。加西亚·马尔克斯的姨妈也笃信鬼神，有一天，她感到自己将要死亡，便坦然地躲进自己的房间，成天在里面织尸衣。孤独而带有神秘色彩的阿拉卡塔卡给作家留下了深刻的印象，培养了他独有的审美情趣。

12 岁时，作家来到首都波哥大教会学校读书。18 岁后在波哥大大学读法律，参加了自由党。1948 年内战爆发时，他中途辍学，不久进报界工作。1954 年任《观察家报》记者兼电影专栏负责人。此后，他从事新闻工作，同时进行文学创作。他曾到过意、法、英、苏、波、捷、匈等国。1959 年回国，担任古巴“拉丁社”驻哥伦比亚办事处的负责人。1961 年任该社驻联合国记者，后迁居墨西哥，至 1976 年才返回哥伦比亚。为了抗议军人政权，他曾于是年举行“文学罢工”。1981 年受军政府迫害而流亡墨西哥。1982 年哥伦比亚新政府成立，作家才得以返回故土，从事文学创作。当年因《百年孤独》的成功获诺贝尔文学奖。同年，应法国总统密特朗的邀请，担任法国—西班牙语国家文化交流委员会主席。

二、创作概况

1947 年，马尔克斯在首都哥伦比亚大学攻读法律，但却醉心于奥地利作家卡夫卡和美国小说家福克纳的小说，在《观察家》杂志发表处女作、短篇小说《第三次辞世》。到1952年，该杂志共刊出他的十篇短篇小说，这些作品的主体大多与对死亡的探索有关。

1955年，作家出版了自己的第一部长篇小说《落叶纷飞》，该书借鉴意识流的技巧写成。

1958年，马尔克斯发表了中篇小说《无人给他写信的上校》。小说写一位内战时期的上校退休后穷困、孤独的生活，基本上可算得上是一部现实主义作品。

1959年至1965年，马尔克斯作为美国纽约驻外记者，曾访问过福克纳笔下的美国南部社会，出版了短篇小说集《格兰德大妈的葬礼》和长篇小说《倒霉的时辰》。

1966年，马尔克斯耗时18个月完成的力作《百年孤独》开始在波哥大、巴黎、墨西哥城和利马的一些文学刊物上连载，引起轰动。此年，小说的单行本在阿根廷出版。

1972年，中短篇小说集《纯真的埃雷蒂拉》在墨西哥面世；1975年，作家的又一部力作《家长的没落》（1976年被美国《时代》杂志评为当年世界十大优秀作品之一）出版，书中成功地塑造了一个凶狠、残暴的军事独裁者尼卡诺的形象。马尔克斯曾自称，《家长的没落》是自己最成功的作品。

1981年，作家发表了又一部轰动拉美的中篇小说《一件事先张扬的凶杀案》，受到舆论界的一致好评。

1982年，文学谈话录《番石榴飘香》问世；同年10月，由于马尔克斯的作品"融幻想与现实为一体，勾画出了一个丰富多彩的梦幻般的世界，反映了拉丁美洲大陆的生活和斗争"，而被授予诺贝尔文学奖。

三、代表作品赏析

《百年孤独》

被誉为"再现拉丁美洲历史社会图景的鸿篇巨制"的《百年孤独》，是加西亚·马尔克斯的代表作，也是拉丁美洲魔幻现实主义文学作品的代表作。全书近30万字，内容庞杂，人物众多，情节曲折离奇，再加上神话故事、宗教典故、民间传说以及作家独创的从未来的角度来回忆过去的新颖倒叙手法等等，令人眼花缭乱。小说问世后，已被译成36种以上的文字，在世界上受到一致好评。

小说以马贡多村镇为背景，描写布恩地亚家族七代人的命运，折射出哥伦比亚乃至整个拉丁美洲一百多年的历史进程，从政治、经济、文化等多方面探讨了拉丁美洲贫穷落后的原因。作家以生动、富于幻想的笔触，勾画出这片神奇大陆上丰富的自然和人文景观，反映了复杂、多变的社会生活，深入揭示了该地区人民的精神特征，小说因而成为一部气势恢宏的史诗性作品。

布恩地亚家族的第一代霍赛·阿卡迪奥·布恩地亚与妻子乌苏拉是马贡多的开创者。他们本是表兄妹。很久以前，阿卡迪奥的叔叔与乌苏拉的姑姑结婚，生下了一个长猪尾巴的儿子，乌苏拉怕重蹈覆辙，婚后坚决不与丈夫同房。为此，别人讥笑布恩地亚没有性功能。一次，布恩地亚与邻居斗鸡获胜，邻居又以此事嘲讽他，他一怒之下用矛刺死了邻居。夫妇俩因此远走高飞，经过两年多的艰苦跋涉，他们和跟随的几户村民来到了一片荒凉的、多石的河畔，布恩地亚取名“马贡多”，是他从梦中得来的名字。起初，这地方与世隔绝，后来，发现了与外界联系的通道，马贡多逐渐繁盛起来，变成了一个热闹的小村镇。吉普赛人来到马贡多，他们的首领梅尔加德斯和布恩地亚成为朋友，他用科学幻想将布恩地亚引进文明的大门。布恩地亚因此沉迷于科学实验之中，但一直没有结果，又失去了朋友，最后，在孤独中发了疯，被家人捆在院中的大栗树下，半个世纪后才死去。乌苏拉是这个家族中最长寿的女人，活了一百多岁，她目睹了全家及马贡多的历史沧桑。在她以下的六代人中，布恩地亚家族出过军人、浪荡子、修女、老姑娘、不成材的教士、早夭的婴儿，最后终于彻底败落。第六代奥雷良诺·布恩地亚和自己的姨母阿玛兰塔·乌苏拉生下了第七代传人，一个长着猪尾巴的婴儿，这孩子次日就被蚁群拖往巢穴吃掉了。阿玛兰塔·乌苏拉也血崩而死。奥雷良诺·布恩地亚走在马贡多的街道上，镇上的人们已经忘记了那一度显赫的家族。一阵飓风袭来，马贡多从地球上永远消失了。

《百年孤独》中布恩地亚家族七代人总的发展趋势是一代不如一代，走着一条逐渐没落直至灭亡的道路。他们的精神历程都是由狂热的欲望追求，转为最终的孤寂和冷漠，因此，孤独是这一家族每代人的共同特征。小说中写道：“布恩地亚家族中的每个人脸上，都带着一种一望可知的特有的孤独神情。”对他们来说，孤独仿佛是一种神秘的命运难以抗拒。不论是富有开拓精神的第一代老布恩地亚，还是在枪林弹雨中出生入死、有过远大抱负的第二代布恩地亚，以及他们的子孙们，都逃不脱最终陷入孤独的归宿。作家曾经指出，这部作品的主题就是“孤独”。但我们也不应狭隘看做是一个家族的悲剧，而应该是整个民族的悲剧。马贡多只是哥伦比亚和整个拉美地区的缩影，因此，这“孤独”中积淀着深刻的悲剧性内涵。

《百年孤独》在艺术上取得了极高的成就。这首先体现在弥漫于全书的魔幻氛围上。魔幻的形成，来源于小说中大量的奇迹描写、鬼魂形象和荒诞不经的情节。老布恩地亚能一直与被自己杀死的邻居的鬼魂相互交流，他去世时下了一整夜的黄花雨，铺满了整个马贡多的地面和各家的屋顶。俏姑娘雷梅苔丝在晾衣服时，脸色突然白得透明，她手握床单，冉冉升空而去。这类描写可谓匪夷所思，但它们也并非作者异想天开的结果，而是有着深厚的拉美文化传统的基础。拉丁美洲是一个多元文化的汇聚地，西方文明、东方文明，非洲黑人的原始宗教观念和印第安人的文化相互交融，形成了独特而神奇的人文背景，具有浓郁的神秘主义特点。小说中人鬼相交、现实生活和超自然现象并存的魔幻世界，实际上正是反映了拉美各民族的文化精神。

马尔克斯在艺术上是一位兼收并蓄的小说大家。拉美现代文坛深受西方现代主义文学的影响，从《百年孤独》中也不难看出它的痕迹。但在借鉴西方小说技巧的同时，作家始终将自己的艺术之根扎在拉美地区的文化沃土中。高屋建瓴的气魄，强烈的忧患意识，鲜明的时代感，以及细腻的景物描绘和深入的心理刻画相结合，从而使小说真正成为一部反映拉美人民生活与斗争的巨著。

参 考 文 献

[1] 朱维之．外国文学史［M］．第 2 版．天津：南开大学出版社，1994．

[2] 郑克鲁．外国文学史［M］．第 2 版．北京：高等教育出版社，2006．

[3] 刘象愚．外国文学史［M］．北京：中国社会科学出版社，2001．

[4] 蒋连杰．外国文学史导学［M］．北京：北京大学出版社，2002．

[5] 陈惇．外国文学史纲要［M］．北京：北京大学出版社，2003．